मेरी बस्तर की कहानियाँ

(कहानी संग्रह)

मेरी बस्तर की कहानियाँ

मेहरुन्निसा परवेज

वाणी प्रकाशन

वाणी प्रकाशन
4695, 21-ए, दरियागंज, नयी दिल्ली 110 002

शाखा
अशोक राजपथ, पटना 800 004

फ़ोन : +91 11 23273167 फ़ैक्स : +91 11 23275710

www.vaniprakashan.in
vaniprakashan@gmail.com
sales@vaniprakashan.in

MERI BASTAR KI KAHANIYAN
by Mehrunnisa Parvez

ISBN : 978-81-8143-499-9
Stories

प्रथम संस्करण 2006
आवृत्ति 2018

मूल्य : ₹ 495

एम.एस. प्रिंटर्स, दिल्ली-110 093 में मुद्रित

वाणी प्रकाशन का लोगो मक़बूल फ़िदा हुसेन की कूची से

बस्तर की उस माटी को,
जिसकी धूल में नंगे पैर,
दौड़-दौड़ कर मैं बड़ी हुई!!

मेहरुन्निसा परवेज़

रेस का घोड़ा

जंगल की वह गंध
मेरे भीतर पहुँच कर
मुझे जीने के लिए
प्रेरणा देती है।

जंगल
मेरा पुरखा, गुरु है
वह मुझे दुलार कर, सीख देता है।
मेरे भीतर दोबारा
आस्था, विश्वास, आत्मबल
भर देता है
जंगल

मुट्‌ठी भर उत्तेजना, आत्मविश्वास
देकर, दौड़ने कहता है
मैं, फिर से रेस का घोड़ा
बन जाती हूँ
और दौड़ने लगती हूँ।

मेहरून्निसा परवेज़

मेरी बात

जाने हम जिन्दगी को कितने टुकड़ों में, हिस्सों में जीते रहते हैं। हर बार पिछले हादसों, बेतरतीब जिन्दगी की चुभती बातों को भुलाकर नया जीने की कोशिश में लगे रहते हैं, सिर्फ इस ख्याल से, कि शायद कल हमारा आज से बेहतर होगा। हर बार थक कर सोचते हैं—अब आगे चलने की, साँस लेने की भी ताकत नहीं है...पर फिर सब कुछ भूल कर फिर आगे बढ़ते हैं। ढेर सारी यादों को, टुकड़ों को अतीत के तहखाने में फेंक देते हैं।

आज मैं अतीत के तहखाने से ढूँढ़-ढूँढ़ कर उन टुकड़ों को बिन रही हूँ। जोड़ने बैठी हूँ, तो हैरान रह जाती हूँ। हर उस टुकड़े को जिसे मैंने बेकार, गैरजरूरी सोचा था, उसमें तो जिन्दगी की शक्ल का एक कोना दिखता है। सारे टुकड़े जोड़ने बैठती हूँ, तो हैरान रह जाती हूँ। सारे टुकड़ों को जोड़ने से जो एक शक्ल बनती है, क्या यह शक्ल मेरी याने मेहरुन्निसा की है?

ढेर सारे सपने, महत्वाकांक्षाएँ, इच्छाएँ तथा उम्मीदें मेरी भी थीं, पर उनकी जगह मिले थे, ठीक विरोधी शब्द। मेरी जिन्दगी की पुस्तक के व्याकरण के छन्द में बस जैसे एक ही पाठ था, जिसमें आप जो भी नाम लो वह ठीक अपने विपरीत अर्थों के साथ मिलता था। विलोम शब्द ही थे सारे के सारे। वैसे मुझे बचपन में, व्याकरण पढ़ने में विलोम शब्द बनाने में बड़ा मजा आता था, सबसे ज्यादा इसी में नम्बर भी मिलते थे। इन्हें झट-पट रट भी लेती थी, तब बड़ा मजा आता था, परन्तु बाद में जब जिन्दगी के हर शब्द का अर्थ विलोम शब्द के रूप में मिलने लगा, तब लगा जिन्दगी कितनी कठिन खुरदरी है।

बस्तर! जिसे मैं कभी भूल नहीं पाई। जिन्दगी का पहला पाठ, यथार्थ का पहला शब्द मैंने यहीं गढ़ा था। बस्तर की माटी में खेलकर मेरे नन्हे पैर जवान हुए थे। बस्तर का वह भयानक जंगल आज भी मेरे मन में बसा है, जंगली फूलों की भीनी गन्ध आज भी थके दिमाग

को तरोताजा करती है। मैंने शब्दों की एक सेना अपने लिए तैयार की, धीरे-धीरे ढेर सारी फौज इकट्ठी कर ली। अपने को सिकन्दर बना लिया।

कहने से जब कोई अपनी बात सुनना नहीं चाहता तो उसे सुना कर क्या लाभ? लिख दो। मैंने अपनी जिन्दगी की लड़ाई लिखकर लड़ी। अभी मेरी जंग जारी है। तुम कभी जब यह शब्द पढ़ना तो सोचना और जरूर लिखना, अपनी लड़ाई लिख कर जीतना, यह शब्द तुम्हें कभी हारने नहीं देंगे।

—मेहरुन्निसा परवेज़

अनुक्रम

1.	कानीबाट	11
2.	टोना	27
3.	सीढ़ियों का ठेका	37
4.	शनाख़्त	47
5.	अयोध्या से वापसी	55
6.	जुगनू	66
7.	फालगुनी	82
8.	ओस में डूबा गुलाब	101
9.	देहरी की खातिर	108
10.	रेगिस्तान	126
11.	कयामत आ गई है	132
12.	आतंक-भरा सुख	143
13.	नया घर	152
14.	दूसरी अर्थी	161
15.	रिश्ते	165
16.	पितृशोक	172
17.	त्यौहार	178
18.	पत्थरवाली गली	185
19.	नंगी टहनियाँ	197
20.	भोगे हुए दिन	204
21.	पाँचवीं कब्र	210
22.	सिर्फ एक आदमी	214
23.	जाने कब	221
24.	जंगली हिरनी	227
25.	चमड़े का खोल	233

कानीबाट

सूरज मदरसे में देर से आए बच्चे की तरह आ धमका और बेखौफ-सा कोतरी नदी के किनारे पर पसर गया। देर से छाई बदली की अभ्यस्त आँखें चकमक पत्थर की तरह चकराईं, दुलेसा ने हथेली आँख पर रखकर ओट कर ली।

बाहर सूखती मछलियों को बटोरकर वह टोकने में रखकर भीतर की ओर पलटी कि ऊँची देहरी से उसे ठोकर लगी और वह चमककर वहीं खड़ी हो गई। ओसारे की खाट की आड़ में कौन है? इस चेहरे को तो उसने कभी घर में नहीं देखा, न ही गाँव में। माँ और बाबा के रिश्ते का होगा। क्योंकि सारे रिश्तेदारों को तो उसने देखा है। फिर यह कौन है? मछलियों का टोकना उसने आधी उठी दीवार पर रख दिया और वह माँ की ओर मुड़ी, जो जंगल से खोदकर लाए गए जात-बोड़ा छाँट रही थी। वह अपने काम में इतनी व्यस्त थी कि दुलेसा की आहट पर भी वह नहीं मुड़ी। दुलेसा उसके ठीक सामने आ खड़ी हुई।

"आज काम पर नहीं गई?" साँवले चिकने पैरों में पड़ी हुई पैंजन को घूरती हुए माँ ने ऊपर मुँह उठाया।

दुलेसा माँ की बात का उत्तर दिए बिना मुड़ी और करेले की बेल को निहारती हुई बोली, "वह कौन है?"

"कहाँ है?" माँ प्रश्न से बचती हुई बोली।

"वही, जो खाट के पास बैठा है।" दुलेसा मन-ही-मन करेले भी गिनती जा रही थी।

"तेरे बाप ने खेत का काम करने के लिए उसे रखा है।" माँ ने उसे टरकाना चाहा।

"अभी तक खेत का काम नहीं होता था?" दुलेसा धम-से धरती पर बैठ गई और खुद भी धरती पर से बोड़ा सकेलती हुई बोली, "साफ-साफ बताती क्यों नहीं, बातों में बहलाती है?"

"तेरा बाप बूढ़ा हो रहा है, उसके अपना कोई बेटा नहीं है। आखिर वह कब तक खटता रहेगा? इसलिए उसे बुलाया है। अब यह यहीं रहेगा।" माँ ने ऐलान-सा किया।

दुलेसा के बोड़ा सकेलते हाथ ठिठक गए, चेहरा फक पड़ गया और घबराहट के मारे उसकी बड़ी-बड़ी आँखों में नमी-सी आ गई। उसने रोष से मगर थोड़ा धीमे पड़ते हुए कहा, "साफ-साफ क्यों नहीं कहती, उसे घर-जमाई रखा है?"

"हाँ-हाँ, घर-जमाई रखा है, पर क्या तुझे अभी सौंपे दे रहे हैं, जो तू केकड़े की तरह जान खोद रही है?" माँ ने मुसकराते हुए कहा, "अभी तो साल भर रहेगा, उसके रंग-ढंग देखेंगे, उसकी कमाई खाएँगे, तब लड़की सौंपेंगे।"

"मैं कहे देती हूँ, यह ठीक नहीं होगा।" दुलेसा मुँह बिगाड़कर बोली, "तुझे और बाबा को उसे रखना है, तो रख। पर उससे मेरा कोई लेन-देन नहीं।" दुलेसा ने धमकी भरे शब्दों में कहा और घुटनों पर जोर देकर उठ गई और भीतर चली गई।

"हूँ!" माँ उसे जाते हुए देखती रही, "चढ़ती जवानी की गरमी है। मैं भी तेरी तरह छिटकती थी, पर बाद में उसी घर-जमाई से तू जन्मी है री।"

दुलेसा भीतर आ गई। ओसारे में सरगी पत्तों से भरे टोकने रखे थे। सुबह मुँह-अँधेरे माँ के साथ दुलेसा जंगल में पत्ते लाने गई थी, वहीं से माँ ने धरती खोदकर बोड़ा निकाला था। कँवले-कँवले बोड़ा को देखकर दोनों प्रसन्न हो गए थे। जुलाई के प्रथम सप्ताह में ही ये मिलने शुरू हो जाते हैं। धरती, जहाँ बोड़ा होता है, फट जाती है। वहीं थोड़ा-सा खोदने पर नन्हे-नन्हे आलू के आकार का बोड़ा निकलता है। जिस दिन जिसके घर बोड़ा साग बनता है, उस दिन घर के लोग उत्सुकता से खाना खाते हैं।

दुलेसा आज सुकसी माछ के साथ बोड़ा बनाने की योजना जंगलवाली पगडण्डी से सोचकर आई थी। पर इस घटना ने उसके मन से सारा उत्साह जैसे सोख लिया था। गरम तवे पर पड़े पानी के छींटे की तरह उसका मन बार-बार झुलस रहा था।

"बड़ा आया कमाकर खिलानेवाला!" दुलेसा मन-ही-मन बड़बड़ाई, "देख लेना मैं उसके हाथ ही नहीं आऊँगी, देखूँगी माँ और बाबा कैसे उसे सौंपते हैं।" उसने रोष से एक मुक्का मारा दीवार पर तथा दीवार में लगे आईने में अपने रूप को निहारा।

भला वह इस रूप के लायक है? देखूँगी पगडण्डी को वह कितना पकड़ता है? पगडण्डी के साथ हरेक नहीं चल पाता...पगडण्डी हमेशा धोखा देती है, जंगल में पेड़ों के घने झुरमुट में गुम हो जाती है या पहाड़ी पर जाकर गुम हो जाती है, फिर उसे खोजना आसान नहीं होता।

वह भी पगडण्डी की तरह जंगल में खो जाएगी, गुम हो जाएगी। सोचते ही उसके चेहरे की धुंध साफ हो गई और उसने प्रसन्न होकर आईने में स्वयं को निहारा और पत्ते में लिपटे साबुन को लेकर कोतरी नदी के ढलान की ओर उतरती चली गई, बिलकुल उसी तरह जिस तरह ढलान पर दचके खाती बैलगाड़ी उतरती है।

मिट्टी की दीवार में गड़े आईने के करीब ज्यों ही दुलेसा दीया ले गई, उसे लगा कमरे में कोई है और चोर की तरह कोने में दुबका है। दुलेसा ने जल्दी से दीया धरती पर रख दिया और हाथ में कबडांग (कौड़ी) की माला पकड़े वह पीछे मुड़ी तो देखा—कोने की दीवार से चिपकी जलयारी खड़ी है।

"संगो!" उसने आश्चर्य से पुकारा और पास जाकर जलयारी के कन्धे पर हाथ रख दिया। जलयारी की दोनों बाँहों में गोदना गोद दिया गया था। इसका मतलब है इसका शीघ्र ब्याह होनेवाला है।

जलयारी दोनों बाँहें खोलकर उससे लिपट गई और फफक पड़ी। दुलेसा आश्चर्य में पड़ी उसकी बाँह थामे जल्दी कोठरी के बाहर आ गई। दोनों वहाँ खड़ी हो गईं जहाँ घर का पिछवाड़ा था। निपट सुनसान और काली रात थी। कुम्हड़े की बेल कूदती-सी छत पर चढ़ रही थी, उसके मड़वे पर चूहे चढ़-उतर रहे थे। वह कोठे की दीवार से टिककर खड़ी हो गई और जलयारी वहीं अँधेरे में ही दीवार से घिसटती धरती पर ढहती हुई बैठ गई।

"संगो," काफी रो लेने के बाद जलयारी ने मुँह खोला, "अतकेर का बाप इसी जोन में ब्याह माँग रहा है, पर मैं ब्याह नहीं करूँगी। मैं चाजेन के साथ भाग जाऊँगी। मेरा महला (मँगनी) बचपन में हो गया, तो इसका क्या मतलब है। मैं बचपन के महला को नहीं मानती। अभी से वह लंपट बूढ़ा दीखता है, तो बुढ़ापे में तो मेरा नाना लगेगा।" काफी रोष में जलयारी बोली, "दो दण्ड तो भोग चुकी हूँ, तीसरे को भी भोगूँगी और इस ब्याह को तोड़ दूँगी, नहीं तो मर जाऊँगी।"

"अहँ," दुलेसा ने घबराकर उसे देखा, "ऐसा मत करना, जलयारी, गाँववाले तुझे बहुत दुःख देंगे!"

"देने दे, मैं सह लूँगी, पर ब्याह नहीं करूँगी। क्या मैंने इन लोगों से कहा था कि मेरा महला छुटपन में कर दो? अतकेर के लिए मेरे मन में घृणा-ही-घृणा है, मैं उसे अपना आदमी कैसे स्वीकारूँगी?"

जलयारी ने पूर्ण विश्वास से कहा और दूर ढलान में अँधेरे में चमकती कोतरी नदी को देखने लगी। दुलेसा भी उसकी आँखों का अनुसरण करती, कोतरी को देखने लगी।

कोतरी के पार जंगल में हिलती-डुलती आग नजर आने लगी। इसका मतलब है, साथ की लड़कियाँ घोटुल में जाने के लिए अपने घर से निकलकर आ रही हैं। दूर से ऐसा लग रहा था मानो कई-कई दीये इधर-उधर से एक जगह इकट्ठे हो रहे हैं। यह चलती-फिरती आग जलती हुई लकड़ी होती है, जिसे लड़कियाँ एक हाथ से पकड़कर चलती हैं। अँधेरा रास्ता इसी के सहारे पार हो जाता है।

जंगल में चलती आग धीरे-धीरे पास आती गई और दुलेसा के अहाते की लकड़ी के पास आकर रुक गई। फिर वे लोग अहाता कूदकर भीतर आ गईं। दूर

से घोटुल में पड़ती मांदरी की थाप सुनाई पड़ रही थी।

"चल री," दुलेसा ने जलयारी को उठाया, "नहीं तो कल दण्ड मिलेगा।"

"नहीं, तुम लोग जाओ, मैं आज नहीं जाऊँगी।" जलयारी ने जिद-भरी आवाज में कहा।

"तो तू कल दण्ड सह लेगी, सबकी हँसी सह लेगी?"

"क्या अब तक सहती नहीं आयी? मेरे भाग्य में दण्ड और लोगों की हँसी के सिवाय दूसरा कुछ लिखा भी तो नहीं न।"

सबने आश्चर्य से जलयारी को देखा। दुलेसा समझ गई—नदी बाढ़ पर है, ऐसी हालत में समझाना बेकार है, नदी अब किनारे तोड़कर बहेगी ही।

दुलेसा अपनी कोठरी में आ गई और धरती से दीया उठाकर दीवार में गड़े आईने में अपना मुखड़ा देखा और जल्दी-जल्दी श्रृंगार पूरा किया और बाँस की अलगनी से पटका (छोटी चादर) खींचा और आधे सिर को ढाँकते हुए उसे ओढ़ लिया। बाहर ओसारे में जलते अलाव के पास बाबा और माँ सो रहे थे। उसने अलाव से एक जलती लकड़ी उठाई और हवा में हिलाती हुई अपने साथ की लड़कियों के साथ हो गई। सब एक के बाद एक अहाता कूद गईं। जलती लकड़ी के उजाले में सबका श्रृंगार दीख जाता था, किसी की राँग पनिया (राँगे की कंघी) चमक उठती, किसी का जूड़े में खुँसा मदार का फूल दीख जाता।

लम्बा रास्ता पार करने तथा थकान से बचने के लिए लड़कियाँ गाना गा रही थीं। कोई और दिन होता, तो दुलेसा साथ देती पर आज जलयारी साथ नहीं थी इसलिए मन उदास था और वह चुपचाप रास्ता पार कर रही थी। जंगल में कहीं-कहीं से जानवरों की आवाज आ रही थी। जंगलों से हजारी पोंगार, बदली फूल की सुगन्ध आ रही थी। घोटुल के ठहाकों, गानों और मांदरी की थाप नजदीक होती जा रही थी।

आज सुबह से बाबा कबूतर का मचान बना रहा था। कल जोर से पानी आया था और बाँस की मचान धीरे से धरती को ओर सरक आई थी। कबूतरों का झुंड खपरैलों पर बैठा था। नर कबूतर गर्दन फुलाकर नाच रहा था और मादा धीमी आवाज में उसका जवाब दे रही थी। अपने गीले पंखों को वे अपनी चोंच से एक-एक करके अलग कर रहे थे और गीले पंखों को झटककर उड़ने के लिए अपने आसपास देख रहे थे।

बाबा कहता है, इनके पंखों की हवा लगने से लकवा नहीं होता। वह छोटी थी, तो रोज बाबा दाना देने के बहाने उसे कबूतरों के झुण्ड में खड़ा कर देता था और कबूतर उसके आसपास पंख फड़फड़ाते हुए इधर-उधर दाना खाने की उतावली

में बेचैनी से मँडराते थे, कभी उसके कन्धे पर आ बैठते, कभी उसके सिर पर और वह गुदगुदी से खिलखिलाती रहती थी।

दुलेसा घर से चली, तो देखा कि कुमली डोंगरी (पहाड़ी) पर कुमला (बादल) उठा है, यानी पानी जोर से बरसेगा। जब भी कुमली डोंगरी पर बादल आता है यही समझा जाता है—इस इलाके में पानी बरसेगा। उसके पैर तेजी से चलने लगे।

हर दिन की तरह आज भी उसने पूर्ण शृंगार कर रखा है। वह नाक में फुल्ली, गले में नीर, गुरिया तथा रुपया माला, तावीज़, काँच-मणि-कान में खिलवाँ, उँगली में रुपया अँगूठी, काँच की मोटी चूड़ियों के साथ बनुरिया, तथा पैर में पैड़ी पहने थी। माथे पर तला कासरान, जूड़े में कतडाँग (कौड़ी), राँग पनिया तथा मदार पोंगार (मंदार फूल) लगाए थी।

आज जब वह शृंगार कर रही थी, तब उसने देखा कि उसकी कोठरी में बढ़िया साबुन, कंघी, तेल, काजल की डिब्बी रखी है, उसे आश्चर्य हुआ। माँ से पूछा, तो पता चला—रामू लाया है। उसने गुस्से से सारा सामान माँ के हाथ में थमा दिया, "तेरा घर-जमाई लाया है। तू ही रख।" और वह गुस्से से बाहर आ गई थी। आज दुलेसा की घोटुल की पुरानी दोस्त जोनी के घर छठी का न्यौता था। दुलेसा को उसने पहले से ही बुलवा लिया था। आज जोनी का बच्चा पूरे एक माह का हो गया था।

दुलेसा जब कीचड़ लाँघकर तथा कुम्हड़े की बाड़ी फाँदकर जोनी के घर गई, तब वह अपने नन्हे-से बच्चे को सुलाकर कोतरी में नहाने गई थी। काको यानी जोनी की सास घर में सफाई कर रही थी। वह गोबर और जले हुए पेरे को मिलाकर घर लीप रही थी। घर के सारे कपड़े बाहर निकाल दिए गए थे, जो धुलने कोतरी में जाने वाले थे।

दुलेसा लकड़ी के मोटे खम्भे से टिककर खड़ी हो गई। पता नहीं क्यों आज मन उदास था। उसे अब पूर्ण विश्वास हो चला था कि माँ उसे अपने घर-जमाई के साथ बाँधकर रहेगी। जब से वह आया था, बाबा को आराम मिल गया था। जब देखो तब वह तम्बाकू मलता, गाँव के सयानों के साथ बैठा बातें करता रहता था। माँ कह रही थी कि इस साल खेती अच्छी पकेगी, तो उसके लिए गहना खरीद देगी। सुबह मुँह-अँधेरे रामू जाल लेकर कभी-कभी कोतरी नदी भी चला जाता था और ढेरों छोटी मछलियाँ ले आता था। माँ जितनी प्रसन्न अब रहती है, उतनी वह कभी नहीं रही थी। बाबा ने अपनी कोठरी भी रामू को दे दी थी। अब बाबा और माँ ओसारे के पासवाली छोटी-सी कोठरी में रहते थे। उस दिन दुलेसा ने रामू को सुनाते हुए जलयारी से कहा था, "अरे, कानीबाट (पगडण्डी) को पाना खेल नहीं है।" तो वह आँख फाड़-फाड़कर बुद्धू-सा दुलेसा को देखता रह गया था।

"बैठ, दुलेसा।"

दुलेसा चमककर पलटी, तो देखा—जोनी नहाकर लौट आई है। हल्दी के उबटन से वह नहाई थी, इसलिए पीली-पीली सुन्दर चटख लग रही थी। उसके बाल पीठ पर फैले थे। उसके शरीर का गोदना धुलकर उभर आया था। चेहरे पर माँ बनने की गरिमा। सारा शरीर जाड़ा तेल की मालिश से चमक रहा था।

"कब आई, री?" दुलेसा बोली और तभी सामने से कुछ औरतें आती दीखीं। यानी मेहमान आने लगे थे। जोनी का आदमी लिकेन घड़े में शराब लाकर रख गया था। शराब का घड़ा और दोने से भरे दो बड़े-बड़े टोकने कोने में रखे थे। औरतें ओसारे की मेढ़ पर बैठ गई थीं।

काको ने लीपना खत्म किया और अब वह ओसारे में लिकेन के साथ बाँस का लम्बा झूला डाल रही थी। जोनी दुलेसा को लेकर भीतर आ गई। मिट्टी की दीवार पर खूँटी से टके झोले को जोनी ने उतारा और धरती पर उलट दिया। उसके शृंगार का सारा सामान, जो उसने पिछले कई महीनों से छुआ तक नहीं था, धूल में सना पड़ा था। जोनी ने सजना शुरू किया और दुलेसा उसकी मदद करने लगी।

"क्या बात है री, आज तेरा मुँह फूला है। क्या रोकर आई है?" जोनी ने जूड़े में कीलें खोंसते हुए पूछा।

"नहीं तो," दुलेसा की जैसे चोरी पकड़ ली गई थी। वह तुरन्त सँभली और बोली, "बाबा ने घर-जमाई रख लिया है।"

"किसे?"

"रामू को," दुलेसा का मुँह एकाएक उतर गया, "तू तो जानती है, मेरी जान-पहचान जिलेन से है। इस मड़ई में पूरे दो बरस हो जाएँगे।"

"अच्छा आज तो बता दे रानी, तेरी जिलेन से भेंट कैसे हुई?"

"हिश!" दुलेसा लाज से दोहरी हो गई।

"चल, बता, नहीं तो ठीक नहीं होगा।" जोनी जिद् पर उतर आई।

"जिस बरस तेरा ब्याह हुआ था और तुझे हम लोगों ने घोटुल से विदाई दी थी, याद है तुझे उसी बरस मड़ई भरी थी नारायणपुर में। मैं भी लड़कियों के साथ झोले में घर की ढोली का धान चुराकर मड़ई देखने गई थी, यही सोचकर कि अपने धान के बदले में दर्पण, लाई, चना, रिबिन, फुन्ना, माला लूँगी।

"नारायणपुर की मड़ई। माँ री, क्या धूमधाम थी उस बरस! चीं-पों के मारे आवाज सुनाई नहीं पड़ रही थी। पूरे तीन बरस के बाद उस साल बढ़िया फसल हुई थी इसलिए गाँव-के-गाँव उमड़ पड़े थे नारायणपुर मड़ई के लिए। जिधर भी दृष्टि जाती, आदमी-ही-आदमी। मर्द, औरतें और बच्चे। तरह-तरह की रंगीन साड़ियाँ।

"मड़ई जहाँ गाँव-गाँव से लोग खरीदारी करने आते हैं, वहीं मिलनस्थल भी है। बरसों से तरसी आँखें भीड़ के रेले को चीरती इधर-उधर बहककर बिछड़े प्रेमी को खोज रही थीं। प्रीत की चोट खाई बावली आँखें, फटफटा-फटफटाकर अपने

साथियों से बहककर पीछे भटक रही थीं। बरसों से बिछुड़े अपने मायके के आदमी से मिलती औरतें खड़ी रो रही थीं। बाप के कन्धों पर चढ़कर आए बच्चे कागज का चार आने वाला नकली चश्मा लगाए बड़ी बेसब्री से रंगीन दुनिया को गौरव से देख रहे थे।

"पैसे चाहे हों या नहीं, पर युवतियाँ हर दुकान के सामने ठहरकर सामान को छू-छूकर देखतीं और सन्तोष कर लेती थीं। दर्पण की नई दुकान के आगे लड़कियों की भीड़-ही-भीड़ थी। मैं भी साथ की लड़कियों के साथ बैठी दर्पण छाँट रही थी कि पीछे से किसी ने मेरे जूड़े में लगी राँग पनिया (कंघी) निकाल ली।

"मैं गुस्से से पलटी, तो देखा—एक लम्बा लड़का मुझे चिढ़ा रहा था। मैं पनिया छुड़ाने झपटी और वह यह कहता भागा—मेले के बाहर आ तो दूँगा। मैं लड़कियों को अपना झोला थमाकर उसके पीछे दौड़ी। तू जानती है, एक भी पनिया कम होने से घोटुल में दण्ड मिलता है। मड़ई के बाहर जहाँ बैलगाड़ियाँ खड़ी थीं, उसी की आड़ में वह खड़ा था। वहाँ मड़ई का शोर नहीं था।

" 'दे मेरी पनिया!' मैंने गुस्से से कहा।

" 'ले, छुड़ा ले!' कहते हुए उसने हाथ आगे कर दिया। मैंने लपककर उसके हाथ को जोर से काट लिया। वह सिसकार उठा और बोला, 'बड़ी पत्थर है।'

"उसने लपककर मुझे अपनी बाँहों में ले लिया और पता नहीं क्या हुआ जोनी, वे बाँहें इतनी मजबूत, इतनी भरपूर थीं कि मैं सब भूल गई कि मैं यहाँ क्यों आई हूँ। मेरे साथ की लड़कियाँ मुझे खोज रही होंगी। बस, हम दोनों अँधेरा होने तक उसी बैलगाड़ी के नीचे छिपकर बैठे बातें करते रहे। कितनी प्यारी बातें करता है वह। और बस, तब से ही मैं उससे मिलने जंगल जाती हूँ।"

जोनी आश्चर्य से भरी दुलेसा को निहारती रही। जरा-सी छेड़छाड़ इस तरह प्यार में बदल सकती है, उसके लिए आश्चर्य की बात थी।

"मैं उसके साथ भाग जाऊँगी," दुलेसा बोली, "अब तो मुझे दिन भी चढ़ गए हैं।"

"क्या?" जोनी की आँखें चौड़ी हो गईं, "क्या बोलती है? ऐरो गें भारी बदनामी होगी। तेरे माँ-बाप की, घोटुल की निंदा होगी। तेरे घर-जमाई भी आ गया है, री।"

"मैं कौन उस घर-जमाई को बुलाने गई थी?"

तभी दरवाजे पर परछाईं डोली और काको भीतर आकर बोली, "चल, बाहर सब रास्ता देख रहे हैं।"

जोनी बच्चे को गोद में लेकर बाहर आई और औरतों के बीच बैठ गई। काको ने दीया जलाकर उसके सामने रख दिया और एक थाली में चावल रख गई।

औरतें आती जातीं और एक मुट्ठी चावल लेतीं और ऊपर हाथ करके चावल को बच्चे पर गिरा देतीं कि खूब लम्बी आयु पाए, और रुपया-आठ आना से बच्चे

का टीका करतीं। जोनी सामने रखे दीये को एक हाथ से अपने चारों ओर घुमाकर सामने रखती और उस पर हथेली फैलाकर आँख से लगा लेती। उसके बाद दूसरी औरत अपनी आँख सेंकती। इसी तरह सबने किया।

एक सयानी औरत उठी, जिसके हाथ में लोहे का कड़ा था। उसने सयाड़ी पत्ते का छोटा-सा नन्हा-सा कावड़ा बनाया और बच्चे की नन्ही मुट्ठी में पकड़ा दिया तथा घर के पूर्वजों के नाम लेती गई। एक नाम पर बच्चा अपने हाथ को कन्धे तक ले गया, तो उसने प्रसन्न मुद्रा में ऐलान किया कि यह फलाँ पूर्वज है, फिर उसने जोनी की गोद से बच्चे को उठाकर झूले में डाल दिया। बच्चे की कमर में बिरजी माला डाली गई। सबने मिलकर, गाना गाते हुए बच्चे को झूला झुलाया। काको ने काँसे की थाली को दातौन से बजाकर लड़की का नाम रखा।

जोनी उठी और शराब का मटका उठा लाई। दुलेसा ने हरेक के सामने एक-एक दोना रख दिया। जोनी ने सबकी दोनी में शराब डाली। बाहर बैठे मर्दों को भी जोनी ने दोनी में शराब परोसकर दी तथा सबको कजोहार किया।

जाते समय सबने जोनी और लिकेन को लड़की के पैदा होने पर बधाई दी। लड़की होना रईसी का सूचक माना जाता है, क्योंकि लड़की घर में धन लाती है।

जब दुलेसा जोनी के घर से पलटी, तो सूरज दो बाँस नीचे उतर चुका था।

घोटुल का रंग आज दूसरे दिनों से निराला ही था। खूब बढ़िया ढंग से लीपा गया था तथा रंग-बिरंगे बेल-बूटे, हाथी, घोड़े बनाए गए थे। लड़कियाँ अपने पूर्ण श्रृंगार से उड़ी पड़ रही थीं। लड़कों में भी अजीब किस्म की मस्ती थी।

घोटुल का बाँदरा यानी अहाते के पास एक जलती मशाल खोंस दी गई थी।

दो घड़ा भरकर सलफी लाई गई थी। एक तरफ जहाँ आग का अलाव था वहीं पर दो-तीन लड़के बैठकर पान रोटी बना रहे थे। पान रोटी खास त्योहारों पर ही बनाई जाती है, इसे सरगी के पत्ते पर आटा फैलाकर आग में भूनकर बनाते हैं।

घोटुल खूँटा जो मैदान के बीच में था, उस पर भी दो लड़कियाँ बेल-बूटे बना रही थीं। वहाँ भी एक बड़ी-सी मशाल जल रही थी। सोबू पटेल घूम-घूमकर सबका काम देख रहा था। लड़कियों के पास काम तो कोई विशेष नहीं था, सब लड़के कर रहे थे। बस वे लोग इकट्ठी हुईं, सबके गले की माला गिन-गिनकर पता लगा रही थीं कि उसने कितने हाट-मड़ई देखे हैं। इसकी गारंटी कि उसने कितने मड़ई देखे उसके गले में पड़ी माला थी। लड़कियाँ हर हाट में या मड़ई में माला खरीद लेती हैं और फिर सब मिलकर महुए के पेड़ के नीचे बैठकर उस मादक यौवन की सुगन्ध में एक-एक मोती को बड़े ही प्यार से पिरोती हैं। इस माला को लेकर वे आपस में हँसी-ठट्ठा भी कर रही थीं। एक-दूसरे पर कीचड़ भी उछाल रही थीं।

दुलेसा सारा रंग-ढंग देखकर आश्चर्य में पड़ गई। क्या आज घोटुल के मुखिया का चुनाव है? पर ऐलान तो नहीं हुआ था। आश्चर्यचकित दुलेसा आग के पास बैठ गई। उसकी मांसल जाँघों पर आग की परछाईं पड़ने लगी। पास में बैठा बोदू उसे ललचाई दृष्टि से देखने लगा और दुलेसा ने अपने पैरों को मस्ती से हिलाते हुए उसे ठेंगा दिखा दिया। पास के लड़के हँसने लगे और वह झेंपकर सबको तम्बाकू खिलाने लगी।

''क्या बात है रे, आज इस बन्दर को किसी ने पसन्द कर लिया क्या, जो पूरे घोटुल में धूम-ही-धूम है। आज तो सलफी भी आई है, नाच भी होगा।'' दुलेसा ने बोदू पर छींटा कसा।

बोदू खिस से हँस दिया, और सबने ठहाका लगाया। उतने में सोबू पटेल दुलेसा के पास आकर बैठ गया और बोला, ''आज अपने गाँव में छोटे डोंगर के घोटुल का पहुना आया है, उसी के स्वागत की तैयारी है।''

''क्या पहुना आया है?'' दुलेसा प्रसन्न हो गई, ''तब तो आज बड़ा मज़ा आएगा।''

''और जानती नहीं, पहुना यहाँ नहीं आया, तो तुम लोगों को दंड भी मिलेगा, याद रखना।'' बोदू तम्बाकू धरती पर थूकता बोला।

''अरे, जा-जा।'' दुलेसा लापरवाही से बोली और उठकर लड़कियों की टोली में जा मिली।

बड़ी मुश्किल से पहले तिलोगा और जुंजों जाने को तैयार हुईं। उन दोनों लड़कियों ने घोटुल देवी को जुहार किया और घोटुल के अहाते से बाहर हो गईं।

एक पहर बीतने लगा, लड़के थकने लगे। लड़कियाँ शृंगार किए हुए ही कुम्हलाई-सी ऊँघने लगीं। पता नहीं तिलोगा और जुंजों कहाँ मर गईं। बात तो बड़ी-बड़ी करती थीं, आज सबका नाम डुबाएँगी। दुलेसा घबराई-सी कोतरी नदी की ओर देखने लगी। उसने बड़े जोर-शोर से सबके सामने डींग हाँकी थी। यदि वह भी हार गई तो? सबके सामने दंडित होगी।

थोड़ी देर में पत्तों की आहट से लगा, कोई आ रहा है। लड़कियाँ दौड़कर अहाते के पास जा खड़ी हुईं स्वागत के लिए। पर यह क्या? तिलोगा और जुंजों मुँह लटकाकर रोती आ रही थीं। उन्होंने अपना सारा शृंगार रास्ते से ही निकाल दिया था, उन्हें उस हालत में देख सब लड़कियों के मुँह लटक गए।

लड़के सब एक टोली में खड़े हो गए। उनके ठहाकों से पूरा इलाका गूँज गया। घोटुल पटेल तथा पटेलिन गुस्से से खड़े थे। दोनों लड़कियाँ सिर झुकाए अपराधी की तरह आईं और खम्भे से लिपटकर खड़ी हो गईं, मानो दोनों को किसी साँप ने फूँककर सुन्न कर दिया हो। लड़कों का ठहाका अभी भी पूरे घोटुल के अहाते को कँपा रहा था, बाकी लड़कियाँ अँधेरे में छिप रही थीं कि कहीं उन्हें न

भेज दिया जाए।

"बेशर्म!" जलको पटेलिन गुस्से से बोली, "आज जब तक वह मेहमान नहीं आएगा, कोई पानी नहीं पिएगा।"

"तो लाओ न!" एक लड़का बोला, "लड़की अतिथि आई होती, तो हम उसे चुटकी बजाकर बुला लाते।"

"बस-बस, तभी पूनो जोन की साली आई थी, तो उसे घोटुल में कोई नहीं ला पाया था।" जलको पटेलिन बोली।

"मैं लाऊँगी।" दुलेसा खड़ी हो गई और उसने घोटुल देवी को प्रणाम किया, फिर घोटुल खूँटे को छुआ तथा माटी देवी को छूकर माथे से लगाया और अहाते से बाहर हो गई। लड़कों का ठहाका उसका पीछा करता रहा।

दुलेसा जब घुप्प अँधेरी झोंपड़ी के पास जाकर खड़ी हुई, तो उसकी साँस फूलने लगी घबराहट से। लम्बे-लम्बे विशाल इमली के पेड़ों के साये में वह इकलौती झोंपड़ी अँधेरे में अकेली खड़ी थी।

"काको!" उसने दरवाजे पर घबराहट से भरा हाथ रखा, दरवाजा खुला और उसने हाथ नीचे कर लिए। अँधेरे में जोर से उसकी चूड़ियाँ और बनुरीया खनखनाई।

"कौन है?" लोहे का कड़ा पहने बूढ़े सयाने हाथों में दीया लिए काको बाहर आई, "कौन है री बेटी?"

"मैं...दुलेसा।" उसकी काँपती आवाज़ अँधेरे में फैल गई। अँधेरे में जोर से उल्लू बोला, उसने घबराकर कपाट थाम लिया।

"कौन दुलेसा?" भीतर से जिलेन की आवाज आई और झट-से दुलेसा के निकट आकर खड़ा हो गया। उसकी गर्म-गर्म साँसें दुलेसा को छूने लगीं। दुलेसा को लगा, वह चक्कर खाकर गिर पड़ेगी। जिलेन आया है, यह किसी ने नहीं बताया था। दुलेसा ने झट-से कपाट को पकड़ लिया, नहीं तो वह जिलेन के गले में बाँहें डालकर झूल जाती प्रसन्नता से।

"तुझे लेने आई हूँ, घोटुल चल।" दुलेसा ने धीरे से कहा।

काको भीतर चली गई थी। दीये को वह दीवार में बने ताक पर रख गई थी, जिसका उजाला देहलीज तक आ रहा था। कोठरी में सरगी के दोने उलटे-पलटे पड़े थे। कमरे में महुए के शराब की गन्ध थी, यानी काको ने जिलेन की खातरी की है।

"दुलेसा!" जिलेन उसके कन्धे को छूता हुआ बोला, "तू बदनाम हो जाएगी, यह नहीं सोचा तेरे घोटुल के लड़के तेरे-मेरे बीच के सम्बन्धों की गन्ध पा जाएँगे। महुए की गन्ध को कोई छिपा सका है? इसीलिए तो उन दो लड़कियों को वापस

कर दिया।''

''नई'', दुलेसा हुलस गई, ''तू नहीं जाएगा, तो मेरी भारी हँसी उड़ेगी, दण्ड मिलेगा। मैं सिर ऊँचा करके चल नहीं पाऊँगी, तुझे आना पड़ेगा।''

''तू समझती कैसे नहीं, बच्चों-सी जिद करती है। तेरे घोटुल के लड़के जान जाएँगे।'' जिलेन थोड़ा रुका। फिर दुलेसा से आँख चुराते हुए बोला, ''मेरा ब्याह हो रहा है, दुलेसा, काको को लेने आया था।''

''क्या?'' दुलेसा का चेहरा फक पड़ गया, कलेजा मुँह को आ गया। जी चाहा जिलेन का मुँह नोच ले या उसके मुँह पर थूक दे। पर वह कुछ नहीं बोली, मन के दर्द को छिपाकर वह आँखों में मुसकराई और बोली, ''नहीं, तुझे चलना पड़ेगा।''

''अच्छा, तू जिद करती है, तो मैं चलता हूँ। पर देख ले, दुलेसा, बाद में तुझे ही कष्ट भोगना पड़ेगा?''

''चल, सह लूँगी।'' दुलेसा कड़वी हँसी हँस दी। यह जरा सहने की बात कह रहा है, वह तो दहकते अंगारों पर खड़ी है।

दुलेसा को जिलेन का हाथ पकड़कर अपने ही गाँव की पगडण्डी पर चलने में कितना भला लग रहा था। काश, सारी दुनिया यहीं ठहर गई होती तो!

जैसे ही घोटुल का अहाता कूदकर वह भीतर आई, सारे घोटुल में हुर्रे-हुर्रे की आवाज गूँज गई। प्रसन्नता और विजय की चमक से उसका सुन्दर-सा चेहरा चमक रहा था। अपने ही प्रेमी को अतिथि बनाकर लाने में उसे कितनी प्रसन्नता हो रही थी। बस उसे लग रहा था कि आज की रात खूब हँस ले, गा ले, नाच ले। अपनी ही तकदीर पर मातम मनाने की जगह खुशियाँ मना ले।

सबने जिलेन को घेर लिया और सब उसका स्वागत करते हुए जुहार कर रहे थे। लड़कियों ने हँसी से खिलखिलाकर उसका स्वागत किया, तिलोगा और जुजों ने अब दोबारा शृंगार कर लिया था। उनके चेहरे अभी भी उदास थे पर वे सारी गतिविधियों में भाग ले रही थीं। उनका दण्ड घोषित हो चुका था। कल उन्हें जंगल से पत्ते तोड़कर अकेले लाना था तथा तम्बाकू खरीदकर सब लड़कों को बीड़ी बनाकर पिलानी थी।

सबने मिलकर दोना-दोना भर-भरकर सलफी पी, पान रोटी खाई और नाच के लिए टोलियाँ छँटने लगीं। माँदरी (ढोलक) के चमड़े में आज पका हुआ चावल भींचकर लगाया गया था जिससे ढोलक की लय बराबर मिल रही थी। उसकी जोरदार आवाज कुमली डोंगरी तक टकराने लगी।

ज्यों-ज्यों रात में गाढ़ापन आता गया, त्यों-त्यों यौवन और रूप के रिश्ते और करीब होते गए। रात भर नाच और मुँदरी खेल चलता रहा। मुँदरी खेल जो अकसर चाँदनी रातों में खेला जाता है, वह आज खेला गया। सब घुटनों पर हाथ रखकर

बैठ जाते हैं। कोई एक अँगूठी छिपा लेता है और लड़की चोर बनी, आँखों से टटोल-टटोलकर ढूँढ़ती है कि मुंदरी किसके पास है? यह बड़ा ही उत्साही और प्रिय खेल माना जाता है।

''उठ, री!'' माँ ने उसके मुँह पर से चादर खींची, ''सूरज बालिस्त-भर ऊपर आ गया है।''

दुलेसा ने मुँह से चादर हटाई, तो आँगन में धूप की चमकती चादर-सी बिछी हुई थी। मुनगे के पेड़ पर नई-नई ढेर सारी कँवली पत्तियाँ और नन्हे-नन्हे फूल आ गए थे। पेड़ पर एक सफ़ेद मुर्गी चढ़ गई थी और फूल और कोमल पत्तियों को खा रही थी।

''शो-शो,'' माँ ने दोनों हाथों से मुर्गी को उड़ाना चाहा, पर वह ढीठ मुर्गी माँ की धमकियों की परवाह न करते हुए आराम से खा रही थी।

अन्त में हारकर माँ बड़बड़ाई, ''इन मुर्गियों के मारे फूल-पत्तियाँ कुछ भी साग नहीं बचता। आज ही सोच रही थी, मुनगे की भाजी और फूल पकाऊँगी, तो वह यह राँड मुर्गी खाये जा रही है। छिः-छिः, रामू भी खेत चला गया, पेड़ पर किसे चढ़ाऊँ?''

ओसारे की छत पर खुँसी हुई ढेर सारी दातौनों में से एक दातौन निकालकर दुलेसा बाहर आ गई और बड़े आराम से एक पैर को दीवार से टिकाकर खड़ी हो गई। माँ की बड़बड़ाहट पर वह मुस्कराई। बुढ़ापे में आदमी क्यों बड़बड़ाता है? क्या वह भी बूढ़ी हो जाएगी, तो ऐसी ही हो जाएगी? सोचते ही उसे जोर की हँसी आ गई। उसे हँसता देख माँ और गरम हो गई, ''काहे हँस रही है री, बहुत मस्ती हो गई है, तो बोल कसेर से छील दूँ? सुना नहीं, आज जलयारी को तीसरा दण्ड मिलेगा, सारा गाँव इकट्ठा हो रहा है?''

''क्या?'' दुलेसा भय से चीख पड़ी, तीसरा दण्ड? उसका माथा घूमने लगा। जलयारी इतनी कमजोर लड़की क्या तीसरे दण्ड को सह लेगी? यानी बैलगाड़ी के चक्के में उसके पैर को रखकर, चक्के को घुमाया जाएगा! ''हे देव, मेरी जलयारी को बचा लेना।''

''इसे सह लेगी और फिर भाग गई, तो गाँववाले अब की बार उसे खुद ही उस लड़के के पास पहुँचा आएँगे।'' माँ बोली।

भिनसारे मिली सूचना ने मन की कई-कई परतों को हिला दिया था। पता नहीं जलयारी बचेगी या नहीं? कई बार कहते हैं लड़कियाँ इतने कठिन दण्ड को सह नहीं पातीं और बीच में ही हिम्मत हार जाती हैं। और फिर उनके सिर से प्रेम का भूत उतर जाता है। पहली बार गाँववाले भागी हुई लड़की को पकड़कर

लाते हैं और उसे खूब मारते हैं, बाँध देते हैं। लड़की मौका पाकर फिर भाग जाती है, दूसरी बार उसे पकड़कर लाते हैं और आग से दागते हैं, मारते हैं। तीसरी बार यदि लड़की फिर भाग जाती है, तो गाँववाले उसे पकड़कर लाते हैं और उसका एक पैर चक्के के बीच डाल देते हैं या बाँध देते हैं। उसके बाद उसे तेजी से घुमाते हैं। लड़की पीड़ा से चीखती है, उसका पैर सूज जाता है और वह कष्ट से बुरी तरह चिल्लाती है और बेहोश हो जाती है। कई लड़कियाँ बीच में ही क्षमा माँग लेती हैं, पर कई लड़कियाँ इस कष्ट को भी सह जाती हैं और फिर मौका पाकर भाग जाती हैं। इस बार गाँववाले खुद उसे उसके प्रेमी के पास पहुँचा देते हैं।

"माँ, मैं जलयारी से मिल आऊँ?" दुलेसा ने पूछा।

"खबरदार, वहाँ नहीं जाना, वहाँ जवान बछड़ियों का कोई काम नहीं," माँ बोली, "तू जंगल जाकर पत्ते तोड़ ला और लकड़ियाँ बीन लाना। फिर रामू आएगा, तो उसे खाना दे देना।"

"मैं उसे खाना नहीं दूँगी, अपने आप निकालेगा और खाएगा।"

"क्या बोलती है?" माँ ने गुस्से से कहा, "हमारे लिए दिनभर वह मेहनत करता है और तू उसे खाना नहीं देगी? तीन माह हो गए उसे यहाँ रहते हुए। तूने उसे एक कसेला पानी नहीं दिया, तू आखिर है किस घमण्ड में री, लड़की?"

"तू तो ऐसे बोल रही है, जैसे मैं उसे बुलाने गई थी।" दुलेसा भी तुनक गई, "क्या वह नहीं था, तो हम लोग खाते नहीं थे? मैं कहे देती हूँ, मैं उसके साथ गृहस्थी नहीं करूँगी।"

"क्या हर समय कुड़क मुर्गी की तरह चोंच मारती रहती है री, छिनार!" माँ भड़क उठी, "तू तो अनोखी बोलियाँ बोलती है, सारे लोग यही करते हैं, यही रिवाज है। कोई नई बात है क्या? फिर कोई तुझे अभी सौंप रहे हैं? अभी साल-दो साल खटेगा तब ही तुझे सौंपेंगे।"

तभी सामने से रामू कन्धे पर लकड़ी का गट्ठा तथा टंगीया टाँग कर आता दीखा। आते ही उसने जोर से लकड़ी के गट्ठे को उचकाकर धरती पर पटका और सुस्ताने वहीं मुनगे के पेड़ की जड़ पर बैठ गया। पसीने से उसकी नंगी पीठ भीग गई थी।

"दुलेसा, रामू को पानी दे दे।" माँ ने उसे काम बताया। पर वह ढीठ बनी चुप खड़ी रही। माँ ढेकी के पास लीपने लगी थी, शायद कल धान कूटेगी। उसे वैसा ही खड़ा देखकर वह गुस्से से चिल्लाते हुए बोली, "सुनती नहीं री, नकटी?"

"मैं ले लेता हूँ, दुलेसा पर गुस्सा मत हो।" कहकर रामू खुद उठा और पसीने से गीली पीठ को पोंछता हुआ भीतर गया और एक कसेला पानी ले आया। रामू की हमदर्दी से दुलेसा और चिढ़ गई और मुँह बिचकाकर बाहर निकल आई। पर

बाहर आते ही चमककर खड़ी हो गई।

फूलो के घर के सामने दो बल्लियाँ गाड़कर सूअर को उल्टा लटका दिया था। यह इस बात का सूचक था कि फूलो के घर लड़केवाले आए हैं और भीतर बात चल रही है। जब बात तय हो जाएगी, तो सूअर को सीधा कर दिया जाएगा तथा शाम को इसी सूअर को काटकर सब लोग शराब के साथ खाकर आनन्द मनाएँगे। तो फूलो का भी ब्याह हो जाएगा।

जिलेन का ब्याह हो रहा है। यह खबर दुलेसा की सब साथिनों में फैल चुकी थी। सब दुलेसा से पूछना चाहती थीं पर दुलेसा के चेहरे की उदासी को देखकर कोई साहस नहीं करता था। दुलेसा का मन अब कहीं नहीं लगता था। वह अकेले-अकेले इधर-उधर गुमसुम बैठी रहती थी। वे दिन जो पहले पर लगाकर उड़ते थे, अब पहाड़-से हो गए थे।

जंगल का सौन्दर्य बढ़ गया था। ढेरों-ढेरों बैंगनी रंग के बदली फूल से घाटियाँ भर गई थीं। पर अब उस रूप को निहारने की किसे फुर्सत थी? दुलेसा ने घोटुल जाना भी छोड़ दिया था। सुखों ने उसके मुँह पर दरवाजा बन्द कर लिया था।

जलयारी को जो दण्ड दिया गया था, उसके कारण सारे गाँव में आतंक-सा फैल गया था। लड़कियों ने सहमकर बाजार-हाट जाना भी छोड़ दिया था। जलयारी खाट पर मुर्दा-सी पड़ी रहती थी, पर किसी की उसके पास जाने की हिम्मत नहीं थी।

आज सुबह-सुबह जब दुलेसा उठी थी, तब उसके सिर के पास कौवा आकर रोया था। दुलेसा ने भयभीत होकर उसे देखा और कंकड़ फेंककर उसे उड़ा दिया।

बाहर से माँ तेजी से आती दीखी। रामू ओसारे में बैठकर मछली का जाल बुन रहा था, उसके हाथ बड़ी तेजी से चल रहे थे। दुलेसा उठी और जल्दी से चूल्हा जलाने लगी। पानी से गीली लकड़ियों से सारा घर धुआँ हो उठा था।

"छिनार! तूने नाक कटा दी!" माँ ने पास आकर दुलेसा की पीठ पर एक लात जमाते हुए कहा, "जोनी बता रही थी, तू माँ बनने वाली है? बेशर्म, नासपीटी! तू जन्मते ही मर क्यों नहीं गई? इसी बात पर ऐंठती थी? जिलेन का ब्याह हो रहा है, और उसका बच्चा कौन पालेगा, हम?" माँ ने जोर से धक्का दिया, वह देहलीज के बाहर गिर पड़ी।

रामू के काम करते हाथ रुक गए, उसका चेहरा एकदम बुझे कोयले-सा काला पड़ गया था।

"नकटी, जा, कोतरी में डूब मर! बिरादरीवाले क्या बोलेंगे?" माँ गुस्से से ओसारे में निकल आई, "इतने दिन उसे घर-जमाई रखकर उसकी कमाई खाई और

अब लड़की दूसरे घर फाँदा मारकर पेट भर लाई? हे देव, यह सब दिखाने से पहले मुझे मौत क्यों नहीं दी?'' कहती माँ वहीं ढेकी के पास बैठ गई और फुग्गा फाड़कर रोने लगी।

दुलेसा धीरे-से उठकर खाट की आड़ में हो गई थी। उसे जोर का रोना आ रहा था, पर वह जरा भी नहीं रोई। अच्छा है, उसे अपने किए की सजा मिलनी ही चाहिए। उस हरामी के लिए वह छिपकर, लोक-लाज त्यागकर मिलने उतनी दूर जाती थी, आज वह कुँआरा बना शादी कर रहा है।

''अरी, फूस की आग और परदेसी की प्रीत ज्यादा दिन नहीं रहती।'' माँ रोते हुए बोली, ''जिलेन का तो महला बचपन में ही हो गया था, भला वह अपनी बात क्यों तोड़ता? बिरादरी में भारी दण्ड नहीं भरना पड़ता? सब तेरे जैसे मूर्ख नहीं होते, री!''

माँ बराबर बड़बड़ाती जा रही थी। दुलेसा ने पलटकर देखा, रामू वहाँ नहीं था। सूता वहीं पड़ा था, तो अब रामू चला जाएगा? अच्छा ही है चला जाए तो, यहाँ रहने से उसे फायदा भी क्या है? जिस आस के सहारे वह था, वह भी तो आज टूट गई न!

अचानक सामने के घर से जोर-जोर से रोने की आवाज आई और सब घबरा गए। क्या हो गया अचानक? माँ अपना रोना भूल गई और बाड़ी के पास खड़ी हो गई। उधर से बाबा के साथ रामू भीतर आया।

''कोमू का बाप मर गया, काठी में जाना है।'' बाबा घड़े से पानी निकालकर पैर धोता हुआ बोला।

''कल तो अच्छा था? मैं कोतरी नदी से नहाकर आ रही थी, तो रास्ते में मिला था।'' माँ ने आश्चर्य से कहा।

''मौत क्या कहकर आती है?'' बाबा ने जवाब दिया और बाहर निकल गया। उसके पीछे माँ भी निकल गई, बदहवास-सी।

कोमू के घर रोना-पीटना बढ़ गया था, लोगों की भीड़ इकट्ठी होने लगी थी। माँ और बाबा काठी में कोमू के घर चले गए थे।

दुलेसा सामने की मेढ़ पर पैर-पर-पैर रखकर बैठी थी। रामू अभी भी बाड़ी के पास खड़ा कोमू के घर की ओर देख रहा था। दुलेसा ने पहली बार अकेला पा उसे अच्छी तरह निहारा। रामू पहले यहाँ आया था, तो कितना तगड़ा था, अब कितना दुबला हो गया है। रामू पलटा और दुलेसा ने झट-से दूसरी ओर मुँह फेर लिया। रामू उसके सामने से भीतर चला गया। रामू की परछाईं दुलेसा के ऊपर से लाँघ गई। दुलेसा ने व्याकुलता से सिर झटकारा मानो रामू ने उसे छू लिया हो। रामू अपनी कोठरी में चला गया था। दुलेसा उठी और वह बाड़ से बाहर होकर कोमू के घर की भीड़ में पीछे से झाँकने लगी।

रिवाज़ के अनुसार कोमू की बहन अपने घर से बूढ़ा बैल लेकर आई। लाश को बाहर निकाला गया। नाना के मुँह में नाती ने रुपया रखा। यह रुपया अपने जीवन में ही आदमी सँभालकर रख देता है कि मेरे मरने के बाद नाती मुँह में डालकर रख लेगा। इस रुपए को बहुत शुभ तथा अमानत के रूप में रख लिया जाता है।

दुलेसा भीड़ से हटी और कोतरी नदी की ओर बढ़ गई। उसका मन विचित्र सूनेपन से भर गया था।

जब अँधेरा होने लगा, तो वह हारे जुआरी की तरह धीमी गति से घर की ओर पलटी। जंगल में झींगुर बोलने लगा था और जुगनू अपने-अपने दीये लिए निकल पड़े थे। गाँव में अजीब-सा सूनापन भर गया था। चारों तरफ चुप्पी-ही-चुप्पी!

सामने पेड़ के पास उसे लगा कोई खड़ा है। अँधेरे में कौन होगा? उसने धीरे-से आवाज दी, ''कौन है?''

''मैं हूँ, दुलेसा!'' कहता हुआ रामू उसके सामने आ गया। अचानक रामू को सामने देखकर दुलेसा घबरा गई।

''तू यहाँ क्या कर रहा था?'' उसने कमजोर और धड़कते मन से पूछा। पता नहीं क्यों, उसकी आवाज में पहले-जैसा तीखापन नहीं था।

''तुझे लेने आया था, दुलेसा!'' रामू ने उसका हाथ पकड़ लिया, ''तू उस दिन कहती थी न कि कानीबाट जंगल में गुम हो जाती है, देख मैंने खोज लिया! कानीबाट विशाल जंगल के सहारे ही चलती है, तेरे बच्चे को मैं अपना नाम दूँगा, दुलेसा।''

दुलेसा हैरान हो उसे आँख भरकर देखती रह गई। पहली बार उसका मन रोने को हुआ। मुँह तक आई हिचकी को दबाए वह दौड़ती हुई जल्दी से अहाता कूदकर भीतर हो गई और रामू की कोठरी में घुस गई।

ओसारे में जलती आग के पास बाबा बैठा तम्बाकू खा रहा था। दुलेसा को रामू की कोठरी में घुसते देखकर वह आश्चर्यचकित रह गया और दुलेसा की माँ को, जो वहीं आग के पास सो रही थी, झिंझोड़कर जगाते हुए बोला, ''अरी उठ, मुर्गी दड़बे में घुस गई।''

टोना

धूप का प्यारा, नन्हा-सा वह छौना कूदकर, दीवार फाँदकर नीचे धरती पर उतर आया था। जगह-जगह से फटे हुए पाँवों से काकी आँगन बुहार रही थी।

सवेरे-सवेरे देखे सपने से दिल अभी भी धड़क रहा था। सपना भी कितना अजीब—कुछ लोग जंगल से मोटी-मोटी लकड़ियाँ ला-लाकर मैदान में ढेर कर रहे हैं और वह बाजार जाने के लिए उसी मैदान को जल्दी-जल्दी पार करना चाहती है पर रास्ता है कि कटता ही नहीं। जितना वह दौड़ती है, आगे बढ़ना चाहती है, देखती है कि वह वहीं पर है, और इधर लकड़ियों की ढेरी बढ़ती ही जा रही है।

कितना बुरा सपना था, दिल धक-धक कर रहा था जैसे तेज दौड़ती गाय ठहरकर लम्बी साँस ले रही हो।

कल ही तो जगदलपुर हाट से लौटी है, शरीर पर गुदना गुदाकर, और आज ऐसा सपना! तीखी सुई सुसुरी देह पर चली तो उसने दाँत भींच लिए थे, काकी पास बैठी निरीक्षण करती रही थी। कितनी देर तो काकी फूल छाँटने में लगाती रही, आखिर पीठ पर गेंदा का फूल और बाँह पर सरसों के छोटे-छोटे फूल उतरवाने को वह राजी हुई थी।

गाँव का पुजारी कहता है मरने के बाद भगवान के घर यही लेखा साथ जाता है, जिसके गोदना नहीं वह नरक भोगता है, यही देह का चिह्न तो साथ जाए है। बिना गोदने वाली देह को कोई नहीं पूछता। सुरजनी ने तो जाँध पर जबसे गुदना उतरवाया है जाने कहाँ-कहाँ से ब्याह का न्यौता आया है, दो सौ रुपया नगद देने को तैयार हो गए हैं। काकी के तो पूरे देह पर गोदना है, जिसके जितना गोदना होगा वह उतना ही सुख भोगता है। काकी ने तो पूरे चार आदमी का सुख भोगा है।

काकी रोज-रोज कहती थी, आखिर वह गोदना गुदवाने तैयार हो गई। नाकेदारिन सुखमती रोज जगदलपुर हाट चावल बेचने जाती थी वह और काकी दोनों उसी के संग हो लिए। काकी थककर सुस्ताने बैठ जाती तो नाकेदारिन उसे अलग ले जाकर खोद-खोदकर पूछती, उसका मरद ननका इधर रस्सा तुड़ाकर भागने वाले साँड़-सा हो गया है, पूरे चार हाट हो गए, घर आने का नाम ही नहीं लेता, कहीं

वह उसके यहाँ शराब पीकर मौज करने तो नहीं आता?

ऊँह, आता भी होगा तो वह क्यों बताने लगी, बड़ी चाँदी की हँसली लटकाए, सारे गाँव में घूमती है, अरी जिसके हाथ का मरद फिसला, उसकी कुतिया की सी गत बनती है, खुद तो नम्बरदार के बेटे महुआ से घास की पुआल के पीछे छुप-छुपकर दीदे जोड़ती थी, अब मरद बाहर दीदे फेंकने लगा तो सूपे-सी फटफटाने लगी, काने सूपे से चावल गिरते ही हैं री, हाँ।

रात को हाट से लौटी है, सारा शरीर कच्ची पीड़ा से टीस रहा है, और सुबह ऐसा बुरा सपना! याद करो तो देह के रोंए सुई बनकर खड़े हो जाते हैं। जरूर सुसरी नाकेदारिन ने टोना किया है। औरत की जात ही ऐसी है, दूसरे का फोड़ने वाली, तभी तो रास्ते-भर उसकी नई साड़ी को घूर-घूरकर देख रही थी, जरूर सूत खींचकर टोना करी होगी।

उस दिन काकी बता रही थी, महुआ की बहू की जचकी हुई तो जचकी का खून अँगूठे से ले जाकर उसकी सौतेली सास ने टोना कर दिया, तीन दिन्न में ही टूरी मर गई।

रात को काकी से चावल बिनवाएगी, अपने-आप पता लग जाएगा, सुसरी नाकेदारिन सुखमती के नाम जरूर चावल ज्यादा खींचेंगे।

हंसो सामने आकर जोर से बाँग देने लगा, तब उसने बाहर झाँका, बाहर अँधेरा हो रहा था, आज सारा दिन खाट पर पड़े-पड़े ही कट गया।

उसने दड़बे का मुँह खोल दिया, हंसो दूसरी मुर्गियों को चाट मारकर बुलाता रहा, फिर खुद भी अन्दर चला गया।

काकी साँझ उतरे पर लौटी तो उसके साथ में दो आदमी थे। वह दोनों ओसारे पर रखी टूटी बेंच पर बैठ गए। काकी शराब के घड़े के पास न जाकर भीतर आ गई।

''खोड़ी जा जल्दी से भात चढ़ा, तीतर गाँव का पटेल आया है, तेरे लिए बात करने, पूरे सौ रुपए और एक बकरा देने को तैयार है, समझी?''

उसकी देह पर फिर जैसे गुदने की सुई चुभने लगी, हल्की गुदगुदी और पीड़ा से उसकी देह सिहर गई। काकी खाट उठाकर बाहर ले जाने लगी, फिर दरवाजे तक जाकर रुकी, ''देख री मोगरी सुकसी बड़ी में डालकर बना ले।''

वह उठी और चूल्हे के ऊपर छत से लटक रही हँडिया से मोगरी सुकसी निकाल ली। खेत जब पककर तैयार हुए थे तो वह सुरजनी के साथ जाकर खेत से कितनी मछलियाँ पकड़ लाती थी, रोज काकी शराब के साथ मछली भूँज-भूँजकर सबको देती थी। मछली का पैसा वह काकी से ले लेती थी। पूरे दशहरे उसने दो कौड़ी पाँच

की बेची थी।

इतनी ढेर मछली आखिर खेत में आती कहाँ से हैं? काकी कहती है, आसमान से पानी के साथ एक मछली गिरती है उसी से इतनी हो जाती हैं, एक-एक बार में आठ-आठ सौ बच्चे फोड़ती है। भाटा डगाऊ मछली रास्ता भूल गई थी इसलिए वह मोगरी मछली से रास्ता पूछने आती है। कितनी कहानियाँ काकी भाटा डगाऊ, मछली और मोगरी मछली की सुनाती है।

सामने से बातचीत की आवाज आ रही थी, लौकी के बने तुंबे में तीतर गाँव का पटेल शायद सलफी लाया था, काकी कटोरे पर कटोरा पिए जा रही है, नशे से उसकी आँखें लाल हो गई हैं, आज काकी शायद शराब नहीं बेचेगी, क्योंकि दो आदमी सामने से आए तो उसने उन्हें भगा दिया, आज काकी मौज में थी।

"खोड़ी को मरद ने छोड़ दिया, किसने कहा? अरे यह गाँव वाले, खोड़ी की खड़ी जवानी से जलते हैं इसलिए ऐसी जी जलाने वाली बात कहते हैं, मरद को तो वह खुद छोड़ आई थी, खोड़ी की जवानी का तेज देखकर घबरा गया था, अरे पूरा नामर्द था।"

टट्टे की झुग्गी से आँखें टिकाकर उसने बाहर झाँका, बाहर वाला वही था जो सुकरवार को नदी घाट पर सुरजनी से तम्बाखू माँग रहा था।

"लड़की में कोई दोष तो नहीं?"

"अरे नाम खोड़ी है, मेरे कोई बच्चा नहीं बचता था तो यही नाम रखा, जब खोड़ी हुई तो उसे कूड़े-कचरे के ढेर पर डाल दिया। बाद में उसकी बड़ी माँ ने कचरे के ढेर पर एक पैसा रखकर इसे खरीदा और लाकर मेरी गोद में डाल दिया, तब से यह बड़ी माँ को माँ कहती और मुझे काकी। महुआ की शराब जिसे चढ़ी फिर उतरी नहीं, ऐसी है खोड़ी," काकी दीवार पर ढेर होते बोली, "अरी खोड़ी पका ली हो तो बता, धुनड़ी चाबने लगे हैं।"

वह दोनों हाथ से मच्छर मार रहे थे। वह दोनों को खाना देने आई तो काकी दीवार के पास लुढ़की पड़ी थी, सलफी पीने को मिल जाए तो काकी ऐसी ही बेसुध हुए तक पीती है, खाना-पीना सब भूल जाती है।

सुबह वह नाले पर से लौटी तो ओसारे में डण्डा-तुम्बा कुछ नहीं था, वह दोनों चले गए थे।

काकी रात बिना खाए ही सोई थी इसलिए उसकी आँखें अभी भी चढ़ी-चढ़ी सी थीं, उसे निहारकर बोली, "पूनी जोन में ले जाने कहे हैं।"

वह काकी की खाट पर बैठ गई, उसने काकी की बात का उत्तर नहीं दिया।

"काकी कल मैंने एक सपना देखा है, तू चावल बिनकर देख तो, किसी ने टोना तो नहीं किया।"

"साँझ को बिन दूँगी, अभी मन्दिर जाना है, एक लड़की का पेट फूल गया

है। किसी ने टोना किया है, उतारना है।''

''नहीं, अभी बिन मेरा जी कल से ठीक नहीं है मन में खटका-सा है,'' वह काकी की बाँह पकड़कर उठाने लगी, ''चल न, जरूर टोना है।''

''अच्छा, बिन दूँगी, जा गोबर से धरती को लीप।''

वह उठी, और ओसारे के पास वाली शराब की खोली को लीपने लगी, इसी खोली में काकी के देव की छतरी है, यहीं पर वह सीरा-गुना, टोना-टूटका उतारती है और चढ़ाती है, इसी खोली में वह घड़ों में शराब रखती है। काकी कहती है उसके देव का असली चढ़ावा शराब ही है, बिना शराब पिए काकी कभी टोना नहीं उतारती।

गोबर से लिपी धरती पर काकी शराब पीकर बैठी और लकड़ी की छोटी डिबिया में रखे चावल धरती पर गिरा दिए, वह जो-जो नाम बोलती जाती उस नाम को बार-बार बोलकर चावल बीनती जाती। देर तक मन्त्र पढ़कर काकी चावल बीनती रही पर किसी के नाम चावल अधिक नहीं हुआ।

''ले पगली, किसी के नाम चावल अधिक नहीं हुआ, बेकार इतनी देर करा दी, वहाँ मन्दिर में सब बैठे होंगे। लड़की बड़े देव से ही ठीक होगी।'' कहती काकी उठकर बाहर जाने लगी।

तब से भी वह चुपचाप वहीं बैठी रही, काकी बाहर हंसो को दाना डाल रही थी, हंसो खुश होकर, चिल्ला-चिल्लाकर दाना चुन रहा था, वह एक दाने को मुँह में लेता, फिर धरती पर छोड़ देता और कुट-कुट की आवाज से मुर्गियों को बुलाता, जब दो मुर्गियाँ दौड़कर आ गईं तब खुश होकर उनके साथ दाना चुन-चुनकर खाने लगा।

काकी खुश होकर हंसो को निहार रही थी, काकी को हंसो पर बहुत गर्व था। अब तक वह पाँच मुर्गे और पचास रुपए जीत कर ला चुका था, हर हाट को काकी खुद हंसो को मुर्गा लड़ाने ले जाती थी, हर बार हंसो जीत कर ही लौटता था, हाट से आने के बाद काकी हंसो पर चावल बीनकर देख लेती थी कि किसी ने टोना तो नहीं कर दिया, गाँव वालों का क्या, जलन से कर देते हैं। जिस हाट हंसो जीतकर लौटता काकी छोटा-सा काली मुर्गी का बच्चा देव को जरूर प्रसन्न होकर चढ़ाती थी।

पूनो का चाँद रात की नाक पर लगी लोंग में जड़े हीरे की तरह चमक रहा था। सामने के ओसारे में खाट पर और जमीन पर कुछ लोग बैठे थे। काकी सबको शराब दे रही थी। बकरे की अँतड़ी जो काकी आज शहर से लाई थी, अपने पुराने ग्राहकों को—जो वहीं बैठकर रात गए तक शराब पीते थे—दोने में देती जा रही थी।

रात खामोश, समझदार बच्चे की तरह चुपचाप हो गई थी। रात के सन्नाटे

के साथ शराब पिए लोगों की बड़बड़ाहट बढ़ती जा रही थी, लोग शराब के नशे में अश्लील बातें करते हुए काकी को नोच रहे थे।

काकी अपनी चर्बी वाली काली चिकनी देह को झटक-झटककर उन्हें डाँट रही थी, "मायलोटीया...ज्यादा नखरा न कर...घर जा, वहाँ तेरी माँ बैठी है।"

महुए की कच्ची शराब की गन्ध से पूरा घर महक रहा था। पीछे नाले के पास सियार बोलने लगे थे। चूल्हे के पास बने छोटे-से मिट्टी के दड़बे में मुर्गियाँ ठण्ड से कुड़मुड़ा रही थीं।

इस छोटे-से धनपुंजी गाँव में काकी जाने कब से कच्ची शराब बेचने का धन्धा करती थी। काकी के तीनों मरद भाग गए, चौथी बार काकी इसी गाँव के कोतवाल का हाथ पकड़कर यहाँ आ गई। कोतवाल की आस-औलाद नहीं हुई थी, तब डूमर-फूल (गूलर-फूल) की तरह उसका जन्म हुआ था। कोतवाल के मरने के बाद से काकी शराब बनाने और बेचने का धन्धा करने लगी थी। सारे गाँव में और दूसरे गाँवों में भी काकी सा सीरा-गुना करने वाला और टोना उतारने वाला कोई नहीं था। पूरा घर और काकी की ताँबे की सी देह, पके महुए-सी महकती रहती थी।

आज तीतर गाँव का पटेल सौ रुपया और बकरा काकी को दे गया था, तुंबे में काकी के लिए सलफी लाया था। काकी ने रुपए तो पोटली में बाँधकर धान की भरी ढोली में बाँस से खुसेड़ दिए थे, काकी इसी तरह रुपए धान की भरी ढोली में बाँस से नीचे खुसेड़कर रखती थी।

बाहर ओसारे के जब सारे लोग चले गए तो काकी दोने में उलीच-उलीचकर सलफी पीती रही। जब काकी अधिक खुश होती या दुखी, तब वह अकेली बैठकर शराब पीती थी। वह रात के तीसरे पहर के टूटने तक काकी को सलफी पीते और बकते देखती रही।

जब मुर्गे ने पहली बांग दी तब वह काकी को भीतर घसीट लाई। काकी बाहर ओसारे में नशे में धुत पड़ी थी। उसकी आधी जाँघें खुली थीं, जिन पर मच्छरों का झुण्ड बैठा था।

पटेल के घर दोनों सौतों ने उसका स्वागत किया था, बड़ी की आँखों में स्नेह था, पर मँझली की आँखों में डाह का समन्दर वह देख चुकी थी।

उसके अपने घर से यह घर बहुत बड़ा था और आसपास बहुत बड़ा बाड़ा था। मोहल्ले की औरतें, बच्चे उसे देखने आए थे, वह सकुचाई-सी ओलती के पास रखे घड़ों से टिकी खड़ी थी, कई औरतों ने उसे ऊपर से नीचे तक जाँचा कि वह पटेल को बच्चा दे सकती है या नहीं।

रात गए तक लोग बैठे सलफी पीकर नाचते रहे।

सवेरे वह उठकर बाहर आई, दरवाजे पर ही एक धोती रखी थी, उसे उठाकर वह कुएँ पर चली गई। कुआँ सूना था। रात-भर पुरुष की उँगलियाँ उसे कोंचती रही थीं, वह देर तक पानी उलीच-उलीचकर अपने शरीर से दूसरे की गन्ध को धोती रही।

लौटी तो देखा मँझली घर बुहार रही है, ढेर सारी धूल उसके ऊपर आ गई जैसे घर के कचरे के साथ उसे भी वह बुहारकर फेंकना चाहती हो।

जैसे-जैसे दिन सरकते गए, वह इस नए घर में अपनी जगह जमाती गई। बड़ी इसी घर में रहती थी पर उसका पटेल से कोई सम्बन्ध न था, भारी और खुरदरी देह वाली थी, बड़ी-बड़ी डरावनी आँखें थीं, सिर पर बाल नहीं के बराबर थे, हर-हमेशा वह सिर पर कपड़ा बाँधे रहती थी। खाना भी राक्षसी-सा था, दो सोली का भात अकेली निगल जाती थी। सारे घर की देखरेख वही करती थी, यह उसने पहले दिन ही महसूस कर लिया था कि पटेल बड़ी से डरता भी था।

छोटी नगरनार के वाशाभोग छोटे चावल की तरह सुन्दर और महकने वाली थी। उसकी चिकनी और नंगी पिंडलियों पर गोदने के फूल उतरे थे जो बड़े सुन्दर लगते थे। मँझली की आँखें हरदम उसी पर चौकसी करती थीं। ईर्ष्या का काजल हरदम अब उसकी आँखों में लगा रहता था। पटेल जब मँझली को घूरता तो वह उसकी आँखों से मोगरी मछलियों की सी फिसल जाती थी, उस रात पटेल मँझली के पास जरूर जाता था। काकी कहती थी ऐसी औरतें अच्छी नहीं होतीं, औरतों की भी मछली की तरह अलग-अलग कई जातें होती हैं।

बड़ी के सिर में बाल नहीं हैं उसका राज जब खुला तो वह काँप सी गई, बड़ी पंगनीन (टोन्ही) थी। वह रात को घर से चली जाती और पौ फटने के पहले आदमी का खून पीकर लौटती थी। काकी कहती थी, पंगनीन छत पर से डोरी डालकर सोए आदमी का नाभि से खींचकर खून पीती है, जब आदमी का खून नहीं मिलता तब जानवरों का खून पीती है। पटेल बता रहा था कि पूरे गाँव में तीन-चार पंगनीन हैं, यह लोग अपना काम निपटाकर खुले मैदान में मस्त होकर खेलती हैं। इनके मुँह से लार टपकती रहती है। सुनकर रोंगटे खड़े हो गए।

खम्हार गाँव में बाली पूजा होने वाली थी, वहाँ पर जोर-शोर से मँडई भी भरने वाली थी। इस बार पाँच-छः साल बाद खम्हार गाँव में बाली बैठी थी, बहुत धूम थी। आसपास के और दूर तक से देवी-देवताओं का जमघट खम्हार गाँव में लगना शुरू हो गया था। भीमादेव और कोदनी के ब्याह पर यह समारोह होता है। यह पूजा करीब डेढ़ माह तक छोटे पैमाने पर होती है। जिस दिन बारात निकलती है उस दिन बड़ा समारोह होता है और उसके बाद ही धान बोई जाती है।

खम्हार गाँव की बाली की धूम सब तरफ थी। उसे बड़ी उत्सुकता थी बाली देखने की, बहुत वर्षों बाद ऐसा मौका मिल रहा था।

बड़ी तो कई दिन आगे से चली गई थी। कई बार बोलने पर पटेल मँझली के साथ भेजने को तैयार हुआ, वह प्रसन्नता से अपने सबसे अच्छे जोड़े को धोने में जुट गई।

जब वे लोग खम्हार गाँव पहुँचे तब दिन का तीसरा पहर शुरू हो गया था। मँडई जोर-शोर से भरी थी। मँडई बट के बड़े-बड़े पेड़ के पास जहाँ भीमा का ब्याह होने वाला था, वहाँ लगी थी। अभी भीमा की बारात पहुँची नहीं थी।

वह मँझली के साथ गाँव की ओर बढ़ गई जहाँ भीमादेव और बाराती देव को जनवासा दिया गया था। जब वह लोग वहाँ पहुँचे तो दरवाजे से बारात निकल गई थी।

आठ-दस, करीब बारह-तेरह साल की लड़कियाँ सफेद साड़ी पहने बालों को सामने बिखराए एक-दूसरे से गुँथी झूमती खड़ी थीं। इन पर देवी चढ़ी थी। दो आदमी करीब बीस-बीस फूल के लम्बे और मोटे बाँस जिनके सिरे पर पीतल का कलस लगा था, लिए जोर-जोर से दौड़ रहे थे, पुजारी सिर पर चाँदी का मुकुट लगाए हाथ में धूनी लिए आगे था। कुँआरी लड़कियाँ जिन पर देवी आई थी, गाना गाती, झूमती आगे बढ़ने लगीं सामने, सामने एक लड़का लकड़ी की कुल्हाड़ी लिए तथा कुछ दूसरे लड़के तीर कमान लिए थे। सबसे आगे भीमादेव की डोली थी, जिस पर सफेद और संतरई रंग के फूल लगे थे। उसके पीछे एक आदमी सिर पर भोजली रखे झूमता चल रहा था। उस पर भीमादेव आए थे। उसके पीछे एक औरत सिर पर पानी का भरा घड़ा लिए झूमती चल रही थी। उसके साथ एक आदमी लुभान लिए चल रहा था। शहनाई, तबले जोर-जोर से गूँज रहे थे।

बारात में शामिल होने बहुत-से छोटे-छोटे देव आए थे। गांव के हरेक घर से भोजली आई थी, छोटे-छोटे टोकने में भोजली लिए औरतें झूमती मस्त-सी पीछे-पीछे चल रही थीं।

बारात जब भीमाखूँट जहाँ मँडई भरी थी, पहुँची तो दिन का तीसरा पहर खत्म होने को था।

लकड़ी की कुर्सी जिसके पीछे मखमल का कपड़ा लगा था, ऊपर मोर के पंख लगे थे, उस पर भीमादेव को बैठाया गया। लाठ पकड़े दोनों युवक आए और लाठ को भीमाखूँट से छुआकर चले गए और खेलने लगे। कुँआरी लड़कियाँ मचान पर बने मंच पर चढ़कर झूम-झूमकर नाचने लगीं। शहनाई-तबले की गूँज पूरे वातावरण को मस्त कर रही थी।

मँडई का वातावरण अब पूरे यौवन पर था। कुँआरे लड़के-लड़कियाँ भीमादेव की डोली के फूल लेकर आपस में दे-लेकर ब्याह कर रहे थे। बस्तर में दशहरे के

रथ के पीछे गिरे फूल उठाकर ब्याह करने का रस्म है और दूसरा बाली के दिन ब्याह करते हैं, ऐसे ब्याह अक्सर प्रेम-विवाह होते हैं, जो लड़के और लड़की दोनों ही मिलकर कर लेते हैं और गृहस्थी बसा लेते हैं। भीमादेव के साथ कई जोड़े ब्याह कर रहे थे। चारों तरफ रोमेंटिक वातावरण फैल गया था। शराब पीकर लोग झूम रहे थे।

शहरी बाबू लोग भी इस मेले में उत्सुकता दिखा रहे थे, मनचले लोग ठिठोली करते घूम रहे थे।

वह प्रसन्नता से सारे वातावरण को अपनी आँखों में भर लेना चाहती थी कि तभी उसे लगा कोई उसका पीछा कर रहा है, उसने मुड़कर देखा, एक फुलपैंट, कमीज पहने युवक गले में एक मशीन लटकाए उसे देख रहा था, वह जिधर जाती वह भी उधर आ जाता। मँझली सब देखकर मुस्करा रही थी। मँझलीं को मुस्कराता देख उसकी घबराहट बढ़ती जा रही थी।

उसे बड़ा बुरा लगा, वह खम्हार गाँव के पुजारी के पास पहुँच गई और उससे युवक की शिकायत कर दी।

पुजारी मुस्करा दिया, "वह...वह बाबू तो फोटो उतार रहे हैं, सारे मेले की फोटो खींचने शहर से आए हैं। तू अच्छी लगी तो तेरी भी खींच लिए, क्या हरज है?"

पुजारी की बात सुनकर वह चुप हो गई। मेला रात-भर चलता रहा, सारी रात लोग मौज उड़ाते रहे।

वह जब से पटेल के घर आई थी, लौटकर काकी के यहाँ नहीं गई थी। नाकेदारिन सुखमती भी बाली देखने आई थी। मँझली थककर अपनी मौसी के यहाँ चली गई थी। वह नाकेदारिन सुखमती के साथ रात गए तक मेले में घूमती रही।

नाकेदारिन सुखमती ने बताया कि काकी शराब के नशे में गिर पड़ी जिससे उसका एक पैर लँगड़ा हो गया है। लँगड़ाते हुए ही शराब बेचती है और पिछले दिनों सोने की चीम माला बनाकर गले में पहनी है।

वह बाबू अभी भी उसका पीछा कर रहा था। इस बार जब भी उसे देखता, वह भी हँस देती।

सवेरे बकरे की बलि थी—और पूरे गाँव का खाना था, पर वे लोग नहीं ठहरे। मँझली घर लौटने की जिद करने लगी थी।

गाँव में बात फैल गई थी कि खोड़ी माँ बनने वाली है। पटेल खुश था। बड़ी भी खुश थी, बस मँझली की देह दिन-भर गीली लकड़ी की तरह सुलगती रहती।

गाँव में चमरू सुनार का खून हो गया था, सब घरों में बड़ी हलचल थी। पुलिस

कई लोगों को पकड़कर तो ले गई। पटेल भी हर पेशी में चमरू सुनार की औरत को लेकर शहर जाता था, जहाँ बड़ी कचहरी में पेशी लगी थी। चमरू सुनार का खून जब से हुआ पटेल को कई बार जगदलपुर पेशी में जाना होता था।

रात को पक्षी के बोलने की आवाज आ रही थी। बाहर ओसारे में लालटेन लटकी थी। फारे की पट्टियों को जोड़कर दरवाजा बनाया गया था, लालटेन की रोशनी फारे से लाँघकर नीचे धरती पर पड़ रही थी।

पटेल को शहर गए दो दिन हो गए थे। आम में मौर आ गए थे। हवा में नन्हे-नन्हे कच्चे आमों की खुशबू थी। सारी कोठरी में ज्वार की बासी रोटी की सी गन्ध बसी थी, जो उसे भली लगती थी। पटेल के घर की हर कोठरी में यही गन्ध भरी थी, वहाँ काकी के यहाँ हर जगह कच्चे महुआ की गन्ध भरी होती थी। वह करवट बदलकर साँस भरने लगी।

"छोटी सो गई?"

पटेल शायद लौट आया था, उसकी आवाज ओसारे में सुनाई दी।

"हाँ, जी भारी हो रहा था, सो गई होगी," बड़ी की आवाज करीब के किसी कोने से उभरी।

भारी पैरों की आहट पास आकर रुक गई।

थोड़ी देर ठहरकर शायद पटेल ने कपाट उघाड़ा। ताजी हवा का झोंका कोठरी में आया, जिससे कोठरी में बसी बासी रोटी की सी गन्ध और तीखी होकर नथनों में भर गई।

"छोटी।" फटाक से पटेल ने कपाट छोड़ दिया।

वह हड़बड़ाकर कोहनियों के बल उठकर बैठ गई। पटेल के हाथ में लालटेन थी जिससे अब बाहर ओसारे में अँधेरा था और कोठरी में उजाला भर गया था। पटेल की परछाईं दीवार पर लम्बी हो गई थी।

"खाना खा लिया?"

पटेल ने कोई उत्तर नहीं दिया, वह भन्नाया हुआ खाट पर बैठ गया, "तू बाली देखने खम्हार गाँव गई थी न?"

वह आश्चर्य से टुक-टुक पटेल को देखती रही।

पटेल खड़ा हो गया, "आज जगदलपुर से आ रहा हूँ, वहाँ महल के सामने सरकारी सनीमा दिखा रहे थे, मैं भी देखने गया था, साथ के लोग भी गए थे, उसमें तेरी फोटो भी थी, हँसते हुए, पान खाते हुए, ठिठोली करते हुए, बोल तू खम्हार गाँव बाली देखने गई थी कि सरकारी सनीमा में काम करने गई थी? उसी बाबू के साथ रात-भर तू रही भी न, मँझली सब बता रही थी, अब उस बाबू का बच्चा मेरे सिर मढ़ना चाहती है? बोल, हरामजादी बोल..." पटेल ने गुस्से से उसके पेट पर लात मारी, जिससे वह सँभल नहीं पाई और खटिया के नीचे गिर पड़ी।

पटेल चिल्लाता, सबको सुनाता बाहर निकल गया। दोनों सौतें पटेल के पास आ गई थीं, पटेल चिल्ला-चिल्लाकर उसे गालियाँ दे रहा था।

खटिया का खूँटा उसके सिर पर लगा था, जिससे सिर भन्ना रहा था। अचानक यह क्या हुआ उसकी समझ में नहीं आया।

ओह! यह क्या हुआ यह सब मँझली की लगाई आग थी, अब पटेल की आँखों में पड़ा शक का टोना कभी नहीं उतरेगा।

उसे लगा, मन की कच्ची दीवार पर कोई बाहर से ठोंगे मार रहा है। वह उठकर बैठ गई। गीली धरती की ठंडक थी जो मन को छू रही थी, लग रहा था जहरीले फोड़े का जहर सारे शरीर में फैल रहा है।

वह थकी-सी दीवार से टिककर सामने टाँगें फैला देती है, ऐसे...ऐसे ही जब काकी टोना उतारती थी तब थककर दीवार से टिक जाती थी।

सीढ़ियों का ठेका

बाँस पर लटकी चादर पर छिपकली चिपक गई थी। जुम्मन लकड़ी से उसे भगाने की कोशिश कर रहा था, पर छिपकली नहीं भागी और चादर का कोना फट गया।

करीमन ओसारे से भीतर आते चीखी, "अरे हरामखोर, मालूम नहीं, आज जुम्मा है, मैं चादर क्या ओढ़कर जाऊँगी?"

जुम्मन नानी को आते देख डण्डे को वहीं छोड़कर पीछे की तरफ खुलने वाले दरवाजे से भाग गया। करीमन चिलचिलाती धूप में नुक्कड़ वाले कोस्टे के यहाँ से गुलाब पत्ती की पाँच पैसे वाली चाय की पुड़िया लेकर आ रही थी। उसने देखा नहीं कि जुम्मन कहाँ भागा है, वरना पकड़कर मारती। उसने चाय की पुड़िया को चूल्हे के पास वाली जगह पर रख दिया।

दूसरा कमरा, जो इस कमरे से भी छोटा था, वहाँ पर सड़क की तरफ खुलने वाली खिड़की थी। जुम्मन की माँ नए बच्चे को बोरे पर डाले सुला रही थी, वहीं से बोली, "नानी, घड़े के ऊपर गंज में खाना ढँका रखा है, खा लेना।"

करीमन कच्ची दीवार से टिक गई, थकान से आँखें मुँद गईं। मन में सोचा, 'हाँ जाऊँगी, अभी तो नमाजी इकट्ठे हो रहे होंगे, नमाज पढ़ने में भी तो समय लगता है,...खैरात नमाज के बाद ही तो मिलती है।'

गर्मी की इस चिलचिलाती धूप में खड़े होकर भीख माँगना जितना कठिन लगता है उतना शायद कयामत के दिन खुदा के सामने खड़े होने पर भी नहीं लगेगा। वहाँ तो कुछ सवाल-जवाब होंगे, पर यहाँ तो एक-एक नमाजी के पूरे खानदान को दुआएँ दो, तब कहीं बड़ी मुश्किल से पाँच पैसे नसीब होते हैं।

जुम्मन शायद बाहर तेज धूप देखकर लौट आया था और चुपचाप उठी हुई खाट के पीछे रस्सियों की आड़ से दादी को घूर रहा था। उसके मन में एक ही बात चक्कर काट रही थी, बुढ़िया भीख माँगने जाती तो ताक में रखे डब्बे से पतंग के लिए पैसे निकाले जा सकते थे।

करीमन उठी और ओसारे में रखे घड़े से नारियल के बने डोंगे में पानी निकाल कर पी गई। जुम्मन फिर चिल्लाकर अपनी माँ को बताना चाहता था कि दादी ने फिर डोंगे से पानी पी लिया है, पर बताने से दादी बड़बड़ाती और दादी का मस्जिद

जाना रह जाता, क्योंकि झगड़े के बाद वह मस्जिद नहीं जाती थी, यह एक प्रकार से उसका विद्रोह ही होता था।

पानी पीकर करीमन अन्दर आई, अचानक ध्यान गया, साड़ी एकदम फट गई है। आखिर चलती भी कब तक? दो ईद बीच में पड़ गईं, उसके पहले की ईद में मालगुजार के यहाँ से मिली थी। घुटने के नीचे आए पसीने को उसने साड़ी से पोंछ लिया।

बाहर साइकिल की आवाज आई, शायद करीम होगा। जाने क्यों करीम की छाँव से करीमन डरती थी। वह घर में होता तो वह बाहर होती। हालाँकि था वह उसकी बेटी का बेटा। लड़की भरी जवानी में बेवा हो गई थी। करीम जब जवान हुआ तो खुद भी मर गई। जहाँ माँ का रिश्ता टूटा, वहाँ नानी का रिश्ता कौन निभाता है? पर करीमन की मजबूरी थी कि सिवाय करीम की परछी के दूसरा ठौर नहीं था। पहले भी माँ-बेटी साथ-साथ रहती थीं। माँ के मरने के बाद करीम को नानी का बोझ बिला जरूरत और ज्यादा लगा। पर शायद मैट्रिक तक की पढ़ाई का अवसर था कि चुप रहा, फिर उसके घर खुद बाल-बच्चे होने लगे। करीमन ने अपना खर्चा भीख से निकालना शुरू किया, तभी से वह भीख माँगती है। करीम खुद अर्जीनवीस है, उसे नानी का भीख माँगना बुरा लगता है, आए दिन वह झगड़ा करता है। कुछ दिन करीमन भीख के लिए जुमे-जुमेरात निकलना बन्द कर देती है, पर कब तक? एक दिन बहू खाना देती है, दूसरे दिन दरवाजा दिखाती है और करीमन दूसरे दिन बस्ती में घूमती नजर आती है।

करीमन ने आखिरी निवाला जल्दी से नीचे उतारा और ताक में रखे डब्बे से सफेद चश्मा, जो सरकारी अस्पताल के डॉक्टर ने दिया था, निकालकर आँखों पर चढ़ाया, फिर चादर खींचकर पीछे के दरवाजे से बाहर हो गई।

बड़ी मस्जिद दूर ही पड़ती थी। बड़े महल के सामने वाली सड़क से चलो तो वह तालाब की ओर उतरती थी। वहीं पर मुसलमानों के घर के पास बड़ी मस्जिद बनी थी। करीमन ने चाल तेज कर दी।

मस्जिद की सीढ़ियों पर जूतों की कतार नजर आ रही थी। याने नमाज शायद शुरू हो गई थी। जूतों की कतार के पास अन्धा फकीर फारुख पहले से ही बैठा था। करीमन सीढ़ियों के पास बैठ गई। धूप तेज हो गई थी। मस्जिद के सहन में कुछ कबूतर घूम रहे थे। सहन की दीवार पर जूही की बेल घनी होकर झुक आई थी। यहाँ से महल के पिछवाड़े की ऊँची दीवार और उससे लगी साइकिल और चाय की छोटी टेम्परेरी दूकानें दिखती थीं। मस्जिद से लगा हुआ ही एक मदरसा था। मदरसे के बाग में तरह-तरह के फूल लगे थे। करीमन को याद आया, उस दिन जुम्मन कह रहा था, "बाग में पानी नहीं डालने से हाफिज जी मुर्गा बनाते हैं।"

नमाज खत्म हो गई थी। कुछ लोग आते दिखे। वे लोग सीढ़ियों पर ही जूते

पहनते थे। बस, यही समय तो फरियाद सुनाने का होता है। करीमन ने अपनी झोली फैला दी और गिड़गिड़ाकर कहना शुरू किया, "अल्ला, तेरे बाल-बच्चों की खैर करे! खैर-खैरात आड़ आए बाबा! कुछ गरीब की झोली में डाल दो, अल्ला तुम्हारी झोली भरेगा!"

अन्धा फारुक भी ऐसे ही कुछ शब्द बोल रहा था। धीरे-धीरे सब नमाजी जा चुके तो करीमन ने चादर सँभाली और चलते हुए पैसे गिने, पूरे चौदह आने हुए थे। उसके चेहरे पर प्रसन्नता छा गई। बहू को आठ आने बताएगी और बाकी छः आने अपने पास रखेगी। अन्धा फारुक धीरे-धीरे टटोलकर सीढ़ियाँ उतर रहा था।

करीमन घर की तरफ वाली सड़क पर मुड़ी तो दूर से ही कुबड़ी फातिमा नजर आई। उसका कूबड़ एकदम निकल आया है, चलती तो लगता, जमीन में लोट जाएगी। बड़ी मुश्किल से चल पाती थी। उससे भीख माँगना तो होता नहीं था पर लालची इतनी थी कि बस। आए दिन गाय-भैंस से लात खाकर सरकारी अस्पताल में पड़ी रहती। पिछले दिनों एक साँड ने जो मारा तो बाईं आँख बाहर निकल पड़ी। पूरे दो माह अस्पताल में पड़ी कराहती रही, पर अस्पताल से छूटते ही जुमेरात को घर-घर हाजिर।

कुबड़ी फातिमा करीमन तक पहुँच गई थी। अपनी एक आँख से उसे पहचान कर सड़क पर हाँफती-सी बैठ गई, "बुआ, नमाज खत्म हो गई?"

"खत्म भी हुई और नमाजी चले भी गये, तू काहे इतनी चिलचिलाती धूप में मौत को बुलाने घर से निकली है?" करीमन का स्वर खीझा हुआ था।

"कितना मिला?"

"मिलना क्या है, मैं तेरे जैसे गले थोड़े ही पड़ती हूँ, कुल छः आने मिले हैं।"

कुबड़ी फातिमा की आँखों में चमक आ गई। उसने अपनी आदत के मुताबिक रोना शुरू किया, "क्या करूँ री बुआ, रात को नसीबन से झगड़ा हो गया, गुस्से के मारे मैं खाना भी नहीं खा सकी, अब अंतड़ियाँ आँखों से निकली पड़ रही हैं।"

कुबड़ी फातिमा के रोने से करीमन को आग लग गई। वह इसी बात से डर रही थी। कुबड़ी फातिमा का मर्द पुलिस में हवलदार था। जब हवलदारिन थी, तो क्या मोटी थी जैसे भरा हुआ बोरा और अब खाली बोरे की तरह लटक गई है। नसीबन भी करम-जली निकली, ब्याह के ही साल आदमी को खाकर बैठ गई। अब माँ-बेटी भीख माँगती हैं। जहाँ अल्ला के फरिश्ते पहले नहीं पहुँच पाते, वहाँ ये दोनों माँ-बेटी हाजिर हो जाती हैं।

करीमन ने एक पत्थर से टेक लगाकर उखड़ी साँस को ठीक किया, "अरी बुआ, छः आने तो मिले हैं, चार आने का मिट्टी का तेल लेकर बाजार में बैठूँगी, जब कहीं जाकर शाम तक चार पैसे ऊपर मिलेंगे, तुझे दे दूँ तो मैं क्या करूँ?"

कुबड़ी फातिमा रोने लगी, अपने नसीब को कोसती आगे बढ़ गई। करीमन

भी भुनभुनाती आगे बढ़ी, 'बुढ़िया कब्र में तो पैर लटकाए बैठी है, पर झूठ कितना बोलती है, नसीबन से झगड़ा हुआ है, खाना नहीं खाया हुँह, मरने के बाद फरिश्ते खूब बिरियानी खिलाएँगे।'

करीमन घर के पास आ गई थी। उसने बाहर से ही अनुमान लगा लिया कि करीम चला गया होगा। वह इत्मीनान से घर में घुसी और उसने जुम्मन को चारों तरफ देखा, जुम्मन खाट की रस्सियों में पैर लटकाए सो रहा था।

पहले सारे मुसलमान बड़ी मस्जिद में ही नमाज पढ़ते थे तो करीमन को जुम्मे के रोज डेढ़ रुपए से लेकर दो रुपए तक की इनकम हो जाती थी, पर जब से मुसलमानों में बाहर के एक मौलाना आकर झगड़े डाल गए तब से जुम्मे की नमाज दो मस्जिदों में होने लगी। एक तो बड़ी मस्जिद जो मोती तालाब पारे में है और दूसरी छोटी मस्जिद जो सदर में है। तब से ही खैरात कम मिलने लगी। सदर वाले भिखमंगों ने छोटी मस्जिद में कब्जा कर लिया जिस पर सबसे ज्यादा हक जताने वाली कब्रिस्तान के तकियेदार की बीवी रहीमन थी। बड़ी मस्जिद के मौलाना सख्त किस्म के थे इसलिए वे किसी को खैरात माँगने के लिए बैठने नहीं देते थे, बस करीमन ही बैठती थी, क्योंकि वह जानते हैं कि यह कितने वर्षों से इन्हीं सीढ़ियों का दामन पकड़े है। यह अन्धा फारुख तो कुछ जुम्मों से ही आने लगा है। फिर करीमन आज के भिखमंगे फकीरों की तरह नीच नहीं जो एकदम गले पड़ते हैं। करीमन को सब मानते हैं।

कुबड़ी फातिमा और रहीमन से सब चिढ़ते थे। दोनों हर घर में अपना दुखड़ा रोतीं और चाय की पत्ती से लेकर मूँग की बड़ियाँ तक माँग लेतीं। भला यह भी खैरात माँगने का तरीका हुआ? कोई कब तक देगा? कुबड़ी फातिमा को जब मालूम हुआ कि जुम्मे को खैरात अच्छी मिल जाती है तो खुद भी मस्जिद आने लगी। जब नमाजी बाहर आते तो कुबड़ी फातिमा एकदम गले पड़ जाती, चाय के पैसों से सब्जी तक के लिए पैसे ले लेती। मौलाना ने एक बार देख लिया तो खूब डाँट पिलाई। तब से जाती भी तो दूर बैठी रहती।

रहीमन कब्रिस्तान के तकियेदार की औरत थी। चाँदी के गहने पहने रहती, अच्छे-अच्छे कपड़े पहनती, पर खैरात जरूर माँगती है। जुमेरात की रात को सर पर गंज उठाए, घर-घर खाना माँगने जाती। जो नहीं देता उसे गालियाँ सुनाती, "भला कोई कब्रिस्तान वाले तकियेदार की बीवी को टके-सा जवाब देता है? अरे, बाद में तो हमी से काम पड़े है।"

करीमन चिढ़ जाती, "बुआ, तू सबको कोसने भेजती है, कोई कर्जा है क्या तेरा?"

"कर्जा है या नहीं, सब जानती हूँ री। इनके घर की बहू-बेटियाँ मर जाती

हैं तो कैसे मेरे पास खबरों पर खबरें भेजते हैं...भला फिर मैं क्यों नहलाने आऊँ? दूसरा कोई मुरदा नहलाने क्यों नहीं जाता?''

करीमन चुप हो जाती और रहीमुन का चेहरा ताकने लगती। अल्लाह रे! मुरदे नहलाते-नहलाते इसका चेहरा भी मुरदों जैसा ही सख्त हो गया है। दोनों मियाँ-बीवी ऐश करते हैं ऐश, मरद मुआ बुढ़ा गया पर कैसा मुस्टण्डा धरा है। चालीसवें तक दोनों खाना माँग-माँग कर ले जाते हैं। जनाजे की डोले पर की चादर से लेकर उसके पहनने के कपड़े, खाट तक दोनों उठाकर ले आते हैं।

उस दिन बड़े बालों वाले फकीर की बेटी मर गई। घर के सारे लोग रोने-धोने में लगे थे और मरी बुढ़िया रहीमन उसके कपड़े बटोरने में लगी थी। जनाजा घर से निकला नहीं और वह जाने की जल्दी मचाने लगी। करीमन को तो जैसे आग लग गई। वह चिल्लाकर बोली, ''बुआ, आज तो तेरे घर में खुशियाँ होंगी ही! मरी क्यों जा रही है? थोड़ा सबर कर ले, तेरी तो आस-औलाद हुई नहीं, तू क्या जाने औलाद का गम!''

''अरी औलाद जनने वाली, क्यों जली-कटी सुना रही है! मेरी जगह तू होती तो ऐसा कहती? सुबह से जनाजा नहलाने आई हूँ, मुँह में रोटी का टुकड़ा भी नहीं गया है।''

करीमन चुप हो गई, कोयला जितना घिसो काला। जाने कौन-सी मिट्टी से खुदा ने दोनों को घड़ा है। उस दिन करीम, जुम्मन की माँ से बता रहा था, ''अरे भाई, यह गफ्फार बहुत ज्यादा कमीना हो गया है। बशीर की बहू को दफना कर हम लौटे तो देखा गफ्फार बशीर से हुज्जत कर रहा था। आखिर मौलाना ने बात खत्म की, दे दे यार, कल-परसों तू भी आएगा तो गफ्फार तेरी कब्र छोटी खोद कर रख देगा। जाने दो भाई, इसे खुश रखो।''

'जाने दो भाई', इसी जाने दो ने तो दोनों मियाँ-बीवी को चढ़ा रखा है। खुद तो गफ्फार बाजार में फुग्गे बेचता है, रहीमन उन लोगों की खैरात में मुँह मारने चली आती है। रहीमन को राब दे देते हैं, और वह नासपीटी खैरात में मिले चावलों को बेचती है और खाने को पीस कर बड़ियाँ बनाकर बाजार में बेचती है,...पर कौन बोलने वाला है? मरी का ईमान तो एकदम खत्म हो गया है।

सत्ताइसवें रोज के दिन कुबड़ी फातिमा जब सुबह-सुबह मालगुजार के घर पहुँची तो सामने रहीमन को देख उसे आग लग गई। हमेशा खैरात में हो या जकात में, कुबड़ी फातिमा ही पहले पहुँचती थी। रहीमन को देखा, उसे, आग लग गई। वैसे रहीमन से सब डरते थे पर कुबड़ी फातिमा के मन का क्रोध बाहर आ गया।

''तू तो मुरदों के कपड़े पहने है, हमारी खैरात पर क्यों हक जमाने चली आती है?''

''तू काहे दिल छोटा करती है री बुआ, तेरे भी तो कपड़े पहनूँगी!''

कुबड़ी फातिमा की बोलती बन्द हो गई। कुबड़ी फातिमा किसी से नहीं डरती थी, पर मौत से बहुत डरती है। जवान-जवान पाँच बेटों को मिट्टी के नीचे सुला आई, पर अपनी मौत के दिन को बहुत दूर गिनती थी।

•

करीमन घर से निकली तो देखा, बड़ी बाई के घर वाले पीपल के पेड़ के नीचे कुबड़ी फातिमा बैठी है, उसके चेहरे पर उदासी टँगी थी। करीमन चलते-चलते रुक गई, खैरात के झोले को गोद में रखे उसके सामने बैठ गई।

"क्यों बुआ, सारे घर निपट आई?"

"निकली तो थी पर आजकल तो सुबह-सुबह ही इतनी धूप निकल आती है कि जाने-चलने की हिम्मत ही नहीं पड़ती। क्या बताऊँ बुआ, तकदीर की मार, नसीब में ऐसा भी लिखा है, किसे मालूम था? अपने वक्तों में तो खूब राज की हूँ। हाथ-हाथ भर के तारे की बुनकी वाली चूड़ियाँ पहनती थी। अरी, मेरे जमाने में छः पैसे गज बढ़िया तूस मिलता था, कि आँख नहीं टिकती थी। दो जोड़े ईद पर बना देते थे तो पूरे साल चलाती थी। बता री, बाल-बच्चों के साथ साल भर दो जोड़े चलाना मामूली बात थी?" फातिमा बोलते-बोलते कहीं खो सी गई, "वह बोलते थे, फातिमा, तेरा काला रंग जामुन की तरह मजा देता है। मैं गिट्ठी थी और वह पूरे ऊँचे जवान, सोते में कभी ठिठोली करते, फातिमा तू तो पेट में ही अड़ जाती है।" कुबड़ी फातिमा के चेहरे पर मधुर भाव आ गया था।

करीमन मुस्करा दी। कुबड़ी फातिमा अपने बीते दिनों को शायद सामने देख रही थी। करीमन के मन को जैसे कोई कुरेद गया। उसने तो आदमी के सुख को सिवाय लात-घूँसों के जाना ही नहीं। बकरे की खाल छील-छील कर वह पूरा कठोर हो गया था। परायी औरतों के पीछे घूमता, जाने कितनी औरतों के घुटने छाँट चुका था, तो भला करीमन को आँख में रखता? जब बाहर की औरतों से जी भर जाता तो मुआ आता और बोरे पर सोई करीमन को पैर के अँगूठे से खींचता, "उठ, क्या मरी गाय के जैसा पसर कर पड़ी है।"

उन दिनों कोटवाड़ में कसाई सिर्फ वह अकेला ही था। पैसों की गर्मी थी, आधा गोश्त तो उसकी रखैलों के घर मुफ्त जाता। जाने कौन-सी घड़ी थी जब उसकी कोख में करीम की माँ आई। पेट जैसे-जैसे बढ़ता गया, वैसे-वैसे उसके मन की घृणा उसके प्रति बढ़ती गई।। वह खाना खाने अन्दर आता था। सारा दिन घर की अँधेरी कोठरी में करीमन पड़ी रहती। बाहर ही गोश्त की दुकान थी। कच्चे गोश्त की बू से सारा घर भरा रहता। धीरे-धीरे उसे किसी बीमारी ने आ घेरा, बीमारी में उसका वहशीपन बढ़ गया था। सुबह घर आता और खून से लथपथ लुंगियाँ उसे तालाब में धोकर लाने को देता। लुंगी से अजीब बदबू आती थी। पर वह उसकी

बीमारी को समझ नहीं पाती थी। न ही वह बताता था। उसके प्रति घृणा पाले ही वह मरा। गोद की बच्ची को लिए और सारी गृहस्थी समेट कर जगदलपुर आ गई। भला वह कोटपाड़ में करती भी तो क्या? चारों ओर सौतों के घर थे। मुआ मरते-मरते भी प्यार नहीं जताया। वह क्या स्नेह देता, पहली रात से ही उसे डरा कर रखा था—"देख, बीवी कुतिया की जात होती है, खाई और घर की रखवाली करती पड़ी रही, ज्यादा चूँ-चपड़ की तो पूरी बत्तीसी झाड़ दूँगा।"

"चल बुआ, छेदी की ड्योढ़ी में भीड़ हो जाएगी," कुबड़ी फातिमा ने कहा तो उसे ऐसा लगा गुड़िया के नाच वाले ने तमाशा बन्द करने का ऐलान कर दिया हो।

वैसे तो करीमन निरी गँवार थी, पर जाने कैसे कुछ सालों से उसमें अपने आप में अदब-कायदा समा रहा था। किसी को जरा-सा पैर लगते ही वह माफी माँग लेती। करीमन खुद ताज्जुब करती है, पर अन्दर, बहुत अन्दर इस परिवर्तन की हामी उसका मन भरता है।

बचपन से ही वह सुनती आ रही थी कि अक्सर रात की नमाज में और दोपहर की नमाज में जिन्नात भी नमाज पढ़ने आते हैं। पर जाने क्यों, मन में विश्वास ही नहीं होता था। भला जिन्नत भी नमाज पढ़ने आदमियों की शक्ल में आते हैं? उस दिन छेदी मालगुजार जो सबसे अच्छे रईसों में गिने जाते हैं, जुम्मे की नमाज पढ़कर लौट रहे थे तो सीढ़ियों पर किसी बुजुर्ग से टकरा गए। आदत के मुताबिक न उन्होंने माफी माँगी न कुछ कहा, बस, चुपचाप सीढ़ियाँ उतरकर घर आ गए। घर आते ही उन्हें तेज बुखार आ गया और लगे आँय-बाँय बकने। धीरे-धीरे उनकी हालत दिन-ब-दिन बिगड़ती गई, घर पर तो जिन्नात ने वह झाड़ू फेरी कि घर का लोटा-बदना तक बिक गया। जिस सहन में लोगों की भीड़ रहती थी, वहाँ मनहूसियत छाई रहती, और लम्बे-सूने सहन में खूँटी पर जानमाज और तस्वीह ही लटकी रहती।

ख़ुदा खैर करे, वह भी तो मस्जिद की सीढ़ियों पर बैठती है। कहते हैं, जिन्नात टकरा जाए और माफी माँग लो तो वह मालामाल कर देता है। कुबड़ी फातिमा बता रही थी कि एक औरत को खुश होकर जिन्नात ने उसकी झोली में कोयला डाल दिया था, घर जाकर देखा तो कोयले की जगह हीरा था, वह जैसे-जैसे आँचल छटकती, हीरे गिरते जाते। करीमन ने इस बात को गिठान बाँध ली थी। सीढ़ियों पर बैठे किसी से टकरा जाती या पैर लग जाता तो वह माफी माँग कर दिल-ही-दिल मनाती कि या अल्लाह! यह जिन्नात हो। काश! उसे भी कोई जिन्नात मिल जाता तो सारी उम्र ऐश में गुजरती।

करीमन जब मालगुजार के बाड़े में आई तो कुबड़ी फातिमा और उसकी बेटी

नसीबन पहले ही बैठी हुई थीं।

''बुआ, आज बड़े जल्दी खैरात को आ गई?''

''हाँ री, छाती पर साँप लोट गया क्या? आ गई तो क्या हुआ, जुम्मे की खैरात पर ही तो दोनों माँ-बेटी का हफ्ते भर पेट चलता है, जुम्मे को तेरे जैसी हमारी मुट्ठियाँ थोड़े गरम होती हैं, मस्जिद वाली सीढ़ियों का ठेका तो तूने ले रखा है न?''

''क्यों जी जलाती है बुआ, मस्जिद में तू क्यों नहीं आती, मैं मना करती हूँ?''

तभी सामने से रहीमन आती दिखी। दूर से ही लाल कमीज साफ दिख रही थी। करीमन ने अपनी आँखें उसकी लाल कमीज पर गड़ा दीं। रहीमन धीरे-धीरे चलती पास आ गई। करीमन ने अच्छे से देखा, नई लाल कमीज पूरी बाँह वाली थी, जिसके गले की तरफ झालर लगी थी। पास आने पर कुबड़ी फातिमा ने भी आँखें फाड़-फाड़कर देखा, उसकी आँखों में उसकी लाल कमीज खटक रही थी।

''क्यों री, अल्लाह झूठ न बुलवाए, ये वही बशीर की जवान बहू के जनाजे पर की लाल चादर नहीं है जिसकी तूने कमीज सिलवा ली है?''

करीमन चौंकी, उसने इस बात पर ध्यान ही नहीं दिया था। पिछले जुमेरात की ही तो बात है वह गंगा मुण्डापारा खैरात माँगकर कब्रिस्तान के पीछे वाली सड़क पर से लौट रही थी तो देखा, कब्रिस्तान की मस्जिद के पास डोला रखा था, जिसके ऊपर लाल चादर और फूल पड़े थे। लाल चादर को देखा तो उसके पैर ठिठक गए—हाय!. किसके घर की सुहागन मरी है। बस्ती में आकर मालूम हुआ था कि बशीर की बहू पहली जचकी में ही अल्लाह को प्यारी हो गई है।

रहीमन को कुबड़ी फातिमा का टोकना खल गया, वह हाथ नचाकर बोली, ''रहने दे बुआ, काहे गली-कूचे में इज्जत उखाड़ती है। अरे, बरसों में एक लाल कमीज नसीब हो गई तो तेरे दीदे क्यों फूट रहे हैं? कौन रोज-रोज सुहागनें मरती हैं, तू ही आएगी तो कौन मेरे लिए कमीज का कपड़ा लाएगी? लाएगी मेरे खसम के लिए।'' रहीमन बड़बड़ाती हुई बिना खैरात लिए वापस चली गई, सब सकते में रह गए।

रहीमन ने कुबड़ी फातिमा के बेवापन पर साफ शब्दों में व्यंग्य किया था, जिससे उसका चेहरा उतर गया। करीमन को भी रहीमन की बात बुरी लगी क्योंकि वह खुद भी तो राँड बेवा है।

''जाने क्यों, लोग-बाग मेरी ही मौत को सोचते हैं। सब मरें, सबके चालीसवें का खाना खाऊँ,'' कुबड़ी फातिमा रोने लगी।

करीमन का दिल भी कुबड़ी फातिमा के रोने से भर गया, वह उसके पास बैठ गई, ''चुप हो जा बुआ, क्यों सबको कोस रही है? तेरी तो लम्बी उम्र है।''

''हाँ-हाँ, है तो सही, तेरी आँखों में क्यों खटक रही है?''

करीमन तुनक गई और उठती हुई बोली, ''मरी को समझा रही हूँ, उल्टे मुँह को आ रही है।'' करीमन अपना भीख माँगने का झोला उठाकर आगे बढ़ गई।

कुबड़ी फातिमा अब भी रो-रो कर सबको कोस रही थी।

कुबड़ी फातिमा का कोसना रहीमन को तो नहीं, पर करीमन को जरूर लग गया। दूसरे दिन मस्जिद से लौटी तो हाथ-पैर टूटे-टूटे से लगे। रात को बुखार आ गया।

कभी-कभी करीमन के मन में मौत का डर घर कर जाता, पर वह अपने को तसल्ली देती, 'अभी तो कुबड़ी फातिमा बैठी है, नम्बर लगेगा भी तो पहले उसी का होगा। मरी जुमेरात को हरेक घर में पहले पहुँच जाती है, खुदा के यहाँ भी पहले ही जाएगी।'

अक्सर रात को बुखार ज्यादा हो जाता, सारा शरीर मिट्टी की तरह भारी-भारी लगता। सारे दिन करीमन ओसारे में घड़े के पास वाली जमीन पर लेटी रहती। बुखार से जबान फीकी पड़ गई थी, कुछ अच्छा खाने को जी ललचाता पर किससे मँगवाए? जुम्मन लाएगा तो बहू चट पूछेगी, तेरे पास पैसे कहाँ से आए?

एक-एक दिन करके निकलते चले जा रहे थे, पर उसका बुखार अच्छा होने को ही नहीं आ रहा था। खाना-पानी छूट-सा गया था। अब उसे किसी बात का गम नहीं था, बस उसे एक ही बात खाए जा रही थी कि जुम्मा आ रहा है, वह कैसे मस्जिद तक जाएगी! आज तक उसका एक भी जुम्मा नहीं छूटा था। हाय! क्या इस बार का जुम्मा छूट जाएगा? नहीं-नहीं, वह जुम्मन को कहेगी, वह सहारा देकर मस्जिद की सीढ़ियों तक ले जाकर बैठा देगा। कुबड़ी फातिमा को मालूम है मुझे बुखार है, जरूर वह मेरी जगह पर जाकर बैठ जाएगी। सोचते-सोचते उसका दिल घबरा जाता।

जुमेरात आ गया था, पर वह हिम्मत करके भी उठ नहीं पाई। उसने दो-तीन बार उठने को कोशिश की, पर बहू ने मना कर दिया—"नानी, अभी बुखार है, लेटी रहो। कल जुम्मा है, मस्जिद चली जाना। जुम्मन पहुँचा आएगा।"

करीमन को तसल्ली हुई। दिल से भारीपन हट गया-सा लगा। हाँ, आज वह आराम करके कल मस्जिद की सीढ़ियों पर जा बैठेगी।

जुम्मन पहले उठ जाता था, वह अपने दोस्तों के साथ सुबह से ही केकड़े पकड़ने तालाब पर चला जाता था। इस तरह जुम्मन अपने खाने-पीने के चार-छः आने रोज पैदा कर लेता था। बाजार में केकड़े आसानी से बिक जाते थे। आज भी वह उठा। वह ओसारे के पास वाली खोली में ही सोता था, इसलिए जाते समय करीमन को कह जाता।

आज भी उसने करीमन को हिलाया तो वह नहीं उठी, उसने मुँह पर की चादर

हटाई तो भौचक्का रह गया—दादी देर की मरी हुई मुर्गी की तरह ऐंठ गई थी।

थोड़ी देर में ही सारा घर इकट्ठा हो गया। पास-पड़ोस के लोग आ गए। कफन-दफन के खर्चे ने सबको रोना भुला दिया। जुम्मन ने दादी की पोटली खोली। ढेर चिन्दियों के ढेर में एक डब्बा था जिसमें चिल्लर पैसे भरे थे, गिनने पर पूरे सात रुपए आठ आने निकले।

पड़ोस की औरतें करीमन के नसीब को सराह रही थीं, "देखो, कैसे नसीबों वाली है, जुम्मे की मौत मिली। करीमन के जनाजे को मस्जिद में नमाज मिलेगी, नमाजियों के कन्धे चढ़कर कब्रिस्तान जाएगी।"

मस्जिद के सहन में जनाजा रखा था। करीमन की जगह पर आज, कुबड़ी फातिमा बैठी थी। नमाज के बाद ज़नाजा बाहर लाया गया। सीढ़ियों से नीचे जनाजा उतारा गया। कुबड़ी फातिमा अपनी जगह बैठी रही, उसी के सामने से जनाजा कब्रिस्तान वाली सड़क की तरफ ले जाया गया। सारे नमाजी जनाजे के पीछे-पीछे कब्रिस्तान जा रहे थे।

कुबड़ी फातिमा को लगा, करीमन आज फिर अँगूठा दिखा गई है, 'देख बुआ, आज फिर तू खाली हाथ लौटेगी।'

कुबड़ी फातिमा खाली-खाली-सी सीढ़ियों से उठी और सीढ़ियाँ उतरते-उतरते गुस्से से बड़बड़ाई—'मरी बुढ़िया, तूने एक भी जुम्मा नहीं छोड़ा!'

शनाख्त

भड़ से दरवाजा खुला और माँ सामने दिखी। उसके हाथ में अण्डों का टोकना वैसे ही भरा हुआ था। बती को आश्चर्य हुआ, बिना अण्डे दिए माँ लौट कैसे आई?

माँ शायद उसके चेहरे के आश्चर्य को भाँप गई थी, टोकने को नीचे रखती बोली, ''वह आया है, मैंने अभी-अभी चौक पर उसे देखा है।''

माँ की पीठ उसकी तरफ थी, वरना वह माँ के चेहरे की प्रसन्नता का ठीक-ठीक अन्दाजा लगाती, पर माँ ने उसकी तरफ मुँह नहीं किया और पीछे चली गई।

बती वैसे ही अपनी जगह पर बैठी रही, वह आया है तो घर पर जरूर आएगा। आज फिर वह माँ को रुपए देगा और कल वह और माँ मछली-भात खाएँगे। उसका मन प्रसन्न हो गया। बती को उसके आने की इतनी प्रसन्नता नहीं थी, जितनी इस बात की, कि फिर मछली और भात खाने को मिलेगा। गर्म-गर्म भात में मोगरी मछली का शोरबा कितना स्वाद देता है!

''बती, यह अण्डे तू लेकर जा और पीली कोठी वालों के यहाँ दे आ।'' माँ शायद मुँह धोकर आई थी, आँचल से मुँह पोंछते बोली।

बती जानती है, जब वह आने वाला होता है, तब माँ उसे किसी-न-किसी बहाने खिसका देती है।

बती सारे रास्ते आँखें चौड़ी करती गई कि शायद वह दिखे, पर वह रास्ते में नहीं दिखा। पीली कोठी की मालकिन ने पानी में डाल-डाल कर अण्डे देखे। जब इत्मीनान हो गया, तब लिए।

आज भी जब वह गेट से बाहर जाने लगी, तो लगा, ऊपर छत से दो आँखें उसका पीछा कर रही हैं। उसकी बहुत इच्छा हुई कि वह भी पीछे मुड़कर देखे, पर साहस नहीं हुआ और वह सड़क पर आ गई।

दरवाजे की चौखट पर कीचड़ लगा था, जैसे किसी ने अन्दर जाते समय जूते को चौखट पर रगड़ा हो। तो वह आ गया!

उसने धीरे से कपाट को ठेला। सामने वाली कोठरी खाली थी। चूल्हा भी ठण्डा

था, पर भीतर वाली कोठरी अन्दर से बन्द थी। उसने अजीब अर्थपूर्ण निगाहों से भीतर वाली कोठरी को देखा और चूल्हे के पास चली गई। भूरे चेक का फटा कोट खटिया पर पड़ा था। बती चूल्हे में लकड़ियाँ जोड़ने लगी। चूल्हे के पास टट्टा लगा था, जिससे बाहर का आदमी इधर नहीं देख सकता था, पर इधर से देखने पर बाहर का सब दिख जाता था। बरसात में गीली लकड़ियाँ जल्दी नहीं सुलगतीं, धुएँ के कारण उसकी आँखें लाल हो उठीं और उनसे पानी बहने लगा।

चूल्हा सुलग गया था, पर क्या चढ़ाए, समझ में नहीं आया। माँ अन्दर थी, किससे पूछती! उसने हथेलियाँ जलती आग के सामने फैला दीं, सेंक अच्छी लग रही थी। शाम हो रही थी और मुर्गियाँ दड़बों के पास मँडरा रही थीं।

तभी भीतर साँकल खोलने की आहट हुई और बती सकुचाकर दीवार से चिपक गई। वह निकला और खाट से कोट उठाकर बाहर दरवाजे की ओर बढ़ गया। वह शराब में धुत था और पहले से ज्यादा दुबला दिख रहा था। उसके जाते ही उसने चैन की साँस ली। लगा, अब तक वह घुट रही थी, अब खुली हवा मिली है।

माँ आई। उसने देखा—माँ ने साफ साड़ी पहन रखी थी और उसके चेहरे पर हल्का लज्जा का-सा भाव था। माँ ने उसकी तरफ नहीं देखा और पीछे बकरियों को बाँधने के बहाने चली गई।

थोड़ी देर में माँ आई और आँचल में बँधे रुपयों को खोलने लगी। उसने देखा, उसमें दो-दो के कई नोट थे। एक नोट उसकी तरफ बढ़ाकर माँ बोली, "जा बती, एक किलो चावल और मिट्टी का तेल ले आ।"

चावल और मिट्टी का तेल लेकर वह लौटी, तो देखा—माँ चूल्हे पर अण्डे उबाल रही है। अण्डे वह कभी खाने नहीं देती थी, क्योंकि खा लेने पर पैसे कहाँ से आएँगे! पर अक्सर जब वह रुपये देकर जाता, तब वह अण्डे उबाल लेती थी, लेकिन ऐसा मौका साल में एक-दो बार ही आता था। माँ के चेहरे का वह अजीब-सा भाव, जो कुछ देर पहले था, खत्म हो गया था और अब वह फिर चिड़चिड़ी, पहले-जैसी लग रही थी।

बाहर मोहल्ले के बच्चे खेल रहे थे। उनकी मिली-जुली आवाज साफ सुनाई दे रही थी, "कोटला छपाकी जुमेरात आई है।"

भूरे चेक का फटा कोट पहनने वाला वह आदमी बती का बाप था। बाप जैसी कोई बात उसमें नहीं थी, पर चूँकि माँ ने कहा, इसलिए उसने मान लिया था। बती ने उस आदमी को कभी पास से नहीं देखा था। एक बार माँ ने बताया था, जब वह पेट से थी, तब से ही वह किसी औरत के लिए घर से भागा था। माँ अपनी माँ के साथ रहती थी, जो शहर में बकरियों का व्यापार करती थी। मोहल्ले में वह

'बकरियों वाली मौसी' मशहूर थी। जब बती चार साल की हुई, तब वह अचानक रात को आया था और आते ही उसने बती को गोद में उठा लिया था। उसके मुँह से शराब की बदबू आ रही थी और बती छटपटाकर गोद से उतर गई थी। बस, उसी समय उसने उसे पास से देखा था, फिर कभी नहीं देखा। वह अक्सर रात को आता और कुछ देर माँ के पास ठहर चला जाता। शायद वह बती की बात को भी भूल गया था। उसे तो यह भी पता नहीं था कि बती उसी की लड़की है।

वह कच्ची शराब बनाने का धन्धा करता था। पकड़ा जाने पर वह जेल भी हो आता, पर छूटने पर फिर इसी धन्धे में लग जाता। वह धनपुंजी में रहता था, जहाँ पर बस्तर और उड़ीसा की सीमा थी। धनपुंजी एक गाँव है, पर दो भागों में बँटा हुआ, आधा बस्तर में आता था, आधा उड़ीसा में। यहाँ काफी लोग कच्ची शराब बनाने का धन्धा करते थे।

अपने भूरे चेक के फटे कोट में और फटी फुलपैंट में वह पूरा चिंदियों का गुड्डा लगता था।

पीली दीवार से घिरे उस बँगले में बती जब जाती, लगता कोई उसे घूर रहा है। बचपन और जवानी की सीमाओं में खड़ी बती की तरफ किसी का भी ध्यान चला जाता। एक ही चेहरे पर एक साथ दो ऋतुओं का मेल बचपन और यौवन का था।

एक दिन जब वह उस पीले बँगले में गई, तो द्वार पर जैसे एक युवक उसी का रास्ता देख रहा था। उसकी तरफ वह मुस्कराकर अजीब तरह से देखने लगा, "कितने अण्डे हैं?"

"जी, दो दर्जन, मालकिन कहाँ हैं?"

"माँ तो मन्दिर गई हैं। तब तक तुम बैठो, माँ आती ही होंगी।"

बती वहीं बरामदे में बैठ गई। जाने उस युवक ने कितनी ही बातें कीं और वह पहली ही मुलाकात में दिल हार चुकी। वह उसका नाम भी जान चुकी थी, रंजन।

फिर तो अक्सर बती मौका पाकर बँगले में जाने लगी। अक्सर वह दोपहर को जाती थी, क्योंकि दोपहर को पूरा परिवार सोता रहता और रंजन सीधे उसे अपने कमरे में ले जाकर बैठा लेता, जहाँ घंटों बातें करते। रंजन बती को देख-समझ चुका था कि यौवन की दहलीज पर कदम रखने वाली बती, यौवन के ज्ञान से अनजान है। बती जब रंजन के किसी मजाक पर खाली-खाली आँखों से उसे घूरती, तब रंजन सकपका जाता, पर उसने साहस नहीं छोड़ा। वह समझ चुका था, यौवन का पहला पाठ उसी को पढ़ाना होगा।

पर उनका यह नाटक ज्यादा दिन नहीं चल पाया, गिद्ध-सी आँखों वाली रंजन की माँ कमरे में लेटे-लेटे ही जान जाती कि बँगले के किस हिस्से में कैसी हलचल है! पर उसने किसी से कुछ नहीं कहा, वह दोनों का प्रेम भरा नाटक देख चुकी

थी। एक दिन जब अचानक रंजन को रातों-रात तैयारी करके शिमला उसके मामा के घर भेज दिया गया, तब बती का माथा ठनका, पर क्या कर सकती थी!

रंजन शिमला चला गया और बती ने अपने यौवन की इस पहली हार को बहुत ही टूटे मन से स्वीकार कर लिया। वह तब भी अण्डे पहुँचाने पीले बँगले पर जाती थी, पर कभी रंजन की माँ ने उससे कुछ नहीं कहा।

लेकिन उनकी कठोर आँखें बती के चेहरे से अन्दर तक गड़ जातीं, तो बती को लगता, कोई कीलें चुभो रहा है।

बचपन से ही दुख-अपमान सहने की उसकी आदत पड़ गई थी, गरीबी के कई नंगे रूप देखे थे। अपनी आँखों के सामने वासना का नंगा नाच देखा था। जब शराब में धुत उसी के सामने उसका बाप उसकी माँ को नंगा करता, तो वह भय से आँखें बन्द कर लेती थी। पैसे के लिए खुद माँ को बिकते देखा था। इसी दुख और अपमान की धूप में पलकर उसका शरीर जवान हुआ था।

बती ने ईश्वर के रूप को नहीं जाना था, घर में कहीं कोई ईश्वर के रूप को नहीं पूजता था, शायद यह सब गरीब घरों की विवशता है कि ईश्वर को वह नहीं जानते।

बाप के आने की आहट को बती जान जाती थी और खुद घर से चली जाती या घर के किसी अँधेरे कोने में कोहनियों में सिर दिए पड़ी रहती, क्योंकि बाप शराब के नशे में बेशर्म हो उठता था और भूखे शेर की तरह माँ पर झपटता था, फिर वह घर-बाहर, अँधेरा-उजाला, लोक-लाज कुछ नहीं देखता था। बाप के रूप को बती ने बचपन से देखा था।

बरसात खत्म हो गई थी और जाड़े की धूप निकल आई थी। मन्दिर की चारदीवारी में लगे कचनार के पेड़ पर सफेद फूल लग गए थे। घर-घर बड़ियाँ डल रही थीं। हर छत पर रस्सियों की खाट पर बड़ियाँ सूखती दिख रही थीं। मँढ़े पर चढ़ी सेम की बेल में गुच्छे के गुच्छे सेम फल गई थी। सेम के बैंगनी रंग के छोटे-छोटे फूल जाड़े की सुबह को देखने से भले लगते थे। बरसात के दिन, जो घरों को उजाड़ गए थे, वहीं अब लिपे-पुते लग रहे थे।

"माँ, इस बार बड़ी डालो न, अच्छी लगती हैं।"

बती की बार-बार की जिद से इतवार को बड़े हाट से बड़े-बड़े दो भूरे कुम्हड़े आ गए थे। दो कुम्हड़ों के लिए दाल बहुत लगती, पर माँ का कहना था, इकहरा कुम्हड़ा कभी नहीं फोड़ना चाहिए। कुछ दिनों से आसमान पर बादल-ही-बादल दिख रहे थे। बदली को देख माँ ने दाल नहीं फुलोई थी।

"जाने किसने दरवाजे की देहरी पर कुम्हड़ा फोड़ा है कि बदली ही छा गई

है, छँटने का नाम ही नहीं लेती।'' माँ बड़बड़ाती रहती।

''माँ, कल बदली छँट जाएगी, दाल फुलो ले न।''

''नहीं बती, साफ दिन देख कर ही दाल फुलाएँगे, वरना सारी बड़ियाँ काली पड़ जाएँगी।''

बती रोज मन-ही-मन सूरज को मनाती कि अपनी किरणों से रूठी बदली को समेट लो, पर बदली हटने का नाम ही नहीं ले रही थी और कुम्हड़े वैसे ही कोने में पड़े थे।

आज सुबह से ही धूप थी। माँ और वह दोनों खुश थे। माँ उससे कह रही थी, ''बती, आज दाल फुलो देना, सुबह मुँह-अँधेरे ही उठकर मैं धो लूँगी।''

शाम को किसी काम से माँ बाहर गई थी और बती चूल्हे के पास बैठी चूल्हा सुलगाने की तैयारी कर रही थी, कि सामने के दरवाजे पर किसी ने जोर से दस्तक दी। बती दौड़ कर गई और दरवाजा खोल, सहमकर दो कदम पीछे हट गई। वह सामने खड़ा भौचक्का उसे निहार रहा था। फिर लड़खड़ाते पैरों से अन्दर आ गया और खाट पर बैठ गया। अभी भी वह आँख फाड़-फाड़कर उसे घूर रहा था।

बती की समझ में नहीं आया, क्या बोले! वह भयभीत-सी चूल्हे के पास बैठ गई। तभी माँ मिट्टी के तेल की बोतल लिए आ गई।

''कब आए?'' माँ ने लालटेन में मिट्टी का तेल डालते हुए पूछा।

''अभी तो आया।'' वह अपना भूरे चेक का फटा कोट उतारते हुए बोला। कोट उतारने से वह और भयानक लग रहा था, ''वह कौन है?''

माँ पहले चकराई-सी उसे देखती रही, फिर विस्मय से बोली, ''नहीं पहचाना? बती है।'' माँ लालटेन जलाकर उसका काँच गिराते हुए बोली।

''अच्छा।'' वह जैसे कुछ याद करता-सा बोला। अभी भी उसकी आँखें टट्टे पर गड़ी थीं। चूल्हे के पास बैठी बती सब सुन-देख रही थी। भय से बती का मन काँप-सा गया। उसे यह देख आश्चर्य हुआ कि वह माँ को घसीटकर कोठरी में क्यों नहीं ले गया!

माँ के चेहरे पर भी विस्मय था। वह लालटेन लटकाते हुए कई बार मुड़कर उसे देख लेती कि आज वह निश्चिंत-सा कैसे बैठा है!

जेब से रुपए निकालते हुए वह बोला, ''मैं रात को यहीं रहूँगा, सुबह चला जाऊँगा।''

रुपए लेते हुए माँ के चेहरे पर प्रसन्नता छा गई। आज एक साथ दो खुशियाँ शायद पहली बार मिली थीं।

''जा बती, जाकर मोगरी मछली ले आ,'' माँ चूल्हे के पास आती हुई बोली। माँ के हाथ से रुपए लेते हुए बती ने फिर महसूस किया कि माँ बहाने से उसे खिसका रही है, वरना घर में कितने अण्डे पड़े हैं।

बाजार की ओर जाते हुए भी उसके मन में एक ही बात घूम रही थी कि दोनों अब कोठरी में गए होंगे।

रात का खाना खुद माँ ने बनाया। वह माँ की साड़ी को लुंगी की तरह लपेट कर खाट पर बैठा था। बती जब भी उसके सामने से गुजरती, वह बहुत विस्मय से उसे देखता।

माँ ने एक पटा बिछा दिया और वह मछली के शोरबे के साथ उबला भात खाने लगा। वह बहुत जल्दी-जल्दी खा रहा था। बती ने पहली बार उसे खाना खाते देखा।

रात को माँ और वह भीतर वाली कोठरी में सोए और बती सारा काम निपटाकर सामने वाली कोठरी में सोई। माँ के बिना उसे नींद नहीं आ रही थी। भीतरवाली कोठरी से आधी रात तक बातचीत की आवाज और शराब की गन्ध आती रही। कोई अश्लील शब्द कानों से टकराता, तो वह कान बन्द कर लेती।

अचानक नींद में अपने से सटी माँ को पाकर उसे अच्छा लगा। माँ शायद रात को उठकर उसके पास आ गई थी, पर शराब की गन्ध से उसकी नाक भन्ना गई। तो आज माँ ने भी शराब पी रखी है!

पर जल्दी ही बती को अपनी गलती का आभास हुआ, क्योंकि तभी कोठरी का दरवाजा खुला और कोठरी में जलती लालटेन के प्रकाश में उसने साफ-साफ देखा—माँ खड़ी थी और गुस्से से काँप रही थी।

बती का सारा शरीर सुन्न पड़ गया। तो क्या उसके पास लेटा वह था? वह क्यों उसके पास आकर लेटा!

"नीच, पापी कुत्ते, उठ," माँ ने गुस्से से फनफनाते हुए उसका हाथ पकड़कर उठा दिया।

बती घबराई-सी उठकर बैठ गई। भय के मारे उसका चेहरा सफेद पड़ गया था।

"निकल, निकल, मेरे घर से, फिर कभी अपनी मनहूस सूरत मत दिखाना," माँ ने अँधेरे में उसे बाहर धकेल दिया।

वह लड़खड़ाता हुआ सड़क पर गिर गया। सड़क पर पड़े-पड़े ही वह माँ को गन्दी-गन्दी गालियाँ बकता रहा। माँ ने दरवाजा लगा दिया, कभी न खोलने के लिए बन्द दरवाजे के पास से उसकी गन्दी गालियों के शब्द सुनाई देते रहे।

बती को आश्चर्य हुआ, माँ ने उससे कुछ नहीं कहा और चुपचाप लेट गई। उसकी समझ में नहीं आया, माँ सो रही है या रो रही है!

सुबह बड़ियाँ डालने का सारा उत्साह खत्म हो गया था, पर क्योंकि दाल फुलो दी गई थी, इसलिए बड़ियाँ भी बनानी पड़ीं। रात की घटना ने बती को बहुत चोट पहुँचाई थी और माँ के सामने पड़ने से भी वह झेंप रही थी।

इस घटना के दो माह बाद वह करीब रात के दस बजे आया, पर माँ ने उसके लिए दरवाजा नहीं खोला। वह सड़क पर खड़ा चिल्लाता रहा। चीख-चीखकर उसने सारे मोहल्ले को इकट्ठा कर लिया और उनके सामने माँ को गालियाँ बकता रहा। माँ के पुराने कच्चे चिट्ठे खोलता रहा। माँ पर कई आरोप लगाता रहा, पर माँ ने दरवाजा नहीं खोला और वे दोनों दम साधे चुपचाप बैठी रही थीं। वह चीख-चीख कर जब थक गया, तो लौट गया।

इसके दो-चार दिन बाद जब वे दोनों खाकर उठीं, तो मोहल्ले के कुछ लोग दरवाजे पर आकर खड़े हो गए। बती लालटेन लेकर दरवाजे पर गई तो सहमकर दो कदम पीछे हो गई। दो पुलिस के आदमी अन्दर आ गए।

''तेरा आदमी कहाँ है?'' पुलिसवाले ने माँ से पूछा।

''मेरा कोई आदमी नहीं।''

''झूठ बोलती है? मोटर एक्सीडेंट में एक आदमी की लाश मिली है। उसके साथी ने बताया है, वह तेरा आदमी था। चल, शनाख्त कर ले।'' पुलिसवाले ने डाँट कर कहा।

माँ के साथ बती भी गई। बती पुलिसवाले से बहुत डर गई थी। लाश पर मक्खियाँ भिनक रही थीं। लाश एकदम कुचल गई थी। मुँह का पूरा भाग कुचल गया था। लाश के पास से अजीब-सी गन्ध आ रही थी।

बती एक नजर में ही पहचान गई कि यह वही है, क्योंकि वह वही भूरे चेकवाला कोट पहने था।

''पहचान लिया?''

''नहीं, यह मेरा आदमी नहीं है, इसे नहीं पहचानती।''

पुलिसवाले के धमकाने पर भी माँ ने यही कहा। बती माँ के इस रूप को देख सहम गई। वह माँ की आँखों से समझ गई थी कि माँ ने लाश पहचान ली है, पर फिर माँ बदल क्यों रही है?

दोनों लौट आईं। रास्ते भर बती को अजीब लगता रहा, भला माँ उस शरीर को नहीं पहचानेगी जो उसे खुले-आम नंगा करता था! माँ इतनी कठोर क्यों हो गई है?

''माँ, तूने उसे नहीं पहचाना? वह भूरे चेक का फटा कोट ही तो पहने था।''

''नहीं, मैं उसे नहीं पहचानती।''

माँ के जवाब ने उसका मुँह बन्द कर दिया। दोनों चुपचाप घर आ गईं। उसके बाद माँ ने कभी उस बात की चर्चा भी नहीं की। न ही उसके लिए मातम मनाया,

न और कुछ किया। कई स्थितियाँ जुड़ती गईं। और बती गरीबी का नंगा रूप देखती रही। यही गरीबी थी शायद, जब भूखे पेट से होकर शराब आँखों में उतरती थी, तो पत्नी और बेटी में अन्तर नहीं दिखता था।

घर की सफाई करते हुए बती को एक पुरानी-सी गठरी, जो पेटियों के पीछे पड़ी थी, मिल गई। बती उत्सुकता से झाड़ू छोड़कर गठरी खोलने बैठ गई। उसमें उसके बचपन के, जाने कब-कब के खिलौने भरे थे, जिनमें से कई तो टूटी-फूटी हालत में थे। कई अच्छी हालत में थे। उसी में एक पुरानी चिंदियों का बना गुड्डा भी था। बती ने चौंक कर गुड्डे को उठा लिया। उसने ठीक उसी के जैसे भूरे चेक की अचकन पहन रखी थी। बती आश्चर्य से उलटती-पुलटती याद करती रही कि क्या उसके कोट की बची कतरनों से इस गुड्डे की अचकन बनी थी! पर उसे कुछ याद नहीं आ रहा था।

तभी कोठरी से माँ निकली, "क्या पसारा खोले बैठी है बती?" साथ ही माँ की नजर गुड्डे पर ठहर गई और वह भी आश्चर्य से भरकर उसे देखने लगी।

बती के हाथ से गुड्डे को लेकर देर तक देखती रही। बती ने माँ की आँखों में ठीक वही परछाईं देखी, जो लाश को देखते समय उसकी आँखों में थी।

एकाएक माँ की आँखें भर गईं और वह रोने लगी। उसके हाथ से गिरकर गुड्डा जमीन पर पड़ा था।

माँ फूट-फूट कर रो रही थी। उसके सामने वही पुरानी चिंदियों का बना भूरे चेक की अचकन पहने गुड्डा पड़ा था। माँ कह रही थी, "बती, मैंने उसे पहचान लिया, देख यह...यह पड़ी है उसकी लाश!"

अयोध्या से वापसी

स्नान के लिए हाथ में कपड़े लिए बाथरूम की ओर वह जा रही थी कि अचानक ऊपर की सीढ़ियों पर ठिठक गई। सामने भीड़ लगी थी। हॉस्टल की कुछ लड़कियाँ एक घोंसले को बाहर फेंकने में लगी थीं। घोंसला काफी बड़ा-सा था, जिसमें नन्हे-नन्हे कई अण्डे रखे थे, जो घोंसले के नीचे गिर जाने के कारण फूट गए थे।

लड़कियों के लिए अच्छा-खासा मनोरंजन हो गया था। एक परेशान चिड़िया बड़ी ही बेचैनी से दीवार पर भटकती उड़ रही थी। कभी वह दरवाजे पर बैठ जाती, कभी वह खिड़की पर बैठ जाती, कभी यूँ ही दीवारों के चक्कर लगाती, फिर बैठकर गिरे हुए घोंसले, फूटे हुए अण्डों को निहारने लगती।

घोंसला शायद तस्वीर के पीछे था जो थोड़ी-सी असावधानी के कारण नीचे गिर गया था।

सीढ़ियों के हत्ते को पकड़े उसका मन इन्हीं फूटे अण्डों की तरह तड़क गया था। हॉस्टल का नौकर आया, उसने घोंसले को बेदर्दी से उठाकर बाहर कचरे के डिब्बे में फेंक दिया। लड़कियाँ हँसती-खिलखिलाती अपने-अपने कमरे में चली गईं। चिड़िया अब भी व्याकुलता से तड़पकर अपने घोंसले के लिए, अण्डों के लिए विलाप कर चीख रही थी।

वह पोर्च में आ गई। शाम की ठण्डी बयार बह रही थी। दिल्ली की इस भीड़ के सैलाब में चमक-दमक में उसे बस शाम की यह ठण्डी बयार ही भली लगती थी। अजनबियों के शहर में, अजनबियों की भीड़ में जब से वह आई थी, उसने अपनी पहचान भी खो दी थी। वह कौन है? कहाँ से आई है?–सारे प्रश्न धुँधले हो गए थे, पर अचानक इस बेघर हुई चिड़िया ने अपने पंखों से उसके जख्मों को और...और कुरेद दिया था।

मोहल्ले के सूनेपन में रिक्शे के घुँघरुओं के बोल दूर-दूर तक गूँज रहे थे। लम्बे अरसे के बाद उसी पहचाने मोहल्ले में अपने को पा उसे विचित्र लग रहा था। उसने मन-ही-मन सोचा, अच्छा हुआ रात का अँधेरा था वरना अभी सारा मोहल्ला इकट्ठा हो जाता। सोचते ही घबराहट में उसके माथे पर पसीना झलक आया। उसने दो-तीन मरतबा मुड़-मुड़कर जाने-पहचाने पड़ोसियों के दरवाजे को देखा इस आशंका

से कि कहीं वह खुले न हों!

बाबूजी ने आगे बढ़कर घण्टी बजाई। जानी-पहचानी घण्टी की आवाज कमरे में टनटना उठी। किसी के उठने फिर चप्पल घसीटकर इधर आने की आहट मिली। झटके से दरवाजा खुला और सामने राजेन्द्र खड़े थे।

राजेन्द्र अचकचाकर एक तरफ हो गए। वह अपनी अटैची उठाकर तेजी से अन्दर हो गई। उसने एक बार भी आँख उठाकर राजेन्द्र को नहीं देखा।

उसने कमरे में अटैची रख दी और घूम-घूमकर सारे घर को देखने लगी। सारा घर बेतरतीब-सा बिखरा धूल में सना पड़ा था। दीवार पर अपनी एक तस्वीर उलटी टँगी देख उसका मन दुखी हो गया। अपनी उलटी तस्वीर देख उसे धक्का-सा लगा। तो राजेन्द्र ने उसे मरा हुआ समझ लिया था। उसने झट स्टूल पर चढ़कर तस्वीर सीधी की और अपने आँचल से धूल साफ कर दी।

बाहर बरामदे में ही बाबूजी और राजेन्द्र बैठे बातें कर रहे थे। राजेन्द्र बहुत ही सन्तुलित शब्दों में बाबूजी से बात कर रहा था। पुरानी बातों की जरा भी कड़वाहट नहीं थी शब्दों में।

माँ ने टिफिन में काफी खाने का सामान रख दिया था, रास्ते में भूख ही नहीं लगी थी इसलिए सारा खाना वैसा ही रखा था। उसे तुरन्त कुछ नहीं बनाना पड़ा। उसने उसी खाने को गरम कर टेबल पर लगा दिया और बाबूजी को खबर दे दी। बाबूजी मुँह-हाथ धोकर राजेन्द्र के साथ खाने बैठ गए।

"तुम भी बैठो नीरा," बाबूजी ने दो-तीन बार कहा पर उसने बात को टाल दिया।

बाबूजी और राजेन्द्र खाकर उठ गए तो उसने टिफिन बन्द कर रख दिया। उसे भूख थी ही नहीं।

रात काफी हो गई थी। बाबूजी ड्रांइगरूम वाले तख्त पर ही लेट गए। वह अपने कमरे में चली गई, राजेन्द्र ऊपर अपने कमरे में चले गए।

सुबह उठकर उसने बाहर का दरवाजा खोला और खिड़कियों के परदे खींच दिए। ढेर सारा उजाला कमरे में बिखर गया।

"नीरा," वह पलटी ही थी कि बाबूजी ने आवाज दी। शायद बाबूजी काफी पहले से जाग गए थे।

"जी," वह उनके पास जाकर बैठ गई।

"बेटा, रात तुम लोगों में कोई बात नहीं हुई?" बाबूजी ने उसके चेहरे को निहारते पूछा।

उसका चेहरा शर्म से लाल हो गया, उसने कोई उत्तर नहीं दिया और सर झुकाए पैर के नाखूनों को देखती रही।

"आदमी क्या पढ़-लिखकर इतना अपने-अपने दायरे में बँध जाता है कि दायरे

तोड़ नहीं पाता? हम ही लोग ठीक हैं, कैसा भी वातावरण हो, पत्नी से बोल लेते हैं।''

बाबूजी की बातों से उसे बड़ी परेशानी-सी हुई। तभी परदे हटाकर राजेन्द्र आ गए। बाबूजी और उसे दोनों को शक से देखा जैसे कह रहे हों, जानता हूँ बाप-बेटी में क्या बातें हो रही थीं!

राजेन्द्र सोफे पर बैठ गए, वह उठकर पीछे बरामदे में आ गई।

किचन में पारो आ गई थी और अपना काम कर रही थी। पारो ने मुस्करा कर उसे नमस्ते की। उत्तर में वह हँस दी। पारो ने उसे ऊपर से नीचे तक देखा और बोली—''अब मत जाना आप, बिना औरत के घर श्मशान लगता है।''

उसने उत्तर नहीं दिया, बस मुस्कराकर रह गई। आँगन में लगा केले का पेड़ जो उसने लगाया था, अब काफी बड़ा हो गया था, जिसे देख उसने अन्दाजा लगाया, वाकई वह काफी दिन बाहर रही।

''चाय मैं बनाऊँ या आप बनाएँगी?'' पारो उसके निकट आती बोली, क्योंकि उसे पता था उसे किसी के हाथ की चाय पसन्द नहीं थी।

''क्यों, इतने दिन तू बनाती थी, मुझे देखती ही जी चुरा रही है! मुझे भी तो बनाकर पिला देखूँ कैसी बनाती थी।''

''नहीं, आप ही बनाइए, मेरे हाथ की चाय आप पसन्द नहीं करेंगी,'' पारो झेंपती हुई बोली।

''अच्छा,'' कहती वह किचन में गई। किचन में जाते ही उसे विचित्र-सा लगा। चाय-नाश्ता बनाकर उसने ट्रे में लगा दिया और पारो को पकड़ा दिया।

''आपकी चाय?'' ट्रे उठाकर भीतर जाते पारो आश्चर्य से बोली।

''यहीं ले लूँगी, तू ले जा।''

पारो के भीतर जाते ही बाबूजी की आवाज आई, ''नीरू, चाय लो आकर।''

''बाबूजी, अभी ब्रश नहीं किया है,'' वह झूठ बोल गई।

वह अपनी चाय लेकर बैठी ही थी कि ऊपर वालों की खिड़की खुली और भाभी जी ने नीचे झाँका।

''मीरा आ गई!''

''नमस्ते भाभी जी, आप अच्छी थीं?'' उसने अपने चेहरे की घबराहट को छिपाते हुए पूछा।

''हम तो ठीक थे अपनी कहो, अब मत जाना। हमसे झूठ कहकर गईं कि दो दिन में लौट आऊँगी और इतने दिन लगा दिए। मुझे तो रात को ही आवाज मिल गई थी। इच्छा तो रात को ही हो रही थी तुमसे बात करने की, पर तुम्हारे भाई साहब ने मना कर दिया, बोले, सुबह बोल लेना।''

उसने कोई उत्तर नहीं दिया, बस मुस्कराकर रह गई।

"साड़ी तो बढ़िया पहन रखी है, माँ ने दी होगी," भाभी जी ने ऊपर से नीचे तक उसका आँख घुमा-घुमा कर मुआयना किया।

घबराहट से उसे पसीना आने लगा, तभी बाबूजी ने उसे आवाज दी और उसने चैन की साँस खींची और भीतर चली गई।

"तुमने चाय ली?" बाबूजी ने पूछा।

"अभी ले लूँगी।"

"अभी कब?" बाबूजी ने पारो को आवाज देकर उसकी चाय वहीं मँगवा ली। वह चाय पीते-पीते सामने दीवार को देखती रही।

बाहर कोई आया था शायद, राजेन्द्र उठकर बाहर चले गए।

"सोचता हूँ, शाम की गाड़ी से चला जाऊँ," बाबूजी ने पैर के एक्जीमे के घाव पर मलहम लगाते हुए कहा।

बाबूजी की बात से उसका चेहरा सफेद पड़ गया, उसकी समझ में कुछ नहीं आया कि क्या बोले।

"इतनी जल्दी?"

"हाँ, उधर भी तो देखना है न। तुम्हें लाकर पहुँचा दिया, मेरी ड्यूटी खत्म।"

"नहीं, अभी आप रहिए आठ-दस दिन। आपने तो कहा था कि आप रहेंगे थोड़े दिन मेरे साथ, फिर यहाँ आकर इतनी जल्दी जाने का प्रस्ताव!"

"अब जाऊँगा बेटा! तुम दोनों समझदार हो, पढ़े-लिखे हो, अपने हालात खुद ठीक करो, मेरे रहने से तुम लोग और नहीं बोल पाओगे। मैंने राजेन्द्र को समझा दिया है, वह पुरानी बातों की चर्चा नहीं करेगा...और तुम्हें भी चाहिए अब पति जो कहे मान लेना चाहिए। औरत पति के घर ही अच्छी लगती है। अपने स्वाभिमान को लेकर कब तक जिन्दा रहोगी! स्वाभिमान को कुचल दो, यह डंक जब तक रहेगा तुम्हें डसता रहेगा। पत्नी का दरजा छोटा होता है, पति का बड़ा।" बाबूजी बोले जा रहे थे और वह आश्चर्य में भरी उनके चेहरे को देख रही थी। बाबूजी का बात करने का ढंग कितना बदल गया है! क्या यह वही बाबूजी बोल रहे हैं जो सबके सामने जोर से बोले थे—'वह मेरी लड़की है, वह पति के पैर की जूती बनकर नहीं रह सकती। नीरा को रखना है तो राजेन्द्र को उसे बराबरी का दरजा देना होगा।' और आज अचानक बाबूजी का बदला हुआ लहजा सुन कर वह दंग थी। तो बाबूजी ने भी हालात के आगे घुटने टेक दिए, लड़की का बोझ उन्हें भी महसूस होने लगा!

वह बिना कुछ बोले चुप रही और चाय पीती रही। रोष से उसका मन भर गया था पर वह कुछ नहीं बोली।

"तो मैं शाम को चला जाऊँ?" बाबूजी ने आहिस्ता से फिर पूछा।

"हाँ, चले जाइए," उसने एकदम सपाट शब्दों में कहा और खाली मग को वापस ट्रे में रख दिया। वह समझ गई थी बाबूजी का सहारा वह कब तक लेती

रहेगी।

"नहीं, तू कहेगी तो रुक जाऊँगा," बाबूजी उसके बोलने के ढंग पर चौंक गए और सकपकाए-से उसे निहारते रहे, फिर थोड़ा नरम पड़कर प्यार से बोले, "तो रुक जाऊँ?"

"रुककर क्या करेंगे, नहीं, सब मैं खुद देख लूँगी, आप जाइए। आखिर उधर भी तो देखना है न!" उसने रोष में भरकर बाबूजी के शब्दों को ही दोहरा दिया।

"ठीक है जैसा तू कहे," बाबूजी सहमे-से ऐसे बोले जैसे खुद अपने जाल में फँस गए हों।

शाम की गाड़ी से बाबूजी लौट रहे थे। रिक्शे पर सामान रखा गया तब पड़ोस के लोग इकट्ठे हो गए। उत्सुकता से वह भी बस स्टैंड तक जाने को तैयार हो गई थी।

"आप भी जा रही हैं?" जब वह बाबूजी के साथ रिक्शे पर बैठी तो पड़ोस की भाभी जी बोलीं।

"नहीं, बस स्टैण्ड तक छोड़ने जा रही हूँ," उसने शब्दों में कहा।

वह जब से यहाँ आई थी सब उसे विचित्र ढंग से देखते थे, जैसे किसी होने वाली घटना की बाट जोह रहे हों। सबको शायद इन्तजार था कि उसके आते ही घर में झगड़ा होगा, चटपटे दृश्य देखने को मिलेंगे, पर इसके विपरीत वातावरण देखकर सब प्रतीक्षा में थे कि अब कुछ होगा, अब कुछ होगा। सबके सपाट चेहरे देखकर सब आश्चर्य में थे।

बस छूटने में समय था। बाबूजी इन दोनों के सामने खड़े थे। वह दूर होटल गें जलते चूल्हे को देख रही थी।

"देखो, तुम दोनों पुरानी बातों को भूल कर फिर से नया जीवन शुरू करो," बाबूजी ने उपदेश देने के लहजे में कहा।

"मैं तो अपनी जगह सही हूँ, नीरा को ही समझा दीजिए, पति के साथ कैसा व्यवहार करना चाहिए यह उसे आना चाहिए न," राजेन्द्र ने कहा तो नीरा ने चमक कर राजेन्द्र को देखा था।

वह तो आई ही थी सारी स्थितियों से समझौता करने, पर इस तरह बोल-बोलकर तो उसे उकसाया जा रहा था, लड़ने के लिए तैयार किया जा रहा था। राजेन्द्र की आँखों में अभी भी उसके लिए परायापन था, यह उसकी आँख और शब्दों से स्पष्ट था।

बाबूजी के बस में बैठते ही बस छूट गई। बस के पीछे उड़ती धूल को क्षण-भर को तकती वह अकेली रह गई।

दोनों रिक्शा स्टैण्ड की ओर बढ़े। दोनों ने अलग-अलग रिक्शा किया और

घर लौट आए। घर पर जब भाभी जी ने झाँक कर दोनों को रिक्शे के पैसे देते देखा तब उसे अपनी गलती का अहसास हुआ। दोनों अलग रिक्शे पर आए, अब इस पर टीका-टिप्पणी होगी।

उसने महसूस किया जीवन अब पहले से अधिक यातनापूर्ण हो गया था। पहले तो वह लोग लड़कर, एक-दूसरे पर व्यंग्य कर ही मन का रोष निकाल लेते थे, पर अब वह दोनों एक-दूसरे को कुछ नहीं कहते थे। इस तरह वातावरण ज्यादा गम्भीर होने लगा था। परायापन अधिक नंगा होकर दिखने लगा था।

क्या कभी-कभी ऐसा नहीं होता...हम सोचते हैं, हम जो जगह छोड़ आए हैं वह सुरक्षित होगी, लौटने पर हमें फिर अपना सुरक्षित स्थान मिल जाएगा। इसी भ्रम में आदमी जान-बूझकर मौत के अँधेरे की ओर खिंचता चला जाता है। सच क्या है, फिर भी झूठ की छाया को थामे बैठने को जी चाहता है। खोई हुई मान-मर्यादा क्या फिर मिल सकती है?

वह अपनी अलमारी में सूटकेस से कपड़े निकाल रही थी। उसके पुराने कपड़े तुड़े-मुड़े से अलमारी में पड़े थे। उसने देखा अलमारी से उसकी नीले रंग की साड़ी गायब है। उसने महसूस कर लिया साड़ी पारो ने गायब की होगी, बस यही सोचकर कि अब तो वह लौटेगी नहीं, जितनी चोरी करना है कर लो। वह अलमारी में कपड़े तह कर रख रही थी, इस बीच राजेन्द्र कई बार कमरे में झाँक गए यह देखने कि वह क्या कर रही है। उसे घरेलू काम में व्यस्त देख काफी आश्वस्त से बाहर चले गए।

धीरे-धीरे उसने घर का कोना-कोना देखना, झटकना, पोंछना शुरू कर दिया। वह पहले की तरह ही अपने काम में व्यस्त हो गई थी। मनीप्लाण्ट की बेल जो पूरी तरह सूखने चली थी, उसे भी उसने ठीक किया, पके, सड़े पत्तों को बाहर फेंका और बेल को काटकर नए सिरे से रोप दिया बोतल में।

बाथरूम से वह नहाकर लौटी और गीले बालों को तौलिए से झटकती बाहर आई तो देखा, पारो ऊपर वालों के यहाँ से तेजी से उतर रही थी। उसे देख वह हड़बड़ाकर चौंक गई।

"क्या बात है, ऊपर क्यों गई थी?"

"ऊपर वाली माता जी ने बुलाया था," वह सहमी-सी बोली।

"क्यों?" उसने आश्चर्य से पूछा।

"जी, वह पूछ रही थीं कि तेरी बाई साहब से बोलती हैं या नहीं और साहब

बाई से बोलते हैं या नहीं!"

"अच्छा," उसका चेहरा सफेद पड़ने लगा, गले में कुछ फँसता-सा लगा। ऐसा भी प्रश्न लोग कर सकते हैं यह उसके लिए आश्चर्य की बात थी, फिर भी उसने अपने को संयत किया और बोली, "फिर तूने क्या कहा?"

"मैंने तो साफ कह दिया, मियाँ-बीवी हैं। बोलेंगे नहीं तो!" पारो ने अपने शब्दों में ढेर सारा एहसान, उदारता लादते हुए कहा, "मैंने तो कहा हमारी बाई साहब से नहीं बोलेंगी तो क्या आपके साहब से बोलेंगी!"

अन्त वाली बात झूठ थी, इतनी हिम्मत इसकी थोड़ी हो सकती है, फिर भी वह चुप रही, चुप रह जाना ही बेहतर था। वह अपने कमरे में लौटने लगी तो नौकरानी आगे बोली, "वह यह भी बोल रही थी, तेरी बाई तो जवान हैं, दूसरा आदमी बना लेतीं, पर साहब बेचारे क्या करते।"

"बस बहुत हुआ पारो, अपना काम कर," उसने उसकी बेतुकी बातों से ऊब कर कहा और भीतर चली गई। रोष से उसकी आँखें जलने लगीं, लोग कितने विचित्र हैं! नहीं आई थी तो चिन्ता थी, आ गई तो चिन्ता है। लोगों को कहीं चैन नहीं।

इन दिनों उसने अजीब बदलाव का एहसास अपने अन्दर किया है। पहले मन क्रोध या उदासी में बोलने को होता था, पर अब चुप रहने को मन करता है। अजब-सी निष्क्रियता घेरे रहती है। लगता है उसकी जगह कोई पत्थर चल-फिर रहा है, इस पर कितनी चोटें...कितनी ही आवाज दी जाएँ, यह वही पत्थर का पत्थर। इन्सान पत्थर सिर्फ बाहर से नहीं होता भीतर से भी होता है...अन्दर का वजन और-और दबाता है।

राजेन्द्र के व्यवहार में उसने एक विचित्र-सा परायापन देखा। अब वह हर बात में उसकी जाँच-पड़ताल करता। बार-बार आकर देख जाता कि वह क्या कर रही है। याने उसकी हर गतिविधियों का वह बारीकी से निरीक्षण करता, वह घर पर आए किसी परिचित से बात करती तो वह उसे विचित्र ढंग से तकता, जिससे अन्दर ही अन्दर उसे घबराहट होने लगती थी। राजेन्द्र के पहले और बाद के नेचर में साफ अन्तर आ गया था। पहले वह मुँह से बोल कर गुस्सा निकाल लेता था, पर अब वह बोलता नहीं, बस पारखी, ताड़ती, बोलती नजर से उसका पीछा करता था, जिसके कारण वह अस्त-व्यस्त हो उठती थी। मन दुःख से भारी हो उठता था। गुस्से से शब्द मुँह तक आते थे पर वह कह नहीं पाती थी। दोनों को लगने लगा था कि दोनों एक-दूसरे के लिए अजनबी, अनजान व्यक्ति हैं, जिनका एक-दूसरे पर बोलने का हक नहीं बनता था।

डायरियाँ लिखने की उसकी बचपन की आदत थी। बचपन से ही बाबूजी को लिखते देख उसने भी उनकी यह आदत चुपचाप से अपना ली थी। शुरू में यह बड़ों की नकल की तरह उसने अपनाया था, पर बाद में धीरे-धीरे यह उसकी आदत

में शुमार हो गया था। उसकी इस आदत को राजेन्द्र जानते थे इसलिए जब वह रसोई में या और किसी काम में व्यस्त होती तो वह देखती उसकी डायरियों को पढ़ा गया है, जाँच-पड़ताल की गई है। राजेन्द्र के दिमाग में यह शक किसी ने बैठा दिया था कि जो वह मायके चली गई थी उसके पीछे कोई था जिससे वह बाद में शादी करती। इसी शक से भरकर उसकी हर गतिविधि पर नजर रखी जा रही थी। यहाँ तक कि जो उसके दोस्तों की चिट्ठियाँ आती थीं उसे भी राजेन्द्र चुप से पढ़ता जैसे उन पत्रों में कोई सुराग ढूँढ़ रहा हो, किसी खजाने की खोज के लिए।

राजेन्द्र की इन हरकतों से उसे हँसी आ जाती थी। आदमी कभी-कभी अपने सम्बन्धों को बचाने के लिए, बनाए रखने के लिए ऐसी हरकतें, ऐसी पहरेदारी करता है कि सम्बन्ध और टूटने लगते हैं। वह किसी से बात करती, मिलती, तो वह बहुत ध्यान से उस पर नजर रखता। राजेन्द्र जो पहले निरन्तर अपने काम में व्यस्त रहता था, अब निरन्तर उसकी चौकीदारी में अपना समय नष्ट करने लगा था। वह घर के किसी काम में व्यस्त रहती तो बार-बार झाँक जाता कि वह क्या कर रही है। वह किसी दोस्त को पत्र लिखती तो वह बेचैनी से भरा कई-कई चक्कर लगाता। यदि वह अधूरा पत्र छोड़ किसी काम से बाहर चली जाती तो वह तुरन्त पढ़ने लगता। अब वह भी राजेन्द्र की इस हरकत से परिचित हो गई थी, इसलिए वह भी पत्र लिखते-लिखते जान-बूझकर उठकर चली जाती और काफी देर में लौटती ताकि वह आराम से पत्र पढ़ ले। लौटकर देखती राजेन्द्र का परेशान चेहरा निश्चिन्त हो गया है और वह आराम से अपने कमरे में बैठा पेपर पढ़ रहा है। पर तब खुद वह बेचैन हो उठती, उसका मन फिर पत्र लिखने में या डायरी लिखने में नहीं लगता। वह दोनों हाथों को टेबल पर रखे, सर को उस पर टेके बैठी रहती। न जाने कब तक वह ऐसे ही बैठी रहती। कभी-कभी तो घण्टों गुजर जाते तब वह चौंक कर उठती और थकी, कटी डाल-सी अपने पलँग पर ढह जाती।

राजेन्द्र को पता चल गया था कि मायके में जब वह थी तो उसे लोगों ने कैसा तंग किया था, कितना अपमान किया, उसे रहने नहीं दिया, अन्त में तंग आकर राजेन्द्र के घर लौटना उसने स्वीकार किया था। अब तक राजेन्द्र को यह भय था कि वह मायके जा सकती है, पर अब उसके मन से यह भय भी मिट गया था। अब वह पूरी तरह से समझ गया था कि इस घर में रहने के अलावा उसके पास दूसरा दरवाजा नहीं, जो उसे दो इंच जगह भी रहने के लिए दे सके, इसलिए अब वह दिलेर हो उठा था। अब उसे परेशान करने, दुःख देने में, अपमान करने में उसे मजा आने लगा था। राजेन्द्र की आँखों में अपने लिए इतनी हिकारत, घृणा-सी भर गई थी कि वह परेशान हो उठती थी। राजेन्द्र की दिन-प्रतिदिन जहर उगलती नजरें उसके व्यक्तित्व को और खोखला कर देती थीं।

घर में पड़े-पड़े वह घुट सी गई थी। शाम को उसने सोचा थोड़ा घूम आए

और जरूरी सामान भी ले आएगी। जब से वह पिता के घर से आई है, वह बाजार भी नहीं जा पाई है। वह टहलते हुए बाजार की तरफ चली गई। दुकान पर कुछ परिचित महिलाएँ मिल गईं और वह उनसे बात करने लगी। सामान खरीदते भी समय हो गया। घर लौटी तो अँधेरा हो गया था। वह समझ गई राजेन्द्र लौट आया होगा। घर पहुँचते ही उसने देखा, राजेन्द्र गुस्से से भरा बैठा था।

"कहाँ चली गई थीं तुम?"

"सामान लेना था, दुकान में समय हो गया," उसने धीरे से सफाई दी।

"कौन-सी दुकान गई थीं जहाँ इतना समय हो गया?"

"तो अब मुझे यह भी बताना होगा!" राजेन्द्र का बोलने का ढंग उसे अच्छा नहीं लगा।

"हाँ।"

"और यदि मैं न बताऊँ तो?" उसने दिलेरी से तनकर कहा। राजेन्द्र गुस्से से भन्नाते हुए अपने कमरे में लौट गए।

वह चुपचाप अपने कमरे में जाकर पलँग पर लेट गई। अपमान से उसका मुँह लाल हो गया, तो राजेन्द्र को शक है कि वह दुकान की कहकर कहीं और गई थी। इस त्रासदायक वातावरण से वह भला कैसे और कब तक जी पाएगी! जिन्दगी में विश्वास ही कुल जमा पूँजी होती है और जब वही नहीं तो कब तक जीया जा सकता है! अब ऐसे वातावरण को सहज बनाना कठिन था।

दोपहर को वह बाल्कनी में खड़ी थी कि उसने देखा, पीछे रहने वाली चम्पाबाई जो अस्पताल में दाई का काम करती थी, वह उसकी वही पीले रंग की साड़ी पहन कर जा रही है। आश्चर्य से उसका मुँह खुला का खुला रह गया। उससे रहा नहीं गया, उसने आवाज देकर चम्पाबाई को रोक लिया। चम्पाबाई उसके सामने आ खड़ी हुई।

"यह साड़ी तुम्हें कहाँ मिली, यह तो मेरी है?"

"आपकी है मगर मुझे क्या मालूम, आपकी नौकरानी इसे बेच गई है," चम्पाबाई ने घबराहट में अपना जुर्म तुरन्त स्वीकार लिया।

"हाँ तो तुम चोरी का माल खरीदती हो, तुम्हारी तो पुलिस में रिपोर्ट होनी चाहिए," उसे गुस्सा आ गया।

"हाँ, हाँ, करो पुलिस में रिपोर्ट," चम्पाबाई भड़कते हुए अपना हाथ नचाते हुए बोली, "पुलिस मेरा क्या करेगी? बड़ी आई पुलिस का डर दिखाने वाली! ऐसी ही अपने घर के सामान की चिन्ता करने वाली थी तो उसे छोड़ कर गई क्यों थी? अरे सब ऊपर से शरीफ दिखती हैं, भीतर से पोल है। और देखो रास्ता रोककर कैसा टोका-टाकी कर रही है।"

"देखो मुँह सँभालकर बोलो, बहुत मुँह चढ़ी जा रही हो।"

"हाँ, हाँ, क्या कर लोगी! बड़ी साड़ी वाली आ गई," चम्पाबाई जोर-जोर से बोलने लगी। आसपास के दरवाजे खुलने लगे थे। उसका गुस्सा बढ़ता जा रहा था। पर वह अपने गुस्से को पी गई, नीच के मुँह कौन लगे! उसे तो अब अपने आप पर गुस्सा आ रहा था, वह क्यों ऐसी औरत के मुँह लगी! वह भीतर आ गई।

उसने दरवाजा बन्द कर लिया था, पर चम्पाबाई सबको सुना-सुनाकर बक रही थी। उसने अपने कानों पर हाथ रख लिए। गुस्सा आँखों के रास्ते पिघलकर बहने लगा। चम्पाबाई ने बीच बाजार में उसे नंगा कर दिया था, यह पीड़ा उसे चीर रही थी। पीड़ा से उसकी छाती दुखने लगी। वह दरवाजे-खिड़कियाँ बन्द कर सारी दोपहर मुरदे की तरह पड़ी रही।

जिन्दगी वास्तव में कितनी विचित्र है! पता ही नहीं चलता और चलते-चलते जिन्दगी किसी ओने-कोने से कैसी-कैसी गलियों में मुड़ जाती है! कभी लगता है सारे अधिकार हमारे हैं, सब पर हमारा अधिकार है। और कभी यह एहसास होता है, नहीं, हम एक झूठे भ्रम को पाले हुए थे। हमें सारे अधिकारों से वंचित कर दिया है, तिनके पर भी हमारा हक नहीं बनता। अचानक लगता है कि समय के दावेदार ने हमें दिवालिया घोषित कर दिया है और मन के कोने-कोने से निकलकर एक-एक सुखों की बोली बोल दी है। सब कुछ कितना अनिश्चित-सा!

उसने अपने आप को सहज बनाने में कोई कसर नहीं रखी। पुरानी बातों को दफन कर देना ही ठीक समझा। उन लड़ाइयों को लेकर जिन्दा रहना भी तो मुश्किल हो जाता न। अब वह राजेन्द्र को चाय देने से लेकर उसका बिस्तर लगाने का काम भी खुद करने लगी थी। राजेन्द्र भी जैसे समझ गया था कि स्थिति सामान्य है, सारा तूफान उतर चुका है।

शाम को वह लाल रंग की जोधपुरी साड़ी में बाहर लॉन में आ बैठी। घास पर नन्हा खरगोश दौड़ रहा था। वह उसे दिन-भर पिंजड़े में बन्द रखती थी और शाम थोड़ी देर के लिए खोलती थी वरना वह कोने-कोने में जा छिपता और उसे वापस बन्द करने में दिक्कत होती।

राजेन्द्र भी अपनी चाय लेकर स्टडी से इधर ही आ गए। उसने सर उठाकर राजेन्द्र को देखा फिर वह खरगोश को देखने लगी। खरगोश नर्म-ठण्डी दूब में अपना सर छुपाए खेल रहा था, लोट रहा था।

"नीरा, पिक्चर अच्छी लगी है, चलोगी?" राजेन्द्र ने पूछा।

"कौन-सी है?"

"घर।"

"यह तो मेरी देखी हुई है, बाबूजी के घर थी तब देख आई थी।"

"और क्या-क्या करती थीं तुम वहाँ?" राजेन्द्र ने तेज जहर बुझे लहजे में अचानक पूछा।

"क्या मतलब?"

"मतलब साफ है, इतने दिन तुम वहाँ रहीं, किसी से दोस्ती तो हुई होगी। सुना है वहाँ काफी जोर-शोर से तुम्हारी शादी की बातें आ रही थीं। इतने तुम्हारे आशिक होंगे यह तो हमें भी पता नहीं था।"

"देखो, जो कहना हो ढंग से कहो, इस तरह सस्ते मत कहो।" उसका चेहरा अपमान से लाल हो उठा। "शादी की बात आ रही थी यह सब तुम्हारे मन का शक है।"

"वह तो मेरा कानूनी डंडा बजा तो तुम्हारा खूसट बेवकूफ बाप एक ही नोटिस में तुम्हें पहुँचा गया, वरना तुम तो शादी कर चुकी होतीं। सुना है बड़े कद्रदान तुम्हारे पैदा हो गए थे वहाँ।"

"देखो, तमीज से बोलो," वह तमककर खड़ी हो गई। "मेरे बाप को बुरा-भला कहा तो ठीक नहीं होगा। तुम्हारे मन में मेरे लिए इतना ढेर सारा शक है यह आज पता चला। मुझे पहले ही पता था, यहाँ लौटने पर मुझे क्षण-क्षण अपमान ही मिलेगा, पर बाबूजी के, माँ के आगे मैं हार गई। किसी भी युग में झगड़े के बाद पति के घर लौटने पर नारी को सम्मान नहीं मिला। सीता का भी अयोध्या लौटने पर अपमान हुआ था, पर इससे पहले कि राम की तरह अन्धे होकर तुम मुझे निकालो, मैं खुद तुम्हारी अयोध्या त्याग कर जा रही हूँ, अब कभी न लौटने के लिए।"

राजेन्द्र अचकचाकर उसे निहारने लगे। वह सहमे-से उसे देखने लगे। वह तेज-तेज आगे बढ़ गई।

"नीरा, सुनो तो..." राजेन्द्र ने उसे आवाज दी, पर वह भीड़ से भरी उस सड़क पर उतर चुकी थी।

हॉस्टल की सारी लाइट जल गई थी। बेतहाशा कुमकुमों से जगमगाता दिल्ली शहर रात के अँधेरे में बेहद हसीन हो गया था। उसने टेरेस पर आकर कचरे के टीन को देखना चाहा जहाँ चिड़िया का घोंसला फेंका गया था, पर वहाँ ढेर सारा अँधेरा होने के कारण उसे कुछ नजर नहीं आया। चिड़िया अभी भी अँधेरे में छटपटा रही थी। जहाँ इतनी रोशनी थी वहाँ ऐसी भी जगह थी जिसे अँधेरा निगल गया था।

जुगनू

वह बस स्टैण्ड पर बैठी बस का बड़ी ही बेसब्री से इन्तजार कर रही थी, क्योंकि आज शाम उसकी प्यारी सहेली का निकाह था और निकाह में पहुँचना उसका निहायत जरूरी था। आज ही बस को भी लेट होना था। सोचते ही उसका दिल बेसब्री में डूबने लगा, माथे पर पसीना-सा आने लगा। सारा प्रोग्राम ही चौपट हो गया, कितनी तैयारी और उम्मीद से वह घर से चली थी, फिर उसकी सहेली भी तो उसका इन्तजार करेगी। सहेली की शादी करवाने में उसका कितना बड़ा हाथ था, और कितने प्यार से अपनी सखी के लिए अँगूठी और बनारसी साड़ी खरीदी थी, वह जानती है उसे देखते ही वह खिल उठेगी। उसे दुल्हन को मेहँदी भी लगाना था उसने वायदा किया था कि उसकी शादी पर वही उसे मेहँदी लगाएगी। वह मेहँदी लगाती भी तो बड़ा कमाल था, लोग देखते तो सब देखते ही रह जाते, बस उसे मूड आना चाहिए।

अचानक एक बस सामने से आई। उसने बड़ी उम्मीद और बेचैनी में झटक कर उतावलेपन से खड़े होकर बस को देखा, पर यह देखकर बड़ी ही निराशा से बैठ गई कि बस दूसरी थी। बस सामने ही खड़ी थी और मुसाफिर उतर-चढ़ रहे थे। छोटे-छोटे खोमचे वाले, पेपर-पत्रिका वाले तथा भीख माँगने वालों ने बस को घेर लिया था। बस के आते ही बस स्टैण्ड में हलचल भर गई थी।

अचानक एक पुलिस की जीप उसके सामने आकर रुकी और उसमें से जो व्यक्ति उतरा, उसे देखते ही वह चौंक पड़ी। चेहरा बेहद परिचित लगा। उसने ध्यान से देखा, सोचा कहीं आँख धोखा तो नहीं दे रही, पर नहीं, सच, वह तारिक ही थे। उसे अपना बस स्टैण्ड पर बेसब्री से खड़ा रहना बड़ा खला। लम्बी यात्रा और लगातार गाड़ियाँ बदलने से वैसे ही उसकी हालत खराब हो गई थी और ऐसे में ही तारिक से सामना और वह भी इतने बरसों बाद उसे बड़ा खराब-सा लगा। तारिक किसी परिचित को बस में बैठाने आए थे शायद।

अभी वह सोच ही रही थी कि किसी तरह चुपचाप पीछे से उठकर इधर-उधर भीड़ में दुबक जाए, पर तभी तारिक की निगाह भी उस पर पड़ गई। उन्होंने बुरी तरह से चौंककर उसे घूर कर देखा। उनके हाथ में सिगरेट थी जिसे उन्होंने बिना पीए ही नीचे जमीन पर फेंक दिया और उसे निहायत बदतमीजी से पीछा करती

आँखों से देखने लगे।

वह सकुचाई-सी इधर-उधर देखने लगी। उनके साथ आए व्यक्ति बस में बैठ चुके थे और बस चल दी। बस के जाते ही बस स्टैण्ड जैसे सूना हो गया, जैसे किसी मदारी ने अपना भानुमती का पिटारा समेट लिया हो। सारी हलचल बस के साथ चली गई थी।

अभी उसकी बस के आने में देर थी और वह अपने सामान के साथ लदी-फँदी-सी वहाँ बैठी थी।

तभी तारिक तेजी से चलते ऐन उसकी आँख के सामने आ खड़े हुए।

''तुम शफकत हो न,'' तारिक बोले, उनका वही ठण्डी साँस खींचकर बोलने का अन्दाज।

''जी...''

''मुझे पहचाना मैं तारिक हूँ?''

''जी हाँ, पहचान गई थी,'' वह जल्दी से बोली और मन में सोचा—भला आपको हम भूल सकते हैं, जिन्दगी का पहला पृष्ठ आप पर ही तो खुलता था।

'' 'कहाँ हो आजकल' 'खाला-खालू' 'यहाँ कैसे' किधर जा रही हो?''

उफ, अल्ला, एक साथ जैसे सवालों की झड़ी लग गई थी। इतने सवालों के जवाब वह एक साथ कैसे देती, बस धीरे से मुस्करा दी और साड़ी के छोर से माथे पर छलक आए पसीने को पोंछ लिया तथा फौरन ही अपने को झटककर तारिक के मोहजाल से बचाने के लिए उसने मौसम पर ध्यान केन्द्रित कर लिया। वास्तव में दो दिन भी पानी नहीं बरसता है तो गर्मी कितनी पड़ने लगती है।

''कहाँ जा रही हो?'' तारिक ने चुप देख फिर उसे उकेरा, ''लगता है बस आने में अभी वक्त लगेगा, अच्छा हो तुम मेरे साथ मेरे घर चली चलो। रात का खाना मेरे घर पर ही लो, इस तरह तुम्हारी मेरे बीवी-बच्चों से भी मुलाकात हो जाएगी।''

अब तक वह तारिक की वर्दी से समझ चुकी थी कि तारिक पुलिस के कोई बड़े अधिकारी हैं। तारिक उसे अपने बीवी-बच्चों से तथा बंगला, रोबदाब से उसे प्रभावित करना चाहता है, और उसे जताना चाहता था शायद कि वह अपने जीवन में पूर्ण है, पर वहीं वह यह भूल रहा था कि अपराधी व्यक्ति ही अपने को चारों ओर कैद कर बन्दी बनाता है।

''माफ करें, मुझे आज पहुँचना निहायत जरूरी है, मेरी सहेली की शादी है।''

तभी तारिक को ढूँढ़ने उसके पुलिस के अधिकारी आ गए। तारिक ने उन्हें कॉफी लाने भेज दिया। जब वह चले गए तो तारिक उसे भरपूर निगाह से देखते बोले, ''मेरी यहीं पर पोस्टिंग है, कभी तुम आना, तुमसे मिले तो एक जमाना गुजर गया। पहले तुम शलवार-कमीज पहने एक कमसिन उम्र की शोख लड़की थीं, अब

संजीदा औरत हो," तारिक बोल रहे थे और वह उनकी निगाहों को अपने चेहरे पर झेलती रही।

तभी कॉफी भी आ गई और बस भी। वह जैसे इसी बात का इन्तजार कर रही थी, झट से उठ गई। उसकी हड़बड़ी देख तारिक परेशान हो गए।

"तो तुम नहीं रुक रही हो?"

"आज तो किसी भी हाल में जाना था, कभी फिर इधर आई तो जरूर मिलूँगी।" उसने कहा और मन ही मन सोचा, मुझे रुकना कब था।

"तुम पहले की तरह अब भी कम बोलती हो," तारिक धीरे से बोले, "मैंने तुम्हारी...मेरा मतलब तुम लोगों को काफी तलाशा था, फिर मुझे पता ही नहीं चला।"

"जी, अब्बा को लकवा हो गया था तो अम्मी हम लोगों को लेकर अहमदाबाद चली गई थी नाना के घर। अब तो अब्बा-अम्मी दोनों नहीं हैं। मैं नाना के पास रहती हूँ और डॉक्टर हूँ।"

"ओह!" तारिक लम्बी साँस भर कर बोले, "अच्छा हो आज तुम यहीं ठहर जाओ, जाने फिर मुलाकात हो या न हो!"

"आज तो मेरा जाना जरूरी है," कहते उसने अटैची उठा ली, तभी उसका कुली भी आ गया।

वह बस में जाकर बैठ गई। वह खिड़की के पास ही बैठी थी और सामने ही तारिक खड़े थे और दोनों ही कुछ बोलना चाह रहे थे पर दोनों ही चुप थे।

"हो सके तो शफकत उन पुरानी बातों के लिए मुझे माफ कर देना," आखिर तारिक बोले।

बस चल दी और उसने आदाब के लिए हाथ माथे पर लगा लिया, पर तारिक जैसे जवाब देना भूल गए थे, बस उसे चुप देखते रह गए। वह तारिक को देख रही थी और सोच रही थी—एक मुजरिम खुद हाकिम अफसर कैसे बन गया? क्या इसे अपना गुनाह याद होगा?

अब्बा का ट्रांसफर उस छोटे से पहाड़ी शहर में हुआ था और वह लोग बस की लम्बी, उबा देने वाली यात्रा करके वहाँ पहुँचे थे और पहुँचते ही सारे घर को मलेरिया ने आ दबोचा। सब बुखार में लस्त से पड़े थे। वह लोग बस से उतरकर जैसे बीमार पड़ने ही इस शहर में आए थे।

बंगला कितना बड़ा है, किसी ने पूरी तरह देखा भी नहीं था, पूरा बंगला खाली-खाली, सूना, वीरान-सा लगता था, क्योंकि अभी सामान खोला ही नहीं गया था। बस एक कमरे में दरी बिछाकर, उस पर बिस्तर डालकर वह लोग आते ही ढेर हो गए थे और ऐसे ही जाने कितने दिन निकल गए पता ही नहीं चला। ट्रक से जो उनका सामान आया था वह वैसे ही बाहर वाले कमरे में पड़ा था, किसी को कुछ देखने की हिम्मत नहीं थी।

वह शहर कितना बड़ा है, कैसा है, यह सब देखने की किसी की हिम्मत नहीं थी। कितनी मुश्किलों से वह लोग वहाँ पहुँचे थे और आते ही सब मलेरिया से पीड़ित थे। मलेरिया का वह हड्डी-तोड़ बुखार लग रहा था जैसे सारी हड्डियों को झिंझोड़ कर ही जाएगा। सरकारी अस्पताल का एकमात्र बेचारा डॉक्टर दवा दे-देकर थक रहा था पर बुखार जाने का नाम ही नहीं ले रहा था। चपरासियों ने बताया कि यहाँ हर नए आदमियों को यह बुखार दबोचता है।

वह लोग ऐसे ही पड़े रहते थे, न खाने की, न पीने की सुध थी। हिम्मत कर पतली खिचड़ी बना लेती तो वह भी बड़े मुश्किल से वह लोग दो-तीन कौर खा पाते बस।

ऐसे ही कुछ दिन निकल गए। अब्बा थोड़ा ठीक हो गए थे और अपने दफ्तर जाने लगे थे और वह लोग भी अब सोच रहे थे कि सामान खुलवा लिया जाए, वरना ऐसे में कोई मिलने आ जाए तो क्या सोचेगा? और आखिर वही हुआ जिसका अन्देशा था।

चपरासी ने बताया, "बड़ी हवेली से कोई आए हैं मिलने और साथ खाना भी लाए हैं।"

उन दिनों छोटे शहरों में यह रिवाज था कि जब बाहर से कोई रहने आता था, शहर में रहने वाले पुराने घरानों से खाना बनाकर पहुँचाया जाता था, या घर पर बुलाकर खिलाया जाता था। इस तरह वहाँ के इज्जतदार लोगों से मुलाकात हो जाती थी और नए आने वाले लोगों को अपनी गृहस्थी शुरू करने में आसानी हो जाती थी। तब होटल होते नहीं थे और यदि होते भी थे तो वहाँ खाना खाना बुरा माना जाता था।

सामान खुला नहीं था। अम्मी ने वहीं कमरे में ही उन्हें बुला लिया जहाँ वह खुद गुड़ी-मुड़ी सी पड़ी थी। उसने सोचा था, आने वाला कोई बुजुर्ग-सा होगा, पर वह एक सुन्दर-सा युवक था। आते ही उसने खाने का बड़ा-सा टिफिन सामने रखा और अम्मी को आदाब करते बोला, "अम्मी ने भेजा है, पता चला आते ही आप सब बीमार हो गए हैं।"

"शुक्रिया, अम्मी से कहना अब ठीक हैं, आपका नाम क्या है?"

"मेरा नाम तारिक है, मैं बाहर कॉलेज में पढ़ता हूँ, आजकल छुट्टियों में आया हूँ।"

उसने सर पर से थोड़ा-सा चादर का कोना हटाकर उस सुनकर आवाज वाले युवक को अच्छे से देखना चाहा, पर उसे अपनी ओर ही ताकता पाकर सकुचा-सी गई, क्योंकि उसने भी उसे देख लिया था और समझ गया था कि वह सोई नहीं है, बस सोने का बहाना किये पड़ी है। लेकिन अब लेटे रहना मुश्किल बात थी, इसलिए वह जल्दी से उठी और हड़बड़ी में दुपट्टे से सर ढाँकती आदाब करती बाहर

भाग गई।

"मेरी बेटी शफकत है," उसने पीछे से सुना अम्मी उसका परिचय दे रही थीं, "बैठो टिफिन खाली करवा देती हूँ, तब तक चाय पी लो।"

"नहीं, रहने दीजिए खाला, कल आकर टिफिन ले जाऊँगा, मुझे भी जल्दी थी, अच्छा आदाब," कहता वह बाहर चला गया।

वह गुसलखाने में नल के नीचे मुँह धो रही थी, वहीं से उसने जाते वक्त कुछ गुनगुनाने की फिर साइकिल की आवाज से अन्दाजा लगाया कि वह चला गया। बेकार में मुँह धोया सोच वह वापस आई और फिर चादर में वैसे ही गुड़-मुड़ कर लेट गई।

पर अब जाने क्यों उससे लेटा भी नहीं जा रहा था। वह फिर उठी और गुसलखाने में चली गई और उसने वाश-बेसिन में फिर से ढेर-ढेर पानी से मुँह धोया पर इतने ढेर पानी से आँख धो लेने के बाद भी उसका वह आकर्षक चेहरा उसके सामने से हटा नहीं और आखिर में उसने अपने पीले दुपट्टे में मजबूर होकर अपना चेहरा छुपा लिया। अल्लाह! कितनी बुरी तरह घूर रहा था!

दूसरे दिन भी वह आया और अम्मी के पास बैठकर गप्प सुनाता रहा, कॉलेज की बातें बताता रहा। अम्मी ने अपने पानदान से पान बनाकर उसे खिलाया था। अम्मी उससे खुश थीं। एक तो अम्मी को पान खाने वाला कोई मिल गया था, दूसरा वह बहुत बातूनी था और अम्मी इन दो बातों के लिए ही जैसे मौके की तलाश में रहती थीं।

अम्मी की इस बात के लिए उसे हमेशा सुनना पड़ता था--एक यह लड़की है, मजाल है जो कभी पास बैठकर दो घड़ी बोल-बतिया लेगी या पास ही आकर बैठेगी, दूसरों के बच्चों को देखो कितने हँसते-खिलखिलाते हैं और एक यह है जो हमेशा मुँह में मूँग भरे रहती है। अम्मी की यह झिड़की सुन-सुन कर ही वह इतनी बड़ी हुई थी पर मजाल है जो कभी उसने अम्मी के कहे मुताबिक बात मानी हो, बस उसे तो एक कोने में अकेले बैठकर चुप रहना ही अच्छा लगता था। अम्मी की बात से बस वह मुस्करा देती थी।

घर से निमोनिया ने विदा ली और सबने खुलकर साँस ली, मानो बिना बुलाए किसी लीचड़ मेहमान की विदाई हुई हो। अम्मी ने चपरासियों के साथ सामान खोलना शुरू कर दिया था। धीरे-धीरे वह बड़े-बड़े कमरे जो खाली पड़े रहने की वजह से भाँय-भाँय से करते थे, उनमें सामान सज जाने से खिल उठे थे, उनमें रौनक-सी आ गई थी। सफेद दीवारें जो पहले खाने को दौड़ती थीं, अब तस्वीरें टँग जाने से सजकर मुस्करा उठी थीं।

जैसा कि हमेशा होता उसने अपने लिए कोने वाला कमरा चुना था, शान्त-एकाकी सा। उसने अपने कमरे को बगीचे और चिड़ियों की तस्वीर वाली फ्रेम

से सजा लिया था। उसका पलँग और एक टीन का बक्सा तथा दीवार वाली अलमारी में किताबें, चूड़ियाँ, क्लिप, रिबिन और सिलाई-बुनाई का सामान बस इतना ही उसके कमरे में था पर उसे पता था अम्मी पहले तो उसके कमरे को उसके लिए छोड़ देती थीं, फिर बाद में उसके कमरे में घर का वह जरूरी सामान रख देती थीं, जिसे खास निगरानी की जरूरत होती। अम्मी को पता था वह अपने कमरे में चौबीस घंटे रहती है इसलिए चावल, दाल और गेहूँ के बड़े कनस्तर उसी के कमरे में रख देती थीं। वह रूठ जाती तो उसे मनातीं—बिटिया बस दो-चार दिन, फिर सही जगह देख उठा लेंगे, पर उसे पता था कि यह दो-चार दिन कभी नहीं आते और कनस्तरों को उसी के कमरे में रहना है।

उसके स्कूल खुल गए थे और वह बड़ी ही खुश-खुश स्कूल गई थी। नई स्कूल, नई सहेलियाँ। स्कूल में एक नई लड़की रेहाना से उसकी दोस्ती हो गई थी। रेहाना बड़ी प्यारी खुशदिल लड़की थी। दोनों साथ ही स्कूल से लौटीं। रास्ते में रेहाना का घर पड़ता था।

"कल मैं यहीं खड़े रहकर तुम्हारा इन्तजार करूँगी, साथ स्कूल चलेंगे," रेहाना ने उससे विदा ली। वह रेहाना को जाते देखती रही, उसकी दो लम्बी चोटियाँ कमर पर झूल रही थीं। रिबिन के बने फुँदने उसकी कमर पर लट्टू की तरह नाच से रहे थे। रेहाना चोटियों को बाँधकर खुला ही छोड़ देती थी, जबकि वह खुद उन्हें मोड़कर ऊपर बाँध लेती थी। रिबिन के फूल कानों के पास लटकते रहते थे। कभी काले रिबिन, कभी लाल, सफेद, इन तीन रंगों के अलावा दूसरे रंग के रिबिन अम्मी बाँधने नहीं देती थीं। स्कूल जाते वक्त सर भी ढाँकना होता था। सब मुस्लिम लड़कियाँ घर से स्कूल जाते समय सर ढँककर जाती थीं, जिसे देख स्कूल की लड़कियाँ छेड़तीं—क्या तुम्हारा ब्याह हो गया?

धीरे-धीरे रेहाना उसकी प्यारी सहेली बन गई थी। एक दिन शनिवार के आधे दिन के स्कूल में रेहाना उसे अपने घर ले गई।

किसी बड़े से घर का वह पिछला गेट था शायद जहाँ से वह भीतर गए थे, क्योंकि यही से रेहाना स्कूल के लिए आना-जाना करती थी। बड़े से खुले मैदान को पार करने में उसने देखा, वहाँ कई अनार तथा आम के पेड़ थे, जिससे लगता था पहले यहाँ बगीचा रहा होगा जो अब मैदान में बदल गया है। एक पुरानी जंग खाई, गन्दी सड़ी-सी कार वहाँ पड़ी थी जिसके चक्के, स्टेयरिंग, इंजन, लाइट और न जाने क्या-क्या सारा सामान गायब था। सड़ा-सा बस ढाँचा ही वहाँ पड़ा था। वहीं पर एक बहुत पुराना इमली का पेड़ था। इमली के पेड़ के बाद चारदीवारी थी और उसके पार सफेद-पुता बड़ा-सा बंगला था, पर रेहाना उसे बंगले की तरफ नहीं ले गई। इमली के पेड़ के पास ही दो-चार कमरे थे जो पहले नौकरों के रहने के काम आते होंगे, उसी को सही करके रेहाना तथा उसका परिवार उसमें रहता था।

फट्टे से आँगन घेर लिया गया था। भीतर बेहद कीचड़ था, जिस पर चलने के लिए ईंट की कतार रख दी गई थी, जिस पर पैर रखकर वह दोनों आगे बढ़ीं।

रेहाना बड़े आराम से शलवार उठाए उचकती छलाँगें लगाती दालान में पहुँच गई थी और वहीं से वह चिल्लाई—अम्मा देखो तो कौन आया है?

वह सँभल-सँभल कर पैर रखती दालान तक पहुँची। दालान में एक झोल खाई खाट पड़ी थी उस पर बिस्तर लगा था, जिस पर एक निहायत बूढ़ी-सी औरत बैठी थी।

"रेहाना, कौन है तेरे साथ?"

"दादी, मेरी नई सहेली है।"

"इधर आ बेटी," दादी ने उसे पास बुलाया और अपनी दोनों बूढ़ी बाँहों में बटोर-सा लिया। उसने देखा उसके कानों में बड़ी-बड़ी सोने की भारी-सी बालियाँ झूल रही थीं, जिसके बोझ से कान मुड़कर गोल से हो गए थे, और कानों के छेद नाली के सूराख की तरह बड़े-बड़े हो गए थे। तभी भीतर से एक गोरी-मोटी-सी औरत आई, जिन्हें देखते ही वह समझ गई कि यह रेहाना की अम्मी होगी। उसे देखते ही वह खुश हो गई।

"जाओ हाथ-मुँह धो लो, फिर खाना खा लेना।"

रेहाना की अम्मी ने कहा तो वह स्कूल की किताबों को एक तरफ रख कर उठ गई। बाथरूम क्या दो दीवारों की बीच की जगह को टाट का परदा लगाकर घेर लिया था, वहाँ एक पत्थर पड़ा था, जिस पर बैठकर नहाया जाता होगा। काली मिट्टी की चिकट खाई गंगाल थी, जिसमें पानी रखा था। उसे आश्चर्य हुआ कि ऐसे खुले में यह लोग नहाते कैसे होंगे? जब उसने रेहाना से पूछा तो रेहाना हँस दी—हम लोग खाट लगा देते हैं, फिर कोई नहीं आता तब समझ जाते हैं भीतर नहा रहे हैं।

खूब ढेर सारे तले-मसाले में भुने गोश्त की सालन और रोटी थी। उनके घर की तरह दाल-चावल, रोटी, सब्जी, गोश्त, सलाद, अचार, पापड़, आदि नहीं था, उनके घर जब तक सब नहीं होता, तब तक भोजन पूरा नहीं होता था। उनके घर मसाले भी कम खाए जाते थे। पर यहाँ खूब तेल-मिर्च से डूबा गोश्त खाकर उसे बड़ा अच्छा लगा। गरम मसाले की सोंधी गन्ध सारे कमरे में भर गई थी, जैसे अम्मी जब अचार की बसी खोलतीं तो सारे कमरे में गन्ध भर जाती थी, बस वैसा ही लगा उसे।

"उस बड़े बंगले में कौन रहता है?"

"उसमें मेरी फूफी रहती हैं," रेहाना ने बताया, "मेरे फूफा राजा के मैनेजर थे उनके इन्तकाल के बाद मेरी फूफी रहती हैं, उनके चार बेटे हैं। वह लोग शफफों बहुत बड़े लोग हैं हम लोग गरीब हैं। मेरे अब्बा को टी.बी. हो गया तो कारखाने वालों ने बैठा दिया, मेरी फूफी ने हमें यहाँ बुलवा लिया और हमें अपना यह बाहर वाला घर रहने को दे दिया। अब हम लोग यहीं रहते हैं, अब्बा फूफी की

जमीन-जायदाद देखते हैं।''

उसने जिन्दगी की इतनी गहरी बातें पहली बार सुनी थीं, इसलिए हैरानी से आँखें चौड़ी कर लीं। उसकी दोनों मोटी-मोटी चोटियाँ जो मोड़कर ऊपर कान के पास बँधी थीं, वह कन्धे पर लटक रही थीं, उनके बोझ से उसके कानों के पास के बाल दुःख रहे थे। उसने मन ही मन सोचा वह भी कल से रेहाना की तरह ढीली चोटी बाँधेगी और उन्हें नीचे लटकने देगी। अम्मी कितना कसकर बाँध देती हैं चोटी और फिर रोको तो बोलती हैं—घोड़े की लगाम और लड़कियों की चोटी हमेशा कस कर बाँधनी चाहिए। उहँ! उसने मुँह बनाया, अम्मी भी हाथ धोकर बस पीछे पड़ी रहती हैं।

''अच्छा चल तुझे फूफी का बंगला दिखाएँ।''

''न—न—मुझे नहीं जाना।''

रेहाना उसे जबर्दस्ती खींच कर ले गई। वह लोग पीछे वाले दरवाजे से अन्दर गए। भीतर पत्थर वाला बड़ा-सा आँगन था, बीच में कुआँ और कुएँ के पास लम्बी-सी कमरों की कतार थी, जो नौकरों के रहने के लिए थी। वहीं बावर्चीखाना था, जहाँ दो-चार नौकरानियाँ बैठी काम कर रही थीं और एक बूढ़ा-सा खानसामा खाना बना रहा था। लकड़ियों वाला बड़ा-सा चूल्हा दन-दन जल रहा था। वह लोग आगे बढ़े। बड़ा-सा लम्बा बरामदा था उस पर खूब बड़ा तख्त रखा था, जिस पर गद्दे, गाव तकिए लगे थे, जिस पर सफेद चादर बिछी थी। तख्त पर बड़ा-सा पानदान रखा था, पानदान पर जरी गोटेदार झालरों वाला गिलाफ सजा था।

''यहाँ फूफी बैठकर किताब पढ़ती हैं और पान खाती हैं। सुबह का नाश्ता भी यहीं होता है,'' रेहाना ने बताया।

बरामदे में मोटी-मोटी कपड़ा लगी चिक टँगी थी, जिसे गर्मियों में तथा बारिश के मौसम में खोला जाता है। भीतर बड़े-बड़े कमरे थे, कमरों में ढेर सारा आलीशान शीशम का फर्नीचर नक्काशीदार सजा था, जो देखने की चीज थी। बड़े-बड़े शो केस में तरह-तरह के जानवरों की ममी बनी रखी थी, जिसे देखकर ही डर लग रहा था। उसे लग रहा था जैसे किसी म्यूजियम में आ गए हैं। शेर, भालू, चीता, हिरन, बारहसिंगा, जाने क्या-क्या था। दीवारों पर बड़ी-बड़ी बन्दूकें टँगी थीं। सारा घर एक महल की तरह था। बड़े-बड़े शीशे रखे थे, जिनमें सर से पैर तक खड़े होकर देखा जा सकता था।

उन आदमकद शीशों के सामने खड़े होने में उसे शरम आ रही थी। स्कूल के ही कपड़ों में वह गंदी-सी आ गई थी। शलवार-कुरता और दुपट्टा सब गन्दे हो गए थे, माथे पर बाल बिखरकर चिपक से गए थे, पसीने से हाथों की उँगलियों की पोर में ढेर सारी स्याही लगी थी, जो हाथ धोने पर तथा खाना खाने के बाद भी नहीं छूटी थी। अम्मी उसकी स्याही में रंगी उँगलियाँ देख हमेशा नाराज होती थीं—बड़ी

पढ़नतर लड़की है, आधी स्याही तो इसके पेट में रहती है आधी बालों में। पोंछ-पोंछकर वह सारी दवात ही बालों में उँड़ेल लेती है।

आज उसे अपनी हुलिया पर दुःख हुआ और अम्मी की फब्तियाँ सही लग रही थीं। फूफी का कमरा बड़ा ही खूबसूरत था। काले शीशम का वह पलँग रंगीन बेल-बूटेदार काँच से जड़ा था, जो काफी ऊँचा था। इस पर चढ़ते कैसे होंगे? वह सोचती रही। किताबों से सजी अलमारियाँ, बड़े-बड़े पीतल के गुलदान जो खाली रखे थे पर कभी सजाए जाते होंगे। खूबसूरत सोफा, एक ऊँची-सी नक्काशीदार कुर्सी पर फूफी चश्मा लगाए बैठी कोई किताब पढ़ रही थीं। सफेद बाल, बड़ा ही रौबीला, गोल-सा चेहरा था उनका। उनके पैर के पास एक गन्दी-सी लड़की बैठी उनकी उँगलियाँ चटका रही थी। रेहाना ने बताया फूफी के बावर्ची की लड़की गुलशन है।

रेहाना ने उसे फूफी से मिलाया तो उन्होंने चश्मे से ऊपर से नीचे तक उसे देखा, टटोला, फिर मुस्कुराई—बड़ी प्यारी बच्ची है।

अभी वह घबराई-सी हक्की-बक्की वहाँ खड़ी थी कि अचानक कोई परदा उठाकर भीतर आया—अम्मी आदाब।

वह चौंककर पलटी तो दिल धक से रह गया, साँस रुक गई। सामने तारिक खड़े थे, सफेद कुरता और चूड़ीदार पायजामे में। उसे वह भी हैरानी से देखते रह गए।

''मेरी फूफी के छोटे बेटे हैं, तारिक भाईजान,'' रेहाना बता रही थी और वह माथे से पसीना दुपट्टे से पोंछती हड़बड़ी में फूफी को आदाब कर रेहाना का हाथ खींचती बाहर आ गई। हाय! उसे क्या पता था तारिक रेहाना के फूफी के लड़के होंगे? पींछे अपनी पीठ पर बड़ी जोर से उसकी आँख चुभती-सी लगी पर वह दौड़ती रही, हाँफती हुई बदहवासी में सोचती रही—अल्लाह! अब कभी नहीं आएगी वह यहाँ।

कई दिनों तक वह रेहाना के घर नहीं गई, बल्कि उसने अपना स्कूल जाने का रास्ता ही बदल दिया। अचानक उसकी इस बेरुखी से रेहाना हैरान थी।

एक दिन जब वह अपने कमरे में बैठी सिलाई कर रही थी तब तारिक ऐन उसके सामने आकर खड़े हो गए।

''ऐसी भी क्या बेरुखी, आपने तो घर आना ही छोड़ दिया, अम्मी आपको याद कर रही थीं,'' तारिक बोले।

वह सर झुकाए बैठी रही।

''आप कल आएँ मैं इन्तजार करूँगा,'' कहते तारिक चले गए और वह सन्नाटे में बैठी रही।

दूसरे दिन वह रेहाना के साथ स्कूल से लौटते में हो ली। जब रेहाना का घर आया तो उसके पैर आपसे-आप रेहाना के घर की ओर बढ़ गए, पर वह झिझकी-सी

वीरान बगीचे में पड़ी उस टूटी कार पर बैठी रही, जहाँ ढेर सारे इमली के फूल बिखरे पड़े थे। वह फूफी के घर नहीं गई। दूसरे दिन पता चला तारिक वापस अपने हॉस्टल चले गए।

रेहाना के घर उसका आना-जाना बढ़ गया था। दोनों पक्की सहेली बन गई थीं। दोनों टूटी कार पर उचककर बैठ जातीं और हथेली पर नमक लिए आम, अमरूद या इमली कुतरती रहतीं या वहीं खड़िया से घर खींचकर बिल्ला खेलती रहतीं। बिल्ला खेलने गुलशन भी पहुँच जाती थी।

बारिश के दिनों में जब इमली के पेड़ पर फूल आते और पानी की फुहार से छितरे-बिखरे धरती पर पड़े रहते थे और उनकी खट्टी-सी महक चारों तरफ बिखरी होती तो उसे बड़ा अच्छा लगता था। वैसे भी बारिश का मौसम उसे पसन्द था। सारे वातावरण पर एक कोहांदी-सी छाई रहती थी जो उसे विशेष पसन्द थी। शाम के अँधेरे में जंगली झाड़ियों में जब जुगनू दम-दम चमकते-बुझते तो लगता कोई भूली-बिसरी याद आ रही है।

गुलशन जो पीरू बावर्ची की लड़की थी, पर वह ठीक अपने नाम के विपरीत थी। गुलशन नाम एक हरे-भरे बगीचे की याद दिलाता था पर उसे देख लगता जैसे उजाड़-वीरान-खँडहर हो। वह भी उनके बीच आकर बैठती या खेलती और यूँ ही बैठी-बैठी अपने बड़े-बड़े दाँतों को दिखा-दिखा कर हँसती। उम्र में वह उसके और रेहाना की ही उम्र की थी। रेहाना ने बताया था कि उसका पैदायशी ही दिमाग खराब है। ऊँची, फटी, गन्दी साड़ी बाँधे, ढीला-ढाला माँगे का ब्लाउज पहने, गन्दे हाथों से वह बकर-बकर अपना सर खुजाती रहती और जुएँ पकड़-पकड़कर मारती रहती। उसके छोटे-छोटे बाल थे जो हमेशा बिखरे रहते थे, उसे देख लगता वह हफ्तों नहाती नहीं है। गन्दे शरीर और गन्दे कपड़ों में वह घूमा करती। सारा दिन वह इधर-उधर डोला करती, मगर वह बरतन खूब वढ़िया चमकाती थी, बरना उसका बाप पीरू बावर्ची उसे खूब मारता था। मार खाकर वह बच्चों की तरह दोनों पैर फैलाकर बैठ जाती और एड़ियाँ रगड़-रगड़कर अपनी बेहद कर्कश और मोटी आवाज में बच्चों की तरह जोर-जोर से ऐं-ऐं कर भोंगा फाड़कर घण्टों रोती। इसलिए भी लोग उसे कम छेड़ते थे, क्योंकि पता था उसका रोना घण्टों चलेगा।

पीरू बावर्ची उसे जब-तब मारता रहता था या मार के बहाने पीरू अपनी जवान और पागल लड़की के दुःख का आक्रोश निकालता रहता था, क्योंकि पीरू के दूसरा और कोई बच्चा नहीं था। रेहाना ने बताया था कि जब गुलशन पाँच बरस की थी तब उसके बाप ने उसे ब्याह दिया था, पर वह दूसरे ही दिन अपने ससुराल से अकेली भाग आई तो फिर नहीं गई। जब भी कोई ससुराल से उसे लेने आता वह मोहल्ले के घर में हफ्तों छुपी रहती। धीरे-धीरे ससुराल वालों ने आना ही बन्द कर दिया और अपने बेटे का दूसरा ब्याह कर दिया। कहते हैं जिस दिन गुलशन के पति का

दूसरा ब्याह था उस दिन पीरू बावर्ची बहुत रोया था और गुलशन पत्थर को दूल्हे की तरह सजा-सँवार कर कुएँ में फेंक आई थी और जोर-जोर से हँसती चिल्लाई--मर गया, मर गया।

गुलशन ज्यों-ज्यों बढ़ती गई, त्यों-त्यों उसका पागलपन भी बढ़ता गया। पर वह फूफी की लाड़ली थी क्योंकि वह फूफी के पैर बढ़िया दबाती थी। फूफी के सामने कोई उसे डाँट नहीं सकता था।

उसे गुलशन को देख-देख बड़ी हैरानी होती थी। महीने में एक या दो बार उसकी माँ उसे पकड़कर नहलाया करती थी, उसके सर में तेल डालती, कंघी करके उसकी छोटी-सी चुटिया गूँथकर चिंघी बाँध देती थी, उसे साफ कपड़े पहना देती पर इतना सब जिस दिन होता उस दिन सारे घर में हंगामा सा मचा रहता था, क्योंकि गुलशन को पकड़कर नहलाना मामूली बात नहीं थी। वह अपनी मोटी-भद्दी आवाज में चीखती-चिल्लाती रहती और बंगले की सारी नौकरानियों की मदद से उसकी माँ उसे नहलाती, तैयार करती रहती थी। उस दिन सारे मोहल्ले को पता होता कि आज गुलशन नहा रही है। और जब वह नहा-धोकर बनी-सँवरी बाहर आती तो अलग ही गुलशन दीखती पर बस एक दिन ही, दूसरे दिन वह फिर भूतनी बनी घूमती रहती थी।

पर इन सब खामियों के बावजूद कभी-कभी गुलशन इतने ढंग से, इतने सलीके से तथा समझदारी से बोलती कि भ्रम हो उठता कि क्या सही पागल गुलशन है।

उस दिन जब घर में अचानक चहल-पहल दिखी, ढेर सारी तैयारियाँ दिखीं तो वह हैरानी में पड़ गई। सारे घर को सजाया जा रहा था। अम्मी ने उसे बताया कि आज तारिक के घर से लोग सगाई का रस्म लेकर आ रहे हैं तो वह शरम से गड़-सी गई। पता चला रेहाना की फूफी ने अपने छोटे और लाड़ले बेटे के लिए उसे माँग लिया था। इतने अच्छे और खानदानी घर में मना करने जैसी कोई बात थी और अब्बा ने हाँ कर दी वह वहाँ बैठे-बैठे ही सारे घर की आहट लेती रही थी।

आँगन में तरह-तरह के खाने का इन्तजाम हो रहा था। अब्बा ने बाहर से खानसामा बुलाया था। जो मुर्ग बिरयानी, कोरमा, कोपता, नान, तन्दूरी मुर्ग, मुर्ग मुसल्लम, नरगिसी कोपते, अखनी, शींमाल और तरह-तरह के हलवे बना रहा था। हलवे की थालों पर दूल्हा-दुल्हन का नाम मेवों से सजाया गया था।

अब्बा ने अपने अफसर दोस्तों को भी खाने पर बुलाया था। बाहर वाले बड़े हाल में खाने की टेबलें सजाई जा रही थीं। नौकरों को आज बख्शीश में नई वर्दियाँ दी गई थीं, जिन्हें पहनकर वह सजे-धजे से घूम रहे थे, उनकी खुशियाँ भी देखते बन रही थीं।

शाम को पुलिस बैण्ड आया जो लॉन में बैठा-बैठा मधुर धुन बजाता रहा और

मेहमान आते रहे। दो-तीन कार में भरकर दूल्हे के घर के लोग आए, बैण्ड के साथ सामने फूफी के घर के सारे नौकर-नौकरानियाँ कालपोश से सजे थालों में सामान लिए आए। पाँच थाल मेवे की, पाँच थाल में मिसरी, सुपारी, लौंग, इलायची, पान थे और ग्यारह थाल में दुल्हन के कपड़े, जूते, सिंगार का सामान, बेला-चमेली के गजरे थे।

कारों से दूल्हे के घर के लोग उतरे। रेहाना सीधे उसके कमरे में आई, उसके साथ गुलशन भी थी। गुलशन ने नए कपड़े पहन रखे थे और वह बहुत खुश दिख रही थी।

"आखिर तुम्हें अपनी भाभी बना ही लिया न?" रेहाना ने उसके पास बैठते हुए छेड़ा, "तुम्हें पता है, मैं जान-बूझकर तुम्हें पहली बार अपने घर ले गई थी, क्योंकि तुम मुझे पसन्द आ गई थीं और मैंने तुम्हारी चर्चा अम्मी और फूफी से कर दी थी, तो उन्होंने ही कहा था साथ लाना।"

"चल बेशरम, तो मुझे पहले दिन क्यों नहीं बताया, मैं जाती ही नहीं," उसने झेंपकर कहा।

"मगर बीबीजान वह तो हमारी और घरवालों की पकी खिचड़ी तैयार हुई थी, पर हमें क्या पता तारिक भाईजान आपसे पहले ही मिल चुके हैं। आप दोनों की खिचड़ी के अधन का पानी पहले ही चढ़ा हुआ है?"

"हट, हमें किसी की बात पता ही नहीं थी।"

"अच्छा जी, फिर पहली बार हमारे घर तारिक भाईजान को देख आप भाग क्यों गईं और जब तुम्हारे जाने के बाद फूफी और अम्मी ने तारिक भाई को टटोला तो वह तो जैसे हाँ बोलने की उतावली में ही बैठे थे, यह सब क्या यूँ ही था?"

"वह तो हम तुम्हारे घर से ऐसे ही भागे थे, खुदा की कसम इन सारी बातों का हमें कुछ पता नहीं," उसने घबराकर आँखें मूँद लीं और रेहाना जोर से हँस दी।

तभी उसे बाहर जाने का बुलावा आया। रेहाना उसे पकड़े बाहर मेहमान औरतों के सामने लाई। वह दुपट्टे को चारों तरफ से कसे सिमटी-सिमटाई-सी सबके सामने आई और सर को घुटनों में छुपाकर दोहरी-सी बैठ गई। उसे कालीन पर बैठाया गया था। उसने चारों तरफ से अपने को ऐसे समेट रखा था कि उसका कीमती शलवार-सूट खिंचा जा रहा था, पर इसकी उसे वहाँ परवाह थी? मेहमान औरतें उसकी इस हरकत पर हँस रही थीं।

रेहाना की अम्मी ने उसके दुपट्टे को पीठ से हटाकर सामने कर दिया और उसकी चोटियाँ खोलने लगीं। उसने जल्दी से सारे दुपट्टे को चेहरे के पास समेटकर उसमें जोर से अपने चेहरे को छुपा लिया ताकि कोई उसका चेहरा न देख सके। घबराहट में वह थर-थर काँप रही थी।

पहले उसकी चोटियाँ खोली गईं फिर छः सुहागनों के बालों में तेल लगाया गया, फिर उसके बालों में तेल डाला गया। फिर छः औरतों के बाल से कंघा छुआकर उसके बाल सुलझाए गए। पाँच फेंटे वाली एक चोटी डाली गई उसकी जो सगाई के नेग में डाली जाती है। फिर उसका सिलापची में मुँह जुलाया गया, चेहरे पर पाउडर लगाया गया, होठों पर मिस्सी रखी गई फिर मुँह में पान का बीड़ा रखा गया ताकि मिस्सी रंग जाए। माँग को सुनहरी चमकदार अफशाँ से सजाया गया, आँखों में सुरमा की डोरें भरी गईं। उसे नया जोड़ा पहनाया गया, हाथ भर-भर कर रेशमी हरी चूड़ियाँ पहनाई गईं, कपड़ों में इत्र लगाया गया। बेला-चमेली के गजरे पहनाए गए, तथा फूफी ने अपने हाथों से पन्ना का खूबसूरत चमचमाता सेट पहनाया, फिर लाल बनारसी साड़ी पर लाल डोरा बँधा नारियल, चावल, सुपारी, मिसरी, चाँदी के पाँच सिक्कों से उसकी गोद भरी गई। उसे लाल बनारसी महजर उढ़ा दिया गया। उसका सारा रूप जैसे सँवर कर खिल खिल पड़ा था। सबने उठकर उसकी ठोढ़ी में सन्दल लगाया और निछावर किया। निछावर से चाँदी की थाली भर गई जो पूरी की पूरी उठाकर ढोलक पर गाने वाली को नेग में दे दी गई। ढोलक वाली ने खुशी से चहक कर ढोलक पर थाप दी और सारे वातावरण में खुशियों के बोल छिटक गए।

रेहाना ने उसका बनारसी महजर उठाया और प्यार से निहारते बोली, ''भाभी जान!''

''हाय अल्लाह!'' कहते उसका पोर-पोर सिहर कर काँप गया।

बाहर मर्दाने में भी बड़ा शोर था। बाहर दूल्हे मियाँ को सजाया जा रहा था, नया सूट दिया गया था, घड़ी, सोने की चैन, अँगूठी, साफा पहनाया जा रहा था, इत्र लगाया गया, फूलों के हार दिए गए, मुसाफा हुआ और सबने मुबारकबाद दी। बैण्ड ने सगुन का गीत छोड़ दिया था और चारों तरफ खुशी के कहकहे फूट रहे थे। आधी रात तक दावत का जश्न होता रहा, बस सारे घर में रौनक ही रौनक बिखर गई थी।

सगाई हो गई थी और तारिक जब भी शहर में होते बराबर घर पर आते-जाते। वह उनके सामने निकलने में शरमाती थी, पर वह भी कहाँ मानने वाले थे।

''अम्मी, भूख लगी है कुछ खिलाइए-पिलाइए न,'' तारिक कहते और अम्मी नाश्ता लाने उसकी हाँक लगातीं। वह झिझककर रह जाती और तारिक शरारत से मुस्करा देते।

रेहाना के घर अब वह कम जाती थी, बस कभी किसी खास मौके पर अम्मी के साथ हो आती।

अम्मी बड़े ही जोश व खरोश से शादी की तैयारी में लगी थीं। एक से एक गहनों के नमूने देखे जा रहे थे। अब्बा ने घर पर ही सुनार बैठा लिया था जो सामने ही गहने बनाने में जुट गया था। बनारसी साड़ियों के अम्बार लग रहे थे, फर्नीचर,

बर्तन, गोया बड़ी ही गहमा-गहमी थी। मजदूर औरतें बैठी चावल, गेहूँ साफ कर रही थीं। सब अलग-अलग काम में लगे थे किसी को सर उठाने की फुरसत नहीं थी।

अचानक एक सुबह भूचाल-सा आ गया, सारे शहर में हलचल-सी मच गई। फूफी के घर की गुलशन ने उनके ही कुएँ में कूदकर आत्महत्या कर ली। सब हैरान, सकते की हालत में अब्बा, अम्मी उसे साथ लिए फूफी के घर भागे।

फूफी के घर भीड़ ही भीड़ थी, लग रहा था सारा शहर जैसे सिमटकर आ गया था। गुलशन की माँ तथा बाप पीरू बावर्ची जोर-जोर से छाती पीट-पीट कर रो रहे थे। फूफी सामने तख्त पर बैठी रोए जा रही थी। सारे घर पर जैसे कहर-सा छा गया था, मातम का सन्नाटा था।

जो भी कुएँ में झाँकता सन्नाटे में आकर पीछे हो जाता। उन लोगों ने भी कुएँ में झाँका तो देखा बड़ी-बड़ी आँखों वाली गुलशन जैसे आँख फाड़-फाड़ कर ऊपर को ही देख रही थी। उसके बाल पानी में फैले से छितरे पड़े थे। बड़ी ही डरावनी शक्ल दिख रही थी। पुलिस आई, लाश निकाली गई। पंचनामा हुआ तथा पोस्टमार्टम के लिए लाश ले जाई गई। सारा घर परेशान था कि गुलशन ने आत्महत्या क्यों की? जितने मुँह उतनी बातें हो रही थीं। सभी हैरान थे कि पागल लड़की ने आत्महत्या क्यों की? इतना दिमाग, इतना सोच उसे कैसे आया? तो क्या वह पागल नहीं थी? सब अपना-अपना दिमाग लड़ा रहे थे।

कुछ दिनों बाद पोस्टमार्टम की रिपोर्ट आई और जैसे नई कहानी ने जन्म लिया। गुलशन के पेट में छः माह का गर्भ था। सबको जैसे साँप सूँघ गया, घर में दोबारा मुर्दनी-सी छा गई। बात की गिरह खुली तो खुलती ही चली गई।

एस.पी. साहब ने सबसे पहले गुलशन के बाप याने पीरू बावर्ची को ही पकड़ लिया। पहले तो वह इस अन्याय पर चीखता रहा, चिल्लाता रहा। फूफी भी नाराज हो गई, भला एक बाप को ही शक में पकड़ लिया गया, कैसी है पुलिस? एक बाप अपनी बेटी को मारेगा? सबने इस बात पर विरोध किया, सबका कहना था कि पागल तो गुलशन थी ही, पेट में बच्चे के भय ने उसे आत्महत्या पर मजबूर कर दिया होगा, पर एस.पी. साहब का तर्क दूसरा था, वह यह कि एक पागल लड़की आत्महत्या कर ही नहीं सकती। पीरू को सात दिन थाने में बन्द रखा गया, भूखा-प्यासा वह भी सत्याग्रह पर तुल गया था, पर अन्त में था तो वह भी इन्सान। सातवें दिन उसने सवेरे-सवेरे थानेदार से नाश्ता माँगा और कहा उसका बयान लिख लिया जाए।

"हुजूर माई बाप," पीरू बावर्ची ने एस.पी. साहब के सामने अपना गुनाह कबूल किया, "मैंने ही गुलशन को कुएँ में ढकेला था," वह रोते हुए बोला, "मालिक, हम गरीब नौकर-चाकर, दास-दासियों का जन्म ही मालिक के लिए होता है। पुराने

समय से ही मालिक, हम लोग मालिक की खुशी पर निछावर होते रहे, हमारा तो वही देवता, वही खुदा है। माई-बाप बड़े लोगों की हम बदनसीबों पर बहुत-सी कृपा इनायत होती है, ऐसी ही ढेर सारी उनकी दी हुई बख्शीशों में से हमारी बहू-बेटियों की इज्जत लेना भी हम लोग अपनी खुशनसीबी और उनका करम मानते आए हैं। हम गरीबों के घर की बहू-बेटियाँ पैदा ही मालिक को खुश करने, उनकी हवस के लिए ही जन्म लेती हैं। तो सरकार तारिक मालिक जब भी हॉस्टल से यहाँ आते थे, गुलशन को बुलवा लेते थे। इसे हमने बड़ी बात नहीं समझी, पर मालिक जब वह हमल से हो गई और हमें पता नहीं चला, वह तो पागल थी, समझती नहीं थी, पर जब उसका पेट बढ़ने लगा तो शक हुआ, दाई को बुलाकर दिखाया तो उसने कहा अब कुछ नहीं कर सकते, यह तो छः महीने पूरे हो गए हैं। मैं घबराया। आखिर हमारी तो घास-फूस वाली जिन्दगी है, जब चाहा काट दो, जब चाहो बढ़ा लो, पर मालिक की जिन्दगी तो कीमती है। अगर गुलशन के बच्चा हुआ तो मालिक की जिन्दगी बरबाद हो जाती, क्योंकि सारे नौकर, नौकरानियाँ इस बात को जानते थे, और बात इधर-उधर से खुल सकती थी। अभी छोटे मालिक की सगाई एक बड़े अफसर की इकलौती बिटिया से तय हुई थी। मेरी तो सरकार बिटिया पागल है। उसका जीना और मरना कोई अर्थ नहीं रखता था। पर मुझे उस बहू-बिटिया की जिन्दगी बचानी थी तो एक दिन रात को उसको कहा कुएँ से पानी ले आ, जब वह कुएँ पर गई तो मैंने पीछे से उसे ढकेल दिया और चुपचाप आकर अपनी कोठरी में सो गया, सवेरे सबने समझा कि उसने आत्महत्या कर ली होगी। बस मालिक यह गुस्ताखी हो गई, अब आप जो सजा दें।''

पीरू बावर्ची रोता रहा और उसका यह बयान जिसने भी सुना वह रोया। एस. पी. साहब को फूफी ने अपने खानदान का हवाला दिया, उनके आगे आँचल फैला लिए रोते हुए। अन्त में पीरू को सजा हुई और उस केस से तारिक का नाम हटा लिया गया। पीरू बावर्ची का दोबारा बयान लिया गया कि वह अपनी पागल जवान लड़की की जिन्दगी से दुखी था और उसने उसे ढकेल कर मार दिया।

अब्बा और अम्मी का चेहरा इस घटना से काला पड़ गया, घर पर एक मनहूस मुर्दनी-सी छा गई। तारिक ने हॉस्टल से आना ही बन्द कर दिया था। उसका रो-रो कर बुरा हाल हो गया। अम्मी बीमार पड़ गईं। बहुत दिनों तक अब्बा छुट्टी लेकर घर पर ही रहे।

आखिर बहुत लोगों के मना करने के बाद भी अब्बा ने सगाई तोड़ दी और तारिक के घर का वह सारा सामान जो सगाई में आया था जेवर, कपड़े, आदि सब वापस उनके घर भेज दिए। फूफी, रेहाना की अम्मी, अब्बा आए, उन्होंने बहुत अब्बा को समझाया पर अब्बा नहीं माने, अब्बा ने सबके सामने कहा—''पीरू एक गरीब बाप था, वह अपनी लड़की को कुएँ में ढकेल सकता है, पर मैं जीते जी अपनी

बेटी को कुएँ में नहीं ढकेल सकता।"

पैगाम टूट गया। इतने बड़े हादसे ने उसे बीमार कर दिया। अब्बा ने अपने ट्रांसफर की माँग की और उस शहर से ट्रांसफर करा लिया। उस दिन शहर छोड़ते में रेहाना और वह लिपटकर बहुत रोए।

हवा तब्दील के लिए अब्बा-अम्मी उसे दार्जिलिंग अपने दोस्त के घर ले गए। धीरे-धीरे बात दिमाग से, फिर दिल से फिर आँख से ओझल होती गई, पर इस हादसे के लिए उसने कभी तारिक को माफ नहीं किया।

जब भी वह जुगनू देखती, उसे हथेली में कैद कर घण्टों निहारती थी। उनका छम से जलना, छम से बुझ जाना उसे अच्छा लगता था, और उसे बिसरी-भूली घटना याद आने लगती थी।

और आज तारिक जो दो लड़कियों की जिन्दगी का कातिल था और जिसे जेल की कोठरी में होना था, उसे पुलिस का हाकिम अफसर देख वह हैरान थी।

फालगुनी

दीये की लौ का साया हमेशा अपनी सीमा-रेखा से आगे पड़ता है। कच्चे बरामदे को गोबर से लीप दिया गया था और उसी के बीचोंबीच वह अकेला दीया रखा था। उस भयानक सूनेपन को बार-बार जैसे अपने होने का अहसान जता रहा था। भीड़ में लगे, पंक्ति में रखे दीये कितने भले, कितनै शुभ लगते हैं, पर अकेला दीया कितना विचित्र, कितना अशुभ लगता है न!

पनीली बड़ी-बड़ी-सी आँखों को मैं दरवाज़े पर टेके कई-कई बार आड़ से झाँक लेती हूँ, बिलकुल उसी अन्दाज में, जिस अन्दाज में मैं कल तक किवाड़ की आड़ से तुम्हें आवाज दे देती थी, "राजू के पापा, खाना खा लो न!"

पर कितना विचित्र, कल तक जो तुम्हारी चलती-फिरती आकृति दीखती थी, उसे चार आदमी कंधा देकर घर से ले जा चुके हैं...! कहाँ? मुझे पता नहीं...मैं अन्त तक तुम्हारी ठण्डी हथेलियों को सहलाकर देखती रही कि शायद जान आ जाए, पर वे हथेलियाँ जो जीवनभर दूसरों के लिए कमाती रहीं, वे हमेशा-हमेशा के लिए बेजान हो गई थीं।

कहीं हम अलग-अलग जाने कितने-कितने मोर्चों पर जूझते रहते हैं, हताश होते हैं, गिरते हैं, फिर-फिर उठते हैं...इस ख्याल के साथ कि हम किसी हमदर्द की अँगुली थामे हैं...कहीं कोई है...कहीं है? जब दम टूटने लगेगा तब उसकी छाँह में पहुँचकर निश्चिन्त हो जाएँगे, पर यह आस भी टूट जाए तो आदमी दिवालिया हो जाता है न!

तुम किस तरह चुप हो गए हो? शान्त-से...तुम्हारी पत्थर-सी आँखों को देखकर अब भय क्यों नहीं लग रहा? क्या यही आँखें हैं जिनसे मैं जीवनभर भय खाती रही, सहमती रही? हर क्षण शंकित रही कि अब...अब यह बोलेंगी, पर नहीं, तुम जीवनभर चुप रहे और मेरा अपराध मुझे ही तोड़ता रहा, मरोड़ता रहा, हर क्षण मैं खुद खण्डित होती रही, पर तुम नहीं बोले...जानते-बूझते का मौन कितना असहनीय होता है न! यह मैंने क्षण-क्षण महसूस किया है। अनजाने में धोखा खाना अलग बात है, पर जानकर धोखा खाते रहना बिलकुल अलग बात है न?

देखो, आज इस दीये को साक्षी मानकर मुझे सब कह लेने दो, ठीक बीस बरसों से बन्द दरवाज़े को आज मुझे खोल लेने दो, क्योंकि इसकी सीलन भरी दुर्गन्ध से मैं जीवन भर घुटती रही हूँ।

तुम्हें याद है वह दिन! शायद कोई शुभ तारीख का भला-सा दिन ही रहा होगा, जब मैं घर में आगे चिलचिलाती धूप में पिट्टुल खेल रही थी कि तुम अचानक हाथ में फूल कढ़ा थैला लिए मेरे सामने आ खड़े हुए। हाथ में गेंद लिए मैं अजनबी सूरत को देख ठगी-सी रह गई, देर तक इन्तजार करती रही कि तुम हटो तो खेल फिर से शुरू करें, पर तुम थे कि हटते ही नहीं थे।

"स्वामी रामदास का घर यही है?" तुम जैसे पत्रिका बाँचते बोले थे।

"हाँ, वह मेरे बाबा हैं!" मैंने उचक्की आँखों को गोल-गोल घुमाते हुए कहा।

"क्या नाम है तुम्हारा?"

"फालगुनी।"

"फालगुनी!" तुम बुदबुदाए, "कैसा विचित्र नाम है?"

"क्या अच्छा नहीं?" मैं जोर से हँसी थी, वैसे ही अन्दाज में जैसे पाठशाला में गुरुजी बुद्धू लड़के को देख हँसते थे।

"पता नहीं, इसका अर्थ क्या होगा?"

"इतना भी नहीं जानते?" मैंने प्रसन्न मुद्रा में कहा, "जो फागुन मास में जनमता है न, उसका नाम माँ-बाप फालगुनी रख देते हैं, समझे! अब हटो सामने से, हमें खेलने दो।"

"नहीं, इसका अर्थ यह नहीं होगा, शायद तुम्हें पता नहीं।" कहते तुम आगे बढ़ गए और मैं तुम्हारी मूर्खता पर हँसती खेल में व्यस्त हो गई।

रात जल्दी से खाना खाकर दादा की तिजोरी पर लालटेन रखकर, अपनी स्कूल की पुस्तक पढ़ रही थी। जोर-जोर से याद कर रहे पाठ के कारण भीतर चल रही बातें मेरे कान में नहीं पड़ रही थीं। आज घर पर कितना शोर था! गाँव के और लोग घर पर क्यों खाने आए थे? मुझे यह हलचल जरा अच्छी नहीं लग रही थी। माँ आज रसोई में व्यस्त थी। मैं रात गए तक वहीं बैठी पढ़ती रही, जब लालटेन की पूरी काँच धुएँ से काली हो गई और उसका अँधेरा पुस्तक पर पड़ने लगा, तब मैंने पुस्तक बन्द कर दी।

सुबह मुँह-अँधेरे पर्दे वाली बैलगाड़ी झनझनाती शहर की ओर चल दी थी। जरूर काकू गाड़ी हाँक रहे होंगे! मैं झट उठकर बाहर आई थी, पर रास्ते में पीछे उठती धूल-ही-धूल दीख रही थी। नीम के पेड़ पर कौवे कितना शोर कर रहे थे! उन्हें भगाने के लिए मैंने एक पत्थर उनकी ओर फेंका, पर वह घर के आँगन में जा गिरा। माँ झटपट दौड़ती, आँचल सिर पर रखती बाहर आई और मुझे बाँह से घसीटती अन्दर ले गई और अँधेरे कोने में बैठा दिया, "तेरा ब्याह होने को है, अब

घर से बाहर हुड़दंग करती फिरी तो टाँग तोड़कर हाथ में दे दूँगी।''

ओ माँ री, मेरा ब्याह!

जैसा पिछली बार मैंने गुड़िया का किया था, वैसा ही? पर दूल्हा कौन है? सोचते ही मेरी आँखों के आगे सुन्दर-सा सजीला राजकुमार आ खड़ा हुआ जो सुनहरी शेरवानी पहने, साफा बाँधे, घोड़े पर सवार था। मैं अपनी बड़ी-बड़ी आँखों में सपने सजाए टुकुर-टुकुर उस अँधेरे कोने को देखते बैठी रही थी।

माँ ने तो जैसे मुझे क़ैद ही कर दिया था। पाठशाला की पढ़ाई से लेकर, नुक्कड़ की मिठाई वाली दूकान तक जाना-आना सब छुड़ा दिया था। पहले पाठशाला से लौटकर बस्ते को खाट पर पटक मैं उल्टे पैर भागा करती थी, सारी-सारी दुपहरी रम्भू काका की परछी में डोला करती। घर्र्-घर्र् वह सारा दिन मशीन चलाते और मैं साथ की लड़कियों के साथ छाँट कर फेंकी चिन्दियाँ बटोरती रहती, गुड़िया के लिए। जोड़-जोड़कर गुड़िया की साड़ियाँ बनतीं, फ्राक बनते, दो खाटों को तिरछा खड़ा कर उनके भीतर गुड़िया की गृहस्थी सजाई जाती, छोटी-सी रस्सी में गुड़िया के ढेर-ढरे कपड़े टाँगे जाते, नीचे गुड़िया और उसकी गृहस्थी सजी रहती। पर अब यह सारा बन्द हो गया था।

सारी दोपहर छोटी-सी साड़ी बाँधे गुड़िया बनी, माँ के पीछे ठुनकती घूमा करती कि मुझे बाहर जाने दे, पर माँ ज़रा भी नहीं पिघली। दिन सरकते गए और घर पर धूमधाम शुरू हो गई। आम के पत्तों से बना मण्डप, जिसमें गोल-गोल ऊधम करते घूमते ढेर सारे बच्चे, तब मेरा मन उनके साथ खेलने को कितना मचल उठता! पर माँ हमेशा मेरे हाथ को कसकर पकड़े रहती थी। मैं दोनों हाथों से मुँह को ढाँपे चोरी-चोरी इधर-उधर निहारती रहती थी।

हल्दी के उबटन से मेरा गोरा रंग और निखर आया था, देह में हल्दी की सोंधी गंध जैसे रच-बस गई थी। ढेर-ढेर गहनों में लदी, बनारसी लाल साड़ी पहने, लम्बे घूँघट के बीच हिचकोले खाती मैं ससुराल आई थी।

देहरी पर थाली में दूध रख सास ने मेरे नन्हे-नन्हे सुन्दर कोमल पैरों को धोया, तब आस-पास खड़े लोगों ने कहा था, ''कितने सुन्दर, एकदम लक्ष्मीजी के पैर हैं!''

भीतर की देहरी को ननदों ने घेर लिया था। सामने बाँस लिए वे खड़ी थीं।

''दुल्हन का नाम लो, तब आने देंगे, भैया।''

''फालगुनी।'' वही स्वर।

मैंने एकदम हैरान होकर मुँह ऊपर किया और सेहरे की ढेर-ढेर लड़ियों को सरकाकर फटी-फटी आँखों से देखती रह गई। मेरे सपनों वाला राजकुमार कहाँ है? क्या यही मेरे पति हैं। अग्नि की तपिश से मेरी सारी कुँआरी कोमल

भावनाएँ राख हो गईं।

सुहागरात! कुँआरी कन्या के जीवन का वह रंगीन पृष्ठ जो सदा आकर्षित करता है। सजा हुआ कमरा, नए पलँग पर ऊबी-सी मैं बैठी थी। मैंने अपना घूँघट उठा दिया था। बड़ी-सी नथ से दुखती नाक को पकड़े मैं डबडबाई आँखों से दरवाजे को देखती बैठी थी, तब मेरे मन में एक ही विचार चक्कर काट रहा था कि मैं कैसे और किस तरह यहाँ से भागूँ? हल्दी और मेहँदी की गन्ध से अभी भी मेरी देह भरी थी। कहते हैं दुल्हनों का दिल धड़कता है, पर मेरा क्यों नहीं धड़क रहा था? बाबा ने अपनी नन्ही बिटिया को किसे सौंप दिया? कैसा रूप खिला था मेरा, जो मुझे देखता, देखता ही रह जाता—नन्ही गुड़िया-सी दुल्हन।

तभी दरवाजे के पास आहट हुई और चरमर की आवाज से दरवाजा खुला। मैंने घबराकर अपनी दोनों नन्ही हथेलियों से अपना मुख ढाँप लिया। तुम धीरे-धीरे पलँग तक आए थे। तुम्हारे नए जूते बहुत आवाज कर रहे थे।

"मुँह पर से हाथ हटाओ, फालगुनी!" तुम पलँग पर मेरे पास बैठ गए और मेरी बाँहों पर हाथ रखते हुए बोले थे।

पर यह क्या? मैंने हाथ हटा लिए और मेरी दोनों आँखों के बाँध जैसे किनारे तोड़कर बहने लगे। हिचकियाँ थीं कि रुकती ही नहीं थीं, आँखों का पानी जैसे सूखता ही नहीं था।

"क्या हुआ? तुम्हें यहाँ अच्छा नहीं लग रहा है?" तुमने पूछा।

"हाँ!" मैंने झट से सिर हिला दिया था, "ईश्वर के लिए मुझे बाहर जाने दो।"

"माँ को बुलाऊँ? वह तुम्हें अपने कमरे में ले जाएँगी।" तुमने मुझे समझाते हुए कहा था।

"नहीं, मैं खुद चली जाऊँगी।" मैंने उठते हुए कहा था।

"ठीक है।"

अपने कपड़ों को समेटती धीरे-से मैं दरवाजे की दरार से बाहर हो गई। कमरे से बाहर जाते जहाँ मेरे मन में प्रसन्नता थी, वहाँ आश्चर्य भी था कि तुमने मुझे रोका क्यों नहीं। दुलारकर, पुचकारकर, या अधिकार से डाँटकर तुम मुझे रोक सकते थे। पर तुमने कितनी आसानी से मुझे बाहर जाने को कह दिया था।

बाहर अँधेरा था। घर का जुगराफिया मुझे मालूम नहीं था। घर पर सारे लोग थके-से गहरी नींद में सो रहे थे। मुझे सास का कमरा पता नहीं था। मैं चुपचाप आगे बढ़ती गई और लकड़ियों की सीढ़ी से नीचे उतर गई। सीढ़ी के नीचे मैं दुबककर बैठ गई।

अचानक मेरे मुँह पर टॉर्च की तेज रोशनी पड़ी, एक पुरुष स्वर मुझे जगा

रहा था। कुर्त्ता-पाजामा पहने था वह। मेरी बाँह पकड़े वह मुझे उठा रहा था। मैंने दो-तीन बार अपने हाथ को उसकी पकड़ से छुड़ाना चाहा, पर वह ढीठ हाथ मेरी बाँह नहीं छोड़े।

"क्या बात है? तुम नई दुल्हन हो और यहाँ क्यों सो रही हो? उठो, अपने कमरे में जाओ!" उसने कहा।

"नहीं।" मैंने जिद्दी शब्दों से कहा।

"जाओ!" उसने जोर से डाँटा, "कोई देखगा तो क्या सोचेगा? चलो, मैं तुम्हारे कमरे तक छोड़ आऊँ।" उसने मुझे उठाते हुए कहा। पता नहीं मुझे क्या हुआ। मैं एक आज्ञाकारी बच्चे की तरह उसके साथ हो ली। शायद नारी मन अपने ऊपर शासन ही चाहता है। मुझे उसका डाँटना, बोलना बहुत भला लग रहा था।

वह वापस मुझे मेरे कमरे के दरवाजे तक पहुँचाकर बोला, "अब ऐसी नादानी मत करना, चुपचाप कमरे में जाकर सो जाओ, समझीं! ज्यादा बचपना अच्छा नहीं होता।" उसने मेरा सिर थपथपा दिया।

मैं अन्दर आ गई। पूर्णरूप से समर्पित होने, अपने को तुम्हारे हाथों सौंपने, पर तुम फूलों की उस सेज पर गहरी नींद सो गए थे, और मेरे हाथ तुम्हें जगाने का साहस नहीं कर पाए और मैंने तुम्हें नहीं जगाया।

मैं नीचे बिछी दरी पर सो गई थी शायद। सुबह तुमने मुझ जगाया था, "उठो, वहाँ पलँग पर सो जाओ।"

तुम कमरे से बाहर चले गए थे। तुमने एक बार भी नहीं पूछा था कि मैं कमरे में दुबारा क्यों और कैसे आ गई थी!

मैंने देखा—धूप काफी चढ़ आई थी, खिड़की के पट पर एक गौरैया बैठी मुझे अजनबी आँखों से देख रही थी, मानो पहचान बनाने की कोशिश में हो। वह मादा था, इसलिए मुझसे राज की बातें पूछना चाहती थी, पर हम दोनों एक-दूसरे की भाषा नहीं जानते थे, बस देर तक एक-दूसरे को देखते रहे। सुबह अपने कमरे में उस मादा चिड़िया का आना मुझे कितना भला लगा था।

मैं उठकर शीशे के सामने जा खड़ी हुई। दुल्हन बनी मैं कितनी भली, कितनी प्यारी लगी थी। माँग जो दूर तक सिन्दूर से लाल हो गई थी, इतना ढेर-ढेर सुहाग चढ़ा। फिर भी सुहाग का रंग मेरे मन पर क्यों नहीं चढ़ पाया।

"नमस्ते।"

मैं चौंककर पलटी। देखा—रात वाला पुरुष बड़ी ही मोहक मुसकान लिए मेरे सामने खड़ा है। दिन के उजाले में उसको देख मेरा मन लज्जा से झुक गया।

"मुझे पहचाना न!"

'भला आपको अब भूल पाऊँगी?" मैंने कहने को तो कह दिया, पर अपने इस वाक्य से मैं और वह दोनों चौंक गए। मैंने जल्दी से अपनी जीभ काट ली।

"मेरा नाम केशव है, छोटे नाम तथा व्यक्तित्व वाला आदमी हूँ।" वह हँसा, "नीचे वाले घर में रहता हूँ। रात ले चलता, पर वह समय ठीक नहीं था।"

मैंने झेंपकर सिर नीचा कर लिया।

"पता है रात मैंने आपको क्या समझा था?"

"क्या?"

"चोर।" वह खुलकर हँसा था और मुझे उसका यह खुलापन बहुत भला लगा था।

मैं भी हँस पड़ी, इस घर में यह मेरी पहली हँसी थी। तभी तुम तौलिए से सिर पोंछते अन्दर आए और बोले, "देवर-भाभी में बड़ी हँसी हो रही है?"

"बात ही कुछ ऐसी है न!" केशव तुम्हें रात की सारी घटना बता रहा था और मैं शर्म से लाल पड़ी अपना आँचल मोड़ती रही।

"यार, गाँव की लड़की है, गनीमत है कि नदी-नाले में नहीं चली गई।" पूरी बात सुनकर तुम भी ज़ोर से हँसे थे।

मैंने शर्म से अपनी हथेलियों में अपना मुँह ढाँप लिया था। भीतर-ही-भीतर मेरा मन रो उठा था, आज से कितने विपरीत वातावरण में जीना था मुझे, मन की मृत्यु क्या ऐसे ही होती है?

घर पर बस बूढ़ी माँ थी। सारे घर पर मेरा ही राज था। मैं गहनों से लदी, नई साड़ियों के भार से दबी, जीना चढ़ती तो निश्चय ही मेरे पैरों के घुँघरू की आवाज सारे घर में गूँजती थी। तुम अपने काम में व्यस्त रहते थे, मुझे बातें करने के लिए हम-उम्र साथी चाहिए था और उसकी कमी केशव ने पूरी कर दी थी। उसका आना मुझे बहुत अच्छा लगता था।

उस दिन मैं सामान की अँधेरी कोठरी में घुसी, घड़े से चावल निकाल रही थी कि अचानक केशव कोठरी में घुस आया था। चावल से भरे मेरे हाथों को उसने अलग कर दिया, मैं घबराकर चिल्लाने वाली ही थी कि उसने मेरे मुँह पर हाथ रख दिया और मुझे खींचता एक कोने में ले गया।

जब मैं सूप में चावल लेकर कोठरी से बाहर आई तब मेरी आँखें झुकी हुई थीं। समर्पण का सुख मुझे पहली बार मिला था। मैं लड़की से औरत बन गई थी। मेरा अंग-अंग टूट रहा था और मैं बहुत ही बोझिल पैरों से रसोई तक घसीटंते आई थी।

"क्या खेलने में लग गई थी?" माँ देखते ही बोली, क्योंकि अक्सर माँ मुझे किसी काम से भेजती और मैं हाथ का काम ज़मीन पर रखकर छुई की खड़िया से घर बनाकर बिल्ला खेलने लग जाती थी।

मैंने सूप को वहीं रख दिया और बिना कुछ कहे उल्टे पाँव अपने कमरे में आकर पलँग पर लेट गई। मेरी आँखों से आज फिर आँसू बाँध तोड़कर बह रहे थे, पर मन खुश था। उसे मनचाहा साथी, हम-उम्र जो मिल गया था और रो इसलिए रही थी कि मेरा पति केशव क्यों नहीं हुआ?

हम इसी तरह भण्डार-घर में मिलते रहे। केशव पहले-सा ही घर पर आता-जाता था, पर अब हम दोनों तीसरे की मौजूदगी में आँखें मिलाने से भी डरते थे। इधर मैंने एक विचित्र बात अपने में देखी—वह यह कि पहले मेरा मन हँसने का बहाना ढूँढ़ता था, पर अब हँसी की बात पर भी हँसी नहीं आती थी। आज मैं भयानक रूप से चुप हो गई थी कि जैसे परिस्थितियाँ मुझ सयाना और गूँगा कर गई हों। मैं अक्सर चुप खिड़की के पट को पकड़कर सूने आकाश की ओर देखती रहती थी। मेरे अन्दर जो द्वन्द्व चलता रहता था वह मेरे चेहरे पर स्पष्ट नहीं आ पाता था। मैं पहले की तरह घर का सारा काम निपटाती रहती।

पेड़ों के झुरमुट में ढेर सारी चिड़ियाँ बगीचे में फुदकती रहती थीं। कोई टहल रही होती, कोई बतिया रही होती या आपस में छेड़छाड़ कर रही होती। इनकी दुनिया मुझे भली लगती थी। भोर का वह आसमान एकदम साफ बिना दाग के किसी कुँआरी के आँचल की तरह अनछुआ-सा पवित्र था। पक्षियों ने अभी बसेरे नहीं छोड़े थे। वे वट-वृक्ष, आम के पेड़ और पीपल की टहनियों पर नाच-नाचकर भोर का ऐलान मुस्तैद सिपाही की तरह कर रहे थे।

ऐसी ही एक सुबह अचानक मुझे आभास हुआ कि मैं माँ बनने वाली हूँ, तब मेरे चेहरे पर दुख-सुख किसी की परछाईं नहीं थी। मैं स्वयं घण्टों चुप बैठी शून्य में घूरती रह गई थी। परिस्थितियाँ मुझे इस कदर चुप, गूँगा और बहरा बना जाएँगी, पहले सोचा तक नहीं था।

"अब ऐसी हालत में बहू सीढ़ियाँ उतरना-चढ़ना मत किया करो।" माँ ने तुम्हारे सामने शायद जान-बूझकर कहा था।

सीढ़ी की मूठ को पकड़े मेरे हाथ पसीने से पसीज़ गए थे। मैं बुरी तरह पसीने में नहा गई थी। मैंने डरते-डरते कनखियों से तुम्हें देखा था। तुमने आश्चर्य से मुझे ऊपर से नीचे तक देखा था और अचानक हँसते हुए बोले थे, "हमसे चोरी? इतने बुरे तो हम नहीं कि इस खुशखबरी को भी न सुन पाएँ, क्यों?"

मैंने स्तब्ध तुम्हें देखा था, तुमने बात को धुएँ की तरह उड़ा दिया था। उस दिन पहली बार तुम मुझे विचित्र लगे थे। तुम कैसे पुरुष हो, मेरी समझ में नहीं आया था। मैं देर तक चुप खड़ी तुम्हें जाते हुए देखती रही। तब हाँ, उसी क्षण मेरा मन नास्तिक हो गया था। सब पर से आस्था उठ गई थी। पहली बार लगा कि ऐसा कोई बिन्दु नहीं, जहाँ मन टिक पाता हो!

केशव को खबर लग गई थी, उसी दिन शाम। तुमने ताश के पत्ते उसके आगे

'सर्व' करते यह सूचना भी 'सर्व' कर दी थी आसानी से, तब मैं कमरे में चाय देने आई थी। केशव ने बहुत भयभीत तथा पीले पड़ गए चेहरे से मुझे देखा था। उस दिन फिर ताश का खेल ज़्यादा देर जम नहीं पाया था, केशव चाय पीकर ही उठ गए थे। मैं जानती थी, इसलिए पहले से सीढ़ी के पास अँधेरे में चुप खड़ी थी। केशव रूमाल से माथा पोंछते आए थे। अँधेरे में मुझे खड़ी देख वह चकराए। फिर मेरे निकट आकर धीरे-से फुसफुसाए, "कोई डर की या चिन्ता करने की आवश्यकता नहीं। मैं तुम्हारे पीछे हमेशा हूँ, हर स्थिति में तुम्हारे साथ हूँ, बस इसे बचाए रखना।"

केशव ने मेरे हाथ को थपथपाकर छोड़ दिया और आगे बढ़ गए। मैं वहीं खड़ी रही, मन शान्त हो चला था। जैसे तूफ़ान के बाद शान्त होता समन्दर! तब मैंने पहली बार केशव का स्मरण कर धरती को छुआ और माथे से लगा लिया।

केशव अपने एक-एक शब्द की तरह खरे उतरे। वह मेरे आगे-पीछे साये की तरह लग गए थे। हमेशा देखती कि वह साँस खींचकर घर की दुर्गन्ध का पता लगाने की कोशिश करते थे कि हवा का रुख कैसा और किधर का है? उन्हें खुद आश्चर्य होता होगा कि घर का वातावरण हमेशा उन्हें सामान्य ही मिला।

भाई मुझे लेने आया था। गर्मी की शुरुआत थी। स्टेशन तक तुम और केशव दोनों मुझे छोड़ने आए थे। ट्रेन छूटने लगी, तब मैंने आगे बढ़कर तुम्हारे पैर छू लिए। मन था केशव के चरण छू लूँ, पर ऐसा न कर पाई। मैंने दुखती आँखों से केशव की ओर देखा था, वह स्थिति समझ रहे थे, बदले में उन्होंने मुझे अपनी आँखों से ढाढ़स और दुलार दिया।

शायद दूसरे या तीसरे स्टेशन पर छोटे भाई ने अचानक पूछा, "दीदी, केशवजी जीजाजी के क्या लगते हैं?"

"क्यों, तुझे क्या पड़ी है इतनी पूछताछ की?" मैंने खिन्न मन से पूछा।

"क्योंकि चलते वक्त उन्होंने मुझे चुपचाप ये पाँच सौ रुपए दिए थे और कहा था कि तुम्हें और बच्चे को कोई कष्ट नहीं होना चाहिए।"

"अच्छा!" मैं अवाक् रह गई। काठ पड़ गए शरीर से मैंने खिड़की से बाहर देखा। खेतों में दूधिया सफ़ेद रंग के सारस के जोड़े उतर गए थे। मेरे पास भाई को देने को क्या उत्तर था? कैसे भाई से कहती कि तुम्हारी दीदी के पति तथा इस बच्चे के बाप दोनों वही हैं। फेरे किसी और के साथ पड़े और किसी दूसरे के नाम का सुहाग मैं माँग में धारण करती हूँ। कैसे विचित्र भाग्य थे मेरे!

दो महीने बाद जब मैं तुम्हारे घर आई तब मेरे साथ एक सुन्दर-सा, गोरा-चिट्टा बेटा था। बेटे की माँ बनी मैं कितनी प्रसन्न थी...दप-दप मेरा चेहरा दमकने लगा था, पर मन इतना डर गया था कि क्या कहूँ? नन्हे का पूरा चेहरा केशव पर था, कहीं कोई अन्तर नहीं! वही नाक, वही आँखें, वही रंग, वही बाल—जैसे भगवान ने केशव की कार्बन-कापी उतारकर रख दी थी!

तुम स्टेशन पर लेने आए थे, केशव नहीं थे। मैंने एक-दो बार उचटती नज़र से उन्हें ढूँढ़ा भी, पर पूछने का साहस नहीं हुआ तुमसे।

"केशव को बुखार है।" तुमने ताँगे में बैठते बताया था।

तुम सारे समय बच्चे को गोद में लिए रहे। घर पर माँ ने आरती उतारी और थाली बजाकर हमारा स्वागत किया। मेरे तथा बच्चे के ऊपर से तीन लोटा पानी उतारकर फेंका था। सब प्रसन्न थे। यह देख मैं मन-ही-मन बहुत आश्वस्त हो गई थी। भय को मैंने मन से निकाल दिया था।

"मुन्ने को केशव को दिखा लाओ, बेचारा बीमार है, उठ नहीं सकता!" तुमने थाली पर से उठते कहा था।

मैं चाहती तो यही थी कि केशव अपने बच्चे को देख ले, पर जाने क्यों मेरी हिम्मत नहीं हुई और मैंने ऐसा हाव-भाव तुम्हें जतलाया, मानो बच्चे को केशव को दिखाने में मुझे क़ोई रुचि नहीं।

तुम रात गए तक मुन्ने के साथ खेलते रहे, उसे बहलाते रहे। खेल में तुम इतने मगन थे कि अचानक कोई तुम्हें देख ले, साक्षात् भगवान भी देख ले तो विश्वास न कर सके कि यह बच्चा तुम्हारा नहीं। मैं चकित-सी तुम्हें देख रही थी, कहीं तुम जानकर अनजान तो नहीं बन रहे थे! पर तुम्हें शंका होती तो तुम मुझे घर पर एक पल नहीं रखते, यह बात भी मैं जानती थी। फिर? और इसके आगे मुझसे सोचा नहीं जाता था, मैं जैसे थक जाती थी।

तुम खाट पर बैठे शेव कर रहे थे। रेडियो अपनी पूरी रफ़्तार से तुम्हें खबरें सुना रहा था। मुन्ने को मैंने तिपाई पर धूप में डाल दिया था। मैं दूध की बोतल भरकर रसोई से बाहर आई तो सामने केशव को देख ठिठक गई। केशव बहुत कमज़ोर हो गए थे। दाढ़ी बहुत बढ़ गई थी। सुरमई रंग की शाल ओढ़े बहुत कमजोर लग रहे थे।

हम दोनों ने चोर-आँखों से एक-दूसरे को देखकर अभिवादन कर लिया। केशव ने मुझे देख प्रसन्न होकर पूछा, "कैसी रही?"

"बहुत मज़े में, कोई कष्ट नहीं हुआ।" मैंने जैसे अनचाहे प्रश्नों के उत्तर दे दिए थे कि तुमने पहले ही पैसों की व्यवस्था कर दी थी तो कष्ट क्यों होता?

"यार, मुन्ने को गोद में उठा न!" तुम बोले।

"हाँ, हाँ!" केशव बोले, पर फिर झिझककर चुप रह गए।

"लीजिए न।" मैंने स्थिति को सँभालते हुए मुन्ने को केशव की गोद में लिटा दिया। क्षणभर को हम दोनों का स्पर्श हुआ, उन्होंने क्षणभर के लिए मेरे हाथ को छुआ, पर मैंने शीघ्र ही हाथ अलग कर लिए।

"बड़ा सुन्दर है।" केशव टूटे शब्दों में बोले, दरअसल प्रसन्नता के मारे उनसे बोला नहीं जा रहा था।

"हाँ अपनी माँ पर गया है!" तुम बोले तो हम दोनों धरती को देखते चुप रहे।

"रात इतना क्यों रो रहा था? मैं नीचे से सुन रहा था।" केशव बोले तो मैंने आश्चर्य से उन्हें देखा। रात मुन्ना कहाँ रो रहा था? यह व्याकुल बीमार बाप की तड़प थी क्या, जो उन्हें सोने नहीं दे रही थी। और बार-बार रोते बच्चे की छवि बेचैन किए थी।

"रात तो वह बड़े आराम से सोया।" तुम हँस दिए, "यार, तूने किसी और के घर की आवाज़ सुनी होगी!"

"हो सकता है।" केशव झेंपकर बोले, "मुन्ने के लिए क्या लाऊँ अपनी तरफ़ से?"

"न, अभी तो सब है।" मैं जल्दी से बोली, क्योंकि मुझे पता था, इन दिनों केशव की स्थिति ठीक नहीं है, फिर पाँच सौ रुपए पहले से ही वह सौर के लिए दे चुके थे।

"अरे, बच्चे के लिए जितना होता है, कम ही है।" कहते हुए केशव ने जेब से सोने की चेन निकाली, जिसमें सोने में मढ़ा शेर के नाखून वाला लॉकेट लगा था।

मैंने बहुत व्याकुल होकर केशव की ओर देखा। जाने क्यों केशव की आँखें नम हो गई थीं।

"तो तुम पहले से ही तैयार आए थे और बेवकूफ बना रहे थे!" तुमने कहा तो हम दोनों हँस दिए और वातावरण में आया वह बोझिल क्षण साफ हो गया।

"अब आप शादी कर लीजिए।" मैंने केशव को मिठाई की प्लेट पकड़ाते हुए कहा।

"खाते समय क्यों गाली दे रही हैं।" केशव ने पीड़ा से कहा। इतना टूटा मैंने उन्हें पहले कभी नहीं देखा था। उस दिन के बाद फिर मैंने शादी वाली बात केशवजी से कभी नहीं कही। वह आदमी तो मुझसे भी ज्यादा अभागा है जिसकी पत्नी बच्चा दोनों थे और दोनों दूसरे के खाते में चढ़े थे, उसके अपने नाम के आगे कुछ नहीं था—यहाँ तक कि अपने बच्चे को जी भरकर प्यार करने तक का अधिकार

नहीं था।

उस दिन बहुत देर तक मुन्ना केशवजी के गोद में ही रहा था। वह उसकी मुट्ठियों से खेल रहे थे। नई चेन मुन्ने के गले में पड़ी थी। मेरे चोर मन ने एक बार केशव और बच्चे को देखा था—हे भगवान, दोनों कितने समान दीखते हैं! तुम स्नान करने के लिए चले गए थे।

"कितनी दुबली हो गई हो, अपना ध्यान क्यों नहीं रखती हो?" केशव अकेला पाकर बोले। तब मेरे लिए अपने को रोकना मुश्किल हो गया, आँखें ढेर-ढेर आँसुओं से डबडबा आईं। मेरी इच्छा हो रही थी केशव की छाती पर अपना सिर पीटकर पूछूँ—मुझे ले क्यों नहीं चलते, मैं कब तक अग्नि-परीक्षा देती रहूँ? और यदि मुझे ले जाने की हिम्मत नहीं रखते तो मेरे जीवन में आग लगाने आए ही क्यों थे, किसने तुम्हें बुलाया था?

पर मैं एक शब्द नहीं बोल पाई, बस एकटक केशव को और बच्चे को निहारती रह गई। कभी-कभी मन इतनी तेज गति से चलता है कि उसका साथ शब्द नहीं दे पाते!

राजू दो बाप के साए में दुलार में बढ़ता गया। दोनों के पास जैसे दूसरा काम ही नहीं था। तुम दुकान से सीधे घर आते थे और केशव सीधे दफ्तर से घर। आते ही दोनों राजू की ओर लपकते थे। राजू तोतली आवाज में तुम्हें पापा कहता था और केशव को अंकल। मैं हमेशा देखती—जब राजू केशवजी को अंकल कहता बढ़ता तब उनका चेहरा दुख से भारी हो उठता था, पर धीरे-धीरे उन्होंने अपने लिए 'अंकल' सुनने की आदत डाल ली। तुम दोनों ही राजू के साथ एकदम बच्चे बनकर गेंद खेलते थे।

एक दिन मैं भण्डारघर से राशन निकालने गई, तब मौका देखकर केशव कोठरी में घुस आए। मैं भयभीत हो उठी, पर मैंने केशव को अपने निकट नहीं आने दिया, उन्होंने मुझे बहुत मनाने की कोशिश की, पर मैं उनका हाथ छुड़ाकर दूर जा खड़ी हो गई।

"नहीं, अब नहीं!" मैं बड़बड़ाई, "अब मुझे अपने पति की पत्नी बनने दो, तुम शादी कर लो, मेरा पीछा छोड़ दो।"

"अपनी जैसी ला दो, तो आज ब्याह कर लूँ।" केशव अजीब-सी हँसी हँसते मेरी ओर बढ़ आए।

"तुम चाहते क्या हो आखिर?" मैंने केशव की कमीज़ को ज़ोर से फाड़ दिया और उनके सीने से चिपककर फफक उठी।

"क्यों मुझे और अपने को कष्ट देती हो?" केशव मेरा सिर थपथपाते बोले।

"नहीं, अब नहीं, अब मुझसे बेईमानी नहीं होती, सहा नहीं जाता। आखिर मैं भी एक इन्सान हूँ, तुम समझते क्यों नहीं?"

"अच्छा बाबा, मेरे ब्याह कर लेने से तू सुखी हो जाएगी?"

"हाँ, तुम्हें सुखी देख मैं सुखी हो जाऊँगी।"

"तो तू सुन ले एक बात, तू मेरे पास आ या नहीं, पर मेरा ब्याह करना सम्भव नहीं, और हम भागकर जी भी नहीं पाएँगे। मेरी नौकरी सब यहीं है। आगे निर्णय लेना तेरे हाथ है।" कहते केशव कोठरी के बाहर चले गए।

मैं सकते की हालत में वहीं बैठी रही। भाग्य इस तरह पलट-पलटकर मेरी परीक्षा क्यों लेता है? दो-दो जगह से दुलार पाकर दूसरी औरत धन्य हो जाती, पर मैं कितनी दुखी हो जाती हूँ, अपने पर मान तक नहीं कर पाती? केशव को पति के रूप में मेरे मन ने स्वीकारा है और मैं पति को सिर्फ रखवाला, अपना बड़ा बुजुर्ग मानती हूँ, इससे अधिक कभी सोच ही नहीं पाई!

रात को तुम मेरे पलँग तक आए थे, तुमने दो बार मेरा नाम लेकर पुकारा भी था—"फालगुनी, फालगुनी!"

आँखों पर कोहनियाँ रख, गहरी नींद का अभिनय कर मैं चुप साँस रोके पड़ी थीं। तुमने शायद जगाने के लिए हाथ भी बढ़ाया, फिर तुम पलटकर चले गए। तुम्हारी इस कमज़ोरी पर मेरा नारी मन धिक्कारा भी था। कैसा पुरुष है यह? तभी तो दूसरा आदमी सेंध लगाकर माल ले गया न! मैंने आँखों पर से कोहनियाँ हटाईं—यह क्या? मोटे-मोटे आँसू लकीर बाँधकर बह चले। मैं क्यों रो रही थी, यह मेरी समझ में नहीं आया था।

सुबह मैं एकदम रणचंडी का रूप धारण कर केशव के कमरे में चली गई। रात की घटना मैंने गुस्से से उबलकर उन्हें बताई। बदले में वह एक शब्द नहीं बोले और पेपर उठाकर पढ़ने लगे। मैं नीचे से ऊपर तक सुलग गई।

"तुमने सुना नहीं, मैं क्या बोल रही हूँ?" मैंने पेपर झपट लिया।

"मैं सब सुन रहा था!" केशव उतना ही ठण्डा पड़ते हुए बोले, "अब समय आ गया है, तुम्हें पति से सम्बन्ध रखना चाहिए।"

मेरा रक्त सूख गया, स्तब्ध पड़े चेहरे से मैं केशव को देख रही थी। कितनी आसानी से यह बात कह रहा था। मैंने रोष में भरकर गुस्से से केशव की ओर देखा।

"हाँ, तुम समझोगी भी नहीं, क्योंकि अभी भी तुम नासमझी की उम्र में हो। देह के सम्बन्ध को तो समझती हो?" केशव कुर्सी पर बैठते बोले, "तुम्हारा पति तुम्हें पत्नी के रूप में स्वीकारना चाहता है, और अब तुम्हें उसे पति के रूप में स्वीकार कर लेना चाहिए। अब तुम एक बच्चे की माँ हो, स्वयं कोई बच्चा नहीं, और नादानी

करने का अधिकार तुम्हें समाज देगा भी नहीं। फालगुनी, हम भाग भी नहीं सकते। दूसरे की पत्नी और बच्चे को भगाना अपराध है। कानून कहीं से भी खींचकर तुम्हें ले आएगा—मैं जानता हूँ, इसलिए चुप हूँ। तुम क्या समझती हो, तुम रोकर दिखा देती हो तो तुम बड़ी हो, मैं रो नहीं पाता, मन पत्थर हो गया है, इसलिए छोटा हूँ?"

"पर मैं दो के आगे बँट नहीं सकती न!"

"तुम्हें बँटना भी नहीं चाहिए, आज से तुम्हें मैं अपने बन्धनों से मुक्त करता हूँ, आज से मैं तुम्हें परायी औरत की तरह देखूँगा। क्योंकि उलट-पलटकर मैंने हर रास्ता देखा, कहीं सुरक्षा नहीं। बस तुम तभी मेरी हो सकती हो, जब तुम्हारा पति न रहे—और ऐसी नीच बात मैं सोच नहीं सकता।"

"तो तुम ब्याह करोगे?"

"मेरे ब्याह करने न करने से इसमें रुकावट कहाँ आती है? वह अलग बात है।" केशव मुझे आँख भर देखते बोले, "अब जाओ फालगुनी, ज्यादा देर यहाँ रहकर क्यों अपनी जग-हँसाई पर तुली हो!"

मेरी आँखों के बाँध किनारे तोड़ बहने लगे। मन बुरी तरह मथने लगा। लगा, जाऊँ और ऊपर छत से कूदकर जान दे दूँ! ऐसा अनोखा जीवन कब तक जीती रहूँ! यह पुरुष जिसे मेरा मन स्वीकारता है, वह मुझे अपना नहीं सकता और जिसे मेरा मन नहीं स्वीकारता, उसे मैं अपना नहीं सकती। कैसी विचित्र स्थिति थी!

समय का चक्र चलता रहा। कहते हैं धुरी पर दुनिया धीरे-धीरे गोलार्द्ध में घूमती है। मैंने अपने को घर के कमरे में क़ैद कर लिया था। चुप कैसे रहते हैं, यह मैंने सीख लिया था। केशव आते, मुझे खोजती आँखों से इधर-उधर टटोलते, पर मैं हमेशा किवाड़ की आड़ में अपने को छिपा लेती थी। केशव की नौकरी में तरक्की होती गई थी, और तुम्हारा बिजनेस ठप्प होता गया। तुमने अपनी दूकान बन्द कर दी थी, और छोटे से टपरे में दूकान खोल ली थी। घर में माँ मर गई थी और उनकी जगह एक सुर्ख चोंच वाला तोता पिंजरे में टँगा रहता था। मैं रूपवती कन्या की जगह चिड़चिड़ी पाँच बच्चों की माँ बनकर रह गई थी। वे चार बच्चे जो राजू से उम्र में पूरे दस वर्ष छोटे थे और काले, दुबले, मैले बच्चे, अन्धा कह सकता था कि ये तुम्हारे बच्चे हैं। मैंने जीवन को लहँगे की तरह सिर से पहन लिया था और उसे कमर पर कस लिया था। घर जो शान्त और सुखी था, अब नरक लगता था।

राजू केशव की तरह ही सुन्दर, सुशील और कम बोलने वाला था। मैं आज तक समझ नहीं पाई कि घर में समय पर कोई काम नहीं होता था, पर राजू की फीस, उसके कपड़े कैसे समय पर भर दिए जाते हैं। तुम हमेशा राजू का ख्याल

रखते थे। मुझे बहुत आश्चर्य होता था, रात तुम दूकान से लौटते तो बच्चे सोए मिलते थे। तुम हाथ-मुँह धोकर थाली पर खाने बैठते तो पहले पूछते, "राजू ने खा लिया?"

मैं यह बात भूल गई थी कि राजू तुम्हारा नहीं केशव का बेटा है, और यह मेरे प्यार की निशानी है। तुमने इस तरह, इस अन्दाज़ में राजू को अपनाया था कि शायद यदि तुम्हारी जगह केशव भी होते तो वह इतना प्यार नहीं दे सकते थे।

वह दिन मुझे भुलाए नहीं भूलता है। उस दिन तुम जल्दी-जल्दी दूकान जाने के लिए नाश्ता कर रहे थे कि राजू थका-हारा-सा आकर खाट पर बैठ गया था।

"माँ, मैं अब नहीं पढ़ूँगा!" राजू ने सपाट शब्दों में घोषणा की।

"क्यों नहीं पढ़ेगा?" प्रश्न मेरी तरफ से नहीं उठा, प्रश्न तुम्हारी तरफ से पहले आया, "बच्चों के मुँह का कौर कम करके तुझे पढ़ा रहा हूँ, ऊपर से लाटसाहब वार्निंग दे रहे हैं कि नहीं पढ़ूँगा! बोल तू नहीं पढ़ेगा तो क्या मेरी तरह तू सड़क के किनारे बैठकर चिमनी बनाएगा?"

"क्या हुआ, चिमनी बनाना कोई बुरा काम है? आप कर सकते हैं तो मैं भी कर सकता हूँ।" राजू ने बराबरी से उत्तर दिया।

मैंने एल्युमिनियम का टिफिन तुम्हें पकड़ा दिया। तुम छाता और टिफिन लेकर सीढ़ियाँ उतरने लगे, फिर रुककर सीढ़ी पर से ही बोले, "सुनती हो, पड़ोस से अण्डा मँगाकर बना देना, राजू कुम्हड़े का साग नहीं खाता न!"

तुम अब मुझे—सुना क्या? सुनती हो? इसी तरह के उपनामों से बुलाने लगे थे। मैं भी अपना असली नाम भूल गई थी। अब मुझे इस नाम से बुलाने वाला रह ही कौन गया था।

तुम्हारे जाते ही मैंने राजू को गुस्से से खा जाने वाली आँखों से देखा। सुलगते हुए मैंने भरपूर आवाज़ में गरजते हुए उससे कहा, "कलमुँहे, तू जन्मते ही मर क्यों नहीं गया? बूढ़ा बाप मर-खपकर सबसे लिए कमाता है और तू है कि सिवाय जान जलाने के दूसरी बात नहीं करता!"

"मैं क्या कह रहा हूँ?" राजू पलटकर बोला, "मैं वही तो कह रहा हूँ, पापाजी अब बहुत बूढ़े हो गए हैं, वह घर बैठें, मैं उनकी जगह दूकान पर बैठूँगा। मुझे नहीं बनना बड़ा आदमी, मैं पापाजी की तरह चिमनी बनाना चाहता हूँ।"

"आखिर क्यों?" मैं भौचक्की-सी राजू को देखती रह गई, फिर उसे जैसे समझाने की गरज से बोली, "जा, पड़ोस से अण्डा ले आ। तू खाना खा ले, फिर कह लेना जो कहना हो।"

"नहीं, मुझे नहीं खाना है अण्डा!" राजू गुस्से से भड़कता बोला, "मुझे क्या खाना है और क्या नहीं, इसका रेडीमेड चार्ट पापाजी के पास रहता है। घर पर कोई अण्डा नहीं छूता, पर मेरे लिए धर्म नष्ट किया जा सकता है? मैं पूछता हूँ आखिर

मेरे लिए यह मेहरबानी क्यों?''

''इसलिए कि तू अच्छा खाएगा, अच्छा पहनेगा तो तेरा पढ़ाई में मन लगा रहेगा, अच्छी बातों की तरफ तेरा ध्यान रहेगा। बड़ा होकर तुझे बड़ा आदमी जो बनना है!'' मैंने कहा।

''तो मार-मारकर पण्डित बनाने वाली बात है न।'' राजू चिढ़ गया, ''नहीं बनना है मुझे बड़ा आदमी, आखिर बड़ा आदमी बनकर होगा क्या?''

''तो तू ही बता, तू आखिर चाहता क्या है?'' मैंने चिढ़कर पूछा।

''बस, मैं आगे पढ़ना नहीं चाहता।''

''क्यों?''

''इसलिए कि मेरे साथ के लड़के मुझे चिढ़ाते हैं। कहते हैं—तेरे बूढ़े मरियल पापा से और भाई-बहनों से तेरी शक्ल क्यों नहीं मिलती? तू इतना सुन्दर कैसे हो गया?'' राजू ने सिर झुकाकर कहा और उठकर बाहर चला गया।

मैं फटी-फटी आँखों से राजू को देखती रह गई। मेरा चेहरा सफ़ेद पड़ गया। सारा शरीर बेज़ान लकड़ी-सा हो गया। सारी पृथ्वी मेरे आगे गोल घूमने लगी, मैंने जल्दी से दीवार का सहारा ले लिया। लगा राजू ने खींचकर मेरे मुँह पर चाँटा मार दिया है। अपने मुँह पर अपना ही बच्चा अपमान कर जाए, इससे बड़ी बात और क्या हो सकती थी!

हवा में गर्मी का आभास मिलने लगा था। दिन अजीब सूने और लम्बे होते जा रहे थे। हवा अपने साथ सारे मोहल्ले का कूड़ा-करकट लेकर पागल औरत-सी घूमा करती थी। मौसम का मिजाज भी पल-पल बदलने लगा था। कभी चिलचिलाती धूप, कभी बदली और कभी अचानक बूँदा-बाँदी होने लगती थी। चिकनी डामर रोड पर सूखे पीले पत्ते खड़खड़ाते हवा के साथ घसीटते अजीब लगते थे। मौसम की मनमानी कभी आँखों को भली लगती और कभी बहुत बुरी।

मैं जन्म से ही कम बोलने की आदी थी, पर अब धीरे-धीरे लगता था—मैं एकदम गूँगी और बहरी हो गई हूँ। मेरा सारा शरीर जड़ हो गया था। लगता था तन बेजान पत्थर है, जिसमें बस दो आँखें थीं जो हिलती-डुलती हर क्षण की गति को निहारती थीं। मुझे अपने पर आश्चर्य होता था—मैं कैसी हो गई हूँ, क्या मैं अपने को इस तरह दंड देकर अपने अपराध का प्रायश्चित्त कर रही थी!

मेरी ज़िन्दगी में ढेर सारी निश्चिन्तता के अलावा, असुरक्षा का एक दानव था, जो मुझे हर क्षण, हर मोड़ पर उठकर दबोच लेता था, निगल लेता था।

यूँ मैंने अपने आप को नए ढंग से समझाना-बहलाना चाहा...अपने आप को नए-नए तर्क दिए...और मन को बिलकुल पथरा देने की कोशिश की...ताकि उसमें

कोई भाव न जागे...मैं एक खास उम्र में आकर अपने मन तथा शरीर के आगे हार गई थी, कितना अच्छा हो एक खास उम्र के शुरू होते ही आदमी के अंग पत्थर के हो जाएँ। मसलन आँखें सपने न सजाएँ, हाथ किसी की तलाश छोड़ दें, कदम भटकना बन्द कर दें—और मन चाह करना त्याग दे, तो जीना सरल हो जाता, पर ऐसा हुआ नहीं न!

रिश्तों की जड़ें इतनी मजबूत, इतनी विशाल हो जाएँगी कि ज़िन्दगी को हिलाकर रख देंगी, सोचा नहीं था।

ज़िन्दगी को सही जीना किसे कहते हैं, मैं कभी समझ नहीं पाई। मुझे किसी से कोई शिकायत भी नहीं रह गई थी। हाँ, पहले मेरे मन में केशव को लेकर क्रोध था, पर अब क्रोध भी जैसे ठण्डा लोहा बन गया था। केशव...हाँ, केशव, जिसे मैंने अपना सब कुछ मान लिया था, पर वह भी हालात के आगे इतना बुज़दिल निकला कि वह भी मुझे जीवन-दान नहीं दे सका और धीरे-धीरे मैंने चारों तरफ़ से अपने को समेटना शुरू कर दिया और हाथ-पैर सिकोड़कर एक बेजान वस्तु बन गई थी।

केशव आज बहुत बड़ा साहब बन गया था, पर उसका स्वभाव कहीं से भी नहीं बदला था। आज भी वह नियमित रूप से घर आता था। उसने मेरी आस बहुत पहले छोड़ दी थी। पर फिर भी उसे कोई मोह था जो रोज़ नियम से यहाँ तक खींच लाता था। मैं उसके सामने बहुत कम जाती थी। जब भी मैं उसके आगे पड़ती, वह मुझे बहुत दुःखी आँखों से निहार लेता। बस, इससे अधिक नहीं...मैंने किस क्रोध में आकर अपना सर्वनाश कर लिया, यह आज तक समझ नहीं पाई। जब भी केशव की आँखें मेरे शरीर को निहारतीं, दुख से भीग उठतीं। तब मैं बहुत प्रसन्न हो उठती थी, जैसे मैं उसे चिढ़ा रही हूँ—देखो, इतना सुन्दर शरीर जिसकी तुम हिफ़ाजत नहीं कर सके, मैंने मिट्टी में मिला दिया।

उसकी आँखों में वैसा ही दर्द होता, जैसे कोई अपनी खँडहर हुई जायदाद को देखता है।

केशव का घर पर आना उसी तरह नियम में बँधा था, जैसे शाम को तुलसी के आगे दीया जलाना। निश्चित समय के होते ही केशव आते और इकलौती आराम कुर्सी जिसका कपड़ा मैल खा-खाकर अपना सही रंग खो चुका था, उस पर आकर बैठते और राजू को बुलाकर उसका हालचाल पूछते और जेब से टॉफियाँ निकालकर दे देते।

जब से तुम्हारा बिजनेस चौपट हुआ था, तुमने शाम को ताश खेलना बन्द कर दिया था, पर तुम जब अपना डेरा ट्यूटी लेकर रात को लौटते तब पहला प्रश्न यही करते, "केशव आया था?"

तुम्हारे इस प्रश्न के सभी अभ्यस्त हो चुके थे। मेरे हाथ की एक कप चाय पीने की केशव को इतनी आदत पड़ गई थी कि जब तक चाय की प्याली नहीं

जाती, वह इन्तज़ार में बैठे रहते। जब से घर की हालत खराब हुई थी, चाय की क्वालिटी भी घट गई थी। ज़रा से दूध की, घटिया पत्ती की चाय बनाकर केशव को देते मुझे शर्म आती थी, पर उस बेस्वाद चाय को केशव बड़े ही चाव से पीते तो मैं हैरान रह जाती। हम दोनों को बात किए शायद बरसों बीत गए थे। पर हम दोनों एक-दूसरे के मन की बात समझते थे, या ज़्यादा समझने लगे थे, क्योंकि अकसर मैं आधी रात को उठकर छत पर आ जाती और ठण्डी चाँदनी में छत पर बैठ एकटक चाँद को देखती रहती, तब देखती केशव नीचे टहल रहे हैं। उनके कदमों की आहट मेरे मन पर बहुत भारी पड़ती। इच्छा होती दौड़कर जाऊँ और कहूँ—तुम इस तरह मत टहला करो, तुम्हारी आहट मुझे सोने नहीं देती! पर मैं बेजान पत्थर की तरह घुटने समेटे बैठी रहती और केशव की हर आहट को सुनती रहती।

मैं देख रही थी, राजू जो केशव को अपना आदर्श मानता था, हर समय केशव की बात करता था, हर बात के लिए केशव को तंग करता था, अब वह केशव से खिंचा-खिंचा रहने लगा था। उसके स्वभाव में गजब का अन्तर आ गया था। पहले घटिया खाना, घटिया कपड़े पहनने से नफ़रत करता था, पर अब वह अच्छे खाने से और अच्छे कपड़ों से चिढ़ने लगा था। अब वह पढ़ने भी नहीं बैठता था, जिसके लिए तुम रोज़ उस पर बरसते थे, पर वह जैसे ढीठ बन गया था, तुम्हारी डाँट का उस पर कोई असर नहीं होता था।

राजू समझता था—अच्छा खिलाकर, अच्छा पहनाकर उसके साथ भेद किया जा रहा है। जब भी केशव घर जाते वह बहुत चिड़चिड़ा हो उठता था, तब मुझे बहुत भय होता था कि वह कहीं केशव का अपमान न कर दे! क्योंकि केशव का अपमान मैं सह नहीं पाऊँगी यह मैं जानती थी, इसलिए भयभीत-सी सारे समय मैं राजू को निहारती रहती थी।

जब मैं छोटी थी, लहँगा और ब्लाउज पहने सड़कों पर दौड़ती थी, तब शाम के समय एक भिखारी आता था, उसके हाथ में मोटी-सी लाठी रहती थी, जिसे वह टेक-टेककर घर के सामने खड़ा हो जाता था और चिल्लाकर कहता, 'पाँच पैसे में राम ले लो, दस पैसे में सीता, पन्द्रह पैसे में रावण ले लो...और एक रुपए में सब भगवान!'

हम बच्चों के लिए अच्छी-खासी हँसी का पिटारा था वह। हम बच्चे झुण्ड-के-झुण्ड उसके पीछे चलते रहते तब तक, जब तक कि वह दूसरे मोहल्ले में न चला जाता। मुझे बहुत आश्चर्य होता था—यह इस तरह बोलकर भिक्षा क्यों माँगता है? तब मेरी समझ में बात नहीं आई थी, पर आज जब पुराने खयालों के पुलिन्दे को समय का चूहा उसी तरह कुतर गया था, जिस तरह लावारिस लाश को पिस्सू खा जाएँ! आज जाने क्यों इतने वर्षों के बाद वह भिखारी याद आ रहा था और

आज उसके कहे हुए शब्दों का अर्थ भी समझ में आ रहा था। आदमी जब सब कुछ हार जाता है, तब उसके पास ईश्वर की भी कोई कीमत नहीं रह जाती और वह अपने दुखों का बदला ईश्वर को गली-गली बेचकर ले लेता है, तब उसको कोई पछतावा या दुख नहीं होता। आदमी के साथ एक स्थिति ऐसी आती है, जब हर रिश्ते, हर बन्धन उसके लिए अर्थहीन हो जाते हैं। आज जाने क्यों मुझे लग रहा था मैं भी शिक्षा का पात्र लेकर गली-गली निकल जाऊँ और वैसी ही आवाज़ में चिल्लाकर कहूँ—'पाँच पैसे में राम ले लो, दस पैसे में सीता...' सारी दुनिया पागल कहकर मुझ पर हँसेगी, पर मुझे खुद को कितनी शान्ति मिलेगी, कितना सुख मिलेगा! वह ऊपर बैठा हमें ज़िन्दगी के कड़वे घूँट भरने देता है तो हमें भी हक है उसका जुलूस गली-गली निकालने का!

तुम्हारे पेट का दर्द अब जब-तब उठने लगा था। स्थिति तुम समझ रहे थे, तुम्हें अपनी मौत की चिन्ता नहीं थी, तुम्हें बस एक बात की चिन्ता थी कि तुम्हारे मन की इच्छा पूरी न हो पाई। राजू बड़ा आदमी नहीं बन पाया, छोटी औकात वाला बाप चाहकर भी अपने बच्चों को बड़ा नहीं बना सकता!

उस रात तुम घर नहीं लौटे थे। मैं बच्चों को खिलाकर तुम्हारा रास्ता देखते बैठी थी, बड़ी रात गए केशव आए थे और चिल्लाकर बोले, "राजू, तुम्हारे पापा अस्पताल में हैं, जल्दी चलो।"

सहसा सारे घर में भूकम्प का झटका आया था। मैं, राजू, बच्चे और केशव जब अस्पताल पहुँचे तब तुम आखिरी साँस ले रहे थे। तुमने आँखें उठाकर राजू को देखा और फिर मुझे देखा और बोले, "फालगुनी, मेरी चिता पर छोटे से आग दिलाना, राजू से नहीं।'

मुझे लगा, मेरे पैर के नीचे से ज़मीन निकल गई है। मेरी सारी देह फाग की आग में झुलस गई है। तुम्हारी बात का अर्थ कोई नहीं समझ पाया। सब यही समझे—राजू को तुम ज़्यादा चाहते थे, इसलिए वह यह काम नहीं कर पाएगा, सह नहीं पाएगा। पर नहीं, बात और थी जो मैंने तुम्हारी आँखों में पढ़ ली थी।

मैं जीवन-भर यही समझती रही कि राजू के बारे में तुम्हें कुछ पता नहीं है, तुम नहीं जानते और मैं जीवन-भर इसी अपराध-भाव से हमेशा डरी रही कि जिस दिन तुम्हें पता चलेगा तो जाने क्या होगा! पर नहीं, मैं जीवन-भर धोखे में रही, तुम सब जानते थे, मैं जीवन-भर अपने ही अपराध से खुलकर साँस भी न ले पाई और तुम चुप रहकर कितना बड़ा दण्ड दे गए! मैं अपनी ही आग में जीवन-भर झुलसती रही, खुद को दण्ड देती रही, तुमने कितनी सादगी से मेरे ही हाथों, मुझे दण्ड दिया! चुप रहकर तुम कितनी बड़ी सजा दे गए मुझे!

देखो, आज जो दीया तुम्हारी याद में जलाया गया है, उसको साक्षी मानकर मैं अपना अपराध स्वीकार कर रही हूँ, पर तुमसे यह पूछना चाहती हूँ, तुम इतना बड़ा बोझ छाती पर रखकर चिता पर क्यों चले गए? एक बार तो मुझसे कहा होता—''हाँ, जानता हूँ फालगुनी, तुम अपराधिनी हो।''

बोलो, क्या मैं अब भी अपने नाम का अर्थ नहीं समझ पाई हूँ!

ओस में डूबा गुलाब

नवजात शिशु की तरह पाक सुबह की धूप दीवार पर थुपे गोबर की उपलियों तक खिंच आयी थी। माधव ने मुर्गियों का दड़बा और कबूतर का दड़बा खोल दिया था, जहाँ से एक साथ मुर्गियाँ एक-दूसरे पर चढ़ती-कूदती निकल रही थीं। कुछ कबूतर नीचे फैले धान को चुग रहे थे, कुछ अपने दड़बे के ऊपर बैठे पंख झाड़ रहे थे।

सामने राऊत दोनों पैरों के बीच बड़ी-सी देगची फँसाये भैंस दुह रहा था। दूध की धार सीधी देगची में पड़ रही थी—छर...छर...छर। देगची में पड़ती दूध की धार शान्त वातावरण में शोर पैदा कर रही थी। बैलों के कोठे से बैल और गाय निकल रही थीं, सबके पैर से उड़ती धूल के कारण आसपास का वातावरण मटमैला हो गया था। सामने की बन्दियों से औरतों का झुण्ड वापस आ रहा था।

सामने दादी अपनी हथेलियों की आँखों पर ओट किये चिल्लायी, "अरे माधव, रामू आज भी नहीं आया! हरामी के यहाँ बच्चा क्या जन्मा, सब भूल गया!"

सामने बैलगाड़ी पूरी तैयार खड़ी थी। गाड़ी में ऊपर तक पैरा, फिर गद्दा-तकिया लगा दिया गया था। गाड़ी में बँधे किसी बैल ने सिर हिलाया तो गले में पड़े घुँघरू आपस में टकराकर बज उठे...घन...घन...घन! सामने आड़े-तिरछे गाड़े पड़े थे। गाँव का सुबह का जीवन कितना व्यस्त होता है!

मैं पास पड़े तख्त पर बैठी सैंडिल के बन्द बाँध रही थी। पीछे दालान से सिर का पल्ला माथे तक खींचे दाएँ-बाएँ देखती माँ मेरे पास आयी।

"मुन्नी!" आँखों से बरसते आँसुओं को पोंछती बोली, "मेरी मुन्नी न जा, बाबूजी से कह दे नहीं जाऊँगी।" माँ को मैं उत्तर देने जा ही रही थी कि सहसा पीछे से बाबूजी, दादा, दादी और घर के बाकी लोग बाहर आ गये। माँ ने झट आँसू पोंछ लिये और मुझसे हटकर खड़ी हो गयी। बाबूजी मेरा हाथ पकड़े गाड़ी तक ले गये और मुझे उठाकर गाड़ी में बैठा दिया। यह सब पलक झपकते ही हो गया, माँ मुझे प्यार भी न कर सकी।

बाबूजी और दादा गाड़ी में बैठ गये। मेरा मन ऐंठ-ऐंठकर आँखों से निकलना चाहता था। माँ व्याकुल सूजी बड़ी-बड़ी आँखों से मुझे एकटक देख रही थी। नौकर ने बैलों को हाँका और गाड़ी झटके से चल पड़ी। माँ नंगे पैर गाड़ी के पीछे-पीछे

चलने लगी। गाड़ी जब बाड़ा पार कर शहर को जानेवाली सड़क पर हो गयी, तो मेरा कलेजा मुँह को आने लगा। मैंने देखा, माँ की बड़ी-बड़ी दोने जैसी आँखें छलक पड़ी हैं, चेहरे पर गहरी दुख की रेखाएँ उभर आयी हैं। पास ही खेत की मेंड़ पर मेरा भाई खाली कमीज पहने गन्दा-सा मोहल्ले के बच्चों के साथ खेल रहा था। गाड़ी में मुझे देख वह गाड़ी के पीछे भागने लगा, माँ ने बढ़कर उसे पकड़ लिया, उसके नन्हे दिमाग में कुछ समझ नहीं आया, पर वह इतना जरूर समझ गया कि मैं जा री हूँ और वह माँ से हाथ छुड़ाता व्याकुलता से चिल्लाया, "मुन्नी, मुन्नी!" गाड़ी पीछे धूल उड़ाती जा रही थी। मेरा मन चाह रहा था कि कूदकर माँ के पास भाग जाऊँ, पर मैं बाबूजी और दादा के बीच बैठी थी, और मैं उड़ती धूल में माँ की धुँधली आकृति को तकती रही।

बाबूजी मुझे शहर में बुआ के घर छोड़कर अकोला चले गये और मैं अपने से पूछती रह गयी कि बाबूजी हमें साथ क्यों नहीं ले गये? क्या हम कभी अकोला नहीं जाएँगे, जहाँ बाबूजी बड़े साहब हैं?

बुआ की दोनों लड़कियों के साथ मैं छाती से किताबें चिपकाये चौथी पढ़ने जाने लगी। हम जब स्कूल से वापस आए, तो दोनों बहनें बुआ से लिपट गईं। बुआ ने उन्हें प्यार किया और मैं संकोच से दरवाजे की आड़ में खड़ी उन्हें देखने लगी। अचानक बुआ का ध्यान मेरी ओर गया। मुझे पास बुलाया और प्यार किया, पर मुझे लगा यह सिर्फ खुरचन है, असली प्यांर तो दोनों को मिल गया, मुझे तो बची खुरचन ही मिली है।

मैं अपने को इस घर के वातावरण में घुला-मिला नहीं पा रही थी। हर चीज छूते डर लगता, हर समय अपने को अकेला महसूस करती। खुलकर खाने को डर लगता, मनचाही साग बनने पर दुबारा माँगने का साहस नहीं होता। यदि किसी दिन ज़्यादा साग खा जाती तो बुआ कह देती—''इसकी भी अपने बाप की तरह ज्यादा साग खाने की आदत है,'' और मैं शरम से गड़ जाती।

माँ-बाप की इकलौती बेटी होने के कारण मेरी हमेशा एक कपड़े को दूसरे दिन पहनने की आदत नहीं थी, पर दोनों बहनें एक कपड़े को दो-दो, तीन-तीन दिन पहने घूमतीं।

"बड़ी लाट साहब की बेटी है, रोज कपड़े उतारती है।" मैंने सहमकर बुआ को देखा और धीरे-से उतारे हुए कपड़े फिर पहन लिये। दिन-भर मुझे अजीब-अजीब-सी अपने से ही घिन लग रही थी। बुआ के यहाँ सब हफ़्तों में एक बार नहाते हैं, मेरी आदत रोज नहाने की थी। पर बुआ के यहाँ का नियम तोड़ने का साहस नहीं होता। फिर यहाँ पानी भी तो बड़ी दूर के कुएँ से बेचारा लच्छू लाता है।

मेरे पास सिर्फ़ तीन जोड़े कपड़े हैं, इन्हीं को पहनकर मैं स्कूल जाती हूँ। कहीं

बाहर जाने को तो कपड़े ही नहीं हैं। उस दिन बुआ ने हमें तैयार होने को कहा, बैठने जाना था। दोनों बहनें बनी-सँवरी नये फ्राक पहने बरामदे में कबूतर की तरह फुदक रही थीं और मैं अपनी छोटी-सी पेटी को ही टटोलती परेशान-सी बैठी थी। मुझे उन दोनों के चिकने-चिकने साटन के फ्राकों के सामने अपने सूती फ्राक भद्दे लग रहे थे। आखिर मैंने उसी सूती फ्राक को पहन लिया। बुआ मेरे फ्राक को देख चिल्ला पड़ी, "ऐसे जाएगी इतना बड़ा साहब बनता है तेरा बाप और ढंग के कपड़े नहीं!" बुआ ने पेटी से निकालकर बड़ी बहन का फ्राक मुझे दिया। मैं फ्राक पहने सोच रही थी—मेरे पास फ्राक क्यों नहीं है, मैं तो बस इतना जानती थी कि अकोला में जब हम सब थे तो बाबूजी माँ को पैसे नहीं देते थे। रोज़ माँ पैसे माँगती और रोज़ झगड़ा होता।

मैंने फ्राक पहनने को तो पहन लिया, पर मुझे लगा—दोनों मुझ पर हँस रही हैं। मैं अपमानित-सी महसूस कर रही थी। जहाँ हम लोग बैठने गये थे वहाँ मैं फ्राक को उठाकर बैठी थी, मुझे लग रहा था दोनों बहनें मुझे घूर रही हैं, मैं सहमी और घबराई नजरों से दोनों बहनों और बुआ को देख रही थी।

मुझे दोनों बहनों से जलन होती। मैं सोचती, ये सब इकट्ठे रहते हैं और हम लोग सब छितरे-बितरे। रात को मैं बुआ की लड़की के साथ सोती थी, पर इस डर से कि उन्हें मेरे कारण तकलीफ न हो इसलिए मैं खाट की पट्टी से चिपकी रहती। मेरी आँखें डबडबा जातीं, अकोला में मेरे कितने छोटे-बड़े पलँग थे। जैसे-जैसे बढ़ती जाती नया पलँग आ जाता, पुराने पर प्यारा टामी सोता, ओह! टामी कैसा अकेला कमरों में हम लोगों को ढूँढ़ता फिरता होगा! हम लोग खेलते तो झट गेंद मुँह में दबाकर ला देता था!

दीपावली की छुट्टी में मैं गाँव जा रही थी। हमारी गाड़ी जंगल पार कर रही थी, बैल के गले के घुँघरू जोर-जोर से चीख रहे थे। मैं गाड़ी में बैठी हिचकोले खाती सोच रही थी, मुन्ना गेंद और हॉकी देख कितना खुश हो जाएगा, और माँ—माँ तो खुशी से फूले गुब्बारे की तरह फूल जाएगी। हमारी गाड़ी गाँव के करीब जा रही थी। शाम हो रही थी। घर-घर कंदीलें लटक रही थीं। नसों की माँ दरवाजे पर खड़ी मुर्गी को बुला रही थी—आ...आ...आ...शायद कोई अकेली मुर्गी भटक गयी थी, सामने ही मिट्टी के बने दड़बे में नसों झाँककर मुर्गियों को गिन रही थी। करीम खाँ का घर सड़क के ऊपर ही था, उनके घर के सामने कवीथ का पेड़ है, गोल-गोल भूरे-भूरे कवीथे लटक रहे थे। गाड़ी जब कवीथ के नीचे से गुजरी तो कवीथ की सोंधी खुशबू मेरी नाक में समा गयी। अँधेरा घिर रहा था, पर अब तक बच्चे खेल रहे थे। सामने पीपल के पेड़ पर चिड़ियाँ शोर कर रही थीं। बायीं ओर की पगडण्डी

से रहमान मियाँ पाजामा खोंचे, हाथ में लकड़ी पकड़े बत्तखों को खदेड़कर ला रहे थे। वैसे भी गाँव में जल्दी अँधेरा घिर आता है।

गाड़ी पिछवाड़े जा खड़ी हुई। दादी, माँ, बुआ सब खड़ी थीं। सबने मुझे प्यार किया। माँ बार-बार मुझे चूम लेती थी, फूफा बाहर मर्दाने में चले गये थे। थोड़ी देर में छोटी बुआ ने खाना दस्तरखान पर चुन दिया था। मैं दादी के पास बैठी थी और चोरी से दूसरी तरफ़ खड़ी माँ को देख रही थी। माँ ने मुझे इशारे से बुलाया। मैं खड़ी हो गयी। दादी मुझे पकड़कर बोली, "अरी, खा ले, फिर जाना।" मैं हाथ छुड़ाकर माँ के पास चली गयी।

माँ छोटे चाचा के पास रह रही थी। वहीं पकाती थी, जब से दादी से झगड़ा हुआ था। इस बार एकान्त में पाकर माँ ने खूब प्यार किया। मुन्ना जो खिंचा-खिंचा-सा था मेरे पास आ गया और मेरे साथ की मिठाई को खा रहा था। हम तीनों जमीन पर बैठे कन्दील के पास घिरे खाना खा रहे थे। माँ ने मुंजी मछली और बैंगन पकाये थे। माँ खाते-खाते अपनी थाली की मछली मुझे देती जाती थी और बीच-बीच में बीते जीवन को याद कर रोती जाती। माँ को रोता देख हम दोनों भी रोने लगे, तो माँ हमें लिपटाकर फिर खाने लगी। बाजू के कमरे से बात करने की आवाज आ रही थी।

रात को सोने के लिए दादी मुझे बुलाती रही, पर मैं नहीं गयी।

गाँव की रात कितनी भयानक होती है! चारों तरफ़ सन्नाटा खिंच गया है। घर के सब दरवाजे बन्द हो गये थे, सामने लटके तोता-मैना के पिंजरे अन्दर लाकर बेंच के नीचे रख दिये थे। वहीं से बच्चों के झगड़ने, फिर रोने की आवाज आ रही थी। माँ ने चूल्हे के पास की चिमनी को फूँक कर बुझा दिया था और लालटेन को दरवाजे के बीच लटका दिया था, ताकि दोनों ओर उजाला जा सके। जिस कमरे में माँ थी, वह घर का अनाज का कोठा था। कमरा छोटा और बहुत नीचा बना था। कमरे के आधे भाग में अनाज भरा था। मुन्ना माँ के साथ सोया था, मैं अलग खाट पर सोयी थी। अचानक रात को मुझे लगा, कोई मुझे उठा रहा है। मैंने देखा, माँ मुझे दोनों हाथों में उठाये अपनी खाट पर लिटा रही थी। मुझे लिटाकर माँ भी लेट गयी। एक खाट पर हम तीन-तीन सोये थे। इस कारण तकलीफ़ हो रही थी, पर इस तकलीफ़ में भी एक सुख था। मुझे रात-भर माँ के गरम आँसू अपने माथे पर महसूस होते रहे।

माँ मुझसे पूछती—बाबूजी का खत आया था? क्या लिखा था? हम लोगों के बारे में कहा था? मुन्ना को पूछा था? और मेरे 'नहीं' में सिर हिलाने से उदास हो जाती। जब मुझे मालूम हुआ, अरसे से बाबूजी ने एक पैसा नहीं भेजा, तो मेरा छोटा-सा मन बहुत दुखी हो गया। मेरे चाचा जिनसे पूरे परिवार का झगड़ा हो गया था, वही माँ का खर्चा पूरा करते थे और अपने घर में जगह दे दी थी, जहाँ दादी

के कष्टों को तरह देकर माँ रहने लगी थी।

मैं कमरे में लटके लकड़ी के झूले पर बैठी बाहर आँगन की तरफ देख रही थी। दादी पीढ़े पर बैठी चादर से खरोंच-खरोंचकर सूखी बड़ियाँ निकाल रही थी। सामने चाची नये जन्मे बच्चे को पैरों पर डाले तेल चुपड़ रही थी। गोबर के लिपे-पुते आँगन में बच्चे शोर मचा रहे थे। माँ एक तरफ़ बैठी बर्तन माँज रही थी, माँ की साड़ी जगह-जगह पर फटी हुई है। क्या अकोला में माँ यूँ ही बर्तन माँजती थी? मैंने ध्यान से देखा, माँ के गोरे-गोरे पैरों में कीचड़ लगा था, हाथ राख में सने थे, माँ का रंग भी कमज़ोर हो गया था और आँखों में हमेशा पानी भरा रहता, ऐसी टंकी जो फूटी हो, जिससे निरन्तर पानी चूता रहता है। मुझे खेलने की ज़रा इच्छा नहीं होती, हर समय माँ के पीछे घूमती रहती और माँ रोये कि मैं पहले से रो पड़ती। मुझे दादी से घृणा होने लगी थी, मैं दादी की देहलीज़ खूँदती तक नहीं थी। एक दिन दादी ने मुझे पकड़ लिया, "नासपीटी, हरामखोर, उसी चंडालिनी के पास घूमती है!" और मैं अपने बाल छुड़ाते चीखी, ''चंडालिनी तुम हो, मेरी माँ क्यों होगी?" मैं भागी और दादी तेल में पड़े पकौड़े की तरह गुस्से से ताव खा गयी।

उस दिन माँ की गोद में सिर रखे मैं पूछने लगी, "माँ, बाबूजी कब आएँगे? बाबूजी हमें क्यों यहाँ छोड़ गये हैं?" माँ ने मेरे प्रश्न का उत्तर नहीं दिया, बस दाँत भींचे शून्य में ताकती रही, मुझे अपने कन्धे पर माँ की हथेली कसती मालूम हुई।

दादी के घर रोज़ गोश्त पकता। मुझे रोज बुलाती, "आ री छिनार, क्यों गिरगिट की तरह रंग दिखा रही है!" "माँ ने भी तो पकायी है।" मैं भाग आयी। हम तीनों कन्दील से घिरे खाते रहते, कभी बेसन से, तो कभी चटनी से। माँ खाते-खाते अचानक कटोरा लेकर पड़ोस से तरकारी माँगने उठकर जाने लगी, तो मेरा जी मुँह को आ गया। मैंने माँ का पल्लू पकड़कर खींच दिया, दोने में भरा पानी गालों पर फैल गया।

मेरे जाने का दिन आ गया। माँ मुझसे छिपकर रोती रही और मुझे तैयार करती रही। मेरा मन बहुत दुखी था। माँ ने मुन्ने को सुबह से मदरसे भेज दिया था। मुझे बैलगाड़ी में बैठाते माँ का हाथ काँप रहा था। मैं रोती रही, गाड़ी मुझे माँ से दूर, बहुत दूर ढकेले ले जा रही थी।

बुआ के घर फिर उसी वातावरण में मैं अपने को अजनबी महसूस करती रही। हमेशा सहमी-सहमी, बहनों से अपने को तुच्छ समझने की भावना हमेशा मुझे कचोटती रहती थी।

एक रात मैं तख्त पर सोयी थी। आधी रात को अचानक मुझे अपने सिर पर भारी हाथ रखा मालूम हुआ। "मुन्नी, मुन्नी!" मैं हड़बड़ाकर उठी तो देखा—मेरे पास बाबूजी बैठे थे। शायद रात की गाड़ी से आये थे। मेरा मन खिल गया, जरूर हमें लेने आये हैं। मैं बाबूजी की गोद में चली गयी। सब जाग गये थे और अपनी खाटों पर बैठ गये थे। फूफा खाट पर बैठे बीड़ी पी रहे थे। बुआ चूल्हे की राख

को निकाल रही थी, आग जलाने। अचानक बाबूजी ने दरवाजे की तरफ़ देखते हुए कहा, "यहाँ आ जाओ ना।" और मैंने पहली बार अँधेरे में देखा, कोई औरत दरवाजे से टिकी खड़ी थी, वह थोड़ा हिली और अन्दर आकर पीछे दालान में चुपचाप पीढ़ा लेकर बैठ गयी। घर के सब लोग इस तरह हो गये थे, जैसे उसकी मौजूदगी को कोई नहीं जानता। मैं अचम्भे में पड़ी सोच रही थी, यह कौन हो सकती है! तभी चपरासी जंजीर से बँधे टामी को अन्दर ले आया। टामी को देख मैं उछल पड़ी और टामी से लिपट गयी। टामी मुझे पहचानकर दुम हिलाने लगा था।

बाबूजी मुँह धोकर आये और तौलिये से मुँह पोंछते उस औरत से बोले, "जाओ, वहाँ मुँह धो लो।" मैं टामी से खेलना भूल गई, फिर मुझे वही प्रश्न सताने लगा। मैं चुपचाप धीरे-धीरे बुआ के पास गई और उनके कान के पास मुँह ले जाकर बोली, "बुआ, वहाँ कौन है?" बुआ ने दुखी आँखों से मुझे देखा। फिर मेरी पीठ थपथपाते बोली, "कोई नहीं, जा, सो जा।"

सवेरे उठी तो देखा—वह औरत जमीन पर पीढ़ा डाले बैठी है। बुआ चूल्हे के पास बैठी कुछ बना रही है, कोई उससे बात नहीं कर रहा था। मैं चुपचाप गुसलखाने में घुस गयी, जहाँ दोनों बहनें पहले से थीं। हम तीनों आपस में उस औरत की चपटी नाक का मज़ाक उड़ने लगे।

मैं कमरे में गयी तो देखा, कमरे में बाबूजी ने बुआ को बुलाकर उस औरत से बातें करने को कहा तो बुआ ने बाबूजी को झिड़क दिया। मैं कुछ नहीं समझ सकी, पर इतना ज़रूर जान गयी कि वह औरत बात करने लायक नहीं। बाबूजी ने मुझे बुलाया और गोद में उठाकर धीरे-से बोले, "उसे सलाम किया?" मैंने 'नहीं' में सिर हिलाकर पूछा, "वह कौन है?"

"तेरी नयी माँ।" मैं एकदम उछलकर खड़ी हो गयी और घृणा से मुँह टेढ़ा कर बोली, "छिः, कैसी माँ! हमारी माँ तो गाँव में है।" मैं भागकर बुआ के पास गयी और सारी बात बता दी, तो बुआ मुझे समझाने लगी, "देख, तेरा बाप उसे माँ कहने बोले तो तू मत बोलना, अगर बोली तो मुँह तोड़ दूँगी, समझी?"

मैं पीछे की छोटी-सी गन्दी और सुनसान गली में खड़ी होकर रोने लगी। अब मुझे सब मालूम हो गया था, माँ क्यों गाँव में है, मैं यहाँ क्यों हूँ, मेरे पास कपड़े क्यों नहीं हैं, माँ फटे कपड़ों क्यों पहनती है, बुआ क्यों हर बात में बाबूजी को कोसती थी। मुझे माँ की याद आने लगी, माँ की भरी-भरी आँखें याद आने लगीं, गली की धूल में खेलता भाई याद आने लगा, मुझे बाबूजी से घृणा होने लगी।

मैं स्कूल जाने के लिए किताब निकाल रही थी कि वह आयी और मेरा हाथ पकड़े कमरे में ले गयी। पेटी से ढेर सारी लाल-लाल-रिबन दिखाने लगी, जो वह

मेरे लिए लायी थी। मैं सहमी हुई कभी उसे, कभी लाल रिबन को देखती। न जाने क्यों मुझे लाल रिबन देखकर माँ की लाल-लाल सिन्दूर से भरी माँग याद आ रही थी। मैंने सारी मुट्ठी में रिबन को भर लिया और भागकर बुआ के पास आयी। बुआ ने जलती आँखों से मुझे देखा और मेरे हाथ से रिबन छीनकर चूल्हे में झोंक दिया और मेरी तरफ़ मारने को हाथ उठाती बोली, "फिर जाएगी, बोल फिर जाएगी?"

बाबूजी ने बुआ को मारते देख लिया, "जाएगी क्यों नहीं, जाएगी, एक नहीं सौ बार जाएगी।"

"कैसे जाएगी, टाँग न तोड़ दूँगी! उस डायन को ले जा मेरे घर से! बड़ा शादी रचाने आया था, बहन का दिमाग नहीं चल गया है जो चाँद-सी बहू और बच्चों को छोड़कर उस कलूटी से तेरा ब्याह रच दूँ।"

सारे दिन पूरे घर पर तनाव रहा, किसी ने किसी से बात नहीं की। शाम को बाबूजी की बुआ से फिर लड़ाई हुई, आखिर बाबूजी रात की गाड़ी से जाने की तैयारी करने लगे। इस बार वे टामी को भी यहीं छोड़कर जानेवाले थे। बाबूजी तैयार हो गए थे और मैं बाबूजी के पास जाने के लिए मचल रही थी, पर बुआ से डर लग रहा था। टामी खाट के नीचे बैठा था। न जाने कैसे टामी को बाबूजी के जाने की खबर लग गई और वह ताँगे के पास जाता, पेटी-बिस्तर सूँघता और बाबूजी के पैरों पर लोटने लगता। जब बाबूजी सीढ़ियाँ उतरने लगे, तो टामी ने दोनों पैरों पर खड़े होकर बाबूजी की कमीज फाड़ डाली, नौकर टामी की जंजीर पकड़े खींच रहा था। बाबूजी टामी से अपने आपको छुड़ा रहे थे, पर टामी अलग नहीं हो रहा था। बड़ी मुश्किल से टामी को खींचकर नौकर ले गया। वह औरत बुआ को नमस्ते करने आई, तो बुआ ने खट से दरवाजा बन्द कर लिया।

बाबूजी मेरे पास आये, मुझे बाबूजी की फटी कमीज माँ के फटे छोर की तरह लगी। मेरी आँखें भर आयीं। मैंने दोनों हाथों से मुँह ढाँप लिया। मुझे तेज बारिश के थपेड़ों से जोर से हिलते पत्ते की तरह माँ का लालटेन की मद्धम रोशनी में आँसुओं से तर काँपता चेहरा याद आने लगा था।

देहरी की खातिर

"साब, मेरा कोई नहीं," उसने गुस्से से जेलर को देखा और दोनों बाँहों से घुटनों को घेरकर उसने उसमें अपना मुँह छुपा लिया।

"तुम दुनिया में अकेली हो, यह मान नहीं सकते," जेलर उसके ऐन सामने आकर टाँग फैलाकर खड़ा हो गया, "वह बुढ़िया, वह लड़का तेरा कोई नहीं?"

"साब, आपको कितनी बार बताया, वह मेरे कोई नहीं लगते, मेरे गाँव के हैं, इसलिए आते हैं," उसने धीरे से सर उठाया और खड़े हुए जेलर की चिरी हुई टाँगों के पार से दूर का दृश्य देखने लगी, "मुझे सजा दो, मारो, खून मैंने किया है, बचपन से अनाथ हूँ, रोज-रोज क्यों पूछते हो?"

"हलकट!" जेलर ने जोर से गाली दी, "सीधे-सीधे बता।"

"मैं एकदम लावारिस हूँ, मेरा कोई होता तो खून क्यों करती? और मारना है मारो, खूब मारो। इतने बरस निकल गए तुमको पूछते-पूछते, फिर भी वही पूछते हो?" उसने गुस्से से तनी आँखों से जेलर को देखा और फिर कलाई में पड़ी अपनी काली चूड़ियों को निहारा। इच्छा हुई चूड़ियों को तोड़कर बड़े जेलर की आँख में घुसेड़ दे।

थककर जेलर साहब फिर चले गए और उसे फिर लोहे की सीखचों वाले कमरे में बन्द कर दिया गया।

कटहल के बड़े-बड़े पेड़ों के पीछे से बड़ा-सा मैदान दिख रहा था, जो बड़ी ऊँची-ऊँची दीवारों से घिरा था। यह ऊँची दीवारें उसे कितनी बौनी लग रही थीं। जेल की इन ऊँची-ऊँची दीवारों से घिरी वह अपने को कितना सुरक्षित महसूस कर रही थी। वह आजादी जो उसे कष्ट ही कष्ट देती थी, उससे तो यह कैद कितनी अच्छी है!

लोहे की सीखचों के पार उसकी आँखें दूर बहुत दूर जाकर ठहर गईं। दूर बहुत दूर कोस...कोस भर पहाड़ी नहाकने के बाद नदी पड़ती थी। नदी तैरकर फिर छोटी-सी ढोंगरी पड़ती थी, जिसकी ढलान पर एक पगडण्डी नीचे उतरती थी। पक्की सड़क तो ऊपर ही ऊपर पहाड़ से लगकर चली गई थी।

पहाड़ से नीचे झाँको तो ढेर सारे हरे-हरे खेत आपस में जुड़े ऐसे लगते जैसे

रंग-बिरंगी चिन्दियों को जोड़कर गोदड़ी बड़े सलीके से सिली गई हो। इन्द्रावती नदी से लगकर गाँव शुरू हो गया था। फूस की छत से ढँके घरों वाला मोहल्ला था उसका। घरों के सामने चरती मुर्गियाँ, मिट्टी के ताजे लिपे-पुते ओसारे, कोठार में बकरियों की हेड़ की हेड़, ताजी माटी की गन्ध से भरे कमरे, नंगे बच्चों की सैलानी जमात, जिन्हें विरासत में माँ-बाप का पेशा और लिजलिजी गरीबी ढोनी थी।

मुनगे के पेड़ के ऐन पीछे जहाँ गली समाप्त हो गई थी, वहाँ था उसका अपना घर। मुनगे के छोटे-छोटे सफेद फूल सारे आँगन में बिखरे रहते थे, जिन्हें मुर्गियाँ चुन-चुन कर खाती रहती थीं। मिट्टी की दीवारों से घिरे दो कमरे तथा एक ठण्डा ओसारा था।

बड़े कमरे में बाबा और नानीआया सोते थे, दूसरे कमरे को किराये पर उठा रखा था और ओसारे पर सोती थीं वह दोनों बहनें। ओसारा नीची छत का होने के कारण ठण्डा रहता था, जहाँ लकड़ी की छोटी-सी मचान पर मटके रखे रहते थे।

भूरी बिल्ली मटके की ठण्डक में कच्ची धरती पर पसरी पड़ी रहती थी। भूरी बिल्ली कब और कैसे इस घर की हो गई थी, किसी को पता नहीं था। एक बार इसकी माँ इसे मुँह में दबाए ओसारे की खपरैलों पर छोड़ गई थी। सारी रात बच्चा म्याऊँ-म्याऊँ करता खपरैलों को खड़खड़ाता रहा था।

"ए दीदी, भूत, ए दीदी भूत," सुरजनी उससे लिपटी रात-भर डरती रही थी।

रात को कई बार उठकर उसने बाँस से बच्चे को डराया था, पर वह थोड़ी देर चुप हो जाता फिर चिल्लाने लगता। शायद पहली बार माँ से बिछड़ा था। उसकी दर्द-भरी आवाज सारे आँगन में भर गई थी।

दोनों रात-भर सो नहीं पाई थीं। जब भोर को हरिया काकी के मुर्गे ने बाँग दी तो वह झट से उठी। देखा थोड़ा-थोड़ा उजाला छिटकने लगा है। उसने टूटी पेटी पर चढ़कर ऊपर झाँका तो देखा दो-तीन उखड़ी खपरैलों की आड़ में वह थककर सो रहा था। उसका पेट लक-लक ऊपर-नीचे हो रहा था। वह पीछे की टूटी दीवार से छत पर चढ़ गई और धीरे-धीरे दबे पैर उसके निकट जाकर उसने झट से उसे पकड़ लिया।

पहले तो वह अचकचा गया नींद टूटने से, फिर उसकी तरफ देख गुहार करने लगा—"म्याऊँ-म्याऊँ।"

अपने आँचल की ओली में उसे डालकर उसने आँचल को कमर में खोंस लिया और धीरे से नीचे उतर पड़ी।

ओसारे में सुरजनी लमतड़ंग-सी सो रही थी। म्याऊँ-म्याऊँ की आवाज से

हड़बड़ाकर उठी तो सामने उसे खड़ी देखा और उसके पेट में कुछ बँधा था, जो कसमसा-कसमसा कर म्याऊँ-म्याऊँ कर रहा था।

"ए दीदी, तेरे पेट में तो बच्चा बोल रहा है।"

"देखोगी," उसने खिलखिलाकर कमर में खोंसा आँचल खोल दिया और बिल्ली के बच्चे को हाथ में ले लिया।

"ए दीदी, गिलगिला है, दीदी, बाहर छोड़ दे।"

"न, मैं तो पालूँगी, अपनी हिस्से की पेज इसे दूँगी," कहते उसने रात की रखी पेज एक दोने में उसे दे दी। रात-भर से भूखा था शायद वह, धीरे-धीरे पेज पीने लगा और म्याऊँ-म्याऊँ करने लगा।

बस उसी दिन से वह वहीं रहने लगा था। बाद में धीरे-धीरे वह पिल्ला बड़ा होने लगा। सब उसे भूरी बिल्ली कहने लगे। पहले दिन उसने भूरी बिल्ली को मटके के नीचे दोने में पेज पीने दी थी, तब से ही उसने मटके के पास की जगह को अपनी पैतृक जमीन समझ लिया था। चाहे कहीं घूम आती, किसी के भी घर का चोरी से माल उड़ा आती, पर लौटकर वहीं पसरी पड़ी रहती।

भूरी जब छोटी थी और आँगन में निकल पड़ती तो मुर्गियाँ उसे चोंच मारतीं और वह डरकर कहीं दुबक जाती। धीरे-धीरे मुर्गियों के साथ उसकी दोस्ती बढ़ गई और वह उनके साथ भी हिल-मिल गई। उसे अपनी बिरादरी की सोहबत तो मिली नहीं, बस, इस घर में रहने वाले सारे प्राणी ही उसके दोस्त बन गए। शुरू-शुरू में तो उसने उसे अपने हिस्से की पेज पिला-पिलाकर पाला, फिर वह खुद अपना भोजन ढूँढ़कर खा लेती थी।

बाबा रिक्शा चलाता था और नानीआया साहब लोगन के घर काम पर जाती थी। दोनों बहनें भी नानीआया का हाथ बँटाने जाती थीं। अक्सर नानीआया उसे साथ ले जाती थी और सुरजनी को घर के काम के लिए छोड़ जाती। सुरजनी घर का काम निपटाकर आस-पास से गोबर बीन लाती और छेना थोप लेती थी। कभी जंगल चली जाती लड़कियों के साथ और लकड़ियाँ बीन लाती थी। गर्मी के दिनों में जंगल में चारपाक, तेंदू, आँवला मिल जाता था, जिसे पेट भर खाकर वह उसके लिए टूकने में बीन लाती थी।

बाबा रिक्शा जरूर चलाता था पर जितना कमाता था, उतना शराब पी लेता था या जुए में हार जाता था। घर का दो समय का खर्चा नानीआया ही उठाती थी। कभी सुरजनी जंगल से चारपाक, तेंदू आँवला टूकना भर बीन लाती और हाट में बेच आती तो चार-पाँच रुपये मिल जाते थे। नानीआया काम निपटाकर उसे लेकर हटरी चली जाती और चावल, दाल, साग खरीद लाती, उसी से सबका पेट पल रहा था।

बाबा का रिक्शा-अड्डा, मोटर-स्टैण्ड में था। वहाँ सवारी भी खूब मिलतीं, पर

वह कमाता नहीं था, उतना ही कमाता जितने से उसका शराब का खर्चा निकल आए। बाकी समय वह रिक्शे की आड़ में बैठा दूसरे रिक्शे वालों के साथ जुआ खेलता रहता था। घर पर रोज कलह मचा रहता। नानीआया बाबा को खाना नहीं देती। पहले उसकी तलाशी लेती, रिक्शे की भी तलाशी लेती, पर रुपया कहीं नहीं मिलता। हारकर वह बाबा को बकती और धमकी देती कि वह ऐसा करेगा तो वह दूसरे के घर बैठ जाएगी। धमकी का बाबा पर असर होता और वह रोने लगता, तब नानीआया पिघलती और उसे आवाज देती, "ला री, तेरे बाबा के लिए भात और तुरु मछरी का साग।"

यह रोज़-रोज़ का किस्सा था। सुबह नशा उतरते ही बाबा फिर रात की घटना भूल जाता। वह जानती है बाबा रोज़ झूठ बोलता है, पहले भी जब उसकी माँ जिन्दा थी तब भी वह ऐसा ही था। माँ मजदूरी करती थी। एक बार भरी बरसात में भीग जाने से उसे ताप चढ़ आया था, फिर उतरा नहीं, बिना दवा के बिना भात-पेज के माँ एक हफ्ते बाद मर गई। माँ के मायके वालों ने ही अन्तिम क्रिया-करम किया था। बाबा बाद में पागलों की तरह पड़ा रहता था। तब वह दोनों बहनें छोटी थीं। बाद में बाबा ने दूसरा ब्याह किया। वह दोनों बाबा के ब्याह में चिड़िया की तरह फुदकती फिरी थीं। नानीआया जब घर आई तो उन्हें ढेर सारा बो-बो खाने में मिला था, घर में फिर चहल-पहल हो गई थी, दोनों बहुत प्रसन्न थीं।

नानीआया जवान थी, बाबा से आधी उम्र की थी। नानीआया के साथ जब वह काम पर जाती तो वह जगह-जगह रुककर पैंट वाले बाबू लोगों से बात करती थी और फिर अक्सर नानी माँ किसी न किसी बाबू के साथ रुक जाती और उसे फुसलाकर बोलती, "जा री, तू आज काम पर जा, बाद में हटरी चलेंगे, वहाँ तेरे को भजिया लड्डू खरीद दूँगी।"

वह भजिया और लड्डू की लालच में सारा काम निपटाकर सड़क की पुलिया पर बैठकर नानीआया का रास्ता देखती रहती। नानीआया आती तो दोनों हटरी चले जाते। धीरे-धीरे उसकी समझ में बात आने लगी कि माँ रोज बाबू लोगों के पास क्यों रुक जाती है, पर वह डरकर यह बात बाबा को नहीं बता पाती। आखिर घर का सारा खर्चा, कपड़ा, अनाज सब नानीआया लाती थी। बाबा तो बस शराब पीना और जुआ खेलना जानता था।

वह सयानी हो गई है तथा सुन्दर भी यह बात उसने सड़क के मनचलों की आँखों से जाना। रास्ता चलते उसे कोई-न-कोई छेड़ता और वह लाज से गड़ जाती और नानीआया खिलखिला पड़ती। अब नानीआया उसे अपनी साड़ियाँ भी पहनने देने लगी थी। उसने अपनी आँखों में लम्बा काजल भरना, जूड़े में फूलन खोंसना

भी शुरू कर दिया था। नानीआया ने हटरी से उसके लिए एक स्नो की शीशी और पाउडर का डिब्बा भी खरीद दिया था, जिसे वह सुरजनी से छुपाकर रखती थी।

"दीदी," सुरजनी अपनी मोटी-मोटी आँखों से घूरती और चीखती, "हाँ री, तू पाउडर घस, स्नो घस और बाहर घूम और मैं बैठी तेरे लिए भात राँधूँगी! नई, अब तो मैं भी तेरे साथ बाहर काम पर जाऊँगी।"

"आखिर बाहर कमाना भी तो पड़ता है। तू थोड़ी बड़ी हो जा, तब जाना काम पर, तेरे लिए भी एक डिब्बा पाउडर ला दूँगी," उसने उसे दमपट्टी दी।

"ए दीदी, अब तू बहुत सुन्दर दिखती है, खूब बड़ी लगती है," सुरजनी ने उससे लिपटते हुए कहा।

"सच्ची," वह खुश हो उठी, उसकी आँखों में जवानी की लाली उतर आई थी, "अच्छा, कैसी लगती हूँ?"

"सिनेमा वाली जैसी।"

"सच्ची?"

"हाँ, वह पटवारी काका, कल गली में खड़ा नानीआया से बोल रहा था।"

"अच्छा?"

"हाँ दीदी, अब तो तेरे टेंट में पैसा भी खूब रहता है, तू लुका-लुका कर रखती है न। मेरे लिए एक टेरलीन की साड़ी ला दे न।"

"अच्छा ला दूँगी," उसने गहरी साँस खींची, "तू बड़ी होगी न, तो मेरे से ज्यादा रुपया कमाएगी री।"

"अच्छा, पैसा कैसे मिलता है इतना?"

"बड़ा जोखिम का है, ससुरी देह एक बार में टूटकर चटक जाती है, बाबू लोगों की चाकरी करनी पड़ती है।"

"सो कैसे?"

"अब तू सो जा, बात तेरी समझ में नईं आएगी, जब बड़ी हो जाएगी तो अपने आप सब समझ जाएगी।"

सुरजनी सो जाती और वह चुप अँधेरे में पड़ी रहती। भीतर बाबा और नानीआया सोते थे।

"राँड," बाबा की आवाज़ ओसारे तक आती, "बाहर नये-नये खसम बनाती है और घर पे आकर नखरा दिखाती है, सब जानता हूँ। कल समरू बोल रहा था, तेरी औरत को मैंने पैसे दिए हैं।"

"चल चुप सो जा," नानीआया चिल्लाती, "नशा कर लेता है और उल्टी-सीधी बकता है। अरे औरत का मर्म तू क्या जानेगा!"

दोनों में मार-पीट होने लगती, बाबा नानीआया को दो-तीन लातें जमा कर

बाहर आ जाता। अँधेरे में नानीआया सुबकती रहती, बाबा को कोसती रहती।

भोर नानीआया उसके साथ काम पर ऐसी खुश-खुश जाती, जैसे रात को कुछ हुआ ही नहीं।

"देख री," नानीआया उसे भेद-भरी बात समझाती, "मर्द की जात और रुपु की जात एक होती है, खड़ी फसल कुतर कर उड़ जाता है। बस मर्द से खेलती रहेगी तो खुश रहेगी, जहाँ प्यार करने लगेगी वहीं जिन्दगी बेकार हो जाएगी। बाबू देह का भूखा होता है मन का नहीं।"

इतना समझाने पर भी जब इमली में फूल आए तब वह एक बाबू को प्यार कर बैठी। उसने अपने आपको बहुत रोका, टोका कि एक गरीब लड़की का शहरी बाबू से कैसा मेल? पर देह का रिश्ता प्यार का रिश्ता हो गया। अब वह बस रोज उसी से मिलती और वह भी रोज उसी का रास्ता देखता था। वह पैसा देता तो ले लेती, नहीं देता तब भी प्रसन्न रहती। उसके शरीर से प्यार की गन्ध महुवे की गन्ध की तरह उठने लगी थी।

"क्यों री, तू उस मास्टर से रोज मिलने लगी है?" नानीआया ने उसे रंगे हाथों पकड़ा, "कहीं प्यार तो नहीं कर बैठी? जानती है वह प्यार में फँसाकर तेरी जिन्दगी बरबाद करेगा। तुझे घर नहीं बैठाएगा, इतनी हिम्मत शहर वालों में नहीं है। हंडी चाटेंगे, पर घर के पलँग पर बिरादरी की बराबर घराने की लड़की को ही बैठाएँगे।"

वह नानीआया की बातों से भय खाकर चुप हो गई, पर रोज नानीआया से छुपकर मास्टर के कमरे पर चली जाती। मास्टर उसका रास्ता देखता रहता, उससे मीठी-मीठी बातें करता था।

धीरे-धीरे उसे लगा वह गर्भवती हो गई है। नानीआया अब उसका मास्टर के प्रति लगाव देखकर चिढ़नें लगी थी।

खरबूजे की गन्ध और गर्भवती महिला की गन्ध भला रोके रुकने वाली थी! गर्भवती होने का आभास मिलते ही नानीआया जल-भुन कर राख हो उठी। रात के अँधेरे में उसने बाबा के कान में मन्त्र फूँक दिया और बाबा हरहराकर टँगिया लिए उसके सामने आ खड़ा हुआ, "मायलोंटी...धन्धा सीख गई है? कुँआरा पेट ले आई, बिरादरी में नाक कटाएगी। तेरे दो टुकड़े कर गली के कुत्तों को खिला दूँगा।"

बाबा ने टँगिया से दो-तीन बार वार किया पर नशे में होने के कारण वार उस पर नहीं पड़ा तो वह गुस्से से और भनभना गया और उसकी खूब धुनाई करता, खींचता हुआ गली तक लाया और गली में ढकेल कर उसने बाड़ी का दरवाजा लगा लिया।

सुरजनी रोती खड़ी थी तो उसे भी दो-तीन लात जमाकर भीतर ओसारे में धकेल दिया। नानीआया भीतर खोली से नहीं निकली। बाबा भीतर चला गया था। अभी भी उसकी बड़बड़ाने की आवाज आ रही थी। भूरी बिल्ली अँधेरे में पड़ोस

की छत से अपनी छत की छत पर चल रही थी। छत की मुँडेर से उसने आँगन में झाँका, घर में हुए झगड़े का आभास शायद उसे भी हो गया था। उसने नीचे मुँह कर दो बार म्याऊँ-म्याऊँ कह कर टोह लिया।

निपट सन्नाटा था, गली भी सूनी पड़ी थी। ठण्ड की रात जो जल्दी ही सन्नाटे में डूब जाती है। कराहकर उसने एक बार उठकर घर को निहारा, सोचा रात-भर यहीं गली के नुक्कड़ पर पड़ी रहे, शायद सवेरे बाबा को दया आ जाए, पर ध्यान आया, भोर को बाबा ने और नानीआया ने मोहल्ले वालों के सामने निकाला तो? वह चुपचाप उठी और धीरे-धीरे अँधेरे में आगे बढ़ गई।

कोदोभाटा नदी की तलहटी में रहने वाली काकी के घर की ओर चल दी। इमली के बड़े-से पेड़ से टिककर बना था काकी का घर। साँकल खटखटाया तो थोड़ी देर में आँख झपकाते, हाथ में टोरा-तेल का दीया लेकर काकी बाहर निकली।

आधा बाँस चढ़ी रात में उसे खड़ा देख वह हैरान रह गई, फिर हाथ पकड़ कर भीतर ले गई। काका दीवारों की ओर मुँह किए लेटा था। वह काकी की बगल में लेट गई और लेटे ही लेटे उसने अपनी कथा काकी को सुना दी।

काका तहसील में चपरासी था। काका और काकी के अपना कोई बाल-बच्चा नहीं हुआ था और अब बुढ़ापे में होने की आशा भी नहीं थी। काकी हटरी में रोज चूड़ी लेकर बैठती थी, हाथ भर-भर औरतों को सुहाग चढ़ाती थी।

वह काकी के घर रहती है, इसकी खबर बाबा को लगी तो एक दिन भर दोपहर को रिक्शा झनझनाता आया और जी भर कर गाली बककर और धमकी देकर गया।

काकी बाबा के बहकावे में नहीं आई, उसे घर से नहीं निकाला। आखिर काकी को भी एक सहारे की जरूरत थी। काकी का शरीर अब थकने लगा था, घर का, बाजार का काम अब अकेले उससे नहीं होता था।

उसने मास्टर के घर के भी कई चक्कर लगाए पर मास्टर तो जैसे उसे पहचानता नहीं था। उसके गर्भ को अपना वह कहना नहीं चाहता था। उसे अब अपनी गलती का एहसास हो रहा था, नानीआया ठीक कहती थी, मर्द शरीर का भूखा होता है, मन का नहीं।

काका और काकी ने बड़े स्नेह और दुलार से उसे घर में रखा था। काका रोज बाजार से नई-नई साग खरीद लाता। काकी रोज हटरी से उसके लिए तिल्ली के लड्डू, गरी के लड्डू, मुरमुरा के लड्डू लेकर आती थी। काकी बहुत प्रसन्न थी, वह जानती थी, कुँआरी लड़की क्या बच्चा पालेगी, पालना तो उसी को है। वह तो कहीं न कहीं घर बसाएगी ही, आखिर एक गलती के पाप को सारी उम्र तो ढोती

नहीं रहेगी! काकी की आस बँध गई थी कि बुढ़ापे में वह बच्चे का सुख उठा पाएगी।

"अरी, पेट मत खुजा, पेट पर चिह्न पड़ जाएँगे, अभी से काहे अपने शरीर का सत्यानाश कर रही है," काकी जब-तब उसे टोकती, "नहाते में कमर के दोनों छोर पर पानी रिकाया कर, बच्चा ढीला पड़ेगा।"

"काकी, तू तो माँ नहीं बनी, फिर सब कैसे जानती है?"

"बच्चा जनने से ही क्या औरत माँ बन जाती है? माँ बनना अलग बात है, बच्चे के लिए त्याग करना पड़ता है।"

कभी वह चित सो जाती तो रात को काकी उठाकर उसे करवट कर देती, "पाटा पड़कर न सो री, बच्चा छाती में अड़ेगा।"

वह हैरान रह जाती, काकी उसका कितना ध्यान रखती है, इतना तो सगी माँ होती तो वह भी नहीं रखती!

सावन का महीना था, चारों तरफ गीली-गीला वातावरण था। जंगली घास, चिरौंटा के जंगली पेड़ धरती फोड़ निकल आए थे, जिनकी गन्ध हवा में घुल-मिल गई थी। सड़क पर कीचड़ ही कीचड़ भरा रहता। पहले जहाँ गोबर का एक थोपा सड़क पर नहीं दिखता था, गोबर बिनने के लिए औरतें, बच्चों का झुण्ड टूकने ले-लेकर निकलता था। हर घर के सामने तथा दीवार पर गोबर के उपले थुपे दिखते थे, वहीं अब सड़कों पर गोबर ही गोबर पड़ा रहता था। गोबर की, गाय की, भैंसों के पेशाब की गन्ध वातावरण में इतनी तीखी होकर बस जाती थी, कि कभी-कभी साँस लेना मुश्किल-सा लगता था।

काकी के घर की दीवारें मिट्टी की थीं, जो पानी खा-खाकर खुरदरी हो गई थीं, छत की कच्ची मुँडेरों पर बरसाती घास निकल आई थी। पुरानी खपरैल पानी में घुल-घुल कर गल गई थी, जिससे सारा घर टपकता था। काका छत की बाँसों को रस्सी से कसता और खपरैलों को ठीक करता था, वरना कभी भी पुरानी बाँसों पर टिका छप्पर हरहराकर नीचे आ जाए। इतनी हिफाजत के बाद भी जरा-सा पानी बरसता और खपरैल ऊधमी बच्चों की तरह तितर-बितर हो जाते। फिर आजकल नई खपरैलें भी तो बहुत महँगी थीं।

काकी बताती है, पूरे बीस बरस हो गए इस सरकारी जमीन को मिले, तब ही का बना है घर। हर बरसात के पहले सोचते हैं नए बाँस छत पर चढ़ाएँगे, पर इतना पैसा गृहस्थी में कभी नहीं बचा कि घर की मरम्मत कर लें।

जब कभी रात को जोर से पानी बरसता है तो सब गठरी से बने चूल्हे के पास बैठे रहते हैं। सारी रात बैठकर काटनी पड़ती है, सारा घर सड़क की तरह गीला

हो जाता है।

आजकल काकी हटरी में दुकान लगाने देर से जाती है, क्योंकि भोर मुँदे उठकर जंगल चली जाती है और आधा बाँस दिन चढ़े जब लौटती है तो टूकना भर कर छाती तोड़कर लाती है। सफेद-सफेद छतरी के आकार की छाती को देख उसे बड़ी प्रसन्नता होती है। काकी जब आलू के साथ छाती राँधती है तो उसकी सोंधी महक सारे घर में भर जाती है। शाम काका घर आकर फिर भट्ठी लौट जाता है और जी भरकर मन्द पीकर आता है और थाली भरकर भात और छाती की साग डटकर खाता है, फिर खर्राटे भरकर सारी रात सोता है। काका खर्राटे इतनी जोर से लेता है कि बाहर मस्ती से घूमते चूहे भी डरकर बिल में घुस जाते हैं।

बरसात में जहाँ ढोर-डंगर के लिए पर्याप्त चारा हो जाता है, वहीं गरीबों के लिए साग भी पर्याप्त मात्रा में अपने आप हो जाता है। पूरी बरसात हर घर में साग रँधता है, वरना गर्मियों में तो पेज नमक से चखकर खानी पड़ती है।

चरौटे की भाजी, छाती, बोड़ा, मुनगे की नई भाजी, बाँस का बासता, जहाँ जंगल अपने आप उगाकर देता है, वहीं हर छोटे-छोटे नाले में, खेतों में छोटी-छोटी मछलियाँ पैदा हो जाती थीं। जो बच्चे पहले सारा-सारा दिन ऊधम मस्ती में रहते थे अब वही दिन-भर नाले और खेतों के पानी को बाँधकर जाल लगाकर सारा-सारा दिन मछली पकड़ते रहते हैं। लड़कियों का झुण्ड का झुण्ड सारा-सारा दिन जंगल में बोड़ा, छाती, भाजी, बासता और जामुन के लिए भटकता था। जंगल भी बरसात में जी भर कर गरीबों को दान करता था। सही बात तो यह थी कि जंगल के रहमो-करम पर ही बदनसीब गरीबों की गुजर थी।

वह छोटी थी तो बोड़ा खोदने मोहल्ले की लड़कियों के साथ जंगल जाती थी। सागौन के पेड़ के नीचे की धरती में होता है बोड़ा। बरसात के दिनों में जब बिजली कड़कती थी तो जहाँ बोड़ा होता है, वहाँ की जमीन अपने आप तड़क जाती है, भीतर से नन्हे-नन्हे छोटे-छोटे आलू के रंग का बोड़ा दिखने लगता है, जो देखने से आलू के आकार का दिखता है, खोदकर निकालना पड़ता है। कभी-कभी तो टूकना भर-भर कर बोड़ा मिल जाता है। जिसे घर ले जाना होता था वह घर ले जाती और जिन्हें पैसा चाहिए होता वह हटरी में बेच आती। हटरी में जाते ही देखते-देखते बोड़ा बिक जाता। बोड़ा का साग सारे घर को पसन्द था। माँ उसे गरीबों का मांस कहती थी, क्योंकि यह मांस की तरह ही स्वादिष्ट होता। बोड़ा के दिनों में तो उसे रोज ही बोड़ा और छाती पसन्द था।

"रोज-रोज बोड़ा न खा री, पेट झड़ेगा," काकी उसे धमकाती, फिर भी वह नहीं मानती थी।

कच्ची हाँडी आखिर कब तक पानी का भार सहन करती? रात को अचानक उसे प्रसव पीड़ा उठी, दर्द के मारे वह सारी रात पलटी खाती रही, काकी उसके पास बैठी धीरज देंती रही। बाहर पानी धार बाँधकर बरस रहा था। काका लाठी, छाता लेकर सुईन को बुला लाया। सुईन ने आते ही चोटी में गुँथे बाल उसके खोल दिए, ताकि जचकी जल्दी हो जाए।

भोर को उसने एक सुन्दर से बच्चे को जन्म दिया। जब सुईन ने नये सुपे में रखकर नये बच्चे को उसे दिखाया तो प्रसन्नता के मारे उसकी आँख छलछला आई। पहली बार दुनिया में उसका रिश्ता किसी से जुड़ा था। पहली बार लगा कि उसका अपना भी कोई है।

सुईन के हाथ से बच्चे को देखकर काकी, खुशी से हरे-भरे खेत-सी लहलहा उठी थी। उसकी बाँझ आँखों में ममता की बाढ़ उमड़ने लगी थी।

उसने पहली बार काकी को सुखों से भीगा हुआ देखा था। वह आश्वस्त थी, कि चलो बच्चे की देखभाल काकी कर लेगी, वरना उसके अनाड़ी हाथ बच्चे की क्या सँभाल कर पाते। बच्चे का तेल चुपड़ने से लेकर पेट सेंकने, नहलाने-धुलाने का सारा काम काकी ने अपने ऊपर ले लिया था। सारा घर अजवायन की सोंधी महक से महकता रहता। दहलीज़ पर गोरसी में हमेशा आग दहकती रहती। काकी कहती थी हर अला-बला बाहर के आने-जाने वाले के पैरों के साथ घर में प्रवेश कर जाती है। प्रेतात्मा आग से डरती है, दहलीज पर आग देख ठिठक जाती है और बाहर ही रह जाती है। काकी के आदेशानुसार अब काका को हमेशा जूते बाहर उतारकर आना पड़ता था। काका के पैरों की पहचानी पदचाप की आहट पाते ही काकी भीतर से हुंकारती, "जूते बाहर उतारकर आना, घर में छोटा बच्चा है।"

"तू कब से बच्चे वाली बन गई?" काका जूते उतारते काकी को एक गाली देता और पच्च से थूककर भीतर आता।

पहले का समय होता तो काकी गुस्से से बात का उत्तर देती, पर वह तो बच्चे को पाकर निहाल हो उठी थी, बस हँसकर रह जाती। भरी दोपहर के सन्नाटे में जब सारा वातावरण भाँय-भाँय करता, तब काकी की मिट्ठी लोरी की तान सुनकर इमली के नीचे सुस्ताता टोहनी का छोकरा हापड़ भी सो जाता, अपनी बकरियों का ध्यान भूलकर। काकी की भारी, ममता से भरी लोरी की आवाज़ उस निपट सुनसान दोपहर के सन्नाटे में कोने-कोने में समा जाती। कोई सोच भी नहीं सकता था कि यह बाँझ औरत के स्वर हैं। काकी की लोरी का स्वर पहचान कर रोता-बिलखता बच्चा झट से सो जाता। काकी की गोद में बच्चे को सोता देख वह सोचती, "तकदीर वाला है, जन्म से ही दो-दो माँ का प्यार पा गया।"

काकी, काका की दूसरी औरत थी। पहली औरत मर गई थी तो काका विधवा काकी को चूड़ी पहनाकर घर ले आया था। काका की दोनों पत्नियों से कोई सन्तान

नहीं हुई। जब भी काका पहली औरत की याद करता तो काकी चिढ़ उठती।

"जब वह इतनी अच्छी थी," काकी चिल्लाती, "तो मुझे क्यों लाया रे रंडवे? उसको तो घर बैठकर खिलाता था, मैं तो सारा दिन हटरी में बैठकर कमर तोड़ती हूँ। अपनी कमाई ही खाती हूँ फिर भी तुझे मेरा सुख देखा नहीं जाता!"

काकी की डाँट पर काका कुत्ते की तरह दुम दबाकर बाहर चला जाता। काकी उसके पास आकर धम्म से बैठ जाती।

"चला गया," काकी कोसती, "सच बात किससे सुनी जाती है? एक तो कमाकर खिला नहीं सकता, सारी कमाई भट्ठी में झोंक आता है। दो पैसा भी देगा तो पच्चीस बार हिसाब माँगेगा, जैसे मैं इसकी औरत नहीं, कोई चोर हूँ, पहली को बैठकर खिलाता था, उस पर भरोसा था, दूसरी पर नहीं है तो लाया क्यों?"

"काकी काहे अपनी छाती जलाती है, तू तो अपना कमाती है, अलग क्यों नहीं रहती?" वह समझाती।

"अरे, अलग रहने दे तब न, जहाँ जाऊँगी कुत्ते का मूत पीने आ जाएगा। घर के काम के लिए मुफ्त की नौकरानी जो मिल गई है न, फिर बिरादरी में हाथ भर की नाक लिए कौन फिरेगा! अरे औरत लाया है तो उसको निभा, कभी त्यौहार बार, हाट-मँडई के दिन भी दो रुपया नहीं देता कि जा चूड़ी पहन ले। औरत इसी सुख के लिए तो भटकती है वरना मैं तो पहले भी राँड थी ही, अब भी खसम के रहते राँड हूँ।"

काकी रोने लगती, वह गूंगी-सी हो जाती, क्या कहकर समझाए काकी को! काकी का दुःख वह समझती थी। औरत के दर्द को वह पहचानती थी। काका ने सिर्फ अपने स्वार्थ के लिए उसे घर बैठाया था, वरना उसे काकी से कोई लेना-देना नहीं था। काकी अपने लिए क्या लेती थी, बस कहने भर के लिए मर्द था।

बच्चे के जन्मते ही काका का स्वभाव गिरगिट की तरह बदल गया था, वह अक्सर उसे देख-देख मुस्कराता, अश्लील आँखों से उसे निहारता। काका की आँखों में झाँकता देह की भूख का कीचड़ वह पहचान गई थी और मन ही मन हैरान थी, चकित थी, कि लड़की का रिश्ता मानने वाले इस काका के मन में यह पाप कैसा उठा है? कहीं काकी ने देख लिया तो? भरी दोपहरी में बच्चे के साथ घर से बाहर कर देगी, तब वह बच्चे को लेकर कहाँ जाएगी? बाप ने तो घर से निकाल ही दिया है! वह काका की आँख से छुपती फिरती थी, काका की आँख की ओट में ही हमेशा रहती थी। अब वह बच्चे को लेकर काकी के साथ हटरी में चूड़ी की दुकान पर बैठने लगी थी। उसके आने से काकी को आराम हो गया था, उसने काकी के हर बोझ को गठरी की तरह अपने काँधों पर उठा लिया था। काकी खुश थी, निश्चिन्त थी।

उस दिन वह हटरी में बैठी थी कि अचानक छोटी दिख गई। छोटी उसे देखते

ही उसके गले लग गई। उसकी गोद से बच्चे को लेकर देर तक पुचकारती रही।

छोटी के शरीर पर सिलकन साड़ी देखकर वह चौंकी थी, वह टटोलती आँखों से छोटी को टटोलती रही और सिरा पकड़कर जैसे उधेड़ ही लिया था। छोटी उसकी आँखों में सुलग उठे प्रश्न से लज्जित हो उठी थी।

"क्यों री, नानीआया के साथ जाती है?"

"दीदी," छोटी ने सर झुका लिया, "नानीआया ने मुझे सब बता दिया है, समझा दिया है। तू ठीक कहती थी दीदी, इस कमाई में देह टूटती है।"

"क्या!" वह चिहुँक उठी, उसने छोटी के ठोड़ी में गुदे गुदने को घूरा, "ना रे, इस रास्ते मत जाना, मेरी तरह धोखा खाएगी," उसका मन बैठ-सा गया, वह छोटी को बैठाकर सीख देना चाहती थी पर नहीं दे पाई। बस, गुदने से टँकी सजी, चिकनी देह को देखती रह गई थी। हाँ, छोटी बड़ी हो गई है और बराबर वाले को सीख नहीं देनी चाहिए, हमेशा दूसरे की सीख बुरी लगती है।

"बाबा मुझे याद करता है?"

"बाबा तो दीदी, अभी भी तेरा नाम लेकर गाली-गलौज करता है।"

सुनकर उसे बड़ा दुःख लगा, उसने छोटी को हाथ भर-भर चूड़ियाँ पहना दीं। छोटी पैसा देने लगी तो उसे और बुरा लगा, उसने छोटी को डाँटा, "मैं इतनी परायी तो नहीं हो गई छोटी, जो तू मेरा मान भी न रखे?"

छोटी चुप रह गई। हटरी से उदास वह घर लौटी और बिना कुछ खाए-पिए सो गई।

गर्मी के दिन सूने, उदास और लम्बे होते जा रहे थे। बच्चे ओसारे में जहाँ बाँस की आड़ लगी थी, उसके ऊपर लकड़ी की मयाल से लगकर एक गौरैया चिड़िया ने घोंसला बनाया था। शायद उसने उसमें अण्डे दिये थे, क्योंकि बाद में वहाँ से चूँ-चूँ की आवाज़ आने लगी थी। उसने चिरौटे को कभी घोंसले में नहीं देखा था। अकेली चिड़िया को ही निरन्तर प्रयत्न करते, तिनके लाते, घोंसला बनाते देखती थी। फिर बाद में वही बच्चों के लिए दाना ला-लाकर खिलाती थी। एक दिन उसने देखा चिड़िया शाम तक लौट कर नहीं आई। उसे बड़ा आश्चर्य लगा। बच्चे दिन-भर भूख से चिल्लाते रहे, माँ की बाट जोहते रहे पर चिड़िया नहीं लौटी।

शाम को वह बाड़ी नहा कर आ रही थी तो देखा बाड़ी की मुँडेर पर चिड़िया मरी पड़ी थी। उसे पहचानने में जरा देर नहीं लगी। चिड़िया वही थी, उसके मुँह में दाना भरा हुआ था जो वह बच्चों के लिए ला रही थी। उसने दुःख से उसे निहारा, उसके पेट में किसी ने गुल्ले का निशाना लगाया था। उसे बड़ा दुःख लगा, उसने चिड़िया को उठाया और गड्ढा करके उसे दफना दिया।

रात-भर बच्चे भूख से बिलबिलाते हुए माँ को याद करते रहे। सुबह जब वह घर को बुहार रही थी तो उसने देखा एक चिरौटा बच्चों के पास आया था। बच्चे चोंच खोल-खोल कर उसे अपनी माँ समझ दाना माँग रहे थे। थोड़ी देर में चिरौटा बाहर गया और मुँह में चुग्गा भर कर लाया और भूखे बच्चों को खिलाने लगा। उसे समझते देर नहीं लगी कि यह उन बच्चों का पिता है। शायद चिड़िया से अनबन थी, इसलिए वह चिड़िया के पास नहीं आता था। अब वह वहीं रहने लगा, रोज बच्चों को खिला-पिला कर चला जाता।

एक दिन चिरौटा लौटा तो उसके साथ एक नई चिड़िया थी। दोनों साथ-साथ घोंसले में घुसे। घुसते ही चिड़िया ने जोर-जोर से बोलना शुरू किया, शायद वह इतने दिन के अस्त-व्यस्त तथा फूहड़ घर पर रोष प्रकट कर रही थी। उसने कुछ बेजरूरत जमा पंखों को नीचे फेंकना शुरू कर दिया। चिरौटा घरवाली को घर सौंपकर बाहर की हवा खाने फुर्र हो गया। चिड़िया ने बच्चों को चोंच मारना शुरू किया। तीनों बच्चों के सर से खून बहने लगा। उसने एक बच्चे को गुस्से से घोंसले से नीचे ढकेल दिया। मांस का लोथड़ा वह बच्चा गिरते ही दम तोड़ दिया।

दूसरे दिन सुबह वह उठी तो उसे एक और बच्चा मरा पड़ा मिला, जिसे चींटियाँ खा रही थीं। तीसरे को उसने ठण्डे चूल्हे पर गिरा दिया। नई चिड़िया ने एक-एक कर तीनों बच्चों को मार डाला और घोंसले से बाहर ढकेल दिया। नये सिरे से वह घोंसले को सहेजने-समेटने लगी, क्योंकि शायद उसे भी अण्डे देने थे। मरी हुई चिड़िया की बरबाद गृहस्थी देख उसे बड़ा दुःख हुआ। वह हैरान-परेशान बैठी सोचती रही, मनुष्य की तरह ही ईर्ष्या किस तरह पक्षियों में भी कूट-कूट कर भरी है।

उस दिन काका ने कहीं से बया का घोंसला लाकर टाँग दिया। काकी पानी लेकर लौटी तो सामने दरवाजे के पास बया का घोंसला टँगा देख आश्चर्य में पड़ गई और गुस्से से भन्नाई।

"किसने टाँगा है बया का घोंसला?" काकी ने घोंसला उठाकर बाहर घूरे पर फेंक दिया।

"काकी, कितना सुन्दर था, क्यों फेंक दिया?" उसने दूर कचरे के ढेर पर पड़े घोंसले को निहारते पूछा।

"जिस पेड़ पर बया घोंसला लगाती है, उसे उजाड़ देती है। मनहूस होता है, इसलिए इसे घर में नहीं रखते, बीमारी पीछा नहीं छोड़ती," काकी ने बताया।

"अच्छा!" उसे आश्चर्य-सा हुआ।

"हाँ," काकी नीचे धरती पर फसकड़ा मारते बोली, "बया छोटी-सी चिड़िया है, पर है बहुत चतुर, बहुत सुघड़ता से घोंसला बनाती है। चिड़ियों की रानी समझो, पूरा महल खड़ा कर देती है। हमेशा दो घर बनाती है। एक में रहती है और दूसरे को झूले की तरह बनाती है, जिस पर बैठ वह झूला झूल-झूल कर गाती रहती है।

बरसात में खेतों की गीली मिट्टी चोंच में भर-भर कर लाती है और अपने घोंसले को भीतर से गीली मिट्टी से छाप-छाप कर चिकना कर लेती है," काकी जोर से हँसी, "और इसकी चतुराई तो देखो, जंगल से बेचारे जुगनुओं को पकड़कर लाती है और गीली मिट्टी में खोंस देती है। रात को जब सारा जंगल भयानक अँधेरे में डूबा होता है तब इसका घर जुगनुओं की रोशनी से जगमगाता रहता है।"

"सच काकी!" उसकी आश्चर्य से आँखें फैल गईं। जरा-सी चिड़िया की चतुराई पर वह दंग थी।

"हाँ, तभी तो इसे रानी कहते हैं, रानी के से ठाट करती है यह चिड़िया।"

काकी बाहर किसी काम से चली गई थी और वह वहीं खड़ी बया के घोंसले की जगमगाहट की कल्पना कर मन ही मन हँसती रही।

अकव्वा के फल पक चले थे। तड़कती घाम में अकव्वा के फल फटने लगे थे और उनकी रुई उड़-उड़ कर चारों तरफ उड़ने लगी थी।

आम के पेड़ों पर कैयरी आ गई थी और उनकी खट्टी महक हवा में घुल-मिल गई थी। आम के पेड़ों पर तोतों का झुण्ड का झुण्ड झपटता था, आम कुतरने। आम के पेड़ों के ठेकेदार दिन-दिन भर घूम-घूम कर हाँका लगाते रहते थे, तथा गुलेल से तोते भगाते रहते थे। उनकी हाँका के बोल दूर-दूर से सुनाई पड़ते थे...हैश...हैश ...हिर्रर...आदि।

चट-चट घाम तड़क रही थी आग की तरह। काकी ने चूड़ियों का टोकरा धरती पर रखकर सिर पर रखी चुमड़ी के कपड़े को खोलकर मुँह पर बह रहे पसीने को पोंछा और होठों को गोल करके जोर से हवा बाहर निकाल सुस्ताने लगी थी। उसके मुँह से बैसी ही आवाज़ आ रही थी जैसे भैंस थकने के बाद फुफकार भरती है।

घुटनों पर की साड़ी को जाँघों पर समेट कर वह धरती पर आराम से पैर फैलाकर बैठ गई दीवार के सहारे।

वह दीवार पर सफेद छुई लीप रही थी। लीपते हुए उसके हाथ ठिठक गए। उसने सिर पर जो बालों को छुई से बचाने के लिए कपड़ा बाँध रखा था, उसकी गाँठ पीछे हाथ ले जाकर खोलते हुए काकी को देखा। काकी ने भी थकी आँख से उसे ऊपर से नीचे तक देखा।

"वाय पापा, गुलाय छुई-छुई होली?"

"काकी, आज पुनी है न, तारा त्यौहार है।"

"अरे," काकी चौंकी, "पुनी है?"

"हाँ काकी, आज तारा है," वह नीचे धरती पर बैठ गई, "आज सब लड़कियाँ रात को तारा गाने जाएँगी न।"

कहते वह उदास हो उठी। छोटी और वह मोहल्ले की लड़कियों के साथ छोटे-छोटे टूकने में एक जलता दीया रख उसमें कपड़े की चिन्दियों से हाथ की बनाई गुड़िया सजाकर टोली-टोली निकलती थी और घर-घर जाती थी। जगदलपुर के हर घर के सामने खड़े होकर गाती और बदले में पैसा, चावल, इकट्ठा करती। सब के टूकने में लोग एक-एक मुट्ठी चावल डाल देते। गीत भी कितना सुन्दर था, उसे अभी तक याद है।

"तारा ते तारा ऐ सरगन तारा
बेटती बेट कुई आले बेट
दिया आले दिया, नाई जिबू अमर पारा रीऽऽ...
जिबू अमर पारा ऽ ऽ ऽ...
राजा-रानी बसला आसे,
जोड़ा चावुर घुकू री, जोड़ा चावुर घुकू
तारा ते तारा..."

नन्ही बच्चियों का यह प्यारा तारा गीत जो आज भी उसके रोम-रोम में बसा है। सारी रात वह लोग टोली में दरवाजे-दरवाजे जातीं और चावल, पैसा इकट्ठा करतीं। पूनी का चाँद बच्चों के इस त्यौहार के लिए अपनी सारी रोशनी धरती पर बिछाकर खुश होता। ये नवा-खानी का त्यौहार, फसल कटने पर बस्तर के गाँव-गाँव में मनाया जाता है। लड़कियाँ गुड़िया टूकने में सजा जलता दीया रख निकलती हैं, वहीं लड़के रंग-बिरंगा भेष बनाकर 'छेर-छेर' नाचते हैं और चावल और पैसा इकट्ठा करते हैं। फिर इस इकट्ठा किए चावल और पैसे से पिकनिक मनाई जाती है। अब उस बात को याद कर ही मन दुखने लगता है, मन पर कोई पका फोड़ा टीसने लगता है। बाबुल के घर की वह निश्चिन्तता, मस्ती बाबुल के द्वार पार ही छूट गई थी।

"ऐ पापा," काकी ने प्यार से उसे पुकारा।

"हूँ," वह चौंकी।

"क्या सोच रही है? एक गिलास पानी दे।"

"काकी, छुई-छुई हो गई हूँ।"

काकी उठी। लकड़ी की छोटी-सी मचान पर मटके हवा में रखे थे। मटके से कसैला भर पानी निकालकर बाहर जाकर ओक से पानी पीने लगी। पेट भर पानी गट-गट पीकर काकी ने जोर से हुंकार भरी और पैरों पर गिरे पानी के छींटे को दोनों पैरों पर से फटकारते हुए सन्तोष से भर उठी। कमर में खुंची चेपटी (पुड़िया) को निकालकर एक चुटकी अपने होठों के नीचे दबा ली तथा दूसरी चुटकी उसके छुई सनी हथेली पर रख दी।

"काकी, कोदो भाटा में हुई नहीं है, सब खोद-खोद कर ले गए।"

"बस्तर राज में बनिया एक दिन छुई खदान तो क्या सारा नगर चोर कर

ले जाएँगे री। कुछ नहीं बचने वाला। आगे चार आने में सोलह दारु (लकड़ी) मिलती थी और अब एक रुपया में मिलती है।" काकी ने ठण्डी साँस खींची।

"काकी, आज हाट में कितनी चूड़ी बेची री?"

"चूड़ी," काकी हँसी, "पापा, आगे चूड़ी सुहाग के लिए पहनते थे, अब तो सब झूठ हो गया। कांग्रेस के राज ने सब झूठ कर दिया। अब तो प्लास्टिक की, स्टील की चूड़ी चल गई हैं। काँच की अब कौन पहनता है! अब तो लोग स्टोर से उठवा चूड़ी खरीद ले जाती हैं, अपने हाथ से रोज बदलती हैं। पहले तो चूड़ी, चूड़ी वाली से ही पहनी जाती थी। पहले लोगों के पास ईमान भी था, चूड़ियाँ पक्की बनाते थे। अब तो हाथ में पकड़ते ही टूटती हैं। पहले लोग पुरोनी में दो-चार सुहाग चूड़ियाँ ऊपर पहनाते थे, अब तो लोग एक-एक चूड़ी पर लड़ते हैं।" काकी ने ठण्डी साँस भरी, "देखते-देखते क्या जमाना आ गया है!"

थककर वह बिना खाए-पिए सो गई। वह कब तक सोती रही पता नहीं। अचानक वह नींद में हड़बड़ाकर जागी। कोई अँधेरे में उसकी खुली पिण्डलियों को सहला रहा था। पैर को उसने झटका और उठ बैठी, सामने काका था। अँधेरे में भी वह पहचान गई, वह सन्नाटे में आ गई, काका और उसके पास? घबराहट के मारे उसकी देह पसीने से भीग गई।

काका ने जोर से उसकी बाँह पकड़ ली। वह अन्धेरे में ही बिना एक शब्द मुँह से निकाले काका से छीना झपटी करती रही, मुँह से एक शब्द आवाज़ नहीं निकाली कि कहीं काकी न जाग जाए। काकी ने देख लिया तो उसे कितना दुःख होगा।

उसने काका से अपने को मुक्त किया और तेजी से देहरी का दरवाजा उघाड़ कर बाहर आ गई। चाँद के उजाले में उसने खुल कर साँस ली और साड़ी के छोर से शरीर के पसीने को सुखाया। तभी उसने देखा, काका धीरे-धीरे दीवार से सटता चोर की तरह बाहर आ गया है। बाहर आते ही वह अश्लीलता से मुस्कराया और उसकी तरफ झपटा। वह भूखे आदमखोर शेर की तरह भयानक हो उठा था। महीनों से अपने आपको काका की भूखी, वहशी आँखों से बचाते आई थी, पर आज वह समझ गई कि आज उसकी खैर नहीं है।

काका उसे बाँह से घसीटता घर के पिछवाड़े ले गया। उसकी देह दीवार की रगड़ से चरमरा उठी। काका ने उसे बुरी तरह अपनी बाँहों में कैद कर लिया, "हरामजादी, नखरे दिखाती है! हराम का बच्चा पैदा करने में नाक नहीं कटी! मेरे घर इतने महीने से खा रही है, ऐसे ही, अब तो तुझे अपनी औरत बनाकर छोड़ूँगा।"

उसके मुँह से अभी जोर से चीख निकलती कि चीख गले में घुटकर रह गई।

काका की चीख ने वातावरण को कँपा कर रख दिया।

टँकिए की चोट खाकर काका धरती पर पड़ा था और खून के फव्वारे से वह नहा उठी थी। छलछल करते काका के खून से वह भीग उठी थी। काकी टँगिया पकड़े चोट खाई नागिन की तरह फुँफकारती खड़ी थी।

उसकी सारी शक्ति जैसे सुन्न पड़ गई। वह पागलों-सी हैरान मरे हुए काका को देख रही थी। उसकी जबान को जैसे काठ मार गया था और आँखें जैसे काँच की गोली बन गई थीं, जिसमें कोई हरकत नहीं थी।

"अरे, तेरी देह में आग लगे, तुझे मरना भी था तो मेरे हाथों!" काकी टँगिया फेंककर धरती पर बैठ रोने लगी, "मैं कई दिनों से टोह ले रही थी, भला औरत की आँख के नीचे आदमी के करम छुपते हैं! जिसे लड़की समझकर रखा उसी के साथ पाप करना चाहता था!"

खून से नहाये उसके कपड़े शरीर से चिपके चप-चप कर रहे थे। काकी ने पीछे से वार किया था, खून का फव्वारा सीधे उस पर पड़ा था। चाँद इमली के पेड़ के पास तक उतर आया था, चारों तरफ अभी भी सन्नाटा था। वह अभी भी दीवार से टिकी खड़ी थी। उसकी आधी साड़ी बिखरी पड़ी थी।

तभी, भीतर घर में बच्चा जाग कर रोने लगा। पहले वह धीरे रोया, फिर जोर से फुक्का फाड़ कर रोने लगा, जैसे उसे भी अनहोनी घटना की आहट लग गई।

काकी थोड़ी देर चुप बैठी रही, फिर उठकर भीतर चली गई। भीतर घर से काकी के बच्चे को पुचकारने की आवाज़ आ रही थी। बच्चे का रोना बन्द नहीं हुआ, शायद वह भूखा था। काकी उसे चुप करा रही थी। उसने एक बार फिर काका की भारी-भरकम देह को देखा। ओह! अभी थोड़ी देर पहले कैसा भूखा बब्बर शेर बना था और अब कैसा चुप पड़ा है, शान्त चुप सा।

काका मर गया? नहीं, काका का कत्ल हो गया...पुलिस आएगी...वह...फिर बच्चा? हाँ अब बच्चे का क्या होगा?? अचानक एक विचार आया और उसने अपने खून से सने कपड़ों को समेटा और टँगिया उठाकर दौड़ पड़ी।

तेज और तेज वह भागती जा रही थी। उसके शरीर में शेरनी की सी तेजी और ताकत आ गई थी। बच्चे की रोने की आवाज, काकी की पुचकार, गाँव, सन्नाटा सब पीछे छूटते जा रहे थे। वह हाँफते-दौड़ते हुए जगदलपुर के बड़े थाने पहुँच गई और थाने के बरामदे में पहुँचकर वह गिरकर बेहोश हो गई। उसके मुँह से एक शब्द नहीं निकला।

"ए उठ, बुढ़िया आई है।" वह चौंककर उठी, सिपाही की कड़कदार आवाज़ ने उसे वापस धरती पर पटक दिया था।

देखा सामने काकी खड़ी थी। उसकी उँगली पकड़े उसका बेटा खड़ा था। दोनों को देख उसके सूखे चेहरे पर हरियाली की लहर दौड़ गई।

उसने बच्चे को स्पर्श किया, टटोला, पुचकारा, सहलाया, दुलार किया, उसके सिर पर हाथ फेरा। काकी ने अपनी पोटली खोली, उसमें चिवड़ा और गुड़ काकी बाँध लाई थी।

बच्चे को गोद में बैठाकर वह चिवड़ा और गुड़ फाँकने लगी खुश-खुश।

"काकी, सब ठीक है न?"

"हाँ, तू चिन्ता न कर, गाँव का कोई भी आदमी मुँह नहीं खोलता, पुलिस के आदमी आते हैं और चले जाते हैं।"

"मुन्ने का ख्याल रखना काकी! मुन्ना, फिर आना, तुझे देख आँख ठण्डी हो जाती है," उसने प्यार से उसके सिर पर हाथ फेरा।

"अब तो मुन्ना मेरी दुकान पर बैठने लगा है।" काकी ने बताया।

"अच्छा," वह प्रसन्न हो उठी।

"अब जा काकी, जेलर फिर शक करेगा," वह भयभीत हो उठी।

काकी मुन्ने को लेकर चली गई। वह जाते हुए मुन्ने को भरी आँखों से देखती रही।

साल दर साल के बाद वह छूटेगी, तब इस काल-कोठरी से वह पवित्र होकर जाएगी, शुद्ध हो जाएगी। उसके सारे पाप धुल जाएँगे। तब उसकी जवान देह समाप्त हो जाएगी, वह सिर्फ माँ रह जाएगी, माँ बनकर जाएगी।

मुन्ने के खातिर उसने झूठ कहा था। झूठ का सहारा लिया था। यदि वह झूठ न कहती, तो वह मुन्ने को लेकर आज कहाँ-कहाँ न भटकती, दर-दर की ठोकर खाती, आज कम से कम वह काकी के पास सुरक्षित तो है। बच्चे को एक ठौर दिलाने के लिए, एक देहरी देने की खातिर उसने झूठ कहकर अपने आपको कानून की गरम भट्ठी में झोंक दिया था। तब उसे अपने लिए यह काल-कोठरी ही सुरक्षित भवन लगी थी, वरना वह अपनी जवान देह को लेकर और कितनी ठोकरें खाती भटकती!!

रेगिस्तान

अहाते की रेलिंग पर लगे काँटेदार तार पर चिड़िया का नन्हा बच्चा, जो पहली बार उड़ान भरना सीख रहा था, तपती धूप से अलसाया-सा अपने दोनों डैनों को नीचे गिरा, चोंच खोल लम्बी साँस भर रहा था।

लम्बे ताड़ के सूखे पत्ते धरती पर गिरकर बेसहारा-से दुष्ट हवा के हाथों इधर-उधर बहक रहे थे। पड़ोस में बने बंगले के बच्चे इमली के पेड़ के नीचे खड़े गुलेल लिए शिकार की तलाश में इधर-उधर सतर्क देख रहे थे।

सारा घर हल्दी की सोंधी महक से भरा था। मंजु का गदराया, हल्दी लगा, गोरा शरीर और...और आँखों में आ ठहरता था। फर्श पर हल्दी के दाग लगे थे। कल मंजु की सखियाँ आई थीं, उन्होंने ही मंजु को हल्दी लगाई थी। सारा दिन वे लोग बड़े कमरे में शोर करती रहीं। उनकी तेज-तेज हँसी के बीच कहे मजाक के शब्द हवा में बहकर उसे यहाँ तक सुनाई देते रहे, पर इच्छा होते भी वह वहाँ नहीं गई।

अमित के दोनों छोटे बच्चे हल्दी से रंगी उँगलियों से सारे घर की दीवारों पर चित्रकारी करते रहे।

बड़े कमरे का सारा फर्नीचर, कालीन, शेर का चमड़ा आदि सब पैक कर दिया गया था। घर के दूसरे कमरों का भारी सामान अमित ने पैक करवा दिया था। यानी पूरे घर में शादी का वातावरण था।

मेहमानों के नाम पर बस अमित के काका आए थे, तब से ही घर का वातावरण अधिक तना-तना-सा था। वह जब से आई थी, अमित के ही कमरे में ठहरी थी, पर कल से अमित ने उसे दूसरे कमरे में शिफ्ट कर दिया था, यानी चाहे वह ऊपर से कितना भी बहादुर दिखता हो पर अन्दर से जरूर कमजोर था।

घर में पैर रखते ही काका ने उसे घूरकर देखा था और मंजु को लिपटाकर अपनी मरी हुई बहू को याद कर रोने लगे थे। सबके बीच अमित और वह अजीब-सा महसूस कर रहे थे। एक मरे हुए व्यक्ति का इतना प्रभाव जाने क्यों उसे अच्छा नहीं लगा। मंजु बहुत देर तक काका से लिपटी माँ को याद कर रोती रही।

वह देव की पत्नी थी? देव की उम्र से आधी। अधेड़ पति से पिता का सा स्नेह मिला, पर पति का वह पौरुष नहीं मिला, जिसके लिए उसकी उम्र भूखी थी।

देव थका-हारा पलँग पर लेटते ही अबोध बच्चों-सा गहरी नींद में सो जाता और वह अपनी ही आग में सुलगती रहती।

देव के उत्तेजना से भरे वे साल बीत गए थे, यहीं पर वह चोट खा गई। ब्याह के पहले साल हेम हुई थी। उसके बाद उसे कोई सन्तान नहीं हुई। उसे अपना जीवन पिंजरे में बन्द तोते, मैना-सा लगता, जो लोहे के सीखचों में है और जिसे समय-समय पर खाना-पीना मिल जाता है, और कभी-कभी मालिक की पुचकार, बस।

एक मोटर एक्सीडेण्ट में देव अपाहिज आदमी बनकर रह गया। एक बुढ़िया के मर जाने से उस पर केस भी चला। रहे-सहे सम्बन्ध भी जैसे अपने आप टूटकर नीचे लटक गए। देव अपने जीवन की कड़वाहट को शराब के नंगे प्याले में उतारने लगा। पढ़ा-लिखा देव जब नशे में उसे गन्दी और सड़क-छाप गालियाँ बकता, तो एकदम गँवार और जाहिल आदमी लगता।

जिन्दगी कैद बनकर रह गई थी। इन्हीं ऊँघते दिनों में वह हताश-सी चार वर्ष की नन्ही हेम की उँगली पकड़े नितान्त अकेली भीड़ भरे चौराहे पर आकर खड़ी हो गई।

देव से तलाक, अमित से भेंट, नई नौकरी, सब एक साथ, एक समय वाले ही दृश्य थे, जैसे अलग-अलग कटी फिल्म को एक साथ जोड़ दिया गया हो।

गीली रेत पर बैलगाड़ी के चक्के को दूर तक घसीटते निशान की तरह ही बीते हुए जीवन के चिह्न शेष थे, जो निश्चय ही रेत के सूखते ही मिट जाएँगे।

अपने मड़के से भरभराकर गिरी हुई बेल अमित के पौरुष का सहारा पाकर फिर बढ़ने लगी। अपने भविष्य को उसने अमित को सौंप दिया था।

आण्टी हमेशा उसे सतर्क करती—नीरा, औरत के जीवन में प्रेम यदि देर से आता है, तो वह अन्धों की तरह सब कुछ भूलकर ढलान पर उगे जंगली फूलों की डाली की तरह जल्दी-जल्दी बढ़ने लगती है।

हेम अब कान्वेण्ट में पढ़ने जाती थी। अब वह पूर नौ वर्ष की हो गई थी। उसने कभी हेम को देव से मिलने से नहीं रोका, जब भी देव आता, वह खुद घर से बाहर चली जाती। देव भी अब हारे हुए बादशाह-सा हताश और थका-थका सा लगता था।

समय कैसे उसके सामने से चुपचाप पैर दबाए निकले जा रहा था, उसने नहीं देखा, वह खुद आँखें बन्द किए अमित की कल्पना में खोये रही।

अचानक एक दिन दोपहर को धूप से तमतमाया चेहरा लिए हेम लौटी तो वह नीचे दरी पर लेटी थी। हेम सीधे उसके पास जाकर बैठ गई, "ममी, सच कहो, मेरे पिता कौन हैं? वह अपाहिज बाबूजी या अमित अंकल? स्कूल में टीचरें मजाक करती हैं।"

एकाएक उसे लगा, हेम बहुत बड़ी हो गई है। पहली-पहली बार वह हेम से

नजरें नहीं मिला पायी। अपनी ही बच्ची मुँह पर तमाचा मारे, इससे बड़ी डूब मरनेवाली बात और क्या हो सकती है?

तब...तब पहली बार लगा कि भाग्य ने उसे ठगा है। अमित भी देव की तरह निकला, अन्तर इतना ही है कि एक ने घर दिया, दूसरे ने नहीं दिया। वह सिर्फ भावुकता की फुसफुसी धरती पर जीती रही।

अमित के हर पत्रों में अब वह गम्भीर, सतर्क हो गई थी। अमित उसके प्रश्नों से भागता रहा, उसे बहकाता रहा। हारकर उसने अमित के पत्रों का उत्तर देना ही बन्द कर दिया।

अमित का अन्तिम पत्र आया, 'नीरा मंजु की शादी है, नाराजगी छोड़ो, लड़की पीढ़े पर बैठेगी, तो घर देखने वाला कोई नहीं। इस बार सच नीरा, तुम्हारे प्रश्नों का उत्तर मैं दूँगा। मुझे एक मौका और दो।

—अमित'

और जब एकान्त में बने बंगले का गेट अमित ने खोला, तो पल-भर को उसे लगा, वह इस बड़े-से बंगले की मालकिन है। अभिमान से उसका मन भर उठा। मंजु और दो छोटे बच्चों ने उसका स्वागत किया था। बच्चों की आँखों में नए मेहमान को देखकर प्रसन्नता थी, मंजु की बड़ी-बड़ी आँखों में क्रोध के कण दूर तक चमक रहे थे।

मंजु अमित के हाथ से अटैची लेकर अन्दर चली गई। अमित लम्बे सोफे पर टाँग पसारकर निश्चिन्त होकर सीटी बजा रहा था।

"तुम आ गई हो नीरा, अब मुझे हल्का लग रहा है। पहली लड़की की शादी है। उसकी माँ नहीं है। मैं बहुत अपने में अनाथपन महसूस कर रहा था।"

शाम को जब वह अमित के साथ शादी का सामान खरीदने गई, तो उसकी चाल में कितना गर्व था। शापिंग करते हुए मन अभिमान से भरा था कि वह अमित की होने वाली पत्नी है। अमित भी हर चीज को उसके सामने खिसका देता, "भई, मेमसाहब को दिखाओ।"

शब्दों का अपनापन उसे छू-छू जाता। वह इन्हीं सुखी क्षणों के लिए तो भटक रही थी।

बन्द दरवाजे से अमित के बूढ़े काका की जोर-जोर से चिल्लाने की आवाज यहाँ तक आ रही थी।

"प्रेम, प्रेम...क्या बकवास लगा रखी है। बच्चे बड़े हो गये हैं। उनके सामने यह नाटक करते तुम्हें शर्म नहीं आती? तुम दोनों की उम्र अब दुबारा जीवन शुरू करने की है? तुम दामादवाले हो रहे हो, वह एक लड़की की तीस वर्षीय माँ है। सोचो, तुम दोनों का अब शादी रचाना कितना नाटकीय लगेगा।"

"काका, मैं कब तक अपने पर काबू रखता। आखिर मैं इतनी लम्बी जिन्दगी

अकेले कैसे काट सकता हूँ? मरी हुई पत्नी की याद कब तक ढोता रहूँ? रहा बच्चों का सवाल, तो उनके लिए मैंने कभी किसी बात की कमी नहीं की। आप क्या चाहते हैं मुझसे कि मैं घुट-घुटकर मर जाऊँ?" अमित जोर-जोर से चीख रहा था।

बन्द दरवाजा धीरे से खुला और रोती हुई मंजु बाहर आई। उसे रोता देख दोनों बच्चे सिटपिटाये-से खेल छोड़कर बरामदे में आ गए थे। पहली बार उसे लगा कि वह किसी अजनबी, अनजान आदमी के घर घुस आई है। बच्चों के सामने अपने-आपको अपमानित होता देख उसे बड़ा कष्ट हो रहा था।

ताड़ की लम्बी-लम्बी डालों पर भरी दोपहर में थककर टिटहरी 'पीविट-पीविट' कर थके हुए शब्दों से अपनी थकान का ऐलान कर रही थी।

बड़े-से सन्दूक पर वह बैठी थी, पास ही कुर्सी पर बैठे काका उसे बार-बार इस बात के लिए तैयार कर रहे थे कि वह अमित से सम्बन्ध तोड़ दे। भविष्य में उससे कभी न मिले, बच्चों की खातिर।

अपमान, लज्जा और आँसुओं से उसका चेहरा फक पड़ गया था। अपने में और कोठे की वेश्या में उसे कोई फर्क नहीं लग रहा था। जाने कितने उपन्यासों और फिल्मों में यही दृश्य उसने देखा-पढ़ा था। वेश्या के चंगुल से घरवाले आदमी को निकाल रहे हैं। क्या वह भी इधर वेश्या हो गई? ऐसी स्थिति की उसने कल्पना की थी कि घर के बुजुर्गों को बच्चों की, समाज की दुहाई देनी पड़ेगी? क्या प्रेम यथार्थ की भूमि पर आकर इतना फसफसा हो जाता है? आह! क्या वह गलत पते पर मंजिल ढूँढ़ रही थी?

हल्दी से सने कपड़ों में मंजु घबराई-सी बार-बार आ-जा रही थी। मंजु की आँखों में नये घर जाने का जरा-सा उत्साह नहीं था। भय था कि उसके जाते ही नीरा इस घर की मालकिन न बन जाए। पहले भी मंजु की नंगी आँखें हमेशा उसका पीछा करती रही हैं। रोज सुबह जब वह अमित के कमरे से निकलती, तब मंजु से टकरा जाती। मंजु की नंगी आँखों की तेजी को वह झेल नहीं पाती थी। हर दम सतर्क, चौकसी करती आँखें देख उसे अजीब लगता।

उसे लगता है कि अभी एकदम अभी निकलकर वह चली जाएगी, पर वह जाती नहीं, वहीं सन्दूक पर बैठी रहती है, अपने को इतना ढीठ उसने इससे पहले कभी नहीं पाया था।

काका शायद उससे स्पष्ट जवाब चाहते थे, पर उसकी ढीठ आँखों को देख वे थोड़ा सिटपिटाये और तुरन्त उठकर बाहर की ओर चले गये। उन्हें एक बात का और डर था कि कहीं अमित इस बीच न आ जाए।

काका के जाने के बाद वह दीवार पर टँगी मंजु की माँ की तस्वीर को देखती रही।

बरात, भाँवर, कन्यादान सारी रस्में ग्यारह बजे खत्म हुईं। उसके बाद मण्डप

में ही खाने की पंगत बैठी।

अमित थका-सा बरामदे में पड़ी लम्बी कुर्सी पर बैठ गया था। सारे काम निपटाते-निपटाते जैसे वह थक-सा गया था। जवाबदारी कन्धों से उतर गई थी, इसलिए थकान-भरी टूटन सारे शरीर में थी।

वह ब्याह के हर प्रोग्राम से कटी-कटी रही थी। वैसे भी किसी भी समय उसकी जरूरत नहीं समझी गई। यहाँ तक कि अमित ने भी किसी काम के लिए उसे नहीं पुकारा। इतने लोग जो किसी न किसी बात को लेकर व्यस्त थे उनमें वह ही एक फालतू दिख रही थी।

वह अपने कमरे में ढेर सारे विचारों से घिरी बैठी थी कि तभी अमित दोनों बच्चों को, जो शायद बाहर भीड़-भाड़ में दरी पर ही सो गये थे, उठाकर ला रहा था। दोनों बच्चों को पलँग पर अच्छे से लिटाकर अमित उसके पास आया, "थक गया हूँ नीरा।"

इच्छा हुई कि कहे—अमित, तुमने तो मुझे मदद के लिए बुलाया था, पर खुद ही अकेले-अकेले निपटाते रहे, थकोगे नहीं तो क्या...?

"आज मुझे अपने दोस्तों को नहीं बुलाना था।"

"क्यों?"

"वे लोग पीकर बहक गये थे, नये दामाद के सामने तुम्हें लेकर मुझसे बहुत अश्लील मजाक करते रहे।"

उसके गाल तमतमा गए।

"नीरा...मैं एक बात तुमसे कहना चाहता हूँ। प्लीज, ठण्डे दिमाग से सुनना और बीच में न टोकना," अमित ने उसकी जाँघों पर अपना सर रखते हुए कहा, "क्या हम दोनों इसी तरह सिर्फ मित्र बनकर नहीं रह सकते? आज मंजु का कन्यादान करने के बाद से जाने क्यों मुझे अजीब-सा लग रहा है। पहली बार आज लगा कि मैं बाप हूँ और अब ससुर बन गया हूँ। मेरी हर हरकत का असर अब मंजु के जीवन पर पड़ेगा। आज मुझे लगा, मैं बूढ़ा हो गया हूँ। इसी बुढ़ापे को मैंने सदा नकारा है, पर जाने क्यों आज लग रहा है, मैं भीतर से...बहुत भीतर से लचक गया हूँ!"

उसे लगा, आज अमित ज्यादा पी गया है, पर उसकी आँखों को देख ऐसा नहीं लगा। अपमान और लज्जा से उसका मुँह लाल हो गया। उसने चोट खाये हुए अन्दाज में निराशा से भरकर अमित को देखा और वह अमित के नीचे से अपना आँचल खींचती उठ गई।

उसे लगा, यहीं कहानी खत्म हो गई, जिसकी ध्वनि पिछले कई दिनों से वह सुन रही थी। बड़ी ही आसानी से कहानी खत्म हुई, जैसे वह जिद करती ड्रेम को टालने के लिए कहानी सुनाती थी—एक था राजा, एक थी रानी, दोनों मर गये खत्म कहानी। बस उसी तरह।

इतना सब देखकर, समझकर भी उसकी आँखों में आँसू नहीं आ रहे थे, जैसे आँखें रेगिस्तान-सी सूख गई थीं। उसने खींचे हुए आँचल को कन्धे पर ठीक किया और अलमारी की ओर बढ़ गई।

अलमारी के ऊपर रखी अटैची को खींचते हुए उसने बहुत धीरे से बस छोटा-सा वाक्य कहा, "........अब मैं जाऊँगी अमित!"

कयामत आ गई है

सिविल लाइन। डामर रोड के किनारे बने बंगलों में मुझे आपा का मकान ढूँढ़ने में कोई परेशानी नहीं हुई, क्योंकि शादी की ताम-झाम दूर से ही देखी जा सकती थी।

रिक्शा टूटे लकड़ी के गेट के सामने रुका। गेंद खेलते बच्चे दौड़कर रिक्शे के करीब आ गए। बरामदे की सीढ़ियाँ उतरकर नीचे आती आपा दिखीं, बैंगनी फूलों वाली साड़ी में वह अच्छी लग रही थीं, वैसे शरीर से काफी भारी हो गयी थीं।

''आओ नज्मा, बस मुझे तुम्हारा सुबह से इन्तज़ार था,'' आपा ने मुझसे लिपटते हुए कहा। फिर बच्चों की ओर मुड़ीं, ''चलो बच्चो, आण्टी का सामान कमरे में पहुँचाओ।''

बच्चे रिक्शे पर टूट पड़े और देखते ही देखते एक-एक सामान यह जा, वह जा।

''बेटी की शादी मुबारक हो और नया दामाद भी। वैसे अब तुम वाकई सास जैसी लगने लगी हो आपा।'' मैंने आपा से मजाक करते हुए कहा। वैसे आपा मुझसे दुगनी उम्र की थीं पर दोनों शुरू से दोस्त की तरह से ही रहे थे।

''और तू? तू तो बता, वही छोटी-सी नूरी लग रही है, जिसकी शलवार हमेशा ऊँची हो जाया करती थी, और नंगे टखने लिये आवारा घूमती रहती थी,'' आपा ने मेरा हाथ जोर से दबा दिया, हम दोनों अन्दर की ओर बढ़े।

घर बाहर के आए रिश्तेदारों से भरा था, इतने ढेर सारे अजनबी चेहरे देख घबराहट हो रही थी।

''रन्नो की शादी न होती तो तुझसे मुलाकात भी न हो पाती न...''

अभी आपा ने वाक्य पूरा भी नहीं किया था, कि हल्दी लगा शरीर, पीले हल्दी के दागों से भरे कपड़ों में सामने आ गया। मैं चकरा-सी गयी, लगा आपा एक बार फिर जबान होकर आ गयी हैं।

''रन्नो है,'' आपा ने मुझे हैरान देखकर कहा, ''और यह नज्मा आण्टी है बेटा,'' दूसरा वाला वाक्य रन्नो के लिए था।

मैंने उठकर हल्दी की सोंधी महक में बसी उस लड़की को जल्दी से अपने से लिपटा लिया।

“आपा, लगता है, एक साथ दो जन्म लिखा कर लाई हो? क्यों?”

कमरे में कुछ लड़कियाँ निहारी सजा रही थीं, दरी पर उबली सेवइयों से भरे बड़े-बड़े शीन रखे थे, उन्हें पान के पत्ते से बराबर करके लड़कियाँ तरह-तरह के रंगीन फूल बना रही थीं, शेर लिख रही थीं।

“आप पान की गिलौरी में चाँदी के वर्क लगा दीजिए,” एक लड़की ने जो खुद दूल्हे के सूट में इत्र लगा रही थी, मुझे बेकार बैठे देख काम सौंपा।

तभी आपा कमरे में आईं।

“नज्मा, तुझे भी निहारी में जाना है, औरतें कारों में जाएँगी। बैण्ड वाले आ गए हैं।”

“आपा, निहारी में मैं क्या करूँगी, लड़कियों को जाने दो न।”

“क्यों?” आपा ने मुझे डपटकर घूरा, “नखरे क्यों दिखा रही है, कुछ नहीं तो दामाद देख लेना मेरा।”

“देख लेंगे,” मैंने आपा पर लदकर सुस्ती तोड़ते हुए कहा, “भई, इतनी बेचैनी से तो हमने अपने बहनोई को भी नहीं देखा था।”

“बड़ी नटखट है,” आपा झेंप गयीं।

“अरे हाँ आपा,” मैंने तुरन्त सीधे बैठते हुए कहा, “तुमने वह अपने हाथ का बढ़िया पान अभी तक नहीं खिलाया, जिसके लिए एहसान भाई दीवाने थे। तुम रोज दुपट्टे में छुपाकर पान ले जाती थीं न?”

आपा मुझे तुरन्त घसीटकर दूसरे कमरे में ले गईं और तख्त पर बैठा दिया।

“आपा, सच कहो, एहसान भाई की याद है या नहीं, कभी फिर मिले थे?” मैंने जान-बूझकर आपा को सुई चुभोयी थी, यह देखने के लिए कि गुब्बारे में कितनी हवा है।

“सब याद है नूरी, पर अब वह कच्ची उम्र भी तो नहीं रही। अब तो गृहस्थी के झंझट निपटाते-निपटाते ही वक्त गुजर जाता है। पुरानी बातों के लिए किसे फुर्सत है,” आपा ने ठण्डी साँस ली, “रन्नो की शादी के बाद तो अब और भी काम मुझे करने होंगे। सास बन रही हूँ। कल नानी बन जाऊँगी। बस, औरत इन्हीं रिश्तों की भँवर में तो खो जाती है, गुम हो जाती है।”

“फिर कभी एहसान भाई मिले थे आपा?” मैंने आपा की कहीं वीराने में खोती आँखों में झाँकते हुए पूछा।

“नहीं नूरी, बस एक बार उनकी खाला का लड़का रफीक, तुझे याद है फटी हाफपैंट पहने जो लड़का तेरे साथ खेलता था न, वही अब मेडिकल रिप्रेजेंटेटिव हो गया है, यहाँ आया था,” आपा बोलते-बोलते थोड़ा रुकीं जैसे साँस भर रही हों,

"उसे मैंने तुरन्त पहचान लिया, वही चेहरा था, काफी देर बैठा। नूरी सच, बड़ा अजीब-सा लगा, पुरानी दफन की हुई पीड़ा जैसे फिर जाग रही थी, खुशबू दे रही थी। कितनी अज़ीब बेसब्री और उतावलेपन से भरे वह दिन थे! अब सब सपना लगता है।"

"रन्नो की शादी तुम अपनी पसन्द से कर रही हो आपा?" मैंने आपा को जैसे हाथ पकड़कर किसी अँधेरे से खींचना चाहा था।

"नहीं, दोनों कालेज में पढ़ते थे। मोहब्बत हो गयी। अब पहले का वह जमाना तो रहा नहीं जब मोहब्बत को सात कोठरी के अन्दर छिपाकर रखा जाता था। घर वाले जिससे भी बाँध दें, उसी के पीछे हो लिये। मोहब्बत उसी काल कोठरी में बन्द हुई तो बन्द ही रह गई पर मुँह खोलने की हिम्मत नहीं होती थी," आपा ने बाँहों को मोड़कर उस पर अपना सिर रख दिया। "काश, हम भी इसी जमाने में पैदा हुए होते नज्मा, तो कितना अच्छा होता!"

अचानक मुझे लगा, कुछ खरोंच गया है, उधड़ गया है और सहसा पुरानी आपा, अम्मा, एहसान भाई सब याद आने लगे।

चाँद का दोना लुढ़क गया था और उसमें से चाँदनी ढरक-ढरककर नीचे बह रही थी। घुटनों को समेटे राबिया आपा दरवाजे के पास की दीवार से लगी बैठी थीं, उसकी बहकी-बहकी आँखें देख कोई भी आँख का अन्धा कह सकता था कि वह उस कमरे में, उस घर में भी हाजिर नहीं हैं, कहीं और खोई हैं।

अप्रैल माह की शुरुआत। कभी एकदम गर्मी शुरू हो जाती, कभी आँधी-तूफान और पानी बरस जाता था।

अम्माँ खाट पर एक पैर ऊपर कर बैठी थीं जिससे उनकी साड़ी ऊपर उठ जाने से टखने नंगे हो गए थे। मौलाना साहब बेंत की पुरानी गोल कुर्सी पर बैठे थे।

"मौलाना, साहब, हलवा मीठा हुआ या नहीं? एक पाव शक्कर मँगवाई थी, फिर भी पता नहीं मीठा हुआ या नहीं?"

"हाँ भाभी, सब कयामत के आसार हैं, शक्कर मीठी नहीं रहेगी, लोग नाच-गानों में मस्त रहेंगे, पक्के मकान होंगे, कुँआरी लड़कियाँ पेट भरेंगी, नमक महँगा होगा, सब कयामत के आसार हैं। बस कयामत आई ही समझो।"

कयामत के डर से अम्माँ काँप-सी गयीं, आँखें आसमान पर उठ गयीं और हाथ कान की तरफ।

"इस साल पानी नहीं बरसा, वरना बस्तर में तो बारहों महीना पानी बरसता है, इस साल मस्जिद का कुआँ पहली बार सूखा है," मौलाना साहब ने हलवा खत्म

कर पानी पीते हुए कहा।

आसमान पर तेजी से जाती चिड़ियाँ चिल्लायीं। मेरे साथ अम्माँ भी ऊपर देखने लगीं, अम्मा सतर्क हो गयीं—"ओह! पानी की चिड़ियाँ हैं। आज पानी जरूर आएगा, बिस्तर अन्दर लगाना, नूरी।"

"ऐ आपा, आओ न कैसे बैठी हो?" मैंने बहुत बेमन से खाट पर चढ़कर खटाई का सूप उतारते हुए उन्हें पुकारा पर जैसे उन्होंने मेरी बात ही नहीं सुनी, वैसी ही बैठी रहीं। देखते-देखते चटक चाँदनी गुम हो गयी और आसमान काले बादलों से घिर आया। हवा तेज...तेज होकर बह रही थी, तभी हवा का तेज झोंका आया और आस-पास के कचरे को समेटता-बिखेरता चला गया। मैं खटाई का सूप लिये डोल गयी। आँख में धूल चली गयी थी।

बाहर खेलते बच्चे दौड़ते हुए घरों में घुस आए। अचानक और तेजी से मक्के के दाने के बराबर पानी की बूँदें झमाझम बरसने लगीं। जिसके हाथ जो सामान आया, उसे ही उठाकर अन्दर भागा।

पानी बरसने से भट्ठी-से तपते कमरे ठण्डे हो गए थे। जमीन पर बिछे बिस्तर पर सब ऐसे सो रहे थे जैसे कई-कई दिनों के जागे हों। लालटेन में तेल खत्म हो गया था शायद, लौ एक-दो बार तेज होकर बुझ गई।

कच्ची नींद में लगा, कोई मेरे शरीर पर अपना हाथ धीरे-धीरे फेर रहा है। मैं हड़बड़ाकर जागी, तभी वह हाथ मेरे गालों से टकराया। चूड़ियाँ बजीं। जैसे कोई अँधेरे में मेरी आँखों को टटोल रहा हो।

"नूरी सो गयी?" आपा फुसफुसायीं।

"हाँ, पर अब नहीं, तुम्हें नींद नहीं आयी?"

"सुन। कल मेरे साथ खाला के पास चलेगी?"

मैं हैरान, भौचक्की-सी उनके चेहरे को अँधेरे में ढूँढ़ने लगी—यह खाला कैसे याद आ गयी?

"बस काम है!"

"पहले बताओ, वरना नहीं जाऊँगी," मैंने धमकी दी।

आपा ने ठण्डी साँस खींची, उनके मुँह से वही बासी कच्चे दूध की महक आयी। उनके मुँह से वैसी गन्ध आती थी जैसे कि छोटे बच्चों के मुँह से आती है, जो मुझे बहुत अच्छी लगती थी।

आपा ने मेरे हाथ को अपनी छाती पर रखकर भींच लिया और बोलीं—नूरी, मैं बीमार हूँ।

पहले तो मुझे उनकी बात झूठी लगी। अच्छी-भली दिखती आपा को भला क्या हुआ होगा, पर जैसे मैं वह बात भूल गई। मुझे उनके गदराए, नासपाती-सी कठोर छोटी-छोटी छातियों पर रखे हाथ अजीब-सा सुख दे रहे थे। आपा अधूरी बात

को खोलकर बताने को व्याकुल हो रही थीं। मुझे अपनी भूल का एहसास हुआ।

"तुम्हें बुखार आया है आपा?"

"नहीं रे, तू तो एकदम बेवकूफों-सी बात करती है, भला इस उम्र में बुखार का क्या काम? मुझे इधर दो-तीन माह चढ़ गए हैं।"

लगा आसमान में जोर से बिजली कड़की है, मैं काँपकर आपा से सट गई–"क्या कहती हो आपा? अभी पिछले इतवार को तो तुम्हारी मँगनी हुई है और इतनी जल्दी..."

"चुप सो जा, मँगनी से और इससे क्या सम्बन्ध? तू हमेशा से हिसाब में कच्ची रही है।"

आपा ने मेरे हाथ को अपने सीने से दबाये हुए ही करवट बदल ली और मैं दीवानों-सी अँधेरे में आपा की आकृति को घूरती रही।

सुबह मुर्गियों का टीन की जाली वाला एक पैर टूटा, दड़बा अम्माँ ने खोला। दरवाजा खुलते ही अम्माँ सहमकर पीछे हट गईं, दड़बे में मुर्गी के ग्यारह बच्चों में से दस मरे पड़े थे।

दड़बा मुर्गियों की बीट और उनके शरीर की सड़ाँध से भरा था, दसों बच्चे ऐंठकर लम्बे हुए पड़े थे। उनमें से बचा एक अकेला चूजा कर्कश आवाज में 'चीं...चीं' करता अपने अकेले रह जाने की दुहाई देता दसों चूजों की लाश पर बार-बार चढ़-उतर रहा था। बड़ा ही विचित्र दृश्य था!

अम्माँ ने हाथ बढ़ाकर उस अकेले चूजे को पिंजरे से निकाला और आँगन में छोड़ दिया, वह आँगन में अपनी गर्दन लम्बी करके अपनी खोई हुई माँ को और भाई-बहनों को पुकार रहा था।

"इस मनहूस बीमारी ने पूरा दड़बा साफ कर दिया," अम्माँ ने बरामदे की टूटी केन की गोल कुर्सी पर बैठते हताश शब्दों में कहा।

फ्रेम में कसे कपड़े पर फूल काढ़ना छोड़कर मैंने अम्माँ को देखा, उनके चेहरे पर गहरी निराशा छा गयी थी।

घर पर दस मुर्गियाँ और चार बत्तखें थीं। मुर्गियाँ बाहर मोहल्ले में चरने जाती थीं और बत्तखें सारा दिन कुएँ के पास कीचड़ खाती, कुएँ की ठण्डक के इर्द-गिर्द चक्कर लगाती थीं। कुएँ के पास लकड़ियों की मोटी-मोटी बल्लियाँ एक जमाने से पड़ी हैं, वह क्यों आयी थीं, और क्यों पड़ी हैं, अब घर के सब लोग भूल गए हैं। इन्हीं बल्लियों के पास आकर पहले दिन एक मुर्गी ऊँघना शुरू की और सफेद बीट करने लगी, अम्माँ सतर्क हो गईं। उस दिन मुर्गी के पकते हुए गोश्त की खुशबू सारे घर में भरी थी। इस सोंधी महक से सब बीमारी वाली बात को भूल गए थे।

पर इसके दो रोज से तो सिलसिला-सा लग गया। और धीरे-धीरे पूरा दड़बा चौपट हो गया।

आज इतनी बात हो गई थी, निश्चय ही अम्माँ आज घर पर ठहरने वाली नहीं थीं, इसी दिन को आपा ने खाला के घर जाने के लिए चुना।

खाला का पति हैजे की बीमारी में मर चुका था, बच्चे नहीं थे। बस उन्होंने मुर्गियाँ पाल लीं और वह इसकी विशेषज्ञ बन गई थीं।

गली के मोड़ पर कच्ची मिट्टी की ऊँची दीवार वाले अहाते के पीछे लोहे की जालीवाला पुराना-सा दरवाजा टूटकर एक ओर को झुक गया था जिसे खाला ने रस्सियों से बाँध दिया था।

आँगन में टूटे खपरैलों की पटार पड़ी थी। मई महीने के तपते आलस से भरे दिन थे। खाला की मुर्गियों की फौज गोबर की लिपी-पुती जमीन पर बीट करके छाया में बैठी सुस्ता रही थी। हम दोनों जैसे ही छपरी में गए, सुस्ताती मुर्गियाँ पंख खोल भरभराती हुई आँगन की ओर भागीं। उनके पंखों की ठण्डी हवा छू गई। मुर्गियों की बीट की तथा शरीर की गन्ध से सारा घर महक रहा था।

"क्या है, कौन है रे?" खाला अन्दर कमरे में चटाई पर लेटी थीं, वहीं से चिल्लायीं।

"खाला हम लोग हैं।"

खाला आवाज पहचान जल्दी से उठकर आयीं, "कैसे इतनी तेज धूप में तुम दोनों निकली हो?"

"कुछ नहीं खाला, ऐसे ही चलते-चलते आ गये हैं," आपा बोलीं।

"अच्छा, अच्छा, कैसी कयामत की धूप पड़ रही है, खुदा ही खैर करे! लू लग जाए तो आदमी पट से दम तोड़ दे।" खाला ने एक बार फिर हम दोनों को घूरा, उन्हें अभी भी विश्वास नहीं हो रहा था कि हम दोनों यूँ ही चलते-चलते आ गई हैं।

"खाला, हमारे यहाँ की तो सारी मुर्गियाँ मर गयीं," आपा ने सहज होते हुए कहा।

"बैठो, इन मुर्गियों को खेद दूँ। सारी छपरी गन्दी कर रही हैं," दरवाजे के पीछे रखी पतली बाँस की छड़ी उठाकर खाला बाहर हो गयीं।

कमरे में इतना अँधेरा भरा था कि दिन में भी शाम का धोखा हो रहा था। कमरे की दीवार पर पुरानी दो तस्वीरें लगी थीं। दीवार से लगी लकड़ी की छोटी-सी मचान पर पुरानी दो-तीन सन्दूकें रखी थीं। सन्दूक पर बड़े-बड़े गुलाब के फूल छपे थे और एक सन्दूक जो काफी पुरानी लग रही थी, उसके ऊपर छोटे-छोटे पीतल के उभरे गोले बने थे जो अब काले पड़ चुके थे।

खाला लौटीं। उन्होंने शायद मुँह धो लिया था। हम दोनों चटाई पर बैठी थीं।

आते ही पान की पिटारी खींचते हुए बोलीं, "तुम लोग पान खाओगी?"

"नहीं खाला, मुझे अच्छा नहीं लगता और यह नूरी छोटी है। अम्मा देखेंगी तो मारेंगी इसे," आपा ने अंगूठे का नाखून खरोंचते हुए कहा, "खाला...एक काम था।"

"क्या काम है, बोलो," खाला एकदम चौकन्नी हो गई थीं।

"मेरी तबीयत ठीक नहीं है खाला," आपा शर्म से लाल होती बोलीं, "चलो अन्दर चलो खाला, वहीं बताऊँगी।"

दोनों उठकर अन्दर चली गईं, इस तरफ खुलने वाला दरवाजा बन्द हो गया। बन्द दरवाजे के पीछे से आपा की सिसकियाँ और रोते हुए बोलते अस्पष्ट-से शब्द सुनाई दे रहे थे।

थोड़ी देर में खाला बाहर आयीं और मुझे निगरानी का काम सौंपकर लौट गईं। दरवाजा फिर बन्द हो गया। मैं दीवार से टिकी आँगन में चरती मुर्गियों को निहारती रही। खाला को मुर्गियों की कितनी जानकारी थी! वह बताती रहती थीं ...हरे पर और काले पर वाली मुर्गी ज्यादा अण्डे देती हैं। काली छोटी जात की मुर्गी अण्डे कम और छोटे देती है पर जल्दी ही अण्डे देने लगती है। कुड़क ज्यादा नहीं बैठती। रात को अण्डे देना अच्छा नहीं होता, ऐसी मुर्गी को काट लेना चाहिए. ..आदि...

बन्द दरवाजे के पार से खाला की आवाज आ रही थी। वह आपा को कुछ हिदायत दे रही थीं। आपा घुटी-घुटी-सी आवाज में चीख रही थीं, शायद उन्होंने मुँह में दुपट्टा ठूँस लिया था।

बैठे-बैठे मैं बोर हो गई थी। मुर्गियों की हरकतों का निरीक्षण करते-करते थक गई थी। कहाँ बारह बजे आए थे और अब कहाँ तीन बज रहे थे। अम्माँ आयी होंगी और बक रही होंगी, मुरदार लड़कियाँ जहाँ जाती हैं, वहीं शहीद हो जाती हैं!

दरवाजा खुला और खाला के साथ आपा बाहर आईं। उनका चेहरा पीड़ा से काला था, टाँगें काँप रही थीं, दुपट्टे को वह दोनों हाथों से भींच रही थीं, मरोड़ रही थीं। थोड़ी ही देर में महीनों की बीमार लगने लगी थीं। उनके कानों के सोने के आयरिंग नदारद थे। मैं आपा से पूछना चाहती थी, पर पूछ नहीं पायी, जरूर खाला ने रख लिये होंगे।

"चल नूरी, घर चलें," आपा ने मेरे कन्धों का सहारा लिया।

लाख प्रयास के बाद भी आपा के पैर सीधे नहीं पड़ रहे थे, अभी भी वह काँप रही थीं, उनकी आँखें धीरे-धीरे मुँदने लगी थीं पर वह बराबर चल रही थीं। चेहरे के भाव को छुपाने के लिए वह बीच-बीच में मुस्कराने की चेष्टा कर रही थीं।

"अम्मा से क्या कहोगी आपा?"

"वही तो सोच रही हूँ, कहूँगी मुमानी के घर सीढ़ी से गिर पड़ी, वहीं बुन्दे

खो गए।''

बावर्चीखाने के चौखट पर अम्माँ बैठी चाय पी रही थीं, कल्लो चूल्हे के पास बैठी थी, आज की चाय उसी ने बनाई थी शायद।

''लो आ गयीं सैर-सपाटे से नवाबजादियाँ, क्यों कहाँ गयी थीं दोनों?'' अम्माँ प्लेट की बची सारी चाय को एक साथ सुड़कते हुए दहाड़ीं, ''और इसे क्या हुआ?''

''अम्माँ, सीढ़ियों से गिर गई यह।''

''तू चुप कर, है तो बित्ते-भर की और जवाब देती है। क्यों दीदे नहीं थे, इतनी बड़ी सीढ़ी नहीं दीखती अब?'' अम्माँ ने चिल्लाते हुए कहा और फिर कल्लो की तरफ मुड़ती हुई बोली, ''दे आधा कप चाय।''

मौका देख हम दोनों वहाँ से खिसके। कमरे में आकर खाट पर लेटकर हाँफते हुए आपा बोलीं, ''जा, तू चाय पी ले और मेरे लिए एक कप ले आना, तब तक मैं जल्दी से कपड़े बदल लेती हूँ।''

रसोई की खिड़की से लगा पीछे एक मैदान था जहाँ नारियल के बूच, टूटी प्लेटें, टूटे डब्बे, फटी गन्दी खून में सनी चिंदियाँ पड़ी रहती थीं। इन्हीं सबको देख अम्माँ का खून खौल जाता था—आग लगे, ऐसी जवानी को जो हमारे दीदों के सामने ही अपना उतरा हुआ अंग फेंकती है।

इसी मैदान से लगा एहसान भाई का घर था, जिनके मकान की छत हमारे मकान की छत से सटी-सटी थी। मैं अक्सर उनके घर खेलने चली जाया करती और वह मुझे अपनी दोनों बाँहों में दबोचकर ऊपर हवा में उछाल देते थे। मैं अक्सर उनसे इकन्नी-दुअन्नी वसूल लेती थी।

एक दिन जब मैं मजेदार कहानी पढ़ने में लगी थी तभी आपा आँधी की तरह आईं और मुझे कुरते में बटन टाँकने का हुक्म देकर चली गईं। मैंने रोककर पूछा तो कहने लगीं—अल्लाह मियाँ को देखने जा रही हूँ।

मेरी समझ में नहीं आया कि अल्लाह मियाँ ने खास तौर से सिर्फ अपनी शक्ल आपा को दिखाने की मंजूरी कब से दे दी। आपा रोज कोई न कोई काम मुझे सौंपकर खुद ऊपर की छत पर चली जाती थीं।

मुझे अल्लाह मियाँ को देखने का शौक हुआ और मैंने एक दिन आपा का पीछा किया तो वह ऊपर छत पर बड़े से खाली ड्रमों के पीछे बैठी एहसान भाई से बातें कर रही थीं। मुझे देख दोनों घबरा गए और उस दिन से मुझे बँधी-बँधाई दुअन्नी की रिश्वत मिलने लगी।

ऊपर छत पर घर का फालतू सामान भरा था। टूटी चारपाइयाँ, खाली शीशियाँ, खाली खोके, जंग खाये खाली ड्रम, कनस्तर, फालतू पड़े बिजली के तार, टूटी झाड़ू। जब से मकान पक्का हुआ था, घर का सारा फ़ालतू सामान लाकर यहीं डाल दिया गया था। यहाँ कोई नहीं आता था। औरों के घर में छत सोने के काम आती थी

और हमारे घर में फालतू सामान रखने के काम आती।

जंग खाया एक खाली ड्रम आपा और एहसान भाई का लेटर बक्स था। दोनों अपनी-अपनी चिट्ठियाँ चुपचाप इसमें डाल जाया करते थे जो बाद में उठा ली जाती थीं। आपा उर्दू में खत लिखतीं और एहसान भाई हिन्दी में। दो अलग-अलग भाषाएँ दोनों की बातों को दोनों तक आसानी से पहुँचा देती थीं। लिपि अलग-अलग थी पर भाव एक थे।

इन्हीं दिनों हमारे अम्माँ के छोटे भाई जमशेद मामू छुट्टियाँ बिताने आए। शिकार के शौकीन, पक्के शिकारी। उड़ती चिड़िया को देख बता देते थे कि यह फलाँ चिड़िया है। निशाना अचूक। आते ही उन्होंने सीधा निशाना आपा को बनाया। हर काम के लिए बस आपा की पुकार, और आपा हैं कि कान में रुई ठूँस बैठी रहतीं।

—कान बहरे हो गए हैं क्या? जा सुनकर आ, अम्माँ चिल्लातीं तो कोसतीं, गालियाँ बकतीं आपा उनके कमरे में पहुँच जातीं।

जमशेद मामू पक्के शिकारी थे। भला हाँके के बाहर हिरनी कूद सकती थी? और आपा जमशेद मामू की हवस की शिकार हो गयीं। बड़ी-बड़ी शोख आँखें एकदम नीचे झुक गयीं।

इधर अम्माँ आपा की बातचीत तय करने में लगी थीं। मेरी छोटी-सी बुद्धि में इतनी ढेर सारी गडमड बातें एक साथ नहीं बैठ पा रही थीं। प्यार किसी से, हवस की शिकार हुई दूसरे की और अब शादी तीसरे से तय हो रही थी।

पीले तुरई के फूल के रंग के सूखे पपड़ी जमे होंठ, धँसी हुई आँखें लिये आपा दुल्हन बनी थीं। घर के सामने मण्डप लगा था, आम की डाली की छाँव थी। हर तरफ शोर ही शोर था।

शादी में खाला भी आई थीं। आपा का चेहरा ऊपर करके देखा और बोलीं—लड़की तो एकदम निचुड़ गयी।''

''हाँ, शादी हो रही है, दुख में लड़कियाँ हो ही जाती हैं।'' अम्माँ पास खड़ी थी, इत्मीनान से बोलीं।

''अरे नहीं, मैं क्या पहचानती नहीं? मैंने इससे कहा भी था, मुझसे मिलते रहना, दवा लेते रहना पर इसने तो एक दिन भी शक्ल ही नहीं दिखाई, कच्चा आम गिरना अच्छा नहीं होता, औरत हिल जाती है, फिर यह तो...'' खाला अपनी झोंक में जाने क्या-क्या बकती जा रही थीं।

आपा घबराकर गश खा गयीं और अम्माँ भयभीत-सी आपा को घूरती दीवार से टिक गयीं और खाली हुए बोरे-सी धीरे-धीरे ढहती गयीं।

''सब कयामत के आसार हैं।'' अम्माँ ने हताश शब्दों में कहा। सारा गुस्सा, सारी उत्तेजना इन शब्दों पर लाद दी गई थी।

बाहर मण्डप में दहेज सजा हुआ था। नीले चूड़ीदार पैजामे वाली लड़की कागज-पेन लिये लिस्ट बना रही थी। घर की दो-तीन नौकरानियाँ दहेज के पास खड़ी पहरा दे रही थीं।

रेशम, जर, मखमल की चमक-दमक लिये दुल्हन के जोड़े सजे थे। शानदार चमकता नया फर्नीचर, नये पलँग पर खूबसूरत मखमल का बिस्तर, और रंगीन गोटे टँकी मसहरी, महीन चुन्नटों से भरी दुलाई, झल-झल चमकते नये डिनर सेट, टी सेट। और कई-कई सौ उत्सुक, ईर्ष्यालु आँखें थीं।

जुल्वे की रस्म अभी-अभी हुई थी। दूल्हा-दुल्हन को नये बिस्तर पर बैठाकर आईने में मुँह दिखाया गया था। चादर कसमसा गयी थी। सेहरे के ताजा फूल कहीं-कहीं टपक गए थे। आपा अपनी बनारसी साड़ी पहने अन्दर से बाहर हो रही थीं।

मैं आपा को गौर से देखने लगी। कितना समय बदल गया! पुरानी आपा और इस आपा में कितना अन्तर आ गया है, पुरानी बातें तो अब इन्हें याद भी नहीं होंगी। प्रेम? वह सब उम्र की चंचलता-भर थी। बस!

अन्दर कमरे में दूल्हा-दुल्हन को सेवइयाँ खिलाई जा रही थीं। नयी-नयी मेहँदी की खुशबू से बसे हाथों से रन्नो को दूल्हे को सेवइयाँ खिलाना था।

चुस्त पिण्डलियों पर कसे रंग-बिरंगे पैजामे, महीन चुन्नटों और जरी की गोट से सजे गरारे-सरारे, प्याजी, नीली, गुलाबी शिफॉन और टेरलीन की ओढ़नियाँ, जिनपर मुकेश और सलमे-सितारों की गंगा-जमुना बिखरी थीं, तरह-तरह के जेवर, कुँआरी मुस्कराहटें और ठहाके घर की दीवारों तक को कँपा रहे थे।

मैं दिन-भर सिर्फ काम की देख-रेख में ही अपने को थकी हुई महसूस कर रही थी, पुरानी बातें याद करते आँखें थकी-सी लग रही थीं। इच्छा हो रही थी अपने बिस्तर पर जाकर लेट जाऊँ और खूब-खूब सोचूँ, बस!

बाहर मर्दाने में डिनर चल रहा था। बिरयानी, कोरमा, मुर्ग-मुराल्लम, सींक-कबाब, दही का रायता, पराँठे, शाही कड़ेटु और न जाने क्या-क्या। एक से एक खाने की खुशबू यहाँ तक आ रही थी।

रन्नो को पुरानी किस्म की औरतों ने काफी रुला दिया था। एक कटोरी में संदल रखा था तथा एक बड़ी थाली में रुपए रखे थे, जिन्हें रन्नो की सारा उठाकर गिन रही थी। जो भी औरत संदल लगाने आती, रन्नो के गले में हाथ डाल रोने लगती। मेरी इच्छा हो रही थी एक-एक को डाँटकर भगा दूँ, पर साहस नहीं हुआ। दूल्हे मियाँ मुँह पर रूमाल रखे काफी व्याकुल-से लग रहे थे, शायद वह भी रन्नो की हालात से परेशान थे। काफी देर बाद माहौल का घुटा-घुटापन खत्म हुआ, बाहर दूल्हा-दुल्हन को ले जाने सजी-सजाई कार आ खड़ी हुई। बैण्ड ने विदाई धुन छेड़ दी थी।

''आण्टी, मुझे बाथरूम ले चलो,'' रन्नो धीरे से फुसफुसाई।

मैंने खड़े होकर धीरे से उसे सहारा देकर खड़ा किया। उसके लाल गोटे और

मुकेश से सजे मजहर को चारों ओर से समेटकर उसके हाथों में पकड़ा दिया, और उसके गरारे को उठाकर मेहँदी-रचे पाँवों में लाल मखमल की जरीदार मोती टँकी जूतियाँ पहना दीं।

बाथरूम के पास आकर रन्नो ने जल्दी से मजहर को निकाल दिया और नीचे बैठ उल्टी करने लगी। मैंने अवाक् होकर जल्दी से दरवाजा लगा दिया। थोड़ी देर बाद वह उठी और निढाल-सी मेरे कन्धों पर जा गिरी। मैं हड़बड़ाकर उसके भारी पड़ते शरीर को सँभाला।

अचेत रन्नो को मैंने लाकर पलँग पर लिटा दिया और फैन खोल दिया। लाल दुल्हन के खूबसूरत जोड़े में वह अचेत पड़ी थी।

"क्या हुआ, इतनी देर लगा दी?" आपा इसी तरफ लपककर आती बोलीं।

"आपा, इसे चक्कर आ गया, उल्टी भी हुई, थोड़ा सँभल जाने दो।"

आपा के चेहरे पर कई रंग आये और गये, फिर वह मुस्कराते हुए मेरे करीब आईं, "नूरी, इसे दिन चढ़े हैं, दोनों को मालूम है, अब वह हमारा जमाना तो रहा नहीं, जब हमें छुपाकर जहर पीना पड़ता था, यह नया जमाना है।"

मैं आश्चर्य से आपा को देख रही थी, जाने क्यों मुझे अम्माँ का आपा की शादी वाला गश खाता चेहरा याद आ रहा था, और उनके पीड़ा से भरे छटपटाते-से शब्द। लगा, कानों में जैसे वह कह रही हैं, कयामत आ गयी है...एकदम पीछे है! पीछे है!

मैं हड़बड़ा-सी गई और एकदम पलटकर पीछे देखने लगी।

आतंक-भरा सुख

वह सड़क के किनारे, नाली से सटकर रखी खाट पर बैठ गया। थकान से शरीर टूट रहा था, दोनों पैर टखनों तक धूल में सन गए थे, दर्द के कारण लग रहा था कि उँगलियाँ टूटकर गिर पड़ेंगी। उसने थकी हुई और झपकती आँखों को उठाकर भीतर खोली में झाँका। माँ चूल्हे के पास की धरती को गोबर से लीप रही थी। नाली की दुर्गन्ध उसकी नाक में भरने लगी। नाली के ठहरे हुए कीचड़ में मच्छर रतजगे की नींद को पूरा कर रहे थे।

बच्चे फटी गेंद से, जो उन्हें शायद इधर-उधर फेंकी हुई मिल गई थी, खेल रहे थे। अस्पताल के ठीक पीछे मैदान है, जहाँ रोज इन दिनों फुटबाल मैच चल रहा है। बच्चे रोज शाम को उत्साह से भरे फुटबाल मैच देखने जाते और फिर लौटकर उसकी नकल उतारते थे। हो सकता है बड़े होकर यह फटेहाल गन्दे बच्चे विदेशों में जाकर नाम कमा सकें! उसने व्यंग्य में भरकर सोचा और मुस्करा दिया।

'फच्च...' से फटी गेंद नाली में आकर गिरी और कुछ छींटे इधर-उधर छिटककर आ गए।

"क्या है रे?" माँ ने बच्चों के शोर से बाहर आकर झाँका, बाहर खाट पर उसे बैठे देखकर वह बच्चों को डाँटना भूलकर उसे गुस्से से घूरने लगी, "क्यों, क्या हुआ?"

"माँ, कोई काम नहीं देता, सुबह से एक-एक दुकान के चक्कर काट चुका," उसने डरते-डरते माँ को देखा, "कहते हैं, तुम्हारे नाम की क्या गारण्टी है? तुम्हें नौकर रख लें, कल माल लेकर भाग जाओ तब? पहले किसी बड़े आदमी की जमानत, किसी से सिफारिशी चिट्ठी लाओ, फिर आकर बात करना। कई लोग कहते हैं, तुम बारह-तेरह साल के हो, तुम्हें क्या काम दें, तुम्हारे लायक तो कोई काम नहीं है। इतने छोटे लड़के की हमें जरूरत नहीं है।"

"अरे, चार जमात पढ़ क्या लिया है, बड़ी-बड़ी दुकानों में काम ढूँढ़ता है, कहीं मजूरी पर लग जा," माँ ने झल्लाकर कहा, "तेरी यह बातें तो रोज-रोज सुन-सुनकर मेरे कान पक गए। आखिर अब मैं क्या करूँ? जात के राऊत हैं, वरना मैं ही कहीं बर्तन माँजने पर लग जाती।"

"मजदूरी के लिए भी कई ठेकेदारों के पास गया, एक ठेकेदार बोला, आधी मजदूरी पर रख लूँगा, अगले सोमवार से आ जाना, अभी तो इस हफ्ते के मजदूरों का कोटा पूरा हो गया है।"

"अगले हफ्ते," माँ ने ठण्डी साँस खींची, "तब तक क्या खाकर जीएँगे? मिट्टी?"

वह चुप रहा। माँ टाट के परदे के पीछे, जिसे नहाने के लिए घेरा गया था, वह हाथ भी धोती जा रही थी और बड़बड़ाती जा रही थी। थोड़ी देर बाद बाहर आई और ऐन उसकी आँखों के सामने आकर खड़ी हो गई—अपने बाप की तरफ गया था?

"हाँ," वह हड़बड़ा-सा गया, "बापू कल से काम पर नहीं गया है, चक्की पर दूसरा आदमी काम कर रहा था।"

"क्या?" माँ गुस्से से चीखी, "वह चक्की पर नहीं गया? हूँ, तो कहीं पव्वा चढ़ाकर पड़ा होगा, बच्चे पैदा करने यहाँ आता है और पैसा लेकर मौज करने यारों के घर जाएगा। सुबह से बच्चे भूख से रो रहे हैं, मारकर बाहर भगाया है। रोते-धोते कहीं खड़े होंगे किसी के दरवाजे पर ललचाते।"

भूख तो खुद उसे भी लगने लगी थी। सोचा था, घर पर कुछ न कुछ मिल ही जाएगा, पर अब माँ की बातों से तो उसे अपनी भूख की बात भी याद नहीं रही। सच में उसका दोस्त बंसी ठीक ही कहता था। वह पुस्तकें दबाए स्कूल जाता तो बंसी रास्ते में बीड़ी फूँकता व्यंग्य से हँसता रहता।

"छोड़ बे पढ़ाई-लिखाई, पढ़कर तू भारत का प्रधानमन्त्री नहीं बन जाएगा, रहेगा वही दो कौड़ी का इन्सान, क्यों पढ़कर अपने-आप को मारता है? जानता है पढ़ाई करने से आदमी संकोची हो जाता है, देखना बेटा, बाद में चार जमात पढ़कर तू घास भी नहीं छील पाएगा। पढ़ाई का इरादा छोड़! यह कार और कोठी वालों के हिस्से की चीज है। गरीब लोग तो बस खच...खच जेब कतरने के लिए पैदा हुए हैं।"

बंसी की बातों का तब उसे कितना बुरा लगता था : क्या वह जेब-कतरा बनेगा? सोचता हुआ वह उठा और मुँह-हाथ धोने की गरज से टाट उठाकर अन्दर चला गया।

"माँ, माँ," बिट्टो दौड़ती हुई आई, "माँ, भैंसी वाला मारवाड़ी मर गया।"

"क्या?" वह अवाक्-सा रह गया। माँ भी जल्दी से बाहर आ गई और बिट्टो की गोद से छोटी मुन्नी को लेते हुए बोली, "कैसे मर गया रे!"

"माँ, अभी...अभी उसे अस्पताल से उसके भाई लोग स्ट्रेचर पर लाए हैं," बिट्टो फूली हुई साँस में सारे शब्द बोलती गई, "वह देखो, अस्पताल के मेहतर खाली स्ट्रेचर ले जा रहे हैं।"

उसने द्रेखा, भैंसी वाले मारवाड़ी के घर के सामने कुछ लोग खड़े थे, और अन्दर से रोने की आवाज आ रही थी।

"अभी-अभी लाए हैं।" पीछे-पीछे उसकी औरत छाती पीटती हुई आ रही थी।

"अरे, कल तक तो अच्छा था, अचानक क्या हो गया बेचारे को?" माँ ने अफसोस में भरकर कहा और नीचे धरती पर बैठकर छोटी मुन्नी को आँचल से ढाँककर दूध पिलाने लगी।

मोहल्ले में यह खबर अपने-आप आग की तरह फैल गई। हर खोली से औरतें, मर्द व बच्चे निकलकर आपस में पूछताछ कर रहे थे। सामने से कोस्टे की लड़की मंजु आई, और खड़े हुए लोगों को बताने लगी, "रात दस बजे तक मारवाड़ी अच्छा था। अपने सब बच्चों को बुलाकर बैठाया, उन्हें समझाया, कि तुम लोग काम करो, घर की तरफ ध्यान दो, मेरा कोई भरोसा नहीं करना, पता नहीं कब चलता बनूँ। ग्यारह बजे तक अच्छा रहा, अचानक पेट में दर्द उठा। उसे अस्पताल ले गए और अभी-अभी देखो खत्म हो गया।" भैंसी वाले मारवाड़ी के घर के सामने भीड़ बढ़ती जा रही थी। उसके सब जात वाले खबर सुन-सुनकर आते जा रहे थे। रोने का स्वर तेज-तेज होता जा रहा था।

अच्छा आदमी था, अच्छा हट्टा-कट्टा था, कैसे चला गया! बाल-बच्चे सब छोटे-छोटे थे। लड़की की अब तक शादी नहीं हुई थी, औरतें आपस में बातें कर रही थीं।

—उसकी दूसरी शादी वाली थी यह, तभी तो बाल-बच्चे छोटे थे।

सब लोग अपनी घरेलू समस्याओं को भूल-से गए थे। माँ भी सारी बातें भूलकर मारवाड़ी के घर की ओर उदास-सी देख रही थी। बच्चे अपनी-अपनी भूख को भूल-से गए थे, यानी सारे लोग उत्सुकता, उदासी और भय से सड़क पर खड़े उधर ही देख रहे थे।

—उफ़, बेचारा, वह सोचने लगा—मर गया तो सारे लोग उसकी बुराइयों को भूल-से गये थे, सब उसका गुण गा रहे थे, पर सच तो यह था कि सारे मोहल्ले वाले उससे डरते थे। एक-एक से लड़ता था। मोहल्ले के गरीब बच्चों पर हाथ छोड़ देता था, कहीं अपने बच्चों को मोहल्ले के बच्चों के बीच खेलता देख लेता तो चिल्ला-चिल्लाकर उन्हें पुकाराता और मारता। मुँह अँधेरे से ही उठ जाता और लालटेन रखकर भैंसों का दूध दुहता रहता। चर्र...चर्र दूध की धार की आवाज चिड़ियों की चहचहाने के साथ-साथ सुनाई देती थी। हरी-घास की गाड़ियाँ, जो सुबह से आनी शुरू हो जाती थीं, उन्हें रोक-रोककर मोल-तोल करता, सौदा न पटने पर गुस्से से गाड़ी वालों से झगड़ पड़ता, सुबह घास की गाड़ी वालों से लड़ने की उसकी इस आदत से सारे मोहल्ला परिचित था।

उसके पास आठ-दस भैंसें थीं और इन्हीं से उसका सारा परिवार चलता था,

घर-घर उसका दूध जाता था, इसलिए सारे लोग उसे भैंसी वाला मारवाड़ी कहते थे। उसके असली नाम को लोग भूल-से गये थे और यही नाम उसका असली-सा हो गया था, बच्चा-बच्चा इस नाम से परिचित था। भैंस बाँधने के लिए उसके पास कोठा वगैरह भी नहीं था।

वह गली में भैंसें बाँधता था। बरसात के मौसम में तो गली भैंसों की वजह से इतनी गन्दी हो जाती थी कि वहाँ से आना-जाना भी मुश्किल हो जाता, जो कहता, वह उसी से झगड़ पड़ता। म्युनिसिपैलिटी का नोटिस कई बार आया पर उस पर कोई असर नहीं हुआ। बड़ा ही जीवट वाला आदमी था।

भैंसी वाले मारवाड़ी के घर के सामने एक दाढ़ी वाला फोटोग्राफर आकर खड़ा हुआ। खड़े हुए सारे लोगों में हलचल-सी मच गई। बच्चे बेचैनी में भर चिल्ला उठे—फोटो खींचने वाला आया है, फोटो खींचने वाला आया है।

उसने आश्चर्य में भरकर देखा, वाकई एक दाढ़ी वाला फोटोग्राफर आया था और वह नाली के पास खड़ा ऐंगिल जमा रहा था। बाहर पुरानी वही कुर्सी निकालकर लाई गई, जिस पर मारवाड़ी बैठता था। कुर्सी गली के बीच लाकर रख दी गई, उस पर साफ धुली चौखाने वाली चादर लाकर डाली गई। दो आदमी गोद में भैंसी वाले मारवाड़ी को उठाकर लाए और कुर्सी पर बैठा दिया, पीछे उसकी पत्नी आँसू पोंछते आकर खड़ी हुई। वह पीछे से मारवाड़ी के गले में हाथ डालकर पीछे से ही उसे पकड़कर खड़ी हो गई। बाजू में उसके लड़के खड़े हुए। सड़क के दोनों ओर लोगों ने भीड़ लगा दी थी। सब आश्चर्यचकित-से देख रहे थे। बिलकुल अनहोनी-सी बात थी। एक मरे हुए आदमी को जिन्दा आदमी की तरह कुर्सी पर बैठाकर फोटो लेना। आँखें बन्द थीं और देखने से ऐसा लग रहा था कि बस अभी-अभी उठकर चल पड़ेगा और आसपास तमाशा देखते खड़े लोगों को डाँटकर भगायेगा—तमाशा है क्या? फोटो उतारते किसी को नहीं देखा?

फोटो लेने के बाद दो आदमियों ने बढ़कर उसे उठा लिया, एक ने पैर पकड़े दूसरे ने दोनों बगलों से उसे पकड़ा और अन्दर ले गए। धूप भैंसी वाले मारवाड़ी के चेहरे पर पड़ रही थी, तुरन्त मरे हुए आदमी को देखकर जिन्दा होने का भ्रम होता है। फोटोग्राफर चला गया। कुर्सी वगैरह हटा ली गई। भीड़ लगाकर खड़े लोग छँटने लगे। सबके चेहरे पर उदासी थी, मौत को इतने पास से देखकर सारे लोग दार्शनिक-से हो गए थे। सब मन ही मन अपने पापों का हिसाब-किताब करने लगे थे। एक दिन ऐसे ही सबको जाना होगा, पता नहीं कब, किस गली से दबे पाँव मौत आए और किसी को भी दबोचकर चलती बने। सबके चेहरों पर सहमा हुआ-सा मौत का आतंक था।

उसका मन पहले से ही खीजा हुआ था, ऊपर से भूख के कारण सर में दर्द हो रहा था और अब इस हादसे को देख चिड़चिड़ाहट ज्यादा लग रही थी। इच्छा

हो रही थी, ओढ़कर सो जाए। वह उठा और बातें करते लोगों को बाहर छोड़कर अन्दर आकर धरती पर बोरा बिछाकर लेट गया, मुँह तक चादर ओढ़ ली। चादर मुँह पर थी पर भैंसी वाले मारवाड़ी का चेहरा चादर के अन्दर घुस आया था और आँखों के सामने नाच रहा था। बूढ़ा मरकर भूत तो नहीं बनेगा? अभी उसे घर में चादर से ढाँककर रख दिया होगा।। बिलकुल ऐसे ही, जैसे कि वह खुद अभी पड़ा है।

कहीं वह खुद भी तो नहीं मर गया। सोचते ही वह घबरा गया और हड़बड़ाकर उठकर बाहर भागा। उत्तेजना और घबराहट के मारे उसका दिल जोर-जोर से धड़क रहा था, वह ऊपर से नीचे तक काँपने लगा।

बाहर गली में मर्द, औरतें और बच्चे सब अभी भी झुण्ड बना-बनाकर बातें कर रहे थे। हर आदमी अपनी नई-नई जानकारी मारवाड़ी के बारे में दे रहा था। ताजा सूचनाएँ बच्चे बटोरकर बड़ों तक पहुँचा रहे थे। उधर नाली के पार पुलिया पर बच्चों की बैठक जमी थी। बच्चे विचित्र ढंग की सच्ची-झूठी बातें एक-दूसरे को बता रहे थे।

औरतों और मर्दों का झुण्ड मारवाड़ी के घर जाने लगा था, सब उसी के नाते-रिश्ते के लोग थे। वह नाली के पास छाँव में बैठा गली में घटती बारीक-बारीक हरकतों का निरीक्षण करता रहा, उसका पूरा ध्यान मारवाड़ी के घर पर लगा था। दो लड़के साइकिल से आए, उनके हाथ में सफेद कपड़ा था, यानी कफन की तैयारी हो रही थी। शायद शाम तक ले जाएँ।

—बेचारी को अब सारा काम करना होगा, अब वही दूध दुहेगी, एक ने कहा।

—आज का दूध दुहा जाएगा या नहीं? दूध तो दुहाना ही पड़ेगा वरना भैंसों के थन में दूध जम जाएगा, लोग एकदम दुनियादार होकर टिप्पणी कर रहे थे।

—उस दिन हमारे घर सुहागिनों का भोज था, बूढ़ी ठेकेदारनी लक्ष्मी बुआ बता रही थी—मारवाड़ी की पत्नी को भी हर साल की तरह बुलाया था। बहू ने सारी सुहागिनों को आलता लगाया, जब इसका नम्बर आया तो आलता खत्म हो गया। बहू ने मुझसे कहा—माँ, आलता तो खत्म हो गया है, अब? मैंने जल्दी से घर में इधर-उधर देख डाला पर आलता किसी भी शीशी में नहीं था, आखिर में मैंने बहू से कहा—शीशी में थोड़ा-सा पानी डालकर पतला-पतला लगा दो। बहू ने वैसा ही किया। हमारे दिमाग में तब जरा भी बात नहीं आई थी कि भगवान ने उसे उसी दिन सुहाग के चिह्न आलता और सिन्दूर से वंचित कर दिया था। उसकी किस्मत में जितना आलता था, वह तो उसी दिन चुक गया था। देखो न, हफ्ता भी नहीं गुजरा, बेचारी विधवा हो गई। हे भगवान!

सारे मोहल्ले में भय का वातावरण था। छोटे-छोटे बच्चे मौत की चर्चा इत्मीनान से कर रहे थे। उसे अपने पैरों में झुरझुरी-सी लगने लगी। लगा, नीचे से पैर सुन्न

होते जा रहे हैं। मौत के भय ने उसे अन्दर से हिला दिया था। इच्छा हो रही थी, कहीं दूसरी जगह दो-चार दिन के लिए चला जाए। लाश का कुर्सी पर बैठना उससे भुलाए नहीं भूल रहा था। पर वह जाए भी तो कहाँ? किसके घर जाएगा, जान-पहचान का कोई ऐसा घर नहीं जहाँ जाकर एक-दो दिन रहा जा सके। शाम तक ले जाएँगे शायद, अगर वह शहर की तरफ घूमने निकल जाये तो अच्छा रहेगा, लौटेगा तब तक तो मारवाड़ी को ले जा ही चुके होंगे। जाती हुई अर्थी को देखने से तो वह बच ही जाएगा।

वह धीरे से उठा, औरतों की तरफ से आँख बचाता गली के पीछे से सड़क पर निकल गया। किधर चलना चाहिए? वह खड़ा थोड़ी देर सोचता रहा पर सोचने से वह कोई निर्णय नहीं ले पाया। वह चलता रहा।

शहर इतना सूना क्यों लग रहा है? सड़कें इतनी सूनी वीरान-सी क्यों लग रही हैं? क्या इधर भी कोई मर गया है? एक चिहुँक-भरी झुरझुरी से वह सिहर-सा गया। घरों की ओर या अन्दर गलियों में ताकने की हिम्मत नहीं हो रही थी। पता नहीं कौन मरा हुआ आदमी दिख जाए या अर्थी ही नजर आ जाए। वह अभी मौत की घटना से भी बचना चाह रहा था।

सामने शहर का सबसे पुराना फटीचर सिनेमा हाल था। वह अन्दर चला गया और शीशे के शो केस में लगी तस्वीरों को देखने लगा। काश, जेब में पैसे होते तो वह आराम से तीन घण्टे बिता सकता था। वह शो केस में लगी तस्वीरों को देखता रहा पर ध्यान अभी भी मारवाड़ी की लाश पर ही टिका था। ओह! लगता है मारवाड़ी पीछे लग गया है। उसने आखिर देखा ही क्यों? क्या जरूरत थी भीड़ में खड़े होकर फोटो उतारते हुए मारवाड़ी की लाश को देखने की पर तब उत्सुकता के कारण देखते हुए कुछ डर नहीं लगा था और अब थोड़ी देर की उत्सुकता जान की आफत बन गई है। वह दृश्य जैसे मन-मस्तिष्क सब में समा गया था। लाख झटकने की कोशिश करो, ध्यान बँटाने की कोशिश करो, पर वह दृश्य जैसे भुलाए नहीं भूल रहा था।

हे भगवान् अब क्या होगा? उसने शुरू से अन्त तक के सारे भगवानों का स्मरण किया। फिर भी उसका ध्यान नहीं बँटा। पिक्चर लड़ाई वाली थी शायद, ठिशूंम-ठिशूंम की आवाज, घोड़े दौड़ने की और किसी औरत के चीखने की आवाज बाहर तक आ रही थी। जरूर बढ़िया होगी। काश! पैसे होते तो...आगे सोचना ही बेकार था।

वह टॉकीज से बाहर निकल आया और सड़क के दोनों किनारे बनी वही जानी-पहचानी हजार बार देखी दुकानों को फिर नये सिरे से देखने लगा। एक आदमी ने पीछे से उसे धक्का दिया...यार, सड़क पर चलते हो या बगीचे में टहल रहे हो?

रात को बहुत इत्मीनान से वह घर लौटा। अब तक तो मौत का सारा हंगामा शान्त हो गया होगा। माँ बड़ी-सी देगची में जोंदरी का चावल और मँड़िया उबाल रही थी पेज के लिए।

डोंगरी, ठिकरा में बोई गई मोटे चावल की फसल पककर दशहरे में तैयार हो गई थी।

ठिकरा धान का चावल बाजार में बिकने भी लगा था। जोंदरी (भुट्टा) के साथ बुने गये खेतों में छोटे मँड़िया की फसल भी जल्दी ही दशहरे तक तैयार हो जाती है। जोंदरी को ढेंकी में कूटकर उसके भीतर से निकाला गया चावल जैसा सफेद दाना—उसी को बस्तर में जोंदरी चावल कहते हैं। यही जोंदरी चावल बाजार में रुपया पायली में बिकने लगा था।

जोंदरी चावल और मँड़िया के आटे को मिलाकर माँ पेज बना रही थी। बच्चे उत्सुकता से बैठे एकटक चूल्हे की आग को निहार रहे थे। माँ ने उड़ती नजर से एक बार उसे देखा। वह चुपचाप निढाल-सा कोने में दुबककर बैठ गया। सारा दिन सड़कें नापते हुए पैरों के जोड़-जोड़ दुखने लगे थे। मौत के भय से वह भागता फिरा था। उस विचार को दूर करने वह सारा दिन भटकता रहा था। वह माँ से मारवाड़ी के बारे में पूछना चाहता था। उसे ले गये तो क्या हुआ? पर वह अपनी उत्सुकता को दबाये चुप बैठा रहा।

"भैंसी वाले मारवाड़ी को अभी तक नहीं ले गए हैं," माँ ने बताया।

"क्या?" उसे आश्चर्य हुआ, "क्या रात-भर रखेंगे?"

"हाँ, उसका एक बेटा बाहर है, उसी का रास्ता देख रहे हैं, सुबह ले जाएँगे," माँ ने बताया।

उसने महसूस किया, वह भीतर ही भीतर काँप-सा गया है। अपनी कमजोरी पर उसे झेंप लगी, उससे छोटे-छोटे भाई-बहन बिना डरे आराम से बैठे हैं, और वह डर रहा है।

"बापू आए थे?" उसने ध्यान बँटाने के लिए प्रश्न किया।

"हाँ, वही तो जोंदरी का चावल दे गये हैं।"

रात को वह दरवाजे के सामने सोया था। बच्चे सब माँ से साटे सो रहे थे। उसे नींद नहीं आ रही थी। उसका ध्यान गली की सारी हरकतों पर जमा था। चौराहे पर कुत्ते विचित्र आवाज में रो रहे थे। कहते हैं रात के अँधेरे में मौत जब गश्त लगाती है तो कुत्ते डरकर रोते हैं कि जब सारे लोग मर जाएँगे तो उन्हें भोजन कौन डालेगा?

रोने की आवाज रात के सन्नाटे में दूर-दूर तक जा रही थी। उसे लगा, मौत दूसरे घर में नहीं, उसके अपने घर में हुई है और लगा, लाश बाजू में पड़ी है। वह बेचैनी से भरकर सुबह होने का इन्तजार करने लगा। आखिर सुबह होती क्यों

नहीं?

सुबह होते ही वह काम ढूँढ़ने निकल पड़ेगा।

सुबह-सुबह उसकी आँख झपक गई। उठा तो देखा धूप चटक होकर फैल गई थी। चौराहे के एक ओर मेहतरों का झुण्ड बैठा उत्सुकता से मारवाड़ी के घर की ओर देख रहा था। उसे आश्चर्य-सा हुआ। ये लोग यहाँ क्यों जमा हुए हैं! इनका यहाँ क्या काम है!

बच्चे नालियों के किनारे बिखरे-छितरे खड़े थे और चीख-चीखकर अपने साथियों को पुकार रहे थे। दौड़-दौड़कर घर-घर में जाकर मिनट-मिनट की खबरें पहुँचा रहे थे। मारवाड़ी के घर के सामने लोगों की भीड़ थी। तो जाने की तैयारी हो रही है। रोने की आवाज ने सुबह को धमका-सा दिया था। कितना विचित्र है, मरने के बाद प्रिय व्यक्ति भी रखा नहीं जा सकता। आत्मा निकलती कैसे होगी? और जाती कहाँ है? वह दूसरी दुनिया आखिर कैसी होगी? एक-एक करके सारी दुनिया के लोग मर जाएँगे, तब क्या होगा? आसमान से ऊपर जाने के लिए जरूर कोई रास्ता या दरवाजा होगा जो जिन्दा आदमी को नजर नहीं आता है।

अर्थी पर लाश को लाकर रखा गया। चौराहे पर बैठे सारे मेहतर उठकर खड़े हो गए। थोड़ी देर के बाद अर्थी को उठाया गया। जोर से रोने के साथ—राम नाम सत्य है के बोल गूँज गए। लोग धीरे-धीरे बढ़ना शुरू हुए अन्तिम यात्रा के लिए। दयाशंकर, जो इस वार्ड का मेम्बर था, उसने बड़ी-सी थैली पकड़ रखी थी। मारवाड़ी की औरत छाती पीटती धरती पर लोट गई। नाली के किनारे खड़े बच्चे घरों की दीवार से सहमकर चिपक-से गए, कुछ बच्चे घबराकर अपने घर की ओर भागने लगे। मेहतरों का झुण्ड खिसककर करीब आ गया था। दयाशंकर ने थैली में हाथ डालकर मुट्ठी-भर कुछ निकाला और अर्थी के ऊपर से फेंक दिया। मेहतरों का झुण्ड सड़क पर टूट पड़ा।

'झन्न'...की आवाज के साथ उसके पैरों के पास दस पैसे का सिक्का आकर गिरा।

एक मेहतर लड़का लपककर उसके पास आया पर तभी उसके मन में तुरन्त बात स्पष्ट हो गई और उसने झट् से नीचे झुककर दस पैसे का सिक्का उठाकर जेब में डाल लिया। उसने अपने घर की ओर देखा सबका ध्यान अर्थी पर और पीछे रोते-कलपते उसके बाल-बच्चों की ओर था, वह धीरे से आँख बचाकर मेहतरों के झुण्ड में घुस गया।

दयाशंकर मुट्ठी भर-भरकर लाई और चिल्हर पैसों के सिक्के फेंकता जा रहा था। मेहतर अर्थी के आगे-आगे दौड़ते, गिरते-पड़ते भाग रहे थे और सिक्के चुन रहे थे।

वह भी आगे-आगे दौड़ने लगा और आसानी से जो भी सिक्का मिलता उसे

उठाकर झट से जेब में रखता जा रहा था। उसे अब मारवाड़ी की लाश से जरा भी डर नहीं लग रहा था, जरा भी यह एहसास नहीं हो रहा था कि वह अर्थी के साथ चल रहा है। कल जो भय उसे सता रहा था, आज उस भय का कहीं अता-पता नहीं था। वह खुश-खुश होकर मेहतरों के साथ पैसे उठाता जा रहा था। वह यह भी भूल गया था कि वह किस जात का है और यह काम उसका नहीं है।

सिक्के चुनते-चुनते वह काफी दूर निकल गया था। जेब में पड़े सिक्के अपने होने का एहसास दिला रहे थे और उसे तसल्ली हो रही थी। मन में प्रसन्नता भर गई थी। पैसों के लिए घर में खींचा-तानी मची रहती थी और आज उसकी जेब में ढेर सारे पैसे थे।

उसका ध्यान अर्थी की ओर और अपने आस-पास की चीजों पर एकदम नहीं था। वह बाज की आँखों की तरह दयाशंकर के हाथ को देख रहा था। जैसे ही दयाशंकर का हाथ झोले के अन्दर जाता, वह बेचैनी से भर उठता। दयाशंकर के उठे और फिर नीचे गिरते हाथ के इशारे पर वह सड़क पर टूट पड़ता। 'खन्न' की आवाज की तरफ उसकी सारी चेतना-शक्ति लगी थी।

वह अर्थी के आगे-आगे दौड़ता करीब दो मील निकल गया था। पैर अब थकने लगे थे। मेहतरों की संख्या धीरे-धीरे बहुत बढ़ गई थी। छीना-झपटी, आक्रोश बढ़ता जा रहा था। आपस में वे गाली-गलौज दे रहे थे। उसने आगे श्मशान घाट तक जाने का इरादा त्याग दिया और भीड़ से निकलकर सड़क के किनारे खड़ा हो गया और पीछे से जाती अर्थी को देखने लगा। मेहतरों का झुण्ड वैसा ही हाथ उठा-उठाकर लपकता दौड़ रहा था।

अर्थी पर एक भी फूल नहीं था। पीछे के लोग आपस में बातें करते, साइकिल पकड़े जा रहे थे। काफी दूर जब अर्थी चली गई तो उसने प्रसन्नता की मीठी ललक से भरकर जेब को थपथपाया और हाथ डालकर सिक्के निकाल लिए। उराने गिनना शुरू किया, पूरा डेढ़ रुपया था। सारा दिन मेहनत करने पर इतना ही उसे मिलता।

प्रसन्नता से गद्‌गद होकर उसने डेढ़ रुपये की रेजगारी जेब में डाली और घर की तरफ दौड़ने लगा।

नया घर

सूपे की धार-सा पानी लगातार गिर रहा था। चूल्हे में जलती लकड़ियों को सहेजकर हलीमन ने हाथ पसार दिए। चूल्हे के पास की थोड़ी-सी जमीन को छोड़कर पूरा घर बहकर निकल रहा था। सोने के लिए भी सूखी जगह नहीं थी।

आँखें नींद से मुँदने लगीं, ऊँघने के कारण दो बार वह चूल्हे पर झोंका खाकर गिरते-गिरते बची। मरी बुढ़ापे की नींद भी ऐसी होती है, जैसे ऊँघती मुर्गी। टट्टे के पार से कुछ छौंकने की सौंधी महक झपकती आँखों को खोल देती है।

"सिलयागुड़ीन, क्या पका रही है? बड़ी सोंधी महक है," मुँह में भरे पानी को पोपले मुँह से गटकते हुए उसने पूछा।

"अरे कुछ नहीं काकी, मालिक के घर चारामावाली बहू आई है न, तो मुर्गी कटी रही, मैं पोटी ले आई थी, उसी को पका रही हूँ।"

मुँह में जैसे किसी ने कड़वा करेला धर दिया, "तोबा, तौबा, यह भी कोई जात है, कुत्ते की-सी मुर्गी की अंतड़ियाँ तक खा रही है।" मुँह का कड़वा पानी चूल्हे के पीछे पच से थूकते हुए वह बोली, "अरी आज तेरी सुखिया तो टट्टी करके हाथ-पैर को लीपकर बैठी थी।"

"का करूँ काकी, मुआ मर गया, इस करम जली को मेरे माथे दे गया, न मरती है न जीती है। मैं गरीबनी कहाँ से घी-दूध जुटाऊँ? सरकारी अस्पताल का डाकधर बोले है, घी-दूध पिलाओ। अरे घी-दूध हमारे पुरखे नहीं खाए तो हम कहाँ से लायें? का बताऊँ काकी, इसका सूखा रोग जाता ही नहीं।"

"का करेगी, सब भाग्य का लेख है।"

"आज बाड़ा में सोने नहीं जाएगी काकी?"

"पानी रुके तब न, यह तो लड़ी तोड़ रहा है।"

"आज तो काकी सोने का ठौर नहीं, सारा घर बहकर जा रहा है।"

"अरे सारे जगदलपुर में हमारे बाप के बड़े-बड़े मकान रहे, क्या बतायें नागपुर वाले से हमारे माँ हमें ब्याहती नहीं, न आज यह दिन देखना पड़ता, वह बड़े कोस्टे का बाड़ा हमारे बाप का रहा, महल के सामने वाला मकान भी हमारा रहा, खुदा राजा साहब हमारे बाप को खुश होकर दे गए थे," जाने कितनी बार की कही हुई

कथा को हलीमन फिर से दोहरा रही थी। "नागपुर वाला औरत और शराब के पीछे सारा घर तबाह कर गया था। जिसकी आँख में परायी औरत चढ़ी हो, उसकी आँख में घरवाली फाँस की तरह चुभती है। बेटे का हाथ पकड़कर जो उसकी सीढ़ियाँ उतरकर आई तो फिर मौत पर ही गई, मौत पर जाना भी नहीं चाहती थी, पर मन नहीं माना, जिसके नाम की चूड़ियाँ पहनती थी, तोड़ने के पहले उसे देख लेना चाहती थी।"

"काकी, तू तो बेटे के पास भली थी, काहे भागकर यहाँ मरने आई? भला यहाँ कौन है तेरा।"

"क्यों रहें बेटे के पास, उसकी मेहरान हमें फूटी आँख नहीं देखती, सोये में टोना-टोटका करती थी, भला तू ही बता सिलयागुड़ीन, सोते में आदमी के सिर के पास दीमक मिट्टी चढ़ाये तो यह अच्छी बात है? बेटे से कहो तो अपनी मेहरान की तरफदारी करता है। अरे हमको किसी की ओलती का ढोर नहीं होना, हम क्या कमाकर खा नहीं सकते, अरे देखना जीते जी अपना मकान बाँधकर ही मरूँगी।"

"काकी, कहीं जमीन देखी है क्या?"

"अरे नौ लखा बिल्डिंग में बड़े साहब के पास जमीन के लिए दरख्वास्त दी हूँ, मिलते ही जोड़-तोड़ कर अपना झोंपड़ा बना लूँगी, दूसरे की दहलीज पर कब तक पड़ी रहूँगी, अरे अपना घर अपना ही होता है, भूखे रहो, नंगे रहो, कोई पूछने वाला नहीं, फिर सलमा की मोहब्बत से ही यहाँ पड़ी हूँ। कल उसके हाथ भी पीले हो गए तो फिर किसका मुँह देख रहूँगी।"

बर्तन में हाथ धोने की आवाज आई।

"खाना खा ली क्या सिलयागुड़ीन?"

"हाँ काकी, तू नहीं खाई?"

"अरे बुढ़ापे में कौन भूख लगे है, वैसे मेरी उम्र ज्यादा नहीं है, उस नागपुर वाले की मार ने मुझे झुका दिया, वरना सकीना की बेटी और मैं संग मिलकर मदरसा जाते थे, वह सुख में है तो जवान लगती है और मैं हड्डियों का ढाँचा।"

बाहर पानी शायद कम हो गया था। सिलयागुड़ीन सुखिया को चिपकाये लेट गई। हलीमन ने ऊपर देखा और खुद भी निश्चिंत हो गई। जरा आँख लगी कि सिलयागुड़ीन लकड़ी चुरा लेती है।

उसने बाहर झाँककर देखा, पानी थोड़ा कम हो गया था। चूल्हे के पास की ढिबरी बुझाकर सिर पर खाली बोरे को डालकर वह बाड़े में आ गई। जब से बड़ी बाई मरी हैं वह रोज सलमा के पास सोने बिना नागा चली जाती है।

रात शायद काफी हो गई थी। कमरे में कतार से पलँग लगे थे। हलीमन धीरे से

दरवाजा उढ़काकर अन्दर हो गई। सलमा पलँग पर लेटी पुस्तक पढ़ रही थी।

"नानी, आज इतनी देर से आ रही हो?"

"पानी भी तो दम नहीं छोड़ रहा था बेटा!" हलीमन अपना बिस्तर दीवार के किनारे बिछाकर लेट गई, "आज कचहरी गई थी न, तो लौटकर खाना बनाने में देर हो गई।"

"क्या कोई जमीन मिली?"

"अरे मिलेगी कैसे नहीं, रोज नौ लखा बिल्डिंग जाती हूँ। ऊपर ही तो बड़े साहब बैठते हैं। रोज चपरासी को चार आने चाय पीने को दे आती हूँ। चपरासी ने भरोसा दिलाया है। अरे बेटा यही नौकर, चपरासी से तो काम बनता है, चाहें तो यह काम बना दें, चाहें तो राजा का राज चौपट करा दें।"

तभी शबिया और कनीज दोनों अपना काम खत्म करके उसके पास आकर लेट गई। ये दोनों लड़कियाँ छुटपन से ही यहीं पली हैं। घर का सारा काम करती हैं।

रात गए फिर पानी तेज हो गया था शायद। खपरैल पर बरसात का पानी निरन्तर बरस रहा था। जाने बुढ़ापे में नींद क्यों नहीं आती, शायद मौत का डर मन में समा जाता है। पर उसे तो अभी बहुत साल जीना है। अभी उम्र ही क्या गई थी, अभी तो एक करवट ही जिन्दगी बीती थी।

"कनीज, ऐ कनीज!"

बड़े कमरे से चिल्लाने की आवाज आई। हलीमन चुप पड़ी आहट लेती रही, दो-तीन आवाजें फिर आईं। इस बार हड़बड़ाकर कनीज उठी और बड़े कमरे में चली गई। हलीमन जब से यहाँ सोने आ रही है, रोज ही यही क्रम देख रही है। रोज दोनों में से एक उठकर बड़े कमरे में चली जाती है।

कनीज अँधेरे में दीवार से खसीटती-खसीटती बड़े कमरे में चली गई थी। उसने आँखों पर कोहनियों का भार रख लिया। सलमा सो गई क्या? इच्छा हुई उसे पुकारे पर वह शान्त पड़ी सलमा की घुटी-घुटी कुँआरी सिसकियाँ सुनती रही। मन में कुछ कटता-सा लगा। तख्त पर सोई दोनों बिल्लियाँ अँधेरे में भी दिख रही थीं।

बड़े मालिक का यह रूप हलीमन जब से मालकिन मरी, तब से ही देख रही है। कौन जाने पहले उनके सामने भी करते हों। जवान बेटी सलमा बैठी है, उसकी शादी की चिन्ता किए बगैर अपनी ही चिन्ता है उन्हें। कितनी जगह की बात आई, पर हर जगह की बात में कोई न कोई नुक्स निकालकर लौटा देते हैं। हलीमन बचपन से ही सलमा को प्यार करती थी। सलमा छोटी थी तो वही उसे रोज स्कूल छोड़ने जाती थी और फिर लेने जाती थी। बड़े मालिक ने सिर्फ इसी काम के लिए उसे अपने बाड़े में ठौर दिया था। नन्ही सलमा को पढ़ने से ज्यादा गुड़िया खेलने का शौक था।

विधवा रात अपने जख्मों पर फाया रखती सिसकती रही।

हलीमन जब उठी तो काफी धूप निकल आई थी। वह उठी और पीछे दालान में आ गई। रसोई से धीमे मगर क्रोध में भरे शब्द उसके कानों में आ टकराए, "शबिया, कनीज नहीं निकली कमरे से, क्या रे तुम लोग अम्मी के मरने के बाद से एकदम बेशरम हो गई हो। कम से कम सुबह तो कमरे से उठकर आ जाना चाहिए, लोग क्या सोचेंगे?"

वह रसोई में चली आई। उसे सामने देखते ही भर आई आँखों को सलमा ने जल्दी से झपका लिया। नन्ही-सी सलमा इतनी बड़ी, इतनी सयानी हो गई है? उसका मन भर आया, वह जल्दी से सीढ़ी उतर गई।

"नानी, चाय पीकर जाना न," सलमा की आवाज आई।

"आज जी ठीक नहीं है बेटा, दोपहर को आकर पी लूँगी।" वह बुझे-से मन से अपनी कोठरी की तरफ चली गई। "क्या जीते जी सलमा को वह अकेला छोड़ सकती है?"

नौ लखा बिल्डिंग जो चर्च के सामने वाली रोड पर है, आज वहाँ अच्छी-खासी भीड़ लगी थी। गाँव-गाँव से लोग तकाबी लेने आए थे। कचहरी का लम्बा बरामदा, और सारी बेंचें भरी थीं।

हलीमन सीढ़ियों के पास ही बैठ गई। सामने कई बार चपरासी आता-जाता रहा पर वह इतना व्यस्त था कि उसकी हिम्मत उससे बात करने की नहीं हुई। कचहरी की भीड़ बढ़ती गई। धूप सरकते-सरकते बरामदे से नीचे उतर गई। दिन का तीसरा पहर शुरू होने को था।

"क्यों अम्मा, बड़ी देर से बैठी हो?"

''अरे भइया,'' वह चौंकी, ''कब की बैठी हूँ, आज बाजार भी नहीं गई। मेरी दरख्वास्त का क्या हुआ? मुझे जमीन मिल जाएगी तो मैं अपना पेट काटकर पाँच रुपया दूँगी। दो-चार मुर्गियाँ भी पाल लूँगी, कभी-कभी अण्डे भी लाकर खिलाया करूँगी। बेटा, अपने सिर पर साया हो तो फिर किसी का क्या डर?''

''मगर अम्मा, साहब तो छुट्टी पर गए हैं।''

"छुट्टी पर गए हैं? कब तक लौटेंगे? मुझे जल्दी से जमीन मिल जाती तो फारे लाकर किसी से कह-सुनकर मिट्टी छपवा लेती।"

"बहुत रकम जोड़ रखी हो अम्मा?"

"कहाँ," हलीमन सतर्क हो गई। "सकीना के बाप के घर मेरे पुराने नौकर आज भी मेरी इज्जत करते हैं। उन्हीं से कह-सुनकर करवा लेती, पुराना नमक खाए हैं, आज भी वफादार हैं।"

"तुम मकान के लिए इतनी हाय-हाय क्यों करती हो अम्मा, कौन तुम्हें लम्बा जीना है?"

"लो भइया की बातें, अरे मेरी कौन उमर गई है, अभी तो सुई में डोरा पिरो लेती हूँ। हमारी अम्मा कहती थी, जब सुई में डोरा नहीं डलता, तब उम्र भी भटकती है। किसी के घर क्यों पड़े रहें, क्यों लोग हमें देख खँखारें, खुजलाएँ, ऐं...तुम्हीं बताओ?"

"चलता हूँ अम्मा, डाक पहुँचानी है।"

हलीमन जल्दी से कमर में खुचे बटुवे को खींचकर निकालती है और उसमें से चार आने चपरासी को देती है, "लो भइया, पान खाना।"

चवन्नी को जेब में डालते हुए वह मुस्करा दिया, "अब जाओ, मैं करवा दूँगा।"

सात बरस की बच्ची को अम्मा ने पूरे जवान आदमी से बाँध दिया था। रमजान खाँ तहसीलदार मना कर-करके थक गए, पर अम्मा की आँख पर तो जैसे किसी ने पट्टी बाँध रखी थी। पहले बच्चे के जन्म तक हलीमन निरी अबोध बच्ची ही तो थी। ऐन जचकी के समय अड़ गई, नहीं अपने अँगूठे पर बैठा तो बैठती हूँ वरना नहीं। हारकर सुईन ने अँगूठे पर कपड़ा लपेटकर उसे बैठाया था। जगदलपुर शहर में बचपन बीता, जवानी कटी और अब बुढ़ापा भी कट रहा है। रस्सी जल गई पर ऐंठ नहीं गई।

अम्मा चूड़ी बेचती थी, आज भी पुराने घर में उसे कल्लो चूड़ी वाली की लड़की कहते हैं। अम्मा का व्यापार कुछ दिनों तक वह भी सँभाले रही, पर जैसे किसी ने चूड़ी के टोकने पर टोटके के चावल बिखेर दिए थे, घण्टों वह बाजार में बैठी रहती, पर मजाल है कोई ग्राहक उसके पास फटक जाए। हारकर उसने यह धन्धा ही बन्द कर दिया, तब से उसने गोदड़ी सिलने का धन्धा शुरू कर दिया।

सड़क की ढलान पर बना लाल बँगला आज भी वैसा ही है। उसकी ऊपर की मंजिल की खिड़की पर वैसी ही पुरानी चिकें पड़ी थीं। इस लाल बँगले में पहले बँगलेवाली खाला रहती थीं, जिनकी एक लड़की थी, जिसका नाम रोशन था। बँगलेवाली खाला का भाई गर्मियों में आया था। रोशन और बँगलेवाली खाला के भाई का इश्क धीरे-धीरे घर की खिड़कियों से बाहर गली में आ गया। रोशन को चार-पाँच महीने चढ़ गए थे। शरम के मारे बँगलेवाली खाला रोशन को लेकर पाकिस्तान चली गईं।

सिलयागुड़ीन पाँच साल की सुखिया को टूटी खाट के पाये से बाँधकर काम पर चली जाती थी। सुखिया का पैर पाये से बँधा था। पाँच साल की सुखिया सूखे के रोग के कारण दो साल की लगती थी। चल तक नहीं पाती थी। बस बैठकर

खिसकती थी। खिसकते-खिसकते वह सड़क पर निकल जाती थी, इसलिए सिलयागुड़ीन उसे कुत्ते की तरह बाँधकर जाती थी। सारा दिन रिंगियाती, सूखी रोटी चबाते पड़ी रहती थी।

सरकारी अस्पताल में मुफ्त का दूध पाउडर बँटता था। सिलयागुड़ीन रोज सुबह जाकर ले आती थी, उसी को गरम कर सुखिया को पिलाती थी। सुखिया के पूरे शरीर में एक आँख थी जो उम्र से ज्यादा सयानी लगती थी। जाने उन आँखों में क्या था कि हलीमन कभी उसकी आँखों में नहीं देखती थी। लगता था सारी दुनिया का दुख उन आँखों में समा गया है।

हलीमन का मन घर में नहीं लगा, वह उठकर सलमा के पास आ गई। सलमा नहाकर आई थी और धूप में खड़ी बाल सुखा रही थी। सामने गेट के पास की दीवार जो पिछली बरसात में ढह गई थी, उसे मजदूर ठीक कर रहे थे।

सलमा घर के वातावरण से अपने को अलग रखने का हमेशा बहाना ढूँढ़ती रहती है। जैसे किसी बात से, किसी से कोई मतलब नहीं, बस वह बहुत ज्यादा व्यस्त है। “मैं क्या बताऊँ, इस घर की तो कोई बात मेरी समझ में नहीं आती। सबके मिजाज ही निराले हैं। अब कौन नाश्ता करेगा, मालूम नहीं। अब्बा दो अण्डे लेते हैं, पर शेर खाँ की लड़की आज अण्डे दे नहीं गई,” सलमा झल्लाकर बड़ी बी की छोटी-छोटी मुँटी आँखों को जैसे चीर देना चाहती हो।

हलीमन समझ गई, सुबह का गुस्सा अब तक सलमा के सिर पर चढ़ा है। कनीज बरामदे में बैठी सूप से चावल फटक रही थी, बीच-बीच में सलमा बड़ी ही तिरस्कारपूर्ण नजरों से उसे देख लेती थी।

“नानी, अब्बा से कहो न, इन दोनों लड़कियों की शादी कर दें, लोग तरह-तरह की बातें करते हैं,” काफी रोकने के बाद भी मन की बात सलमा के शब्दों में फूट पड़ी। “मगर बेटा, मालिक को कौन समझाये?”

“ऊँह, उनकी बात तो निराली है, कहते हैं मेरी शादी के बाद इन दोनों का ब्याह होगा। सच नानी, इन दोनों की वजह से मेरा आधा खून सूखता है। अम्मी के मरने के बाद से पूरा घर सरायखाना बना हुआ है।”

“तुम क्यों फ्रिक करती हो? क्यों अपना जी जलाती हो, जिसने कमाया हैं वही गँवा रहा है।”

सलमा का चेहरा बुझते कोयले-सा मन्द पड़ने लगा था। सलमा उठकर अन्दर चली गई, वह देर तक वहीं बैठी रही। शबिया बड़े कमरे को झाड़कर कचरा सामने फेंक गई, ढेर सारे सिगरेट के टुकड़ों को ध्यान से देखती रही।

आज सुबह से गाय खाँस रही थी, शायद पानी जोर से बरसेगा। हलीमन की दरख्वास्त पर सुनवाई हो गई थी। सरकारी कागज को सीने से चिपकाये खुशी-खुशी वह लौटी। रास्ते में बन्दर नचाने वाला दिलावर मिल गया। पिछले साल-भर से दिलावर

नौ लखा बिल्डिंग के चक्कर लगा रहा था, पर अभी तक सुनवाई नहीं हुई थी। अपने दोनों बन्दरों को लेकर नाकेदार के घर एक खोली में पाँच रुपया किराया देकर रह रहा था।

"क्या बताऊँ बहन, बरसात में सारी खोली बहती है। इन दोनों बन्दरों को भी रखने का ठौर नहीं होता। पिछली बरसात में बन्दरिया ने एक बच्चा जना था, वह भी मर गया। सोचता हूँ दरख्वास्त पर सरकार जमीन दे दे, तो अपना एक अच्छा-सा झोंपड़ा बना लूँगा, जहाँ ये दोनों भी आराम से रहेंगे, मैं भी रहूँगा,।" दिलावर रुककर उसके हाथ में रखे कागज को घूरने लगा, "तुम्हें मंजूरी मिल गई क्या?"

"कहाँ, यह तो पटवारी के पास का कागज है, देने गई थी।" हलीमन चट से बात को रोककर आगे बढ़ गई, "ऊँह, सड़क चलते टोक रहा है।"

लौटी तो सिलयागुड़ीन घर पर नहीं थी, सुखिया को शायद बुखार था, वह मैले कपड़ों के ढेर में चुपचाप पड़ी टुकुर-टुकुर खाली देगचियों को तक रही थी। पीछे से सिलयागुड़ीन आती दिखी, उसके हाथ की शीशी में कोई दवा थी।

"कहाँ गई थी?"

"माड़पाल गई थी, काकी, सुना है वहाँ एक वैद्य है, अच्छी दवा देता है। सुखिया को रात से बुखार था न, तो दवा लेने गई थी। पर वहाँ और काम में फँस गई। पटेल की लड़की को जचकी का दर्द आ रहा था, बच्चा टस से मस नहीं हो रहा था। लड़की दर्द के मारे दो दिन से अधमरी हो गई थी।"

"अरे, तो धरती पर चावल नहीं फाड़े?"

"वही तो काकी, वही तो करी, मैंने जल्दी से धरती को लीपकर उसमें चावल की ढेरी लगा दी और फिर पटेल की लड़की का जबर्दस्ती हाथ पकड़कर चावल को दो भाग में फाड़ने को बोली। जय माँ दन्ते, जैसे ही उसने चावल के दो भाग किए वैसे ही जोर का दर्द उठा और छोकरी हो गई।"

"अच्छा हुआ, बेचारी का भला हुआ।"

"अभी खाना नहीं बनाई काकी!"

"कहाँ? अभी तो आई हूँ, आज जमीन का आर्डर मिलना था, सारा दिन लग गया।"

"सच काकी, क्या तुझे सरकारी जमीन मिल गई?"

"और क्या, बस अब बरसात के बाद काम शुरू कर दूँगी, किसी को फोकट में नहीं रखूँगी, बेटे को भी नहीं, इस जमीन के लिए कितना खून सुखाना पड़ा, अरे रोज नौ लखा बिल्डिंग के चक्कर, रोज पेशी, जिसको भी साथ रखूँगी किराया लूँगी।"

"आते-जाते रहना काकी, तेरे से बड़ा सहारा था।"

"अरे तू भी एक खोली में रहना, पाँच रुपया दे दिया करना, कौन तुझसे ज्यादा लूँगी।" हलीमन का गर्व से सिर बार-बार ऊपर हो जाता था।

आग सुलगाकर हलीमन ने चाय बनाई और पीकर लेट गई। दिन-भर खूँटे की तरह बैठे-बैठे कमर तड़क गई थी। आँखों में नये घर की रूपरेखा बार-बार मिटती-बनती जा रही थी। कुम्हड़े की बेल, मुनगे का पेड़ लगाएगी, बैठे-बैठे पैसे आएँगे, अरे अपने आँगन में आदमी सब कर ले। एक चीज किसी को फोकट में नई खिलाएगी, क्यों दया-धरम करे, क्या कोई वह रईसजादी है?

सोचते-सोचते उसे नींद आ गई—ऊँह लकड़ी चीरेगी, चीर ले, अब और कितने दिन चीरेगी? अब तो नये घर में मजबूत दरवाजा और लोहे की साँकल लगवाएगी।

सूरज डेढ़ बाँस ऊपर चढ़ आया था। लगातार बारिश के बाद चिलचिलाती धूप निकल आई थी, हवा में उमस थी, शायद फिर पानी बरसेगा।

सलमा के पास से वह लौटी तो देखा सिलयागुड़ीन दरवाजे पर बैठी थी। चेहरे पर जाने क्या लिखा था कि हलीमन का दिल धक् से हो गया।

"काकी, सुखिया मर गई।"

कितना सपाट जुमला था जैसे कोई चाबुक बरसा रहा हो।

"क्या...?" वह अवाक् हो चीखी। आँखों के सामने सुखिया के पतले-पतले लकड़ी-से हाथ-पैर, चेहरे की चमड़ी के नीचे खिंचता हुआ पेट और एकदम बाहर निकल पड़ती आँखें घूम गईं।

गन्दी चिंदियों के बीच सुखिया पड़ी थी। मक्खियाँ उसके चेहरे पर झूम रही थीं। पल-भर हलीमन को लगा—यह जिन्दा ही कब थी।

सिलयागुड़ीन बह आये आँसुओं को गन्दी साड़ी से पोंछती जा रही थी, "काकी, भूखी गई है री, पहले खाने को दिन-भर माँगती थी पर कल सारा दिन कुछ नहीं खाई। काकी, जब यह पैदा हुई थी न, तब इसका बाप बोलता था?, खूब पढ़ाऊँगा, गाँव के स्कूल की मास्टरनी बनाऊँगा, खुद तो मरा ही अब बेटी को भी बुला लिया।"

"चुप हो जा सिलयागुड़ीन, जा कपड़ा खरीद ला, किसी को बुला ला, कब्र खोदना होगा न, कब्र खोदनेवाले को भी कुछ देना होगा न।"

"काकी...का करूँ री...पास में धेला नहीं, पुराना कपड़ा लपेटकर ले जाऊँगी, खुद ही गड्ढा खोदकर सुला आऊँगी, पैसा नहीं है किससे माँगने जाऊँगी?"

"नहीं, नहीं, ऐसा मत कर, मेरे रहते मत कर, मैं तो हूँ।"

हलीमन सीधी बन्दर नचानेवाले दिलावर के पास पहुँच गई, सारे जमीन के कागज उसे देकर, बीस रुपये नकद में सौदा तय कर आई, बाद में दिलावर अपना नाम चढ़वा लेगा।

सुखिया के शव को नये कपड़े में लपेटकर आगे-आगे सिलयागुड़ीन चल रही थी। उसके पीछे हलीमन और डोरका कब्र खोदने वाला साथ थे।

शहर से दूर जंगल के पास पहुँचे तब तक जोर से पानी बरसने लगा। कब्र में बार-बार पानी भर जाता था। डोरका बार-बार टीन से कब्र के पानी को बाहर फेंककर कब्र को खाली कर रहा था।

गीली पचपच जमीन में सुखिया को लिटाकर जब वे लोग लौटे तो अँधेरा हो गया था। उसका मन काफी हल्का हो गया था, वैसा ही जैसा नया घर बनाने पर होता।

दूसरी अर्थी

रात के सन्नाटे को किसी की चीख ने झिंझोड़कर रख दिया। हड़बड़ाकर वह उठा। रात के सन्नाटे को चीरती चीखें बराबर आ रही थीं। खिड़की से झाँककर देखा—पहली खोली वाली के यहाँ काफी लोग जमा थे, और कोहराम-सा मचा था।

वह नीचे उतर आया। दरवाजा खोलकर बाहर सड़क पर आ गया। चौराहे पर लाइट के खम्भे के पास मोहल्ले वाले जमा थे।

"खोली वाली का आदमी मर गया है!" सुनकर उसे अचम्भा-सा हुआ। अच्छा-खासा आदमी था। कैसे अचानक मर गया? खोली वाली की चीखें हर घर के दरवाजे, खिड़की से टकरातीं और रात के अँधेरे में दरवाजे खुलते और सब बाहर झाँकते नजर आते।

छोटी-सी खोली में आधी जगह को घेरे उसकी लाश जमीन पर पड़ी थी। खोली वाली उस पर व्याकुल होकर गिरी, छटपटा-छटपटाकर रो रही थी। पाँचों बच्चे घबराकर कोने से चिपके सिसक रहे थे।

लोग बाहर खड़े थे, औरतें दीवारों से चिपकी खड़ी थीं। छोटी-सी खिड़की पर दीया रखा था, जिसका मद्धिम-सा उजाला सीधा खोली वाली के माथे पर पड़ रहा था, और उनके माथे का बड़ा-सा सिन्दूर का टीका चमक रहा था।

वह खड़ा छोटी-सी खोली निहार रहा था, जहाँ मौत के लिए जगह नहीं, वहीं कैसे पीढ़ियों का गुजारा होता जाता है? अँधेरे में हवा आकर चुपचाप पट को हिला देती और लोग चौंककर देखते।

रात को ही खोली वाली की सौतेली बेटी आई और चुपचाप किवाड़ की आड़ में बैठ गई। छोटे-छोटे बच्चे रात के अँधेरे में सिसकते ऐसे लग रहे थे, जैसे बिल्ली के बच्चे ठण्ड में काँप रहे हों।

खड़े-खड़े वह थक गया, तो लौट आया।

सुबह उसने देखा, सामने खोली में भीड़ बढ़ गई है। दो-चार लोग कच्चे बाँस की अर्थी बना रहे हैं। कुछ सामने रामदयाल की पीछे की दीवार से टिके बीड़ी फूँक रहे हैं। मोहल्ले की काफी औरतें जमा हैं।

खोली वाली की बड़ी लड़की कमला, गली में दातौन वालियों के पीछे

दौड़-दौड़कर फूल इकट्ठा कर रही है, जो वह लोग पूजा के लिए लाती हैं। कमला के चेहरे पर एक सहमा-सा आश्चर्य है कि क्या सच उसका बाप मर गया है?

खोली वाली की सौतेली लड़की नल से पानी भर-भरकर गली में रख रही है। थोड़ी देर बाद लाश बाहर निकाली गई और खाट पर रखकर नहलाने के बाद लोग अर्थी पर रख रहे हैं। खोली वाली बड़े ही भयानक ढंग से चीख रही है। बच्चे रोते हुए खाट से चिपके हुए हैं। कमला हाथ में फूलों की टोकरी पकड़े रो रही है; उसके बहते आँसू फूलों पर टपक रहे हैं।

अर्थी चलने लगी। खोली वाली दौड़ी। बच्चे भयानक चीखें निकालकर माँ के पीछे दौड़े, पर तभी एक आदमी ने दौड़कर खोली वाली को पकड़ लिया। वह वहीं गली की धूल में लोट गई। उसकी चीखें आते-जाते लोगों को बाँध रही हैं। औरतें जाती हुई अर्थी को देख रही हैं। सारी गली के दरवाजे-खिड़कियों पर मौत की भयानकता छाई है। गली के छोटे-छोटे बच्चे, खोली वाली को रोते देख सहमे खड़े हैं।

वह देर तक छत पर खड़ा सब देखता रहा। मन इतना उदास हो गया कि सुबह की चाय भी पीने की इच्छा नहीं हुई। जब वह नहाकर उठा, तो देखा, खोली वाली अन्दर चली गई है। औरतों की भीड़ भी छँट गई है। उसकी सौतेली लड़की घर के सारे बर्तन निकालकर माँज रही थी। बच्चे नाली के पास बैठे गली में देख रहे थे। खोली वाली की चीखें बन्द हो गई थीं, शायद वह बेहोश हो गई थी।

एक औरत घर का सारा सामान बाहर निकाल रही थी। लाश को जिस खाट पर नहलाया था, उसे वहीं नाली के पास खड़ा कर दिया है। वह जानता है यह इनकी एकमात्र खाट है। इसी पर खोली वाली का आदमी सोता था।

धूप की तेजी बढ़ती जा रही है। मई की तपती धूप में गली और वह छोटी खोली, वहाँ का वातावरण और भयानक दिख रहा था। लोग श्मशान से लौटकर करीब एक बजे आए। सौतेली लड़की ने सबके लिए भात चढ़ा दिया था। खोली को एक औरत लीप रही है। खोली वाली नाली के पास बैठी, मुँह पर कपड़ा डाले, धीरे-धीरे सिसक रही है। श्मशान से लौटे लोग खोली में जाकर खाना खा रहे हैं, उनके चेहरों पर कहीं मौत की परछाईं नहीं है। बच्चे दरवाजे के पास सिमटे एक थाली में भात रखे खा रहे हैं। बीच-बीच में खोली वाली उदास आँखों से भीतर सबको खाते देख लेती, फिर गली की तरफ देखने लगती, जहाँ से अर्थी गई थी। शायद वह मौत और जिन्दगी की दूरी को जोड़ रही हो।

सब खाकर बाहर रामदयाल की पीछे की दीवार से लगकर बैठ गए। दीवार की छाया लम्बी होकर आधी गली को घेरे थी। बच्चे बाहर निकलकर नाली के पास खड़े थे। कमला नल से पानी ला रही थी। उसका सारा फ्राक भीग गया था। गली में खड़े लड़के-लकड़ियाँ उससे पूछ रहे थे, "तेरे बाबू कब मरे रे?"

"रात के बारह बजे मरे।" उसके चेहरे से लगता, जैसे वह कह रही हो, 'बारह बजे हमारे यहाँ शादी हुई है।'

रात के अँधेरे में धीरे-धीरे खोली वाली की रोने की आवाज आती है। दो दिन तक उसके यहाँ यही वातावरण रहा।

"उसकी चूड़ियाँ और माथे का सिन्दूर कब मिटाएँगे?" मोहल्ले की औरतें बातें करतीं।

"मालूम नहीं इनमें कैसे करते हैं, शायद बाद में करेंगे।"

तीसरे दिन सुबह एक नाई आकर उसी खाट की आड़ में बैठा सबके सिर के बाल काटता रहा। उसी दिन फिर खोली वाली के घर चहल-पहल रही। खोली वाली चीख-चीखकर रोई। दोपहर को घर के लोग किसी चीज को ढाँककर ले गए।

शाम को उसका घर खाली हो गया। बच्चे दरवाजे पर बैठे चारों तरफ बिखरे बालों को देखते रहे। उसकी सौतेली लड़की भी चली गई थी। खोली वाली एक पट को भेड़े चुपचाप गली में देख रही थी।

सामने के घर में मण्डप लग गया। बाजे की आवाज से गली के सारे बच्चे इकट्ठे हो गए हैं। खोली वाली अपने बच्चों को डाँट रही है, पकड़कर मार रही है। पर बच्चे शादी वाले घर में जाने को बेचैन हो रहे हैं। बाद में खिसियाकर, वह बच्चों को छोड़कर चौखट पर बैठ गई। बच्चे शादी वाले घर भाग गए थे। वह रो रही थी। वही लोग, जो मौत में इकट्ठा थे, शादी की चहल-पहल में लगे थे। सबके चेहरे पर से मौत की उदासी उतरकर शादी की खुशी टँग गई थी। काफी देर तक रो लेने के बाद खोली वाली अन्दर चली गई और दरवाजे के पट को भेड़ कर उसकी आड़ में खड़ी चोरी से शादी के घर की तरफ देखने लगी।

रात को वह चुपचाप बैठा था कि किसी ने दरवाजा खटखटाया, उसने देखा, सामने कमला खड़ी थी।

"क्या बात है?" उसने बड़ी हमदर्दी से पूछा। कमला किवाड़ की साँकल पकड़े खड़ी रही।

"बाबूजी, आटा वगैरह हो तो दो, सब भूखे हैं।"

उसे लगा, कमला रो देगी। उसने अन्दर से आटा निकालकर दे दिया। कमला आटा लेकर चली गई। उसने कहीं से देखा, खोली वाली एक पट को भेड़े देख रही थी।

दूसरे दिन वह गली में मुड़ा, तो देखा, कमला सीढ़ी पर बैठी है, उसने ताला

खोला, "क्या बात है?"

कमला ने आँखें नीची कर लीं। उसके छोटे भाई-बहन खड़े उसे बड़ी उदासी से देख रहे थे। चेहरे पर भूख की परछाईं साफ दिख रही थी। जेब से एक रुपया निकालकर देते हुए उसने पूछा, "घर में कुछ नहीं है?"

"था, किरिया-करम, भोज वगैरह में सब खतम हो गया।"

"तुम लोगों का कोई नहीं?"

कमला ने बरसते आँसुओं को रोकते हुए उसे देखा और रुपये को मुट्ठी में कसकर पकड़े, चुपचाप सीढ़ी उतर गई। वह कमला के पीछे तेजी से जाते हुए बच्चों को देखता रहा।

शाम को खोली बन्द थी। मकान मालिक बड़ा चिल्ला रहा था। वह खोली वाली के आदमी को गाली दे रहा था, तुरन्त खोली खाली करवाने के लिए बार-बार ललकार रहा था। मकान मालिक के जाने के बाद खोली वाली का रोना फिर सुनाई दिया। कमला सामने वाले शादी के घर से दिया हुआ भात उठा लाई। आज वहाँ विदाई थी। मोहल्ले में शादी की हलचल थी, सारे लोग खुश थे, सिर्फ सामने की खोली बन्द थी और मौत की भयानकता अब भी बन्द दरवाजे पर टँगी थी।

करीब दस बजे कमला ने दरवाजा खटखटाया। सामने वही पुरानी कमला खड़ी थी, पुराना वाक्य लिए, "कुछ आटा वगैरह हो तो दो, सब भूखे हैं।"

"आटा खत्म हो गया है कमला!" उसने सीधा-सा उत्तर दे दिया। कमला चुपचाप सीढ़ियाँ उतर गई। अपने झूठ बोलने पर उसे मन में छटपटाहट हुई।

दूसरे दिन सुबह खोली वाली के रोने की आवाज आई। आज वह ठीक मौत वाले दिन की तरह रो रही थी।

उसने देखा, कमला सारा सामान समेट रही है और खोली वाली नाली के पास खड़ी रो रही है, बच्चे उससे लिपटे हैं। मोहल्ले के बच्चे खड़े देख रहे हैं। उसने अपने रात के झूठ पर दुख हुआ, मन में आया, कमला को बुलाकर माफी माँग ले और एक रुपया दे दे। पर हिम्मत नहीं हुई।

कमला सारा सामान उठाए आगे चल रही थी। खोली वाली बच्चों को पकड़े रोते हुए पीछे जा रही थी। उसने चौंककर देखा, वह लोग उसी गली से जा रहे थे, जहाँ से अर्थी गई थी।

रिश्ते

साँकल खटखटाने की आवाज के साथ ही सामने दरवाजे पर टँगे परदे के निचले हिस्से से दो नन्हे-नन्हे साँवले-से पैर आते दिखे। वे पैर परदा हटाते ही ठिठक गए।

"अरे, भाईजान आप?" और उसने फुर्ती से बढ़कर जाफरी के दरवाजे की साँकल खोल दी। वह अन्दर आ गया। उसने शन्नो के सिर पर हाथ फेरा। शन्नो उसकी उँगली पकड़े और लगभग घसीटती-सी अन्दर कमरे में ले गई और उसके हाथ का बैग लेकर सामने लकड़ी की अलमारी पर रख दिया।

"अम्मा, अम्मा, देखो तो भाईजान आए हैं!" शन्नो पीछे दालान में जाते हुए चिल्लाई।

उसने फुल पैंट में खुसी कमीज को बाहर निकाला और वहीं पड़ी आरामकुर्सी पर लुढ़क गया—"ओफ, यह बस का दो सौ मील का फासला तो कचूमर निकाल देता है, सुबह बैठो और शाम को रायपुर पहुँचो, और जब बस से उतरो तो ऐसा लगता है जैसे किसी ने दिन-भर एक सीट पर नजरबन्द कर रखा था और अब सजा पूरी हुई है।"

सहसा अम्मा के परिचित स्वर पर उसने आँखें खोल दीं। देखा, अम्मा पल्लू से हाथ पोंछती खड़ी हैं। उनके चेहरे से लगा कि उसके अकस्मात् आ जाने पर उन्हें कोई आश्चर्य नहीं है जैसे वह चौक पर बने हमीदअली के मदरसे से टहलकर वापस आ रहा हो।

"मुँह धो लो," अम्मा के स्वर से चौंककर वह हड़बड़ाकर उठा। उसे महसूस हुआ कि अब तक उसने अम्मा से कोई बात नहीं की है, एकाएक उसे सूझा नहीं कि क्या बात करे। "शन्नो कौन-सी क्लास में पढ़ती है अम्मा?" कहते ही उसे अपनी गलती महसूस हुई, उसे ऐसी बेमतलब बात नहीं करनी थी, वह पूछ सकता था—"सब खैरियत से तो हैं? आप क्या कर रही थीं?" वगैरह-वगैरह। उसने झेंपकर आँखें नीची कर लीं और दालान में आ गया।

"सलाम अलैकुम, भाईजान!"

उसने घूमकर देखा, सज्जो चूल्हे से पास पीढ़े पर बैठी रोटी बेल रही थी। उसके दिमाग में बिजली की-सी तेजी से एक प्रश्न कौंधा—सज्जो सलाम करने पहले

ही कमरे में क्यों नहीं आई?

नल के तेजी से नीचे गिरते पानी के शोर में उसे साफ सुनाई दिया, सज्जो अम्मा से पूछ रही थी, "भाईजान कैसे अचानक आ गए अम्मा?"

वह मुँह धोकर अपने पीछे गीले पंजों के निशान छोड़ता परछी में आ गया और चटाई पर बैठ गया, तभी सामने जाफरी का दरवाजा खोलने और साइकिल रखने की आवाज से उसने जान लिया कि अब्बा होंगे।

अब्बा की नजर उस पर पड़ते ही बोले, "अरे जावेद, तुम, कब आए?"

उसने सलाम किया। उसने देखा, अब्बा का झुर्रियों वाला चेहरा ताजा हो मुस्करा रहा था। जैसे किसी ने सिमटी हुई चादर को खींचकर शिकनें मिटा दी हों। अब्बा ने कोट उतारकर खूँटी पर टाँग दिया और बालों में हाथ फेरते उसके करीब आ बैठे और बातें करने लगे।

सज्जो ने खाली चाय के प्याले उठा लिए थे। अँधेरा हो गया था। दोनों भाई भी आ गए थे। रहीम स्कूल से, इकबाल नौकरी से। सब दाहिने वाले कमरे में बैठे थे, पर सब चुप। इकबाल स्टूल पर कुबड़ा हुआ-सा बैठा था। रहीम पास रखी पेटी पर बैठा था, अम्मा दरवाजे की चौखट पर बैठी थीं, सज्जो बावर्चीखाने की दीवार से टिकी थी। अब्बा और वह पलँग पर बैठे थे। बीच-बीच में अब्बा कोई बात करने लगते थे तो अम्मा भी दाहिने हाथ में रखे सरौते को हिला-हिलाकर कुछ कहती जाती थीं। अम्मा, साँवली, मोटी और थोड़ी गिट्ठी थीं। उनकी आदत थी कि कोई बात करते वक्त वह चेहरे और हाथ को हिलातीं और बात करते-करते सहसा चुप हो जातीं, फिर करने लगतीं। कभी-कभी उसे बड़ी कोफ्त होती, पर वह कह नहीं पाता था।

उसने बैग के अन्दर की धूल साफ करने के इरादे से बैग को उठा लिया और उसके अन्दर का सामान एक-एक कर निकालने लगा। उसने महसूस किया कि सबकी आँखें उसके बैग पर हैं, जैसे चुनौती दे रही हों कि देखें क्या लाया है। और उसे पहली बार लगा कि रास्ते में कुछ फल वगैरह ले लेना था, पर यह उसकी पुरानी आदत थी। उसे जब भी स्कूल और कालेज के जमाने में बाहर जाना पड़ता तो वापसी में कुछ नहीं लाता था। शायद इसलिए कि घर में क्या शिष्टाचार बरते। यह तो वे करते हैं जो दूर के रिश्तेदार होते हैं और न आज तक उसने इस बात को गम्भीरता से ही सोचा, पर आज न जाने क्यों उसे अपनी इस आदत पर दिली सदमा हो रहा था। अपनी कमजोरी को छिपाने के ख्याल से उसने जल्दी-जल्दी उल्टे-सीधे कपड़े वापस बैग में ठूँस दिए। और उसने डरते-डरते अम्मा को देखा। वह ठण्डी साँस छोड़ रही थीं। वह सकपका गया, कनखियों से अब्बा की ओर देखा। वह दीवार से सिर टेके छत को निहार रहे थे।

वह चुपचाप बाहर कुर्सी में बैठा नाखून खुरच रहा था। दो दिन उसे इस घर

में आए हो गए, पर अब तक किसी ने सीधे मुँह बात तक नहीं की, सब अपने-अपने में खिंचे रहते हैं। सुबह होते ही अब्बा काम पर निकल जाते हैं और इकबाल ऑफिस की तैयारी में जुट जाता है। यह उम्र और नौकरी? भला बीस-इक्कीस की उम्र भी नौकरी की होती है? उसने कितना मना किया था, समझाया था कि कालेज में पढ़ो, क्लर्की मत करो, पर कोई सुने तब? कैसे क्लर्की में जिन्दगी बिता सकेगा। इस घर में सिर्फ वही बी.ए. कर सका है। वैसे मैट्रिक से ही अनपढ़ अब्बा चिल्ला रहे थे–"मैट्रिक तक तो पढ़ लिए। अब तो कहीं बाबू हो जाओ," पर उसे तो जिद थी। अम्मा कितनी बार नन्हे-नन्हे नौ भाई-बहनों की दुहाई देती रहीं, पर वह टस से मस न हुआ। नतीजा यह कि अब्बा ने साफ-साफ अम्मा से कह दिया, "उससे कह दो कि अब आगे पढ़ाने को मेरे पास धेला नहीं है, वह अकेला ही नहीं उसके पीछे नौ हैं नौ सुना न?"

अम्मा को कहने की जरूरत नहीं पड़ी। दूसरे कमरे में चटाई पर पड़े-पड़े उसने सब सुन लिया था और अम्मा भी देख चुकी थीं कि वह है। उसी दिन से वह ट्यूशन पढ़ाकर अपनी फीस निकालने लगा था। फिर भी अक्सर खाते वक्त उसे सुनने को मिल ही जाता, "बूढ़ा हो रहा हूँ, कितना काम करूँ, पर जवान लौंडों को तो दीखता ही नहीं।" खाना उसके हलक में अटक जाता। जी चाहता कह दे, दस-दस बच्चे पैदा करने के लिए किसने कहा था, जब किए तो उनके पालने की भी पहले सोचना था...पर शब्द उसके दाँतों में आकर रोटी के साथ ही चब जाते, वह कह नहीं पाता।

वह जानता था कि पहले अब्बा का वक्त बहुत अच्छा था, खूब पैसा आता था, पर उन्होंने कभी नहीं जोड़ा। हमेशा खा-पीकर उड़ा गए, बीमा भी कभी नहीं करवाया क्योंकि अम्मा हमेशा रोक देतीं। उन्हें शक था कि बीमा करवाने से उम्र घट जाती है।

सात लड़कियाँ सात मोअमें की तरह खड़ी थीं। हमेशा वह देखता कि अब्बा थककर आते और झोल खटिया पर लुढ़क जाते और अम्मा हर समय लड़कियों की शादी की जुगाड़ में रहतीं। ईद के बहाने जो कपड़े बन जाते उन्हें लड़कियों को सिर्फ ईद में थोड़ी देर पहनने देतीं, फिर तह कर टाँके लगाकर सबसे नीचे की पेटी में छिपाकर रख देतीं। घर में जो पुराने कपड़े निकलते उनके बदले वह नए बर्तन लेकर दहेज के लिए सहेज कर रख देतीं। वह अम्मा को हमेशा लड़कियों की शादी के लिए हर चीज में कटौती करते देखता, पर जैसे अम्मा की लड़कियाँ ही लड़कियाँ हों लड़के नहीं, क्योंकि कभी उन्होंने इस ओर ध्यान ही नहीं दिया था कि लड़के भी अपनी उम्र की ड्योढ़ियाँ तेजी से पार कर रहे हैं। अम्मा को हमेशा डर रहता कि लड़के की शादी कर देने से, लड़के की आड़ से जो उनकी जवान लड़कियाँ उठती हैं वे नहीं उठेंगी। जब भी लड़के वाले आते तो अम्मा पहला फन्दा फेंकतीं, "बहन, हमारे भी जवान लड़के हैं; यह लड़की उठ जाए तो लड़के की करें। है कोई तुम्हारी

नजर में लड़की?"

अम्मा के इतना कहते ही लड़के वाले जो अकड़े रहते जरा झुक जाते, क्योंकि उनके घर भी लड़कियाँ हैं। पर वह जानता है अम्मा यह फन्दा कई बरसों से फेंक रही हैं, लेकिन सिर्फ लड़का फँसाने के लिए।

वह हमेशा अब्बा की पतली-पतली टाँगों को साइकिल पर चढ़ते देखता तो उसका मन होता, पढ़ाई छोड़कर क्लर्की कर ले, पर वह यह सोच सहम जाता कि आज जो अब्बा का हाल है वही कल उसका हुआ तो? और वह दिमाग से कालेज छोड़ने की बात को झाड़ देता। ले-देकर उसने बी.ए. किया अब इधर अब्बा भी खुश रहते थे कि चलो अब तो बोझ कम हुआ, पर दुर्भाग्य कि नौकरी नहीं मिली।

एक रात उसने दूसरे कमरे से अब्बा की आवाज सुनी, "देखो जी, मैं साफ कहे देता हूँ कि उसे कह दो कहीं चला जाए। एक तो इतने साल पढ़ाई में बरबाद किया और अब खुले साँड़ की तरह घूमता है। जब वह दोनों टाइम खाकर डकारता है, तो मुझे आग ही तो लग जाती है।" अम्मा ने धीरे से शायद समझाया जो उसे सुनाई नहीं दिया। "एक तो जबान लौंडियाँ छाती पर डटी हैं, छोटों को तो जाने दो, और ऊपर से आँख में पड़े कंकड़ को जो हमेशा आँखों में चुभता हो, न निकालना कहाँ की अक्लमन्दी है?" अब्बा का यह वाक्य उसके अन्दर पहुँचकर उसके कलेजे को बेरहमी से खुरचता रहा, वह तिलमिलाकर रह गया।

सुबह मुँह अँधेरे वह जगदलपुर जाने वाली बस में था, सिर्फ पहने हुए कपड़ों से, बिना सोचे-समझे कि कहाँ जाएगा, क्या खाएगा। किसी ने खोज नहीं की कि कहाँ गया? उसे बहुत संघर्ष के बाद हाईस्कूल में क्लर्क की नौकरी मिल पाई, पर उसने घर वालों को अपनी कोई खबर नहीं दी। एक बार उसने मनीआर्डर से सौ रुपये भेज दिए तो उसे पहली बार घर से खैरियत का खत मिला, जिसमें खुदा से दुआ की गई थी, 'हमारा बेटा आगे भी वालदेन के बुढ़ापे का ख्याल करके पैसे भेजेगा। वह क्यों भागा, कैसे नौकरी मिली, इतने दिन क्या खाता रहा, 'हवा या पानी' कुछ नहीं था।' उसका मन उदास हो गया, आँखें भर आईं, उसे पहली बार लगा था कि वह यतीम है, सिर्फ यतीम। उसने उस खत का उत्तर भी नहीं दिया। पर घर से बराबर खत मिलते—रहीम की फीस भरनी है, पैसे भेजो, इकबाल की मैट्रिक परीक्षा की फीस देनी है, फलाँ लड़की के लड़का हुआ है, अकीका करना है पैसे भेजो। फलाँ बीमार है, पैसे भेजो, कभी उसके पास पैसे बचते तो भेज देता वरना चुप रह जाता। महीने में घर का किराया, एम.ए. की फीस, नौकरानी, दूधवाले के पैसे, होटल का बिल, आखिर में तो उसे दोस्तों से उधार लेना पड़ता। पैसे नहीं भेजता तो उसके दोस्तों से या पत्रों में रोना रोया जाता—'क्या इसी दिन के लिए खून-पसीना एक कर इतना पढ़ाया था?' यह बात अलग थी कि जितना खून-पसीना बहाया गया सिर्फ वही जानता है।

जब वह जगदलपुर आने के बाद पहली बार रायपुर गया तो अम्मा कोई मौका हाथ से न जाने देतीं और किसी बच्चे को साथ कर देतीं, "भैया, इसे डाक्टर को दिखाकर दवा ले लेना, और मेरे लिए यह टॉनिक लेते आना। सज्जो के पास कपड़े नहीं हैं। दो सूट का कपड़ा लेते आना, और यह शन्नो को उधर से ही जूते ले देना।" वह घबरा जाता कि इतने कम पैसे पड़ रहे हैं कि वह वापस जगलदपुर कैसे जाएगा।

इकबाल मैट्रिक में फेल हो गया, इकबाल के टाइम भी अब्बा चिल्लाते रहे। वह हमेशा इकबाल को आगे पढ़ने को प्रोत्साहित करता रहता तो अब्बा ने झल्ला कर कहा था, ''तो तुम कहीं ले जाकर पढ़ाओ न!" उसने हिसाब लगाया तो देखा वहाँ परदेश में एक आदमी का खर्च पूरा नहीं होता तो फिर दो का—फिर कालेज की भारी फीस। वह चुप्पी साधकर बैठ गया। यदि इकबाल की पढ़ाई की बात भी चलती तो अनसुनी कर देता।

"मम्मा, मम्मा" चौंककर उसने देखा बहन की लड़की उसकी गोद में चढ़ रही है। दो बहनों की ससुराल यहीं है, तो मँझली आपा आई हैं।

"हमारे लिए साइकिल लाए?" छोटी बेबी के मुख से यह प्रश्न सुनकर वह आश्चर्यचकित रह गया, तभी सामने लटके परदे के पीछे किसी के खड़े रहने का आभास हुआ। वह बेबी को उठाकर अन्दर आ गया। आपा परदे के पास से सरककर नकाब उतार रही थीं। उसने आदाब किया, देखा आपा मामूली साड़ी पहने थीं, चेहरे से भी बड़ी लगती थीं। पाँच साल में चार बच्चे हो गए थे। हर बहन का वही हाल है, घर में खाने को नहीं है, पर पेट में बच्चा जरूर है। अम्मा हमेशा वेपा-झबला ही सिलते दीखतीं।

"साइकिल लाए?" बेबी ने दुबारा प्रश्न किया तो उसने 'नहीं' में सिर हिला दिया और खिसियाकर हँस पड़ा। वह जानता है आपा उसके आने की खबर से मिलने नहीं बल्कि साड़ी या बच्चों के कपड़े मिल जाने की आशा से आई हैं। वह आपा की तरफ से अपनी उदास आँखों को घुमाकर उधर देखने लगा जिधर चूल्हे के पास अम्मा बैठी प्याज कतर रही थीं, आपा के अकस्मात आने और तरकारी के कम पड़ जाने के ख्याल से तह अण्डा वगैरह भूनने की तैयारी कर रही थीं। सज्जो दुबारा आटा गूँधने में लगी थी। आटा गूँधने वह आगे झुकती, पीछे होती, जिससे उसकी बाँह के पास की फ्राक सिकुड़ती, फिर तनती, फिर सिकुड़ती, फिर तनती। आपा गोद के बच्चे को लेकर बाहर दालान में ही आ गई हैं और दाहिना पैर झुला-झुला कर बच्चे को सुला रही हैं।

दस्तरखान पर सब चुप बैठे खा रहे हैं। अब्बा उकड़ूँ ही बैठे रोटी चबा रहे हैं। खाते वक्त अब्बा हमेशा दीवार से टिके उकड़ूँ ही बैठते हैं। उसने ध्यान से देखा अब्बा लम्बे काफी हैं पर लम्बाई के ख्याल से मोटाई जरा भी नहीं है। हड्डी चिपकी

खाली ऊपर से नीचे झुर्री-भरी चमड़ी ही है। गृहस्थी के बोझ ने उनकी चमड़ी को और झुलसा दिया है। पहली बार उसकी नजर सामने लटके छींके पर गई जिसमें कई अण्डे झूल रहे थे। इतने अण्डे हैं, अगर अम्मा रोज दो अण्डे उबाल कर अब्बा को दें तो? आखिर घर की ही मुर्गियों के तो हैं। ये अण्डे अचानक लड़कियों के आ जाने या दामादों के आ जाने पर ही इस्तेमाल होते थे। उसे पहली बार अम्मा पर क्रोध आया।

अचानक बेबी के रोने से वह चौंककर उधर देखने लगा। आपा बेबी को मार रही थी, क्योंकि बेबी पूरे अण्डों पर झपट्टा मार रही थी, जबकि अक्सर बच्चे को एक टुकड़ा दे दिया जाता है।

"हरामी, जैसे कभी खाई न हो नादीदी," आपा ने एक चपत और जड़ दी। बेबी उसकी तरफ देखकर मार खाई जगह को सहलाती रो रही थी। उसने आँखें हटा लीं। वह जानता है, आपा का आदमी एक मामूली दर्जी है जिसकी आमदनी से खींचतानकर सिर्फ रूखा-सूखा ही खा पाते होंगे। उसे आपा पर तरस लगा। अब्बा कितने बुरे हैं, जानते-बूझते ऐसे घर में लड़की को ढकेल दिया, जहाँ के अँधेरे कोने में ठण्ड से सिकुड़ी गरीबी अपने शरीर पर पड़े छोटे-से कपड़े को खींचती है, पेट ढँकता है तो पैर खुलते हैं, पैर ढँकते हैं तो पेट खुलता है। पर वह भी क्या करें, एक-दो हों तब न, यहाँ तो पूरी सात हैं। पाँच निपटी हैं दो अब भी हैं।

"क्या सोच रहे हो?" अचानक अम्मा ने कहा तो वह चौंककर खाने लगा। छोटा था तो अम्मा कितनी बातें करती थीं, पर अब तो कभी-कभार ही बोल लेती हैं।

जिस घर में पैदा हुआ, जिसके आँगन में पैर-पैर चलना सीखा, वही घर कितना सूना, डरावना, पराया लगता है! उसने सोचा था आठ दिन रहने का, पर तीन दिन में ही घबराहट होने लगी थी। हर समय अब्बा के सुनाए ताने और अम्मा के रोने से घबरा गया था। कोई ठीक बात ही नहीं करता, बस अपना ही मतलब।

अम्मा पानदान के पास बैठी पान बना रही थीं। वह दरवाजे पर ही खड़ा हो गया, "अम्मा, कल सुबह की गाड़ी से मुझे जाना है।" अम्मा ने हाथों में कत्थे की डण्डी को लिए हुए ही उसकी तरफ देखा, फिर आँखें नीची कर लीं, जैसे पहले ही जानती थीं। न उन्होंने कारण पूछा, न रोका। उसने सोचा था कि यदि रोकें तो वह एक-दो रोज और रुक जाएगा, पर अम्मा को चुप देखकर वह ऐसे कदमों से वापस आया जैसे अम्मा ने ही उसे चले जाने को कहा हो।

सुबह मुँह अँधेरे ही अपने कमरे से वह नल के खुलने, फिर पानी के पछाड़ खाने की आवाज सुनता रहा, सामने जाफरी के पास रखे दड़बे से मुर्गे की जोर-जोर से बाँग देने की आवाज आ रही थी। चूल्हे के पास स्टोव की आवाज आ रही थी। क्या पका रही थीं अम्मा? शायद पराँठे सेंक रही हों। कितने दिन हो गए गोश्त

खाए, पर अम्मा ने उसके आए तीन-चार दिन में एक बार भी नहीं मँगाया, बस वही बारीक-बारीक कतरे आलू पतले शोरवे में लिपटे...। अचानक सामने के दड़बे से ढेर से मुर्गे-मुर्गियों के एक साथ कुड़कुड़ाने की आवाज आई, शायद अब्बा ने दड़बे का दरवाजा खोल दिया है।

वह उठा और अँधेरे में ही अपना पर्स खोल नोट टटोले, कितने हैं, आखिर जाते समय बच्चों को देना तो होगा ही। चौदह थे, ग्यारह तो टिकट में लगेंगे, एक रुपया रास्ते का खर्च। बस दो बचते हैं। ओफ! वह कैसे करेगा, यह सोचते ही वह घबरा गया।

सामने रिक्शा खड़ा था। अब्बा कुर्सी पर पैर उठाए बैठे थे। अम्मा, आपा, सज्जो दरवाजे पर खड़ी थीं। बच्चे पीछे दालान में खेल रहे थे, आपा ने कई बार पुकारा, पर बच्चे नहीं आए। खाली बेबी आई। आपा भी जैसे जानती हों बुलाने से क्या होगा? क्या देंगे? दोनों भाई कुर्सी पर बैठे थे। उसने हाथ में दबे दो रुपयों को जोर से दबा लिया। उसे अम्मा और आपा की कहती हुई आँखों की तपिश गालों पर महसूस हो रही थी। बेबी दरवाजे से बाहर झाँक रही थी। उसने बेबी को उठा लिया और घरवालों की तरफ पीठ किए जल्दी उसने बेबी के हाथ में दो रुपए रखकर मुट्ठी बाँध दी और बेबी को नीचे उतार दिया। उसने महसूस किया पसीने की कई बूँदें एड़ियों तक चू गई हैं। उसने बदहवासी में सिर तक हाथ ले जाकर आदाब किया और फुर्ती से रिक्शे पर बैठ गया। रिक्शा चल पड़ा और अम्मा शन्नो को ढकेलती रह गईं, दुआ बोलने!

पितृशोक

लोहे की जंग-खाई कुर्सी, जिसे पिताजी ने रजवाड़े की चाबुक सवारी की नौकरी से पैसा जमा कर खरीदा था, उस पर वह बैठा था। इन कुर्सियों का भी अपना इतिहास है। उस जमाने में कुर्सियाँ रखना बहुत बड़ी बात समझी जाती थी। चार पैर वाली, सीधी पीठ वाली लोहे की कुर्सी, बड़े अरमानों से तब ही खरीदी गई थी। आसपास के लोगों में चर्चा भी रही थी कि फलाँ के यहाँ कुर्सियाँ हैं। अब वही कुर्सी जंग खाकर बीच-बीच से छेद होकर विचित्र-सी हो गई थी, अब इन कुर्सियों को देख हँसी आती है।

सामने छोटी-सी झोल खाई खाट पर, आधे पैर मोड़े जो आदमी कंकाल की तरह पड़ा है, उसे ही देखने वह इतनी दूर दिल्ली से दौड़ा चला आया था। इस आदमी के लिए हमदर्दी में वह दौड़ा चला आया था, पर इतनी भागदौड़ करने के बाद भी वह उसके प्रति नरम नहीं हो पा रहा है। यही कंकालनुमा जिन्दा आदमी उसका बाप कहलाया है।

वह उसे जब भी याद करता है, वह आदमी से ही याद करना शुरू करता है, पिता का वह गुदगुदाया शब्द कभी सामने नहीं आया। परसों शाम ही तो वह दिल्ली से आया था। मौसेरे भाई ने तीन टेलीग्राम किए। लगातार तीन टेलीग्राम मिले तो उसे यही उम्मीद बँधी थी कि वह चल बसा होगा और अब उसे हो ही आना चाहिए, वरना उस छोटे शहर में यदि वह बाप की मौत के बाद भी नहीं पहुँचा तो वहाँ के लोग उसे कभी क्षमा नहीं कर पाएँगे।

छोटे शहर की आत्मा में दो-चार पुरानी बातें अब भी धड़कती हैं, जिसे लोगबाग सीने से चिपकाए रहते हैं। तीसरे टेलीग्राम मिलते ही पत्नी ने रोना शुरू कर दिया था जिसे देखते ही बच्चों ने भी साथ दिया था। पड़ोस की मिसेज पाठक मिसेज वर्मा को बच्चों से खबर मिल गई थी कि बच्चों के दादा चल बसे हैं।

बाप के मरने की सूचना देकर ही उसने छुट्टी की दरख्वास्त दी थी। कुछ दोस्तों ने तो पहली बार जाना था कि उसका पिछला अब भी बाकी है।

—क्या करते थे यार। तुम्हारे पिता? दोस्तों ने आश्चर्य से पूछा।

वह...यकायक जवाब देते नहीं बना—पुरानी जमींदारी थी, अब तो वैसे कुछ

बचा नहीं था पर हाँ मरा हाथी भी सवा लाख का होता है न, बस जायदाद की निगरानी करते थे—उसे सन्तोष हुआ कि चलो मौके से जवाब सूझ गया। जमींदारी थी, कहकर आसानी से पुराना वैभव जतला कर सामने वाले का मुँह बन्द किया जा सकता है। नौकरी करते थे, कहने पर कई प्रश्न और आगे चलते हैं, कौन-सी नौकरी थी? कितना मिलता था? कितने दिन हुए रिटायर हुए? बिला वजह के प्रश्नों का लम्बा सिलसिला।

"अब तक तो मिट्टी उठ गई होगी," उसने भरोसे से पत्नी को जतलाया, इस आशय से कि जाने से कोई फायदा नहीं, सिर्फ पैसों की बरबादी होगी।

"तुम यह क्यों नहीं सोचते, तुम्हारे वहाँ न जाने से लोग कितने किस्म की बातें करेंगे? फिर बाद में तुम वहाँ क्या जा पाओगे? उन लोगों का सामना कर पाओगे?"

और उसे लगने लगा था, बिना जाए चारा नहीं। सफर के दौरान उसे एक बात कचोटती रही कि एक बिला जरूरत आदमी के लिए वह इतना पैसा फूँक रहा है। इससे तो अच्छा यही था कि दोस्तों में बैठकर बढ़िया बोतल खोली जाती, दो-तीन दिन ऐश करते, ठहाके लगाते, सिगरेट के धुएँ से कमरे को भर देते। दोस्तों के बीच खर्च करने में उसे जरा दुख नहीं होता। सही भी तो है, दोस्तों के सहारे वह इतना बड़ा हुआ और दोस्ती के भरोसे ही आज वह सारा वैभव पा गया था, जिसको पाना किसी जमाने में उसने अपना ध्येय बना लिया था।

आज वह बड़ा आदमी है, उसके पास बढ़िया तीन कमरों का फ्लैट है, आधुनिक सामान है, बच्चे ऊँचे कान्वेंट में पढ़ते हैं, पत्नी ने सलीके से रहना सीख लिया है, पर इतनी सारी सुविधा इकट्ठी करने के लिए उसे क्या-क्या नहीं करना पड़ा, यह अलग और लम्बी कहानी है जिसे वह खुद भी याद करना नहीं चाहता।

"जाओ नहा लो। कोई मिलने आ जाएगा," पत्नी ने उसे कपड़े पकड़ाते हुए कहा।

सच है उसे नहा-धोकर तैयार हो जाना चाहिए। कोई जान-पहचान के लोग आ सकते हैं।

अभी वह गीले पैरों को गीली चप्पलों में फँसाते, टावेल से सर पोंछते बाहर आया ही था कि पत्नी सामने आ खड़ी हुई।

"बाहर कुछ लोग तुमसे मिलने आए हैं," पत्नी ने बताया तो उसने गीला तौलिया पत्नी के ऊपर डाल दिया शरारत से, पत्नी ने आँखें तरेरकर उसे धमकाया और वह तुरन्त सतर्क हो गया।

वह बाहर आया। दालान में जाते ही बैठे लोग खड़े हो गए। सबने अधीर होकर हाथ मिलाए, किसी ने उसे गले से लगा किया। कुछ तो अपने बचपन के मित्र थे, कुछ उसके प्रायमरी के शिक्षक थे।

"अब कैसी हालत है पिताजी की?"

"अभी तो मैं आया हूँ, जब से ठीक लग रहे हैं, मैंने रस पिलाया, थोड़ा सोए भी हैं।"

"चलो भगवान का लाख-लाख शुक्र है वरना बेटा, बाप का दुख तुम सह नहीं पाते। दुनिया में सब मिल सकता है। माँ-बाप नहीं मिलते," उन्होंने शोकमुद्रा ऐसी बनाई जैसे खुद उनके पिता चल बसे हों।

वह मुँह लटकाकर बैठ गया, इस तरह बैठने से उसे कोफ्त हो रही थी, पर क्या करता, मजबूर था।

"पेपर में उसकी सूचना दे देता हूँ कि आपके पिताजी की हालत अब सुधर रही है," एक ने कहा।

उसने आश्चर्य से उन्हें देखा। सामने वाले के चेहरे पर पश्चात्ताप था कि काश पिता मर गए होते तो वह अपने पेपर में इसकी पहले सूचना प्रकाशित करते पर जब वह नहीं मरे तो हालत में सुधार की सूचना देकर ही तसल्ली पा लेना चाहते हैं।

"ठीक है, दे दीजिए, कहिए, कैसा चल रहा है आपका पेपर?"

"जी, दया है आपकी," सामने वाले का चेहरा चमका, "जरा रजिस्ट्रेशन में तकलीफ हो रही है, आप ज़रा कोशिश कर दें।"

"जरूर-जरूर, पहले ही लिखा दिया होता, करवा देता।"

"कितनी तकलीफ देता? पिताजी को वजीफा दिलवाकर क्या आपने कम एहसान किया है?"

—हाँ अचानक उसे याद आया कि इस बात का एहसान तो जतला ही दिया जाए, उस केस से मुझे काफी तकलीफ उठानी पड़ी।—आपके पिताजी उस काबिल नहीं थे। उनके नाम कुछ जायदाद वगैरह थी। पहले उनका नाम उस लिस्ट में नहीं आता था, मैंने कोशिश करके करवा दिया था।

"जी हाँ, वह तो हम लोग समझते थे," सामने वाला एहसान से झुक गया। "चलिए आपके पिता बीमार हुए तो कम-से-कम इसी बहाने आ गए, वरना दस साल से ज्यादा हो गए आपको यहाँ आए।"

हाँ—वह सोचने का अभिनय करता बोलता है, क्या किया जाए। ऊँची नौकरी जितनी दूर से भली लगती है, उतनी ही झंझटवाली होती है। दस किस्म की परेशानियाँ होती हैं जो सर नहीं उठाने देतीं। आज किसी को परमिट चाहिए। आज उनका पासपोर्ट तैयार करना है। किसी को कुछ चाहिए, किसी को कुछ...रात-दिन फोन बजते रहते हैं।

सामने वाले लोग नम्रता से झुककर चले जाते हैं।

"क्या कहूँ बेटे, ऐसी मुसीबत आई इन दो महीनों में, तेरे बाप जनरल वार्ड में पड़े रहे, बाहर से दवा लाने को पैसे नहीं थे। डाक्टर कहते, फल दो। पैसे हों तो फल दें? सारे लोग पराये हो गए थे। मैंने एक-एक से कहा, मेरा बेटा फलाँ है, पर किसी ने ख्याल नहीं किया। अब तुम आए हो तो कैसे मक्खियों की तरह भिनक रहे हैं"—माँ सर का पल्ला ठीक करती बताती है।

वह चुपचाप बैठा माँ को देख रहा है, जो चार आने की सुपारी लाकर कतर रहीं है। कितना अजीब है घर का वातावरण, वही का वही है। माँ अभी भी सामने के ठेले से चार आने की सुपारी, दस पैसे की चाय, चार आने की शक्कर वगैरह बँधाकर लाती है। वह खुद छोटा था तो यह ड्यूटी किया करता था। आधा पाव तेल से कभी ज्यादा तेल घर में नहीं आया। आज सोचने से ही विचित्र लगता है, इस वातावरण में पलकर बढ़ने वाला वह कैसे इतनी ऊँची नौकरी पर पहुँच गया? आज यह वातावरण कितना अजनबी, कितना पराया लगता है?

माँ तेज और कर्कश, उसकी अपनी शक्ल जरा भी किसी कोण से माँ-बाप से नहीं मिलती। उसे आज भी हैरानी होती है कि क्या सच यही उसके माँ-बाप हैं? बाप की याद आते ही उसका मुँह कड़वा हो जाता है। वह बड़ी कहर-भरी आँखों से अपने बीमार बाप को देखता है। यह ही है उसका बाप? दुनिया-भर की गन्दी औरतों की गलियाँ नापने वाला। हर नौकरी में गबन करके निकला, फिर जेल गया वह। शराब पीकर खाली बोतल-सा इधर-उधर लुढ़कता पड़ा रहता। माँ नंगे पैर उसे खोजती। एक-एक राँड का दरवाजा खटखटाती घूमती। कहीं मिल जाता तो सारे रास्ते चिल्ला-चिल्लाकर गालियाँ बकती लाती और धक्का देकर कमरे में बन्द कर देती।

मोहल्ले के घरों में एक-एक चीज उधार आती-जाती रहती। यही नरक था जिसका जहर पी-पीकर वह बड़ा हुआ था। दोनों बहनें कुँआरी माँ बन-बनकर आखिर में किसी खाँसते, दमे के रोगी के पल्ले बँधकर चली गई थीं। फिर उसने दोनों बहनों की शक्ल कभी नहीं देखी। जी रही हैं या मर गईं; इसकी भी खोज-खबर किसी के पास नहीं है। वह बड़ा हुआ, उड़ने के लायक जब पर हो गए तो उसने यहाँ से जाना ही बेहतर समझा और एक दिन मौका देखकर उड़ गया। फिर संघर्ष का लम्बा सिलसिला था। शरीर का सड़ा अंग काटकर फेंक देना ही बेहतर होता है; उसने भी लाख कोशिश की कि अपने पिछले को काटकर फेंक दे, पर पिछला हमेशा बादल की तरह उसके जीवन पर छाया रहा।

पत्नी दिल्ली ट्रंक करके बच्चों की खैरियत जानना चाहती थी, पर लाइन ही

नहीं मिल रही थी। पत्नी के चेहरे से उसने झुंझलाहट साफ पढ़ ली थी कि कहाँ आ फँसे, ससुर को दवा देना, चादर बदलना, रस देना, वहाँ बैठना आदि बहुत-से छोटे-छोटे काम उसने अपनी सास से ले लिए थे।

छोटा भाई घर पर नहीं था, वह पत्नी को लाने उसके मायके गया था, बाप की ऐसी हालत में घर छोड़ना ठीक नहीं है। पर वह समझता है बाप के लिए किसी के मन में हमदर्दी नहीं है।

नीची छत वाले दो कमरे, जो आधे सामान से भरे थे, अँधेरे, सीलन और धूल की महक से भरे हुए थे। सफेद छुई से लिपी दीवारें। काले फ्रेम में जड़ी ढेर सारी पीली पड़ गई फोटो टँगी थीं। तस्वीरों को देखो तो पुराने चेहरे याद आ जाते हैं, पर तुरन्त थोड़ी देर में वे चेहरे शून्य में लुप्त हो जाते हैं। गन्दे हुए-से बिस्तर, गन्दी तेल-तेल हुई रजाई, ढाबे में चढ़ने की लगी लकड़ी की सीढ़ियाँ। ऊपर के अँधेरे कमरे में पहले वह घण्टों पड़ा रहता था, तब उसे अपना वही कमरा कितना अच्छा लगता था!

उफ, यहाँ भी कितनी गर्मी पड़ने लगी, उसने इधर-उधर देखा, फिर हाथ का पंखा उठाकर घुमाने लगा, बिजली और पंखे की कमी उसे बुरी तरह खटकने लगी।

हवा से आम के पेड़ के पत्ते हिलने लगे थे। छोटे-छोटे लगे हुए आम बहुत भले लग रहे थे। उसे याद आया जब वह छोटा था तब उसने यहाँ आम खाकर गुई फेंक दिया था और उस घूरे पर उगा हुआ नन्हा-सा पौधा उसकी उम्र के साथ-साथ बढ़ता गया था। बहुत पहले माँ बतलाती है, पहले यहाँ छोटा, कच्चा बरसाती कुआँ था जो बाद में भीतर-ही-भीतर पोला होकर धसकने लगा था, जिसे बाद में पाट दिया गया था, घर का सारा कूड़ा-कचरा उसी में फेंका जाने लगा। आँगन में जहाँ-तहाँ टूटी बाल्टी, झाड़ू, राख, पीपे, बेकार घड़े आदि पड़े थे, पीछे से कमरों को घेरती मिट्टी की जो दीवार थी वह जगह-जगह से उखड़ गई थी। बरसात का पानी खा-खाकर खुरदुरे पत्थर-सी निकल आई थी। लगता है बरसों से उसे किसी ने लीपा-पोता नहीं था।

—बेटा, तुम्हारे बाप चल बसे, माँ ने उसे हड़बड़ाकर उठाया। वह कच्ची नींद से जागा और झुँझलाया-सा माँ और पत्नी के पीछे जाकर देखा तो उसी झोलखाई खाट पर वह मरा पड़ा था। उसने धीरे से उसे हिलाया। कोई आहट नहीं हुई। सच। वह मर गया था। तो यह आज मरा? पर उसके लिए तो वह बरसों पहले मर चुका था।

माँ ऊँचे स्वर में रोने लगी पर वह समझ रहा था यह रोना केवल दिखावा है, बस मोहल्लेवालों को सूचित करने के लिए, वरना वह जानता है माँ रोज उसकी

अर्थी गलियों में निकालती थी। वह लोहे की टूटी कुर्सी को खींचकर बैठ गया। उसने घड़ी में देखा। अभी रात के तीन बज रहे थे, सुबह होने में अभी पूरे दो-तीन घण्टे बाकी थे, कल लगभग सौ, दो सौ रुपए का खर्च था और उसने जेब से रूमाल निकालकर चेहरा पोंछ लिया।

सुबह मोहल्ले-भर में यह खबर फैल गई कि फलाँ का बाप मर गया। सारे मित्र, परिचित इकट्ठे हो गए। इतने लोगों की हमदर्दी वसूलते-वसूलते वह थक-सा गया था। मौत का वही चिर-परिचित वातावरण था। वही सन्नाटे-भरी हलचल थी। बच्चे सहमे-से थे, उनके चेहरे से लग रहा था वह वहाँ से जाना भी नहीं चाहते और खड़े रहने से भी सहम रहे हैं। अच्छा हुआ, वह अपने छोटे बेटे को साथ नहीं लाया, वरना पता नहीं वह इस वातावरण से कितना सहमता।

सुबह से भाग-दौड़ कर वह बुरी तरह थक गया था, अर्थी तैयार हो गई थी, उसने बढ़कर काँधा लिया पर शीघ्र ही किसी ने बढ़कर काँधा ले लिया। माँ-पत्नी औरतों के बीच खड़ी रो रही थीं। छोटे गाँव का वही दिल दहला देने वाला वातावरण। सारी औरतें इकट्ठा होकर रो रही थीं। बड़े शहरों में तो मौत भी कितनी खामोशी से होती है।

वह काँधे पर धोती रखे चुपचाप पीछे चलने लगा, अर्थी में काफी लोग थे, सारे उसके अपने मुलाकाती और मित्र थे। पिताजी के मिलने-जुलने वालों में कोई नहीं था। घरों के दरवाजे-खिड़की और बरामदे में औरतें-बच्चे खड़े होकर जाती अर्थी को देख रहे थे।

देखो वह जा रहा है फलाँ का बेटा, दिल्ली में बहुत बड़ा आदमी है, बेचारा बाप की बीमारी की खबर सुनकर कैसे दौड़कर आया है। देखो तकदीर। ऐसे शराबी बाप का कितना होनहार लड़का निकला। एक औरत उसकी तरफ इशारा करके दूसरी को बता रही थी।

उसने सर उठाकर उस औरत को देखना चाहा पर कुछ सोचकर नीचे ही सिर दिए रहा। मन एकदम हलका-फुलका-सा हो गया था। सर का वह बोझ जो दो दिन से उस पर हावी हो रहा था, वह अचानक जैसे उतर गया। उसे लगा, यहाँ आना, इतना खर्च करना, सफल हो गया है।

त्यौहार

धान की खाली ढोली में भूरी बिल्ली ने बच्चे जन दिए थे। भूरे-भूरे गिलगिले से थे वे। भूरी बिल्ली उन्हें समेटे गुर्राती बैठी थी। शानो लकड़ी की सीढ़ियों पर खड़ी झाँक रही थी।

अम्मा शानो को ढूँढ़ती फिर रही थी। बच्चों के लिए सुबह होना भी कितना बुरा होता है, खाट से अभी उठ भी नहीं पाते कि मदरसे जाने की चिन्ता आ घेरती है।

वायल का हल्दी-रंग का दुपट्टा ओढ़े शानो को रोज घर से मदरसे की दूरी तय करनी होती है। आज भूरी बिल्ली के बच्चे होने की खुशी में भी मदरसे की छुट्टी नहीं थी, अम्मा ढूँढ़ती फिर रही थी।

"धूप सिर पर आ गई है और तू यहाँ सीढ़ियों पर टँगी है, मदरसे नहीं जाएगी?"

अम्मा की डाँट से शानो धीरे से सीढ़ियाँ उतरकर बावर्चीखाने में आ गई। पेट भरा होगा तब तो जनाब जी की मार सह पाएगी।

शानो को देखते ही उसने बासी खाना रिकाबी में निकाल दिया, शानो टाट के टुकड़े पर बैठी खाने लगी।

"लग गई सुबह-सुबह झोंपड़ी में आग," अम्मा कुएँ की ओर जाते-जाते चिल्लाई।

अम्मा को देख शानो जल्दी-जल्दी बासी खाना निगलने लगी। रोज सूरज कालो नाई की टूटी मिट्टी की दीवार पर ही उगता था। कालो नाई की माँ अपना सिर ऊँचा उठाकर कहती थी, "अरे, मेरी माँ ने तो झाड़ू मारकर सूरज को ऊपर भगा दिया, वरना वह तो नीचे था।"

तब से मुहल्ले के सारे बच्चों को एतराज था कि सूरज उनके आँगन में पहले क्यों नहीं आता, रोज कालो नाई की मिट्टी की टूटी दीवार पर ही क्यों उगता है?

रात से कालो नाई की बहू गबेलन के दर्द में पड़ी है। परसों ही उसने तीसरे बेटे को जन्म दिया है। अम्मा कह रही थी गबेलन का दर्द किसी-किसी को उठता है। बच्चेदानी बच्चे को ढूँढ़ती घूमती है, उसी को गबेलन का दर्द कहते हैं।

कालो नाई की माँ परेशान थी, बहू दर्द से छटपटा रही थी। अम्मा शानो के हाथों भटआलू भेज रही थी, "जा कालो की बीवी को दे देना...चुपचाप खटिया के पायताने से दे देना।"

अम्मा हाथ की बनी दवाई और टोटके खूब जानती है। अब्बा के वक्त भी उन्होंने काफी कुछ किया, पर अब्बा की दमे की बीमारी उनका दम लेकर ही छूटी।

वह अब्बा वाली टूटी केन की कुर्सी पर बैठी अपना पुराना स्वेटर उधेड़ रही है। आपा कहती थी, पुराना स्वेटर उधेड़कर ऊन को लच्छियों में करके धो लो तो फिर नया हो जाता है।

कालो नाई के यहाँ से लोरी की आवाज आ रही है—"सकरडण्ड का झूला जी, जच्चा रानी झूले री।"

शानो गुड़िया को टहला-टहलाकर सुला रही थी।

भूरी बिल्ली ढोले से बाहर पेट भरने की चिन्ता में निकली थी, ढोले के अन्दर से बच्चे बारीक आवाज में "म्याऊँ-म्याऊँ" कर रहे थे।

"अम्मा, रमजान आ गए हैं, चूना मँगवा लेना। मैं घर लीप डालूँगी।"

अम्मा कोई उत्तर नहीं देती, चुपचाप चावल बीनती रहती है। वह अम्मा को एक बार गौर से देखकर आँखें लच्छियों पर झुका लेती है।

धूप सरकते-सरकते दालान तक आ गई थी।

सामने का बड़ा-सा टीन का दरवाजा, जो पूरी तरह टूटकर एक ओर झुक गया था, उससे लगी दीवार भी पिछली बरसात में धसक गई थी। टूटी दीवार से सड़क का आधा भाग दीख जाता था, वहीं से हाथ में टोकना लिए खाला आती दिखती है। खाला को सब अण्डे वाली खाला कहते हैं। जब से उनके शौहर मरे, उन्होंने अण्डे खरीद कर बेचने का धन्धा शुरू कर दिया है।

"देखो ऐसी होती है बड़े घर की पोल, मुझ गरीबनी को सब नाम रखते हैं, अरी वह करीम की छम्मकछल्लो मरद के मरते ही स्कूल में मास्टरनी हो गई," आते ही खाला ने बातों का बन्द पिटारा खोला।

"बहन, मरद मर गया, तीन-तीन बच्चों को उसकी छाती पर खूँटे की तरह गाड़ गया, नौकरी करके नहीं खिलाएगी तो किस टूकने में ढाँकेगी तीनों को?" अम्मा जमीन पर गिरे चावल के दानों को एक-एक कर चुनते कहती है।

खाला हाँ में सिर हिलाकर चुप हो जाती है। घर-घर घूमकर अण्डे बेचने वाली और जकात के कपड़े बटोरने वाली खाला चलती-फिरती अखबार थी, मोहल्ले की हर बात का पता उन्हीं से लगता है। ठिगने कद की खाला रोजे-नमाज से दूर ही रहती है, कोई टोकता तो साफ सुना देती, "भई, बिना झूठ बोले हमारा रोजगार नहीं चलता, दिन में पच्चीसों झूठ बोलने पड़ते हैं। ऐसे में क्या रोजा रखें? हम गरीबों का तो हर दिन रोजा है।"

शानो गन्दे हाथ सामने दरवाजे पर लटक रहे परदे से पोंछ लेती है।

"तेरे लिए तो परदा ही तौलिया है।" अम्मा कहती है।

"खाला, रमजान आ रहे हैं, इस साल कितनी साड़ियाँ मिलेंगी?"

"कहाँ, महँगाई के मारे लोगों ने जकात निकालना भी कम कर दिया है। हाँ वह जीया है न जो पिछली बार बाल-बच्चों के साथ तुम्हारे यहाँ आया था, उसने कहा है मेरे लिए कपड़े भेजने को। अरे, वह हर साल काफी जकात बाँट देता है न!"

वह खाला के पैर को ध्यान से देखने लगती है, एक्जीमा से पूरा पैर खराब हो गया है, उस पर लगाया काला मलहम और भयानक-सा दिखता है।

"तो चलूँ, अभी काफी दूर जाना है," खाला अपना पिटारा उठाए जाने लगी।

उसके जाने के बाद फिर एक चुप्पी-सी छा गई। अम्मा बिने हुए चावल उठाए अन्दर चली जाती है। शानो धूप में खड़ी कौवे उड़ा रही है जो बार-बार मुँडेर पर आकर बैठ जाते हैं।

शानो जब साल-भर की थी तब ही अब्बा गुजर गए थे। अब्बा के बाद अम्मा देसी दवा बना-बना कर किसी तरह काम चला लेती है। उनकी बनाई दवा बहुत जल्दी फायदा पहुँचाती है इसलिए सारे लोग यहीं आते हैं।

दुबली-सी हड्डियों का पिंजर थी अम्मा, अब कितनी चिड़चिड़ी हो गई है।

पिछली गर्मियों में जीया भाई आए थे—अम्मा के बहुत दूर के रिश्ते के भाई का लड़का। दो दिन ठहरकर गया था, पर ये दो दिन दो साल की तरह बीते। हर बात ढाँकते-ढाँकते भी खुल जाती थी। शानो चट से जीया भाई से कह देती थी कि वे लोग कभी-कभी बिना तरकारी के ही रूखा खाना खा लेते हैं, और सारे खेत गुप्ताजी के यहाँ गिरवी पड़े हैं, दो साल से खरीद कर अनाज खा रहे हैं।

इन दो दिनों में अम्मा ज्यादा बूढ़ी लगने लगी थी। शानो को पीछे दालान में ले जाकर मारा भी था, पर उससे क्या होता है! जीया भाई खुद अपनी आँखों क्या नहीं देख रहे थे?

जाते वक्त शानो के हाथ में दस का नोट पकड़ा दिया, बाद में शानो की इस गन्दी आदत पर अम्मा ने उसकी पिटाई की थी, और शानो डर कर दिन-भर कालो नाई की टूटी दीवार की आड़ में छुपी बैठी रही।

भूरी बिल्ली धूप में लोट रही थी। मस्जिद की मीनार साफ दिख रही थी, उस पर कोई चढ़ा लिपाई कर रहा था। सड़क की दालान वाले नए मकान की भी सफाई हो रही थी। ईद पास ही तो आ गई है।

वह टूटी चिक में कपड़ा लगाकर सिल रही थी।

बाहर से शानो दौड़ती आई, "आपा, मोहल्ले में सब कह रहे हैं, कि रमजान का चाँद दिख गया।"

"अच्छा, तूने देखा?"

"हाँ, सब कालो नाई की टूटी दीवार के पास से ही देख रहे हैं, मैंने भी देखा, पतला-सा था।"

"क्या है, क्यों चिल्ला रही है?" अम्मा दालान में आते बोली।

"अम्मा, रमजान का चाँद दिख गया।"

अम्मा का चेहरा उतर-सा गया, जरा सँभली, "इतनी जल्दी ईद आ रही है। ये त्यौहार भी कितनी जल्दी-जल्दी आ जाते हैं!"

अम्मा कमरे में चली गई। शानो फिर उछलती बाहर चली गई। उसे याद आया, पहले कितनी बेसब्री से ईद का इन्तजार होता था और अब ईद के नाम से ही जैसे घर में खामोशी छा जाती है। ईद शब्द ही कितना डरावना लगने लगा है!

शानो को तो जैसे बहाना मिल गया, वह सोते तक रटती रही—इस बार वह भी बुनकी वाला गुलाबी साटन का गरारा सिलाएगी।

वह अम्मा के चेहरे की उदासी को समझ रही थी। अम्मा चुप अँधेरे को घूरती बैठी थी।

रोजे वाले दिन कितने खाली और लम्बे लगते हैं, फिर घर में काम भी नहीं था। वह सारे दिन दालान में मँडराती रही। भूरी बिल्ली के बच्चे अब काफी बड़े हो गए थे। छोटे-छोटे नन्हे से बच्चे दरवाजे की आड़ में छुपकर म्याऊँ-म्याऊँ चिल्लाते थे। शानो दिन भर भूरी बिल्ली के बच्चों के पीछे दौड़ती उन्हें तंग करती रहती थी।

हरेक घर में कुछ-न-कुछ काम शुरू हो गया था। लिपाई—कपड़े सिल रहे थे या सेवइयाँ बन रही थीं।

अम्मा अब तीज-त्यौहार से चिढ़-सी गई थी। उसका कहना था ये त्यौहार हमें दूसरों के सामने नंगा करने चले आते हैं।

सामने ढलान पर बना नया मकान रमजानी का है। किसी जमाने में रमजानी की बेवा माँ फातिमा टूटे से झोंपड़े में रहती थी। गोश्त बेचकर किसी तरह से रमजानी को पाल रही थी। यही रमजानी पहले बड़े-बड़े अफसरों के यहाँ बधवा गोश्त देने जाता था, और अब वही रमजानी इस मोहल्ले का रईस है। जुमे-जुमेरात फकीरों की भीड़ उसके दरवाजे पर खड़ी रहती है। हर साल रमजान की सत्ताईस तारीख को जकात के कपड़े बाँटता है। बाहर के मौलाना को बुलाकर अपने घर पर जोर-शोर से मिलाद-बाज कराता है।

रमजानी का जिक्र आते ही जाने क्यों अम्मा चिढ़ जाती है। अम्मा कहती है—कयामत के आसार हैं, कुरान में लिखा है, छोटे लोग बड़े-बड़े पक्के मकान बनाएँगे, पैसे वाले हो जाएँगे, और बड़े लोग, खानदानी लोग गरीब हो जाएँगे।

सत्ताईस तारीख को रमजानी के दरवाजे पर सुबह से ही भीड़ थी। फकीर अजीब-अजीब सवाल कर बैठे थे।

उसकी जिद से अम्मा ने चूना मँगवा दिया था, वह दुपट्टा कसकर लीपने में लगी थी। तमाम घर गन्दा-सा बिखरा पड़ा था, इधर-उधर चूना गिरा पड़ा था। शानो गिरे हुए गीले चूने से जमीन में लकीरें खींच-खींचकर खेल रही थी।

आज रमजान की सत्ताईस तारीख हो गई थी, सिर्फ उँगली पर गिनने तीन दिन ईद को रह गए थे। शानो की बुनकी वाले साटन के गरारे के लिए जिद बढ़ती जा रही थी। उसका कहना था उसकी सारी सहेलियों के कपड़े सिल गए हैं, सब उससे पूछते हैं। शानो बार-बार अम्मा को झिंझोड़ती—"आखिर हमारे घर कपड़े क्यों नहीं आए?"

अम्मा आखिर उसे कैसे समझाती कि वाकई वे लोग गरीब हो गए हैं। ईद में वे लोग नए कपड़े नहीं पहनेंगे, किसी के घर मिलने नहीं जाएँगे। घर ही रहेंगे। लोग कितने किस्म की बातें करेंगे। सब पुराने वक्त को आँखों रखकर आज देखते हैं।

अम्मा का चेहरा, जैसे-जैसे दिन घटते जाते, सफेद पड़ता जाता था, उसके चेहरे की लकीरें चिड़चिड़ाहट में बदल जाती थीं।

खाला कई बार चक्कर काटकर टोह ले चुकी हैं कि घर में नए कपड़े बन गए या नहीं। अम्मा खाला के सवाल को टाल जाती और उनके जाने के बाद बड़बड़ाती, "आखिर ईद में नए कपड़े पहनना क्या जरूरी है? लोग क्यों बार-बार पूछते हैं? हम किसी की ढकी हंडी खोलने तो नहीं जातीं!"

रमजानी के घर की भीड़ में खाला भी थी, शानो आकर खबर दे गई थी।

"जाने मरद के मरते ही यह कैसे फकीरों में शामिल हो गई! इसे जरा शरम नहीं...जकात के कपड़े पहनती है," अम्मा बड़बड़ा रही थी।

"कल मेरे कपड़े नहीं आएँगे तो मैं मदरसे नहीं जाऊँगी," शानो आखिरी वारनिंग देकर खाट पर औंधी हो जाती है।

कमरे में अम्मा जाने क्या खड़-खड़ कर रही थी। वह पास गई, देखा पेटी से पुरानी बनारसी साड़ी निकाल रही थी जो अब छन-सी गई थी।

"देख, इसका शानो के लिए फ्राक सी दूँगी, अच्छा लगेगा न?"

"मगर एक फ्राक के लिए पूरी साड़ी खराब करोगी?"

"ऊँह, अब इसमें दम ही क्या है, बेचारी बच्ची नए कपड़े के लिए हलकान हुई जा रही है।"

उसने अम्मा को देखा, उसका चेहरा अब ठीक लग रहा था।

दोपहर को अम्मा साड़ी और कैंची लिए दालान में बैठी ही थी कि शानो बाहर से सरपट दौड़ती आई।

"अम्मा, अम्मा, सामने अपने यहाँ पोस्टमैन खड़ा है, पार्सल लाया है।"

"क्या बकती है—पार्सल यहाँ कौन भेजेगा? क्या कब्रिस्तान से आजकल पार्सल

आने लगे हैं?''

अम्मा की झिड़की पर शानो रुआँसी हो गई।

''पार्सल ले लीजिए,'' पोस्टमैन की आवाज आई।

''सच अम्मा, देखो न, पोस्टमैन तो खड़ा है।''

अम्मा बाहर की तरफ लपकी।

''इस पर दस्तखत या अँगूठा कर दीजिए,'' पोस्टमैन ने कहा।

अम्मा ने अँगूठा लगा दिया। तीनों हैरत से उस बड़े बंडल को घूर रहे थे। शानो अम्मा के हाथ से पार्सल छीनकर ऊपर लिखे नाम को पढ़ने लगी।

''अम्मा, मुंगेर से आया है।''

दालान में पड़ी कैंची से उसने पार्सल को किनारे से कतरा और अन्दर की वस्तु को खींच लिया। अन्दर पीले फूलों वाला साटन का कपड़ा था। शानो खुशी से नाच उठी।

''मुंगेर से किसने कपड़े भेजे होंगे?''

''अरे अम्मा, भूल गई! मुंगेर में ही तो जीया भाई रहते हैं।''

''ओह! तो जीया ने भेजा है,'' अम्मा खुश होकर साटन पर हाथ फेरने लगी, ''ला, गरारा काट दूँ, ईद के रह ही कितने दिन गए हैं।''

अम्मा ने बहुत दिनों बाद ईद शब्द का उच्चारण कुछ जोर से किया था। उनके चेहरे पर प्रसन्नता साफ दीख रही थी। अम्मा के चेहरे पर प्रसन्नता देख उसे अच्छा लगा, मन से बहुत-कुछ धुल-सा गया।

शानो खुशी से चिल्लाती हुई कमरे में दौड़ी, नाप के लिए पुराना गरारा लाने।

शाम को खाला आएँगी तो उन्हें वह पहले कपड़ा दिखाएगी, उन्होंने तो इज्जत के बैरंगे चोले को उसी तरह उतार दिया था, जिस तरह खालू के मरने के बाद बुरका उतार दिया था।

लग रहा था घर से वह मनहूस उदासी कोलती के रास्ते से भाग गई थी।

अदालत का चपरासी अम्मा के नाम कुरकी का नोटिस लाया था। नोटिस लाने वाला भरी दोपहर को आया था, जब सारे मोहल्ले के दरवाजे बन्द थे। इस मोहल्ले के लोग दोपहर के खाने के समय या सोने के समय दरवाजा लगा लेते हैं। किसी ने नहीं देखा, वरना शाम तक कितने प्रश्न हो जाते।

भविष्य के सैकड़ों प्रश्न सामने मुँह फाड़े खड़े थे और उन सबके बीच अम्मा अवाक्-सी चुप खड़ी थी। उसका चेहरा इतना सफेद क्यों होता जा रहा है?

एक भयानक और तिलमिला देने वाला सत्य सामने था, आज अम्मा को अब्बा की उतनी नहीं, जितनी मरे हुए बेटे शमीम की याद आई होगी। औरत का मरद

के बाद बेटा ही वह खूँटा होता है जिससे वह बँधी रहती है।

कालो नाई की माँ खपरैल लेकर आग माँगने आई थी।

दालान पर नन्हे गीले पैरों के निशान शानो के थे।

वह चुपचाप शानो की छोटी-सी खटोली पर लेटी छत के काले बाँस को घूर रही थी। घर का वातावरण चुप-सा हो गया था। इस मौन में कितनी स्मृतियाँ उभर रही थीं, जिन्हें वह हाथ बढ़ाकर पकड़ लेना चाहती थी जिस तरह बचपन में वह तितली पकड़ती थी।

मोहल्ले में चाँद देखने वालों की हलचल थी, बच्चे-बड़े सब टोलियों में खड़े चाँद देख रहे थे। कई तरह की बातें उभर रही थीं। चाँद नहीं दिखा था। सब अन्दाजा कर रहे थे कि तीसे चाँद की ईद होगी।

अँधेरा बढ़ गया था। लालटेन की रोशनी में झुकी शानो सबक को रट रही थी। लालटेन के उजाले में चिक की परछाईं धारी-धारी पड़ रही थी।

बाहर से जल्दी से खाला आती दिखीं, उनके एक हाथ में थैला था। आते ही वह शानो के पास जमीन पर ही बैठ गईं।

"चाँद नहीं दिखा खाला?"

"नहीं, कालो नाई बता रहा था कि पाकिस्तान में चाँद दिख गया है। मुआ चाँद भी पहले वहीं दिख जाता है।"

शानो घुटने मोड़े मेढक की तरह उछलती खाला के थैले की ओर लपकी, "इसमें क्या है खाला?"

"बताती हूँ, बताती हूँ, थोड़ा तो सब्र कर, वही तो दिखाने को आई हूँ...आज मेरे नाम पार्सल आया है," खाला कुछ गर्व से बोलीं।

"पार्सल!" अम्मा इधर आते बोली।

"अरे, वही मुंगेर वाला जीया है न, वह जकात निकालता है तो शानो के लिए सूट का कपड़ा भेजा है," खाला थैले से कपड़ा निकालती बोलीं।

लालटेन के उजाले में खाला ने कपड़े को फैला दिया...वही पीले फूलों वाला साटन था।

अम्मा दीवार के सहारे टिक-सी गई। लालटेन के उजाले में उसकी परछाईं काँपती-सी लगी। उसने साफ-साफ देखा—अम्मा की पीली-पीली आँखें बरसाती ढबरे की तरह भर गई थीं। जैसे उन्होंने गरीब होना कुबूल कर लिया था और पहली बार जकात लेने वालों की लाइन में अपने-आपको खड़ा पा रही थी।

पत्थरवाली गली

वह और शाइस्ता दौड़ती हुई घर के दालान में एक-दूसरे पर गिर पड़ीं। दोनों की साँस धौंकनी की तरह तेज-तेज चल रही थी। अपनी गली में आकर कुत्ता भी शेर हो जाता है न। बस, उसी तरह वे दोनों भी अपने घर पहुँचकर अपने आपको सुरक्षित-सा महसूस कर रही थीं। अभी भी वे सहमी-सहमी-सी पत्थरवाली गली की ओर निहार लेती थीं, जैसे चुड़ैल यहाँ तक न आ पहुँची हो। पर नहीं, चुड़ैल की इतनी हिम्मत कहाँ जो यहाँ आ पहुँचे। दालान में टूटी चूड़ियों का ढेर इधर-उधर पड़ा था। हरी, पीली, नीली, लाल चूड़ियों के टुकड़े सारे दालान में बिखरे थे, लगता था—अभी-अभी खाला ने अपनी दुकान समेटी है।

"जेबा, कहाँ गई थीं तुम दोनों?" खाला ने फट से दरवाजा खोला, और बाहर दालान में आती हुई बोलीं, "तुमसे कितनी दफा कहा है, आजकल बाहर मत जाया कर, रमजान के दिन हैं, कोई न कोई ग्राहक आ जाता है। मैं दुकान देखूँ कि घर? तेरे दादा का रहना, न रहना तो बराबर ही है।"

"बस, थोड़ा यूँ ही..." उसने घबराई हुई आवाज पर काबू पाते हुए कहा।

"अरे, अल्लाह खैर करे," खाला ने इस बार सतर्कता से दोनों को घूरा, "तुम दोनों इस तरह सहमी क्यों हो?" खाला ने वहीं दालान में रखे मोढ़े पर बैठते हुए पूछा। उनके हाथ में पतली-सी छड़ी थी, शायद वह बकरियाँ बाँधते-बाँधते इधर आ गई थीं। उसे लगा कहीं खाला छड़ी से पिटाई न कर दें। खाला का कुछ ठीक नहीं, गुस्से में होती हैं तो जो हाथ में होता है उसी से मार बैठती हैं।

"खाला, हम दोनों छोटे टोले पर चूड़ियाँ पहुँचाने गईं तो यह बोली, चल, तेन्दू बीन कर ले आएँ," उसने अपनी गुनाह को शाइस्ता पर डालते हुए सफाई से बयान दिया, "बस मैं इसके साथ चली गई। हम दोनों तेन्दू चुनते-चुनते बीच जंगल में पहुँच गईं। बातों में पता ही नहीं चला। अचानक मैंने सिर उठाया तो देखा पेड़ पर लाल रंग की नई साड़ी लटक रही थी। बस, हम दोनों डरकर पीली पड़ गईं। भागते-भागते यहाँ पहुँची हैं, तो जान में जान आई है। तुमने ही तो बताया था न, कि बीच जंगल में पेट वाली औरत को गाड़ते हैं और निशानी के लिए पेड़ पर नई साड़ी टाँग देते हैं, ताकि सबको पता रहे और कोई भटका मुसाफिर भी वहाँ

सुस्ताने न बैठे।"

"उफ् अल्ला!" खाला ने अपनी सहमी साँस को बाहर किया, "अरे कम्बख्त, भरे जंगल में मत जाया करो। वहाँ पेट वाली औरतों को या जच्चा को गाड़ते हैं गाँववाले, नहीं तो जागकर वह गाँववालों को तंग करती है। देखा नहीं था नाकेदार की बहू जचकी में मरी थी, उसे ले जाकर तरिया ऊपर गाढ़ दिए। वह दो दिन में ही जाग गई और गाँव में आकर अपना बच्चा ढूँढ़ती थी। इसलिए तो दूर जंगल में गाड़ते हैं।"

"हाँ खाला, नाकेदार की बहू को गाँववाले भैंसागाड़ी में डालकर ले गए थे न।" शाइस्ता बोली।

"हाँ," खाला ने पान की पीक को दालान के बाहर फेंकते हुए कहा, "गाँववाले जचकी में मरने वाली औरत को भैंसागाड़ी में ही डालकर ले जाते हैं, नहीं तो कहते हैं वह पलटकर आ जाती है और भैंसागाड़ी में ले जाने से नहीं आती। जब मुझे बाजार के दिन गाँव से लौटने में देर हो जाती है, तब गाँववाले बेचारे भैंसागाड़ी में बिठाकर जंगल पार करा देते हैं। रात ज्यादा हो जाए तो जंगल का रास्ता भैंसागाड़ी में बैठकर पार करना चाहिए, तो कहते हैं, इससे कोई भटकी हुई रूह पीछा नहीं करती, रास्ता नहीं रोकती, नहीं तो रास्ते में आकर खड़ी हो जाती है।"

"उस दिन देखो न, पटेल के लड़के की शादी थी, मैं चूड़ियाँ पहनाने उसके गाँव गई थी," खाला आगे बोलीं, "पटेल ने जबर्दस्ती रोक लिया। रात को नेग-दस्तूर देखकर जाओ। नेग-दस्तूर होते-होते काफी रात हो गई थी और लौटते में घना जंगल पड़ता था। डोंगरी के किनारे-किनारे रास्ता था, जहाँ बेंत का जंगल है। पटेल ने मुझे भैंसागाड़ी में पहुँचाया। सारे रास्ते मैं डरकर बैठी थी। बेंत के जंगल में जरा भी हवा चलती और साँय-साँय की आवाज होती तो बस मुझे लगता कोई औरत उठकर पीछा कर रही है। जब जंगल पार हुआ तब जान में जान आई। इसीलिए तुम लोगों से कहती हूँ, ज्यादा मारे-मारे मत फिरा करो, इधर-उधर, समझीं?"

तभी सामने से दादा लाठी टेक-टेक कर आते दिखे। वह शायद मस्जिद से नमाज़ पढ़कर लौट रहे थे। उनके आगे-आगे गली का कुत्ता चल रहा था, जिसे वह अपनी लाठी से खेद रहे थे, पर वह कुत्ता भी एक ढीठ था, जाता ही नहीं था। उसकी यह आदत रोज की बन गई थी, वह रोज दादा के साथ लौटता था। दादा उसे रोज टुकने में से बासी रोटी का टुकड़ा निकालकर देते थे, बस उसी के लालच में वह आता था। खाला रोज बड़बड़ाती थीं, पर दादा उसे बिना नागा रोटी का टुकड़ा डाल देते थे।

"चल, मैं खाना बना रही हूँ, कोई ग्राहक आ जाए तो तू चूड़ियाँ पहना देना," खाला उसे ड्यूटी पर तैनात करती अन्दर चली गईं। उनके जाते ही तम्बाकू की वह सोंधी गंध भी चली गई थी जो उनके मुँह से, बटुए से निकलकर सारे दालान

में भर गई थी।

शाइस्ता उठकर जाने लगी। उसने ओढ़नी से सिर को अच्छे से ढँका, शाइस्ता को विदा दी और चूड़ियों के तोड़े लाने अन्दर चली गई। सलवार के नेफे में खोंसे पाँच रुपए निकालकर उसने खाला की पैसे रखने की पुरानी जंग खाई छोटी-सी सन्दूकची में डाल दिए। सन्दूकची में तीन अठन्नियाँ, चार चवन्नियाँ और कुछ चिल्लर पड़े थे। पाँच का नोट रखकर उसने दस का एक सिक्का उठा लिया और चुपचाप अपनी कमीज की जेब में रख लिया। इस छोटी-मोटी चोरी को वह अपनी मेहनत समझती थी। खाला को भी पता रहता वह भी अनदेखा कर देती थीं, क्योंकि उसके बिना उनका काम भी नहीं चल पाता था। खाला को अब उसकी तरफ से पूरा इत्मीनान हो गया था। अब खाला के बाहर के ग्राहकों को वह सम्भाल लेती थी। हाथ चाहे कड़े हों, चाहे मुलायम, अब वह बड़े आराम से हाथों को पेचदार घुमा-घुमा कर चूड़ियाँ पहना देती थी। उससे चूड़ियाँ भी कम तड़कती थीं। खाला तो अब कहने लगी थीं, थोड़े दिनों में पूरे दुकान का भार उस पर डालकर मुसल्ला बिछाकर अल्लाह को याद किया करेंगी।

शाहस्ता भी अब अपने बाप की दुकान पर बैठने लगी थी। पीर साहब की दरगाह के नीचे उतरने वाली सीढ़ी पर ही उसके बाप की इलायचीदाने और चढ़ावे के चादर की दुकान थी। मुँहअँधेरे जब दरगाह खुलती, तब शाइस्ता टुकना लेकर दरगाह में चली जाती और चढ़ाए हुए इलायचीदाने समेटकर ले जाती। उन्हें साफ करती और फिर वह दुकान में नए सिरे से बिकने लगता था। जब शाइस्ता पाँच साल की थी, तब से ही उसके अब्बा ने उसे इस काम में लगा दिया था। अब तो वह इस काम में माहिर हो गई थी। मुँहअँधेरे वह दरगाह में इलायचीदाना समेटने पहुँच जाती थी, तब कोई उठा नहीं रहता था। बस, दरगाह के मुजावर जागते थे। गाँव के लोगों को पता चल जाए तो लोगों की श्रद्धा ही टूट जाए। दुकान में दरगाह के और उराके बाबा का आधा-आधा शेयर होता था। रोज वही चादरें चढ़तीं, रात को वही चादरें उतारकर वापस दुकान में पहुँचा दी जातीं। यह सारा काम बहुत सफाई से होता। कोई जानता नहीं था, जो जान भी लेता तो अपनी जुबान बन्द रखता। धर्म के कामों में बोलकर कौन अपने सिर गुनाह लिखाए।

"जेबा बेटी जा, नुक्कड़ वाली दुकान से टाइम पूछ आ," दादा दालान पर बैठते थके-से बोले।

"दादा, अभी तो खाला दुकान पर बैठाकर गई हैं, आएगी तो डाँटेंगी," चूड़ियों के तोड़े खोलकर छाँट-छाँट कर छोटी-बड़ी चूड़ियाँ अलग करते हुए वह बोली, "रमजान का आखिरी जुमा है, औरतें चूड़ियाँ पहनने आती-जाती रहती हैं न।"

"जा, रानी बेटी है न," दादा ने खुशामद-भरे लहजे में कहा, फिर अपनी अचकन से दस का सिक्का निकालकर उसकी तरफ बढ़ाते हुए बोले, "ले, जा रास्ते में बिस्कुट खा लेना।"

दस का सिक्का देखकर उसने फैली, बिखरी चूड़ियों को जल्दी-जल्दी बाँधना शुरू किया और एक बार मुड़कर अन्दर झाँका। खाला आसपास नहीं दिखीं। उसने सिर का दुपट्टा ठीक किया और दादा के हाथ से दस का सिक्का ले लिया।

"लाओ, अब इतना कह रहे हो, पूछकर आती हूँ, पर तब तक तुम दुकान पर रहना, कोई ग्राहक आए तो रोककर रखना।"

"हाँ, हाँ, रोककर रखूँगा, पर देख तू टाइम पूछकर सपाटे से आ," दादा ने प्यार से उसके सिर पर हाथ फेरा, "रानी बेटी है, बात मान लेती है, जा।"

वह नीचे पत्थरवाली गली में उतर गई। दादा ज्यों-ज्यों बूढ़े होते जा रहे हैं, सठियाते जा रहे हैं। मिलिट्री से रिटायर क्या हुए हैं, जैसे सबकी जान आफत में है। बार-बार समय पूछने भेजते रहते हैं। घड़ी भी बस एक वह नुक्कड़ वाली परचून की दुकान पर ही है। परचूनिया उसे देखते ही एक आँख दबाकर बेशर्मी से मसखरी करता है, "रानी के लिए घड़ी शहर से ला दूँगा, फिर रोज-रोज टाइम देखना।"

वह बन्नो आपा की सूनी दहलीज पर थोड़ी देर बैठी उनकी चरती बत्तखों को देखती रही, फिर चुपचाप घर लौट आई और बड़े ही संजीदा अन्दाज में अपने मन से झूठ-मूठ बोली, "दादा, तीन बज गए...तीन।"

"क्या, तीन बज गए?" दादा एकदम सतर्क हुए, "वक्त भी कितनी तेजी से चला जाता है!"

"कोई ग्राहक आया?" खाला नहाकर आई थीं। उनके हाथ में ढेर सारे निचोड़े गीले कपड़े थे, जिनको उन्होंने बाँस के अहाते पर फैला दिया।

"नहीं खाला, अभी तो कोई नहीं आया," उसने लाल चूड़ियों को निहारा, जिन पर लाल सुनहरे छींटे थे। ये खास चूड़ियाँ थीं। इन्हें खाला नई-नई ब्याही दुल्हनों को पहनाती थीं। एक बार उसने भी जिद पकड़ी थी पहनने के लिए, तो खाला ने डाँट दिया था, "अभी नहीं, शादी में पहनना, तेरी गोरी-गोरी भरी कलाइयों में खूब खिलेंगी ये लाल चूड़ियाँ।"

शाम को वह शाइस्ता के घर से लौट रही थी। उसके हाथ में लालटेन थी जो वह ठीक कराने ले गई थी। शाम बस ढलने को ही थी। वह तेज-तेज कदम बढ़ाती घर की ओर बढ़ने लगी। सामने देखा—दादा लाठी के सहारे गर्म खाकी मिलिट्री वाला कोट पहनकर जा रहे थे, जिसकी पीतल की बटन आज भी चमकती थीं। दादा के इस कोट पर कितनों के हाथों की सिलाई थी—अम्मा, खाला और खुद उसके अनाड़ी

हाथों की। सिर पर मफलर लपेटे वह धीरे-धीरे पैर घसीटते जा रहे थे।

"दादा, अँधेरा होने को है, तुम कहाँ जा रहे हो?" उसने लपककर उन तक पहुँचते हुए पूछा।

"अरे जेबा, तू कहाँ गई थी बेटी? बस, जरा नुक्कड़ की दुकान में समय पूछने जा रहा था।"

"फिर वहीं...." वह चौंकी, "तुम्हें मालूम है न, वह पच्चीसियों मर्तबा तुम्हें कुत्ते-सा दुत्कार चुका है, फिर वहीं टाइम पूछने जा रहे हो।"

"क्या करूँ बेटी, समय जानने की बुरी आदत पड़ गई है, जाती नहीं। और किसी पहचान वाले के पास घड़ी भी तो नहीं।"

"मगर वह दुकानदार तुम्हें देखते ही चिढ़ता है, क्यों जाते हो उसके पास बार-बार?"

"अच्छा ले, तू कहती है तो नहीं जाता," दादा लाठी को हाथ में रखे वहीं खड़े हो गए, "यहीं खड़ा रहकर किसी दूधवाले का रास्ता देख लेता हूँ, आजकल सब दूधवाले घड़ी बाँधते हैं।"

"तुम चलो तो..." उसने अनुमान से सोचकर समय बताया, "अब छः बजा होगा।"

"नहीं, तू बहलाती है," दादा हँसे, "समय हमेशा सही बताना और जानना चाहिए।" दादा आँख का कीचड़ साफ करते हुए बोले, "मैं यहीं खड़ा रहता हूँ, तू जा।"

"नहीं, तुम घर चलो, मैं समय पूछकर आती हूँ।"

दादा को उसने वापस भेज दिया। उनकी समय पूछने की इस आदत से मोहल्ले के सारे लोग तंग थे। हर आधे पौन घण्टे के बाद वह समय पूछने किसी के भी घर पहुँच जाते। कोई यदि गलत समय बताकर टालना चाहता तो तुरन्त समझ जाते, और जगह टाइम पूछने चले जाते।

दादा नौकरी में थे तो समय की पाबन्दी के लिए मशहूर थे। बड़े-बड़े साहब तक इस बात के लिए दादा की इज्जत करते थे—समय के और बात के पक्के। बड़े साहब शाम के चार बजे सड़क पर से गुजरने वाले हैं, और दादा की ड्यूटी लगी हुई है, फिर तो सारे लोगों की शामत आ जाती। खुद ग्यारह बजे से डटे हैं और सबको लगा रखा है। बड़े साहब की गाड़ी शाम के चार बजे के बजाय रात ग्यारह बजे सड़क क्रॉस करती और वह अपनी ड्यूटी पर तैनात रहते। वह धूप में, बारिश में, ठण्ड में, भूखे, प्यासे खड़े रहते और सबको खड़ा रखते। समय की पाबन्दी से ही वह अपने सारे दैनिक काम करते थे। आज भी अलग पता चल जाए कि सात बज गए हैं तो वह चाय नहीं पीते। सब मना-मना कर थक जाते हैं, पर वह यही कहते हैं, "चाय का टाइम निकल गया।"

नुक्कड़ की दुकानवाला दादा को कई बार झिड़क चुका है। उस दिन तो उसने चिल्लाकर कहा था, "दादा, काहे को टाइम पूछ-पूछ कर मगज खाते हो, अभी तुम्हारी मौत में बहुत टाइम है।"

दादा झिड़की खाकर मुँह लटकाकर लौट आए थे। उस दिन से उसकी दुकान पर नहीं जाते, बस उसी की खुशामद करते हैं, और वह भी उसकी दुकान पर जाने से काफी कतराने लगी है।

एक दिन भर दोपहर में दादा ने उसे समय पूछने भेजा था। उस दिन दुकानदार दुकान पर न बैठकर भीतर घर में था। उसने भीतर झाँका तो वह दीवार पर गड़े आईने में देख-देखकर बाल सँवार रहा था।

"आओ रानी जी," दुकानदार ने आईने में ही उसे देख लिया था, और बाल सँवारते-सँवारते मुस्कराया था।

"दादा ने पूछा है टाइम कितना हुआ है?" उसने भीतर झाँकते हुए पूछा। दीवार पर बड़ी-बड़ी रंगीन तस्वीरें टँगी थीं, मोहक-आकर्षक महिलाओं की।

"भीतर आकर बैठ, बताता हूँ।" दुकानदार बोला।

वह रंगीन तस्वीरें देखते मुग्ध भाव से भीतर कोठरी में चली गई थी। दुकानदार मौके की तलाश में था ही, उसने लपककर दरवाजे की कुण्डी चढ़ा दी और उसे पकड़ लिया। उसने भयभीत होकर दुकानदार को देखा और घबराई-सी छटपटाती दौड़ने लगी। छीना-छपटी में उसकी सारी चूड़ियाँ भी टूट गईं। आखिर वह दरवाजे की कुण्डी खोलने में सफल हो गई और भाग खड़ी हुई।

उस दिन के बाद उसने उसके घर का रुख नहीं किया। उसने यह बात दादा और खाला से छिपा ली, क्योंकि सुनते ही दादा लड़ने के लिए दुकानदार के पास पहुँच जाते और दुकानदार उनके बुढ़ापे का खूब मजाक मड़ाता। उस दिन से दादा टाइम पूछने भेजते तो वह आधे रास्ते से ही लौट आती और अन्दाज से जो मन में आता समय बता देती। दादा को भी तसल्ली हो जाती और वह निश्चिन्त होकर दूसरे काम में लग जाते।

पत्थरवाली गली। वह भी दादा की ही तरह पुरानी थी, जिसमें बड़े-बड़े गोल-गोल पत्थर थे। पता नहीं ये पत्थर यहाँ कौन बिछा गया था। उन पर ठीक से चलते भी नहीं बनता था, पैर चुभ-चुभ जाते थे। बैलगाड़ी भी बड़ी मुश्किल से निकलकर आती थी। दादा कहते हैं, उनकी नानी के जमाने में यहाँ नदी का घाट था। नदी का बहाव भी इधर ही था। फिर पता नहीं कैसे नदी ने अपने आप अपना रुख मोड़ लिया। सबसे पहले यहाँ एक साधु ने कुटिया डाली थी। उसके पास एक कुत्ता था। कई वर्ष के बाद साधु चला गया। कुत्ता वहीं छूट गया। फिर कुछ लोग बाढ़ से घर-बार छोड़कर इधर भटककर आए और उन्होंने अपने बसेरे यहाँ डाल लिए। धीरे-धीरे घर बढ़े मोहल्ला हुआ। फिर गाँव बस गया। पत्थरों को जोड़-जोड़

कर लोगों ने घर बना लिए, पर यह गली ऐसी ही पड़ी रही, जिस पर दौड़ते भी नहीं बनता था। गाँव की यही मुख्य गली थी। इसी से होकर सारे लोग, औरत, मर्द, बच्चे, गाय, भैंस, बकरी आते-जाते थे। जब वह छोटी थी तब बार-बार गिर जाती थी दौड़ते हुए। भारी मोच आ जाती थी। तब उसे गुस्सा आ जाता था। वह दादा से शिकायत करती थी दादा हँसकर बोलते, "हाँ, अच्छी तो है पत्थरवाली गली। आसानी से कोई चोर नहीं आ सकता और कोई चुपचाप भाग नहीं सकता। रात के अँधेरे में कोई भी चले तो उसकी आवाज साफ घरों के अन्दर तक सुनाई देती है।"

छोटा-सा गाँव। चरती मुर्गियाँ, घूमते सूअर, कंची खेलते बच्चे, थोड़ी-सी बकरियाँ, बत्तखें और कबूतर, यही इन लोगों की दौलत थी, जायदाद थी और यही कुछ पुरानी पीढ़ी, नई पीढ़ी के लिए वसीयत में छोड़ जाती थी।

सुबह की धुन्ध चारों तरफ फैली रहती, जिससे दूर-दूर का दृश्य भी धुँधला जाता। दो मुर्गियाँ सामने की खपरैल की छत पर चढ़ी ऊँची गर्दन को मटका-मटकाकर इधर-उधर चौकन्नी-सी हिला रही थीं, जैसे वे भी हैरान हों कि आसपास की चहल-पहल नजर क्यों नहीं आ रही है। नीचे गली में चरती एक मुर्गी गर्दन तानकर ऊपर चढ़ी छत पर की मुर्गी को निहार रही थी। शिकायत, उलाहने से भरे भाव उसके चेहरे पर थे, जैसे कह रही हो, 'ठहरो, बताती हूँ। कहाँ चढ़ी हो, अच्छा अकेली-अकेली चढ़ गईं।'

धूप का पहला टुकड़ा शाइस्ता की खुली छपरी पर गिरता था, इसलिए धूप का सेंक लेने सारा मोहल्ला कहीं न कहीं से यहाँ आ जुटता था। या यों कहें तो ज्यादा ठीक होगा कि जाड़े के दिन की शुरुआत शाइस्ता की छपरी से ही शुरू होती थी।

वही जाना-पहचाना रोजवाला दृश्य। दातून पकड़े, ठिठुरते हुए लोग। कोई मुँह धोकर सूरज को प्रणाम कर रहा है। कपड़े के झालरवाले टोपे बाँधे नन्हे बच्चे। नन्ही बच्चियों का झुण्ड सर ढके मकतब पढ़ने जाने की तैयारी में जाता हुआ। जवान लड़कियों का झुण्ड पीछे की दीवार से टिका साथ की दोस्तों की चुगली बताता रहता कि कौन रात शहर से सिनेमा देखकर आई है, किसने किस भाभी से साड़ी माँगी पहनने के लिए या किसने किसके घर से सिनेमा के लिए उधार पैसे माँगे, शहर से लौटने पर किस-किसको अब्बा की डाँट पड़ी, शहर में किसको लड़कों ने छेड़ा, कौन चोरी से अपने प्रेमी से मिलने गई, आदि ढेर बातों की गर्मी रहती, जिससे जाड़े की सुबह और गर्म हो उठती। बड़ी लड़कियों की बातें सुनती छोटी लड़कियाँ होतीं, तो आधी बात समझ पातीं और आधी नहीं। फिर उसमें अपनी तरफ से, अपनी अकल से बढ़ा-चढ़ाकर अपने दोस्तों को सुनाती रहतीं।

रामू काका के घर की सूअरनी ने दस बच्चे जने थे, जो अब इस लायक हो

गए थे कि माँ के साथ मोहल्ले में घूमें। इसलिए उन्हें खोल दिया जाता था। सूअरनी के साथ उसके बच्चे चीं-चीं चिल्लाते पत्थरवाली गली में घूमते फिरते। जहाँ उन्हें भूख लगती, वहीं सूअरनी पर आक्रमण करते, लगभग उसे गिरा-सा देते और थनों पर टूट पड़ते। सूअरनी करवट लेटी रहती और बच्चे शोर करते उसके थन चूसते रहते।

उसे अपने अब्बा की ठीक से याद नहीं, क्योंकि वह घर पर ज्यादा नहीं रहते थे। दादा का नाम रियासत हुसैन तथा अब्बा का नाम दमदार हुसैन था। अम्मा का नाम बुटू था और खाला का अनार।

अब्बा पक्के जुआरी और शराबी थे। अफीम की तस्करी उनका धन्धा था। रोज रात वह ट्रेन के साथ आते और उसी ट्रेन से लौट जाते। रोज रात बारह बजे आने वाली ट्रेन पर चढ़ जाते और दूसरे स्टेशन पर नाले के पास कूद जाते। बस, इतना ही काम था, जिसका उन्हें ढेर-ढेर पैसा मिलता था। ट्रेन से माल आता और बीच में ही माल गायब कर दिया जाता। कभी पुलिस पीछे लगती तो वह शहर बदल लेते। सारी उम्र ही गली-गली भटकते हुए गुजारी थी। अब्बा के इस काम से दादा काफी दुखी रहते थे। अफीम की तस्करी से लेकर चावल की तस्करी तक करते थे। एक रात वह घर आए तो उनके साथ उनका दोस्त भी था। अम्मा ने दोनों के लिए खाना बनाया। बोरों के पीछे रखी बोतल भी लाकर दी। दोनों रात गए तक खाते-पीते और तेज-तेज बातें करते रहे। अम्मा पास की ही जमीन पर सो रही थीं, वह भी उनके साथ सो रही थी। अब्बा शराब के नशे में अपने दोस्त से बोले, "मेरी हर चीज में तुम्हारा हिस्सा है। यहाँ तक कि मेरी बीवी में भी...हम दिन बाँट लेंगे, जब मैं बाहर रहूँ तो तुम यहाँ रहो, जब तुम बाहर रहो तो मैं इसके साथ रहूँगा।"

अम्मा ने घबराकर अपनी आँखें भींच ली थीं।

अम्मा घर पर चूड़ी बेचने का काम करती थीं। दादा तब मिलिट्री से रिटायर नहीं हुए थे। अब्बा का वह दोस्त गठीले देहवाला लौह-पुरुष था। वह घर पर अक्सर आने लगा। जब भी वह आता, अम्मा के लिए अच्छी-अच्छी चीजें लाता और उसके लिए ढेर-ढेर खिलौने। धीरे-धीरे अम्मा उससे बहुत हिलमिल गईं। कुछ ही महीने में अम्मा को पता चला कि वह माँ बनने वाली हैं। अब्बा तस्करी के धन्धे में काफी दिनों से जेल में थे। जब वह लौटे तो उन्हें पता चला। उस रात वह बहुत गुस्से में थे, उन्होंने उस दिन खूब शराब पी और अम्मा की खूब पिटाई की।

"सुन री छिनाल औरत, तूने मेरे साथ धोखा किया, देख लेना इसका नतीजा जल्दी ही भुगत लेगी। तूने मेरी नस्ल खराब कर दी।" अब्बा गुस्से से आगबबूला हो उठे, "औरत की जात साली मुर्गी की जात है, जिसके घर दो दिन बाँध दो, दाना दे दो, वह उसी का आँगन पहचानने लगती है।"

अब्बा गए तो फिर लौटकर नहीं आए। दादा मिलिट्री से पेंशन लेकर आ गए थे। अब्बा का दोस्त घर पर बराबर आता-जाता था। अम्मा अब दुकान पर भी नहीं बैठती थीं। दुकान की गिरती हुई नींव को खाला ने अपने कन्धे दे दिए थे, अब उन्होंने ही दुकान पूरी तरह सँभाल ली थी। अब्बा घर नहीं आए थे, पर उनकी खबर मिल जाती थी कि आजकल उन्होंने तस्करी का धन्धा छोड़ दिया है और ईंट बनाने का ठेका ले लिया है। शहर में एक औरत भी रख ली है। औरत बाल-विधवा है—साँवली, चिकनी देहवाली। शराब पी-पीकर अब्बा का कलेजा कीड़ा लगे पत्ते-सा छलनी हो गया है।

एक दिन पुलिस घर आई और दादा से बोली, "चल बुड़े, अपने बेटे की लाश पहचान ले।"

दादा शहर गए, फिर दो-तीन दिन बाद अब्बा का कफन-दफन कर लौटे। अब्बा के दोस्तों ने धन्धा छोड़ देने की दुश्मनी उँनसे निकाली थी, और शराब में जहर मिलाकर पिला दिया था। अब्बा का वह दोस्त अम्मा को अपने घर ले गया। अम्मा अपने कपड़ों की गठरी उठाए, इसी पत्थरवाली गली से उसके पीछे चुपचाप चली गई थीं। उनके चलने की आहट से दादा लालटेन लेकर बरसती रात में बाहर तक गए थे। गली में कुत्ते भौंकने लगे थे। सूअर दड़बों में कसमसाने लगे थे। मुर्गियाँ अपने-अपने दड़बों में करवट बदलकर पंख फटफटाने लगी थीं। जैसे सब सतर्क होकर पूछ रही हों—कौन...कौन जा रहा है?

दादा लालटेन लेकर नदी तक उनका पीछा करते रहे थे, फिर हारे हुए से इसी ऊबड़-खाबड़ गली से सँभल-सँभलकर लौट आए थे। उस बरसाती रात में पहली बार अब्बा को याद करके चिल्ला-चिल्लाकर रोए थे।

कहते हैं भारी से भारी दुख और नदी के बाढ़ का पानी एक न एक दिन उतरता है। बस, उसी तरह धीरे-धीरे सब सामान्य हो गया। उसे अम्मा की याद ज्यादा नहीं आती थी, पर अम्मा का गाया दादरा खूब याद आता था। अम्मा की आवाज बड़ी सुरीली थी। अक्सर वह दोपहर को गुदड़ी सिलते-सिलते, चूड़ियाँ पहनाते-पहनाते बरसाती दोपहरियों में दादरा गाया करती थीं—

> टोपीवाला सिपहिया मैं साथ चलूँगी जी
> तुम चलोगे दुकान, तो मैं भी साथ चलूँगी जी
> तुम चलोगे बाजार, तो मैं भी साथ आऊँगी जी
> टोपीवाला सिपहिया...
> तुम खरीदोगे सौदा, मैं मोल करूँगी जी
> तुम जाओगे परदेस, तो मैं भी आऊँगी जी
> तुम करोगे कचहरी, तो मैं जाँच करूँगी जी
> टोपीवाला सिपहिया....

दादा पुरानी बातें कितनी बताते हैं—अपने जमाने की ढेर-ढेर बातें। लकड़ी के खम्भे से टिकी, मिट्टी के ऊँचे ओसारे पर बैठी वह आराम से सुना करती है। दादा ने एक बार बताया था कि जब वह नौकरी पर थे तब उस शहर में एक बहुत बड़े दीवान थे, जो बहुत पैसे वाले थे। उनके घर कितना पैसा है, किसी को पता नहीं था। पर हर साल में एक बार घरवालों की निगरानी में, यानी खुद दीवान साहब की निगरानी में बड़ा-सा लोहे का सन्दूक खोला जाता था और पक्के सीमेण्ट के आँगन में नोटों के बण्डलों को सावन की धूप दिखाई जाती थी, ताकि दीमक वगैरह न लगने पाए। बड़े-से आँगन में नोटों के बण्डल फैला दिए जाते थे, फिर उन्हें ज्यों का त्यों वापस लोहे के सन्दूक में रख दिया जाता था। जिस दिन नोट सुखाए जाते थे, उस दिन बाहर के किसी परिन्दे को भी फटकने की इजाजत नहीं थी।

उन्हीं दीवान साहब की एक लड़की थी जो आधी पागल थी। उस लड़की के लिए दो नौकर तैनात रहते थे, जो उसे स्कूल ले जाते थे, और वहाँ उसका मन न लगता तो उसे लौटा लाते थे। घर आकर वह थोड़ी देर में फिर स्कूल जाने की जिद करती तो फिर उसे स्कूल ले जाते। बस, इसी तरह सारा दिन कटता था उसका नौकरों के साथ। दीवान की लड़की थी, इसलिए मास्टर बहुत घबराते थे। कभी उससे कोई प्रश्न नहीं करते थे। उसकी परीक्षा नहीं ली जाती थी, और फिर भी उसे पहले नम्बर से पास कर दिया जाता था। उसके लिए स्कूल तफरीह की जगह थी। जब तक मन करता बैठती, जब मन ऊब जाता लौट आती।

इसी प्रकार दादा बताते हैं इस मोहल्ले के अपने पुराने दोस्तों के बारे में कि उनका एक दोस्त था जो बड़ा ही दमदार आदमी था। तहमद बाँधे, कन्धे पर गमछा रखे, सिर पर चुमड़ी बनाकर नमक रखकर बेचता फिरता था। उसकी औरत घर-घर आटा पीसने, दाल दलने जाती थी। धीरे-धीरे पैसा जुड़ा और उसने अपने लिए जमीन खरीदी। जब मकान बनाने के लिए खुदाई का काम शुरू हुआ तो बरगद के पेड़ के पास बड़ी-सी एक गुण्ड मिली थी, जिसमें पुराने जमाने के असली चाँदी के रुपए थे। तभी से उनके घर शेख सद्दू का वास हो गया। कहते हैं, जिसके घर उनका वास होता है, पैसों की बरसात होती है। पर घर की पहली औलाद इनकी खुराक हो जाती है। जिनके घर शेख सद्दू होते हैं, उनके घर पर बृहस्पतिवार को गुड़ के गुलगुले बनते हैं। कड़ाही से गुलगुले निकालने में चम्मच का इस्तेमाल नहीं करते, गर्म-गर्म तेल में हाथ डालकर गुलगुले छानते हैं। दादा के दोस्त के घर पैसा ही पैसा था, सोना ही सोना, पर इनके घर में पहला जो बच्चा होता था, वह मर जाता, यानी शेख सद्दू को भेंट चढ़ जाता था। आखिर में तंग आकर उन्होंने उसे अपने घर से निकालने का उपाय सोचा। दुश्मन से उन्होंने बदला लिया। उनका एक दोस्त भीतर ही भीतर उनकी जड़ें खोदता था। उन्होंने उसे घर खाना खाने बुलवाया और जाते समय वही गड़े हुए चाँदी के पाँच सिक्के उसे भेंट करके शेख सद्दू को उसके

साथ विदा कर दिया। शेख सद्दू के जाने के बाद उनके घर बाल-बच्चे होने लगे।

दादा बताते हैं, पहले जमाने में शेख सद्दू बहुत बड़ा धनी सेठ था। हमेशा मैला-कुचैला रहता था। औरतों के साथ ऐश करना ही उसका मुख्य काम था। मरने के बाद आज भी उसकी आत्मा भटक रही है।

इसी प्रकार दादा न जाने कितने किस्से बताया करते हैं। उन्हें हर घर की बातें मालूम हैं।

दादा बताते हैं, मस्जिद के मौलवी साहब के घर में जिन्नात का वास है। घर के अन्दर छोटी-सी मस्जिद में जिन्नात रहते हैं। रोज मौलवी साहब के साथ नमाज पढ़ते हैं, किसी को तंग नहीं करते। बस, हर जुमेरात को खिचड़ी पकाकर नई सनकी में उन्हें खाना दे दिया जाता है। इसी प्रकार उनके छोटे भाई के घर नापाक जिन्नात हैं। मौलाना की तीन बीवियाँ हैं। हर जुमेरात को एक-एक बीवी के कमरे का दरवाजा नापाक जिन्न खटखटाता है और रात उसी की खाट पर गुजारता है।

दादा इधर काफी बूढ़े हो चले हैं। उनकी दमे की बीमारी बढ़ती जा रही थी। मोतियाबिन्द आँख की रोशनी को खा गया था, जैसे आँख को, ग्रहण लग गया हो। अब वे ज्यादातर खाट पर ही लेटे रहते, फिर भी पुरानी आदत उन्हें चैन नहीं लेने देती थी। वे थोड़ी-थोड़ी देर में टटोलते हुए बाहर निकल पड़ते टाइम पूछने के लिए।

दादा कहते हैं कि उसकी बढ़िया जगह शादी कर देंगे। खाला ने पुराने जमाने के चाँदी के सिक्कों को अन्दर के कमरे की दहलीज पर गाड़ कर रखा है। यह बात घर के लोगों के सिवा कोई नहीं जानता। ये रुपए उसकी शादी के लिए रखे गए हैं। मौलाना के छोटे बेटे के लिए उसकी बात आई थी, पर दादा ने मना कर दिया। दादा कहते हैं, जिन्नातों के घर में अपनी बेटी नहीं देंगे।

पीछे आँगन में एक पीपल का पेड़ था। दादा कहते हैं, जब वह छोटे थे, तब उन्होंने ही उसे लगाया था। पीपल के पेड़ के तने से पीछे पर की दीवाल धसकने लगी थी, जिस वजह से दादा ने उस पेड़ को कटवा दिया। तब से ही सारे लोग कहने लगे हैं कि पीपल का पेड़ कटवाना अपशकुन होता है। पर दादा बेचारे क्या करते! अब गिरे हुए घर को उठाने वाला कौन रह गया था! बस, खाला की चूड़ियों की दुकान से ही घर का खर्च चलता था। चूड़ियाँ भी रोज-रोज पहनने कौन आता है, त्योहारों पर ही औरतें चूड़ियाँ पहनने आती थीं। आँगन के कोने में कच्ची देशी हल्दी का पेड़ था। कुन्दरू की बेल पूरे मँडवे पर फैल गई थी, जिसमें छोटे-छोटे कुन्दरू लगे थे, जो देखने में बड़े ही भले लगते थे।

वह छोटे टोले वाले मौलाना की जच्चा बहू को चूड़ियाँ पहनाकर लौट रही थी। आज वह बहुत खुश थी, क्योंकि मौलाना की बहू ने उसे नई कढ़ाई की हुई ओढ़नी

दी थी। लौटने में देर हो गई। वह जल्दी-जल्दी चलने लगी। रास्ते का कुछ हिस्सा सूने जंगल से पड़ता था।

उसके हाथ में चूड़ियों का तोड़ा था, जिसे पकड़े वह लौट रही थी। शाम जंगल के रास्ते में उतर आई थी। वह तेज-तेज कदम बढ़ाती चलने लगी कि उसने अचानक देखा, सामने वहीं नुक्कड़वाला दुकानदार साइकिल पर शहर जा रहा है।

उसे देखते ही वह सहम-सी गई और झट से पेड़ की आड़ में हो गई। पर दुकानदार ने उसे देख लिया था। वह साइकिल से नीचे उतरा और साइकिल को पेड़ से टिकाकर उसकी ओर बढ़ा और उसे पकड़ लिया।

वह बहुत छटपटाई, चिल्लाई, उसके हाथ में चूड़ियों का जो तोड़ा था, वह पेड़ से टकरा गया और चूड़ियाँ टूटकर बिखर गईं। काँच की चूड़ियाँ उसकी टूटी इज्जत की तरह टूट गई थीं। खाला कहती हैं, औरत की इज्जत साबुत चूड़ी की तरह है, यदि एक बार टूटी तो फिर टूटती ही चली जाती है। उस वीरान जंगल में सिवा लौटते पक्षियों के कोई दूसरा उसकी गुहार सुननेवाला नहीं था।

रात गए जब वह घर लौटी तब दादा लालटेन जलाकर सामने बैठे उसका रास्ता देख रहे थे। खाला दराँती से बड़ा-सा कटहल काट रही थीं। वह जमीन पर दादा के पास बैठ गई और फूट-फूट कर रोने लगी। खाला हैरान होकर उसके पास आ गईं। उसने रो-रोकर सारी बात बताई। दादा गुस्से से तनतना उठे, जैसे अलाराम घड़ी बज उठी हो। रात वह सो नहीं पाई थी, उसने देखा दादा भी सारी रात अपनी खाट पर बैठे रहे। दीए के उजाले में उनका साया लम्बा होता दीवार तक खिंच गया था।

सुबह जब सूरज टहल-टहलकर अपने आने का ऐलान सारे मोहल्ले में कर रहा था, तब खाला ने रो-रोकर उसे उठाया, ''जेबा उठ, देख तेरे बाबा को क्या हो गया!''

उसने नींद से चौंककर आँखें खोलीं और भयभीत आँखों से खाला को देखा, फिर दादा की ओर सिर घुमाया। दादा कोने में गठरी बने लुढ़के पड़े थे—बिलकुल बन्द घड़ी की तरह। सामने का दरवाजा खुला था। नीचे-नीचे उतरती पत्थरवाली गली थी। उसने डबडबाई आँखों से देखा। अब इस पर कौन उतरकर आया-जाया करेगा?

नंगी टहनियाँ

छुई से लिपी-पोती जमीन पर ऊददानी से उड़कर बिखरी राख, बुझे हुए अंगारे, अंगारों पर चिपके लोबान के अवशेष थे, जो अभी-अभी हुई घटनाओं के चश्मदीद गवाह थे। कमरे में लोबान की खुशबू का सोंधापन अभी तक था। दीवार के कोने में ढेर सारी अगरबत्तियाँ, जो आधी-आधी जलकर बुझ गई थीं, खूँची हुई थीं।

दीवारों पर टँगी कुरान की आयतों के फ्रेम के पीछे अगरबत्ती के पूड़े और गैरजरूरी कागज खोंच दिए गए थे, जो बार-बार अहसास दिला रहे थे कि इन सारी चीजों पर अपनी याद की सिल लगाकर कोई चला गया है।

कल रात जैतुन के अब्बा गुजर गए थे, यानी उसका पति गुजर गया था। और वह बेवा करार दे दी गई थी।

मौत के इस सारे उथल-पुथल हंगामों के बीच वह निरन्तर यही सोचती रही थी कि क्या सच वह उसका पति था? मौत का इन्तजार किसे था और ले गई किसी और को। पिछले दस साल से वह मौत का ऐसे इन्तजार कर रही थी, जैसे कोई घर आने वाले किसी बहुत ही अजीज मेहमान का इन्तजार करता हो।

मौत उसे नहीं आई। जैतुन के अब्बा कहते ही थे—"तू कहाँ मरेगी, सबको कब्रिस्तान भेजकर बाद में चैन की बंसी बजाएगी।"

हुआ भी वही, उन्हीं का कहा सच हो गया। जैतुन के अब्बा पिछले एक माह से अस्पताल में बीमार पड़े थे। तरह-तरह की दवा बदली गई पर कोई फायदा नहीं हुआ। एक हफ्ते से तो बिस्तर में ही पैखाना-पेशाब कर देते थे, उन्हें होश नहीं था और आखिर टिक-टिक करता दिल एकदम से खामोश ही हो गया।

रात एक बजे छोटे भाई ने आकर खबर दी—"भइया चल बसे।" उनींदी आँखों से सब पागलों से एक-दूसरे को देखने लगे थे। बात विश्वास के लायक नहीं थी, पर विश्वास न करने का कोई कारण भी नजर नहीं आ रहा था।

मस्जिद के डोले में जैतुन के अब्बा को घर लाया गया था। जान-पहचान, नाते-रिश्तेदारों की भीड़ धीरे-धीरे बढ़ती गई थी। सामने का दालान मर्दों से और अन्दर के दोनों कमरे औरतों से भर गए थे। औरतें आ-आकर अम्मा, दोनों अप्पी और उसकी सौत के पास जाकर संवेदना के शब्द कह रही थीं, उन्हें समझा रही थीं।

वह सुबह से पीछे की छपरी के कोने में बैठी यह दृश्य देख रही थी। अब तक एक औरत भी उठकर उस तक नहीं आई थी शोक प्रकट करने और न ही वह सुबह से हज़ारहा कोशिश के बावजूद रो पा रही थी।

भीतर से मन जोर-जोर से उछलकर उलाहने दे रहा था, वे उसके क्या लगते थे, जो वह रोए? वह उनके लिए रोनेवाली भी कौन होती है? वे तो हमेशा जैतुन के अब्बा ही बने रहे। पिछले दस साल से वह अपाहिज बूढ़ी कुतिया-सी कोने में पड़ी थी। उसका इस घर में किसी से रिश्ता ही नहीं था। यह छोटी छपरी ही उसके अधिकार में थी, इससे आगे यहाँ तक कि सास के कमरे में भी जाने की उसे इजाजत नहीं थी। वह दीवार के इसी कोने में बैठी घर के हर दुख-सुख की चर्चा सुनकर जान लेती थी। दुख और सुख हमेशा दीवार के उस पार ही रहे, बस उनकी आमद को घर में होती चहल-पहल से वह जान लेती थी, उन्हें कभी महसूस नहीं किया, कभी भोगा नहीं, दुख में भी किसी ने उसे शरीक नहीं किया, तो सुख की बात कौन करे!

वह बुझे कोयले-सी आँखों से चुप एक-एक घटना को देखती रही। ईंटों के चूल्हे पर देग में मइयत के गुसल के लिए पानी गरम किया गया, फिर गुसल दिया गया, फिर जनाजे को तैयार कर कब्रिस्तान ले जाया गया। इन सारे हंगामों में वह किधर थी, किसी ने नहीं पूछा और वह बस नीम की नंगी टहनियों पर से उतरती धूप को निहारती रही।

बीस साल पहले वह हरी-हरी रेशम की भर-भर हाथों में चूड़ियाँ पहने आई थी, आते ही जैसे मुँह दिखाई के तोहफे में सास ने उसके हाथों में झाड़ू थमा दी थी और घर का काम एक-एक कर उसे इस तरह रटा दिया था, जैसे कोई गुरुमंत्र दे रही हो। रेल की पटरियों के पार बसे मुहल्ले में जो ठीक नाली से सटकर शुरू हो गया था, तब किसी का भी ईंटों वाला मकान नहीं था। मिट्टी की दीवार की आड़ थी, पर लगता था ज़ैसे वह मिट्टी की दीवार नहीं, पतला-सा झीना परदा है, जिससे सब दिख रहा है, कई जोड़ी आँखें टिकी हैं।

दूसरी-तीसरी रात से ही वह जान गई थी कि वह अकेली उनकी पत्नी नहीं है। बहुत-सी पत्नियों की लड़ी में उसे भी पिरो दिया गया है। यहीं आकर उसने जाना कि शारीरिक सुख ही दुनिया की सबसे बड़ी चीज है। उसे देख-देख हैरानी होती कि शारीरिक रिश्तों की ही यहाँ अहमियत है।

बड़ी आपा और छोटी आपा दोनों के कमरे ऊपर थे, जहाँ शाम के बाद किसी को जाने की इजाजत नहीं थी, दुपहर को भी वह तब ही जाती, जब खुद किसी काम से बड़ी आपा आवाज देतीं, "भाभी, क्रोशिया के फूल जरा जोड़ दो।"

वह लकड़ी की सीढ़ियों पर चढ़ जाती। ऊपर के कमरे उसके लिए उत्सुकता की चीज थे, साफ-सुथरे कमरे, चूने से लिपी दीवार जहाँ गन्दी-गन्दी तस्वीरें टँगी

रहतीं। खिड़की और दरवाजे पर क्रोशिया की बनाई झालरें लटकती रहतीं। साफ-सुथरा-सा बिस्तर, तिपाई, तिपाई से लगी छोटी-सी अलमारी, जिस पर हमेशा ताला पड़ा रहता था।

जब भी वह ऊपर आती, बड़ी ही खोजती नजरों से उस अलमारी को घूरती और सोचती, 'आखिर इसमें क्या चीज रहती होगी?'

सस्ते इत्र, सेंट की बासी, कोंहादी बदबू से बसे कपड़े अलगनी पर टँगे रहते थे। उसे आश्चर्य-सा होता, इतना छोटा-सा घर, जहाँ ठीक से सामान नहीं रखा जाता था, वहाँ पर इन दोनों को अलग-अलग दो कमरे दे दिए गए हैं, ऐसा क्यों? पर वह पूछती किससे? दोनों माँ और भाई की सर चढ़ी बहनें थीं। ऊपर जाने के लिए बाहर से भी सीढ़ियाँ थीं, जो रेल की पटरी के सामने पड़ती थीं। चार बजे के बाद ऊपर धाबे पर जाने की किसी को इजाजत नहीं थी, ऊपर जाने के लिए सीढ़ियों पर जो दरवाजा था, उसे बन्द कर दिया जाता था।

कभी हवा के झोंके के साथ मर्दानी हँसी की आवाज तथा हवा में घुल-मिल गई शराब की महक उसे चौंका देती थी। ऊपर दोनों कमरों से लगा लम्बा, नीचा ओसारा था, जहाँ घर का बेकार सामान रखा रहता। धान की ढेरी, नए बनाकर रखे गए, लिपे-पुते चूल्हे और ढेर सारा टूटा-फूटा-सा सामान रखा रहता था।

इमली से भरे बोरों की थपकी जहाँ लगी थी, वहीं पर मुर्गी लटकते टूकने में अपने अण्डे से रही थी। इमली की सड़ी और मादक-सी गन्ध जो महुए की गन्ध की तरह ही तीखी थी, सारे कमरे में भरी रहती थी। यह कमरा अम्माँ का था, जहाँ हर कमरों से ज्यादा सीलन और अँधेरा रहता था। इमली का भाव पिछले सालों में इस साल ज्यादा तेज था।

अक्सर दोपहर को यानी फुरसत के दिनों में अम्माँ और दोनों ननदें बैठकर इमली के बीज फोड़कर छक्का खेलते रहते थे।

सास हवलदार की तरह उसके पीछे घूमती रहती थी। जरा-सी गलती पर ढेर सारी लानत-मलामत मिलती। पति से प्यार, स्नेह और दुलार भी मिल सकता है—ये बातें उसने नहीं जानी थीं।

''जैतुन की माँ!'' रात के अँधेरे भरे सन्नाटे में पति की गुहार सुनाई देती। फिर एक पुकार पर उसे तुरन्त उठकर पति की खाट तक जाना होता। उसकी अपनी इच्छा-अनिच्छा का किसी को ध्यान नहीं था।

बच्चे दादी और फूफी के नजदीक ज्यादा रहते थे। वही उनका सारा काम करते। कभी वह बच्चों को तैयार भी कर देती, तो बड़ी आपा झिड़क देती, ''क्या फूहड़पन से बच्चों को तैयार करती हो भाभी?''

''लो, तुम्हीं नए फैशन से सँवार दो'' उसे खुशी होती कि दोनों बच्चों की तरफ से फुरसत ही फुरसत थी। बच्चे खाना अपने बाप के साथ खाते, किसी दिन

वे देर से आते, तो बच्चे बिना खाए-पिए रास्ता देखते बैठे रहते। बच्चे उसके साथ कहीं जाने को तैयार नहीं थे। सारे बच्चे छुट्टियों में ननिहाल जाते, पर ये बच्चे ददिहाल छोड़ने को तैयार नहीं थे और धीरे-धीरे उसका अपना मायका ही छूट गया। मायके में भाई के सिवा दूसरा था भी नहीं और भाई ने भी कभी इधर आने की बात नहीं सोची।

धीरे-धीरे उसने महसूस किया कि जैसे-जैसे बच्चे बड़े होते जा रहे हैं उसकी उपेक्षा करते जा रहे हैं जिसे देख अम्माँ मुस्करा देती। वह तिलमिलाकर रह जाती, पर अब बहुत देर हो चुकी थी। इनका चुभोया डंक अब सर उठा रहा था।

बच्चे बचपन से ही अपनी फूफी की तरह उसे भाभी कहते थे, अम्माँ वह दादी को कहते थे। अब उसे अपनी गलतियों का अहसास होने लगा था। वह अपनी आँखों के सामने देख रही थी कि वह किस तरह धीरे-धीरे उसके अपने जन्माए बच्चे पराये होते जा रहे हैं।

उन्हें माँ की आवश्यकता थी ही नहीं। माँ को उन्होंने नहीं जाना था। इस प्यार के पीछे कितना बड़ा धोखा था, यह उसने अब जाना। बच्चों के प्रति यह ममता नहीं थी, बच्चों को माँ से दूर करने का षड्यंत्र था। वह अपनी पीड़ा किससे कहे? सुनने वाला कौन था? सच है, टहनियों पर चढ़ी धूप कब तक ठहरती है? बच्चों ने माँ की ममता जानी ही नहीं, जिधर सहारा मिला उधर झुक गए।

एक रात जब वह पटरियों के पास से लौट रही थी, सामने से धड़धड़ाती ट्रेन निकल गई। रात का अन्तिम पहर था। सन्नाटे में कोई पक्षी अपने प्रिय को याद कर चिल्लाया—फिर शान्ति। पता नहीं क्या हुआ, घर के बरामदे तक पहुँचते ही वह धड़ाम से गश खाकर गिर पड़ी। होश आया तो देखा, वह बरामदे की सीढ़ी पर पड़ी है, घर के सारे लोग गहरी नींद में सो रहे थे। उसने उठने की कई बार कोशिश की, पर पैर ही नहीं उठते थे। क्या हुआ? इन पैरों को क्या हुआ? वह घबराहट में वहीं पड़ी-पड़ी रोती रही।

"क्या हुआ भाभी?" बड़ी आपा ने सुबह दरवाजे के बाहर झाँका, कहाँ गई थी।

"मैं रात को लोटा लेकर बाहर गई थी, लौटी तो पता नहीं क्या हुआ पैर ही नहीं उठते हैं।" वह रो दी।

बड़ी आपा के हाथ के सहारे से वह उठने की कोशिश करती रही, पर उठ नहीं पाई। पैरे जैसे हाड़-मांस के नहीं, पत्थर के हों। बड़ी आपा हैरान भौचक्की-सी रह गई थी। जल्दी से घर के सारे लोगों को बुलाकर ले आई। उसे उठाकर अन्दर लाया गया। डॉक्टर आया, उसने देखा और कहा, "फालिज मार गया है।"

फालिज...फालिज, यह शब्द इतना डरावना था कि चारों ओर से आकर उसे डराने लगा। उसकी बची-खुची जिन्दगी भी भरभराकर ढह गई। ओह! उसे फालिज

मार गया। अब खाट पर पड़े-पड़े वह मृत्यु की बाट देखेगी। जीते जी जहन्नुम दे दिया खुदा ने।

उसकी खाट पीछे की छपरी में लगा दी गई। वह बिस्तर पर पड़े-पड़े टुकुर-टुकुर आँखें घुमा-घुमाकर घर की सारी हरकतों को देखती रहती।

पहले ही लोग उस पर लानतें भेजते थे, अब तो उसकी खाट तक कोई भूले से नहीं फटकता। वह नाम ले-लेकर बच्चों को पुकारती, अपने पास बुलाती, पर बच्चों को उसके पास आने की फुरसत ही नहीं थी। वे खेल में, पढ़ाई में या दादी से कहानी सुनने में लगे रहते थे।

घर के काम के लिए और खाना बनाने के लिए एक बेवा जवान औरत को रख लिया गया था। पर क्या वास्तव में वह नौकरानी थी? वह उसकी सौत थी।

खाना खाने की इच्छा खत्म हो जाती, दो-चार कौर खाया हुआ खाना ही मुँह तक आने लगता। प्लेट का खाना वैसा ही धरा रह जाता।

"राशन मुश्किल से मिलता है और यह महारानी खाने की बरबादी करे है, कल से देखकर खाना दो।" अम्माँ रस्सी पर से कपड़े उठाकर लाते हुए प्लेट में छोड़ा खाना देख सुलग जाती।

बिस्तर पर पड़े-पड़े मौत की दुआ करती, पर क्या सच वह दुआ करती थी? उसका ध्यान तो घर की हरकतों पर ही रहता था। सारा ध्यान अपनी गृहस्थी की उथल-पुथल देखने में ही लगा रहता। शायद यही कारण है, जो खुदा ने भी उसकी नहीं सुनी।

मौत को नहीं आना था, नहीं आई, पर इतना जरूर हुआ कि वह कमर से घसीट-घसीटकर चलने लगी। बैठे-बैठे नहा लेती, कपड़े धो लेती, घर में झाड़ू दे लेती थी। अब वह बिस्तर पर पड़ी नहीं रहती, कोने में चटाई डालकर खूँटे की तरह बैठी रहती।

दिन-ब-दिन तिरस्कार की, गालियों की मात्रा बढ़ती जाती थी। उस अपंग के लिए जितना भी पैसा खर्च हुआ था, कोसकर वसूला जाता। अम्माँ गालियाँ दे-देकर उसकी सात पीढ़ियों को गालियों का फातेहा भेजती थी। बच्चे, उसे आश्चर्य होता है, क्या इन्हीं साँप के बच्चों को उसने जन्मा था? बच्चे भूल चुके थे कि वह उनकी जन्म देने वाली माँ है। बस वे इतना जानते थे कि एक अपंग अधेड़ औरत उनके घर पड़ी रहती है। यह अपमान यह पीड़ा उसके नारी-मन को हर पल चुभोता, टीसता, कुरदेता था।

जैतुन सयानी हो गई थी। दोनों फूफियाँ उसे अपना हुनर जरूर सिखाएँगी। बेटे को थैली में छुपाकर शराब की बोतल लाते हुए उसने कई बार देखा है। जैतुन का श्रृंगार उससे सहा नहीं जाता था। कानों के पास काटकर गोल किए बालों के गुच्छे माथे पर लटकाई गई लटें, ऊँचा खींचकर लगाया गया काजल वह सह लेती

थी, पर आँखों को पटपटाकर इधर-उधर ताकना-झाँकना, दीदे मटकाना, आँखों का आवारापन उसे अन्दर तक चीर जाता।

फूफियों से इतना घुल-मिलकर रहना, सर जोड़कर बातें करना, हर समय नई देखी फिल्मों की बातें, फिल्मी गानों की नकल करना, उसे कुढ़ा जाता। वह मुँह खोलकर एक शब्द भी कह नहीं सकती थी। सारा दिन छोटी-छोटी चिनगारियाँ उसकी आँखों में सुलगा करती थीं।

"बेटा," एक दिन दोपहर को निपट एकान्त देखकर उसने जैतुन को अपने पास इशारे से बुलाया और उसकी पीठ पर प्यार से हाथ फेरकर उसने उसे समझाया, "रानी बेटी, थोड़ा अरबी-उर्दू पढ़ा करो, अपनी फूफी के साथ इतना मत लहटा करो, आवारागर्दी, अच्छी नहीं। खुदा का खौफ खाओ, बेटा!"

"मुझे आवारा कहती हो भाभी," जैतुन उसका हाथ झटककर अलग छिटकी, "फूफी क्या आवारा है।"

जैतुन की चीख-पुकार से सारा घर आ जुटा। उसने शरम से अपना मुँह घुटनों में दे दिया। जैतुन चीखकर उसकी शिकायत अपनी दादी और फूफियों से कर रही थी।

वह भूखी सारी रात जागती रही। आँखों में नींद कहाँ थी। कहते हैं, रात को उल्लू और फूटे भाग्यवाला आदमी दोनों ही साथ-साथ जागते हैं।

रेल के पटरियों के पार के मैदान की ठण्डी हवा सारी रात पहरेदार-सी इधर-उधर अपना डण्डा फटफटाती घूमती थी। हवा की हल्की-हल्की सीटी की आवाज रात में घूमते गोरखे की सीटी की तरह सतर्क करती थी। रात चौकस नागिन की तरह फुफकार-फुफकारकर सरक रही थी।

ऊपर के कमरों से आते निर्लज्ज ठहाके, बातों की खुनक और फूल, इत्र और शराब की गन्ध रात के पवित्र गाल पर तमाचे लगा रहे थे। जैतुन के अब्बा का कमरा बन्द था, बन्द दरवाजों के पार की एक-एक परिचित हरकतें, जाने हुए दृश्य उसे किसी करवट चैन नहीं लेने दे रहे थे।

जैतुन क्या सब नहीं समझती होगी? कल वह भी अपनी फूफी का कमरा लेकर ऐश करेगी।

जाने कितनी तरह की बातों से उफनती, उन्हें दोहराती-सहलाती वह टुकुर-टुकुर देखती बैठी रही।

शाम की शुरुआत थी।

लोग कब्रिस्तान से लौट आए थे। सुबह से होता कोहराम थमने लगा था। रोते-रोते जैसे सारे लोग थक चुके थे। आँसुओं की बाढ़ खत्म हो गई थी। सूखे की तरह छिली और तड़की आँखों की कोरें थीं। रात जब से मौत हुई थी किसी ने खाया-पीया नहीं था। तब भूख का अहसास भी नहीं हुआ था, पर अब भूख महसूस

होने लगी थी।

मौतों का वह हिला देने वाला हंगामा अब थमने लगा था। अभी भी लोबान और अगरबत्ती की खुशबू घर की दीवारों से चिपकी थी। औरतें अभी भी बैठी थीं।

बाहर, मर्दाने में, जहाँ मर्द लोग बैठे थे किसी ने आकर खबर दी, ''सकीना की बड़ी बेटी मरियम, जो पिछले कई दिनों से बीमार थी, मर गई। मगरिब के पहले ही मिट्टी दे देंगे, वरना रात हो जाएगी।''

''लो, एक मुहल्ले में दो मौतें हो गईं। बेचारी गरीब का तो बाप भी नहीं है।''

''किसी-किसी की मौत बड़ी खर होती है, अपने साथ दूसरे को भी ले जाती है,'' एक ने कहा।

अब जैतुन के अब्बा की मौत की चर्चा कम हो गई थी और सकीना की बेटी मरियम की चर्चा हो रही थी। उसे आश्चर्य हुआ, कितनी जल्दी बातें पुरानी पड़ जाती हैं। सारे लोग मरियम की चर्चा कर रहे थे। कुँआरी गभार लड़की उठ गई। मर्द लोग उठ-उठकर सकीना के घर की ओर जाने लगे थे।

''तो वहाँ भी वे अकेले नहीं गए? एक औरत को वहाँ भी ले ही गए आखिर।'' वह सोचती है, फिर मन को तुरन्त झटक देती है, नहीं...मरे हुए आदमी की बुराई नहीं करनी चाहिए!

भोगे हुए दिन

भोगे हुए दिन का बासी पहर अब भी बचा था। बदली से सूरज के ढँके होने के कारण शाम का धोखा हो रहा था।

टाँगा गली के मोड़ पर बने एक पुराने घर के सामने रुका। टाँगे में बैठे-बैठे ही मैंने शांदा साहब को पहचान लिया। वह नीम के पेड़ के नीचे कुर्सी पर बैठे थे। मुझे देखते ही उनका बूढ़ा शरीर प्रसन्नता से काँप उठा। वह एकदम मेरी तरफ बढ़े और मुझसे लिपट गए।

"तो बरखुरदार, इस बूढ़े की याद आ ही गई," उनका चेहरा प्रसन्नता से भरा था। वह एकदम पलटे, और आवाज दी, "अरे बेटा जावेद, आओ तो!"

दरवाजे पर टँगा परदा हिला, और एक दस साल का लड़का बाहर आया।

"देखो बेटा, यह सूटकेस मेरे कमरे में रख दो।"

टाँगे वाले के जाते ही हम आग बढ़े। सामने लकड़ियों का ढेर पड़ा था, और एक आम के पेड़ के नीचे बड़ा-सा तराजू लटक रहा था। तराजू के पास एक आठ साल की लड़की बैठी थी जिसने बहुत गन्दे कपड़े पहन रखे थे। उसकी चोटी से बाल निकलकर सारे मुँह पर बिखरे थे। इतने पर भी वह सुन्दर लग रही थी। तराजू के एक पल्ले पर धूप थी, दूसरे में आम की परछाईं पड़ी थी। आम की परछाईं वाला पल्ला नीचे था, मानो धूप और परछाईं दोनों को तौला जा रहा हो।

हम लोग लम्बे और सूने बरामदे को पार कर रहे थे। शांदा साहब लकड़ी के सहारे चल रहे थे। उनका शरीर बहुत भारी था। बुढ़ापे का बोझा उठाने में उनके कन्धे असमर्थ थे और झुक-से गए थे। खुद शांदा साहब इस बोझ-तले दबे जा रहे थे। दालान का सीमेण्ट बहुत पुराना था, और जगह-जगह से उखड़ा हुआ था। पूरे मकान को एक अजीब तरह की उदासी ने घेर रखा था, वैसे ही, जैसे अक्सर मुसलमानों के पुराने घरों में होती है।

कमरे में जाते ही सामने के दरवाजे से आँगन का पूरा भाग सामने आ गया। कुएँ के पास एक बूढ़ी औरत कपड़े धो रही थी। मुझे समझते देर नहीं लगी कि यह शांदा साहब की पत्नी हैं। तपाक से मैंने सलाम किया। मुझे देखते ही वह घबरा-सी गईं और बिना कुछ कहे बावर्चीखाने की तरफ बढ़ गईं, जो वहीं, लकड़ी की जाफरी

का बना हुआ था।

शांदा साहब मुस्कराए, "अरे बेगम, यह तो अपना जगदलपुरवाला शमीम है, जहाँ पिछली गर्मियों में मैं मुशायरे में गया था।"

पर वह नहीं निकलीं। कमरा छोटा-सा था। इस कमरे से लगा एक और कमरा था, और उसके दाहिनी ओर एक और कमरा था। वहीं लकड़ियों की सीढ़ी ऊपर को गई थी। यह कमरा शांदा साहब का था। कमरे के बड़े भाग को तखत घेरे हुए था। दीवारों में बनी अलमारियों में देशी दवाएँ भरी थीं। एक पुराने सींग में एक सफेद रंग की गोल अजमेरी टोपी टँगी थी। एक तिपाई पर मेरा सूटकेस रखा था।

शांदा साहब बाहर चले गए थे। सूटकेस से मैंने अपने कपड़े निकाल लिए। और मुँह धोने किधर जाऊँ सोच ही रहा था कि जावेद आया।

"चलिए, गुसलखाना उधर है।"

मैं जावेद के दिखाए, टट्टे के बने बाथरूम में चला गया जहाँ खड़े रहने पर आधा शरीर बाहर दिखता था। मैंने देखा, पीछे की दालान सूनी है। कुएँ के पास टमाटर के कुछ पौधे लगे थे, जिनमें कच्चे-कच्चे टमाटर लटक रहे थे। बाथरूम का पानी एक कच्ची नाली से दीवार के पार जा रहा था जहाँ शायद दो-तीन बत्तखें पानी पी रही थीं। उनके मुँह की मोटी और भद्दी आवाज आ रही थी।

मैं वापस कमरे में आया तो एकदम सामने से शांदा साहब आते दिखे। उनके एक हाथ में आठ आने वाली गुलाब-छाप चाय की पुड़िया थी। मुझे देखते हुए पा वह झेंपे, फिर जल्दी से अन्दर हो गए।

तराजू के पास बैठी लड़की तौल-तौल कर लकड़ियाँ दे रही थी। लकड़ियों के ढेर पर चढ़े बकरी के छोटे-छोटे बच्चे दौड़ रहे थे। मुझे घर के घुटे-घुटे वातावरण से अजीब लग रहा था।

जावेद मेरे सामने से निकला और लड़की के पास गया।

"सोफिया, आठ आने दे, नानी बोली है।"

"क्यों?" लड़की ने अपनी जेब को कसकर पकड़ लिया, ताकि जावेद जोर-जबर्दस्ती से न ले जा सके।

'कमरून खाला के यहाँ से दो अण्डे लाने हैं, शाम की तरकारी के लिए, ला जल्दी दे।"

लड़की ने जेब से आठ आने निकालकर दे दिए। जावेद चला गया। मैं लड़की के पास आ गया। गली में काफी चहल-पहल थी। घर के सामने औरतें, आदमी बैठे बीड़ी बना रहे थे। महाराष्ट्र में बीड़ी के काम से काफी लोग घर-बैठे कमा लेते हैं। यह एक ऐसा धन्धा है कि अच्छे-अच्छे घर की औरतें पैसों की तंगी से घर में बीड़ी बनाती हैं। महाराष्ट्र में यह धन्धा जितना अधिक है उतना कहीं नहीं। बीड़ी के कटे हुए पत्तों का ढेर जहाँ-तहाँ पड़ा था।

शांदा साहब की एक ही विधवा लड़की है, जो पति के मरने के बाद उन्हीं के पास अपने दोनों बच्चों के साथ रहती है। उनकी लड़की प्रायमरी उर्दू स्कूल में टीचर है। उसी लड़की के ये दोनों बच्चे हैं।

लड़की मुझे पास खड़ा देख शरमा रही थी। मैं उसके एकदम पास चला गया। वह मुँह में फ्राक दबाए हँसने लगी।

''क्या नाम है?''

''सोफिया।''

''बड़ा प्यारा नाम है। कितनी बिक्री हुई?''

सोफिया झेंपकर नीचे देखने लगी।

''पढ़ती नहीं हो?''

''अम्माँ घर में पढ़ा देती हैं।''

''और जावेद?''

''वह जाता है, तीसरी में पढ़ता है।''

तभी सामने से दो बच्चे लकड़ी लेने आए। सोफिया बड़े ही सधे हाथों से तराजू पर लकड़ियाँ चढ़ा रही थी। मुझे आश्चर्य हो रहा था, सात साल की लड़की को भी समय ने कितभा निपुण बना दिया था।

मैंने शांदा साहब के घर के इस वातावरण के बारे में सोचा न था। हम लोगों ने पिछली गर्मियों में मुशायरा रखा था। शांदा साहब को उसी मुशायरे के अध्यक्ष के हैसियत से बुलाया था। शांदा साहब के बहुत बुजुर्ग होने से वह दूसरों के साथ तकलीफ न हो, सोच मैंने उन्हें अपने घर पर ठहराया था। तभी से मैं इनके बहुत पास आ गया। शांदा साहब हिन्दुस्तान के सबसे पुराने शायरों में हैं। इकबाल और इनका बहुत दिनों का साथ रहा है। मैंने तो सोचा भी न था, कि जिसके नाम से लोग ज़मा हो जाते हैं, जो उस्ताद माना जाता है, उसके घर का वातावरण इतना करुणाजनक होगा।

अन्दर कमरे से जावेद मुझे बुलाने आया। अन्दर शांदा साहब आराम कुर्सी पर बैठे थे।

''बैठो शमीम।''

सामने के दरवाजे से जावेद चाय और नाश्ते की प्लेट उठाकर लाया। नाश्ते को एक नजर देखते हुए शांदा साहब बोले, ''जावेद, नानी से कहो, वह कश्मीर वाले अखरोट भेजें।''

जावेद अन्दर गया। अन्दर शायद पहले ही सुनकर अखरोट निकाल लिए गए थे, क्योंकि जावेद उसी पल अखरोट से भरी प्लेट लिए लौट आया।

''लो शमीम, यह अखरोट खाओ। मेरा एक शागिर्द है, जम्मू में, बेचारा वही भेजता रहता है। वरना मेरी तो इन सब चीजों के खरीदने की हैसियत ही नहीं है।''

"इन दिनों आप कहीं मुशायरे में नहीं गए?" मैंने अखरोट उठाते हुए पूछा।

"नहीं, कहीं से तो बुलावा नहीं आया है। फिर शमीम, बूढ़ा ज्यादा हो गया हूँ। लोग बुलाते नहीं। शमीम बेटा, आजकल तो गलेवालों की ज्यादा पूछ है; जो अच्छा गाकर पढ़ लेता है, उसी की पूछ है।"

"फिर खर्च तो बड़ी मुश्किल से चलता होगा!"

"अहँ! लड़की कमाती है। लकड़ी की टाल बनवा लिया हूँ। फिर इसी साल से गौरमेण्ट सौ रुपया वजीफा देने लगी है।"

"वजीफा मिलने लगा?" मुझे मालूम था इसके लिए शांदा साहब दिल्ली जाते रहते थे।

"हाँ, बड़ी मुश्किल से मिल रहा है। एक बार कश्मीर के मिनिस्टर मुझसे मिलने घर पर आए थे, मेरी हालत देखकर उन्होंने कोशिश की तो इस साल से मिल रहा है। बेटा, हम लोगों पर खर्च करना गौरमेण्ट फिजूल समझती है। बस, खुदा किसी तरह से पूरा कर रहा है," शांदा साहब ने गहरी साँस लेकर टेबल पर कप रख दिया।

थोड़ी देर के बाद शांदा साहब फिर बोले—"अरे बेटा, यूनानी दवा मैं बहुत पहले से देता था। सब पुराने लोग जानते हैं, तो इलाज करवाने आते हैं, पर वह भी बहुत कम। मशीनों के जमाने में जड़ी-बूटी को कौन पूछता है!"

दोपहर को शांदा साहब की लड़की फातमा स्कूल से लौट आई। सूखा-सूखा मास्टरनियों का सा चेहरा! उसके हाथ में लाल गुलाब के तीन फूल थे, जिन्हें उसने आते ही गुलदान में लगा दिया।

जावेद स्कूल चला गया था। सोफिया अन्दर आकर जावेद की ड्यूटी सँभाल रही थी। और शांदा साहब सोफिया की जगह टाल में थे। वह कुर्सी पर बैठे बकरी के बच्चों से खेल रहे थे। उनकी पीठ पर लगा छोटा-सा पेबन्द धूप में साफ चमक रहा था। उनके पैर बुरी तरह कटे थे। उन्होंने काले रंग की रबर की दो तरफ से सूराख वाली पुरानी-सी चट्टी पहन रखी थी।

दोपहर के खाने के बाद मैं लेट गया। सोफिया सामने आँगन की तरफ खुलने वाला दरवाजा बन्द करने आई थी। उसके छोटे-छोटे बाल धुले हुए पीठ पर बिखरे थे। कपड़े भी धुले हुए थे। सोफिया दरवाजा बन्द करने लगी। मैंने जान-बूझकर आँखें मूँद लीं। दरवाजा धीरे से लगा कर सोफिया टाल में चली गई। आँगन में बर्तनों के निकालने की आवाज आई। तो वे लोग दरवाजा लगाकर बरतन माँज रही हैं?

सोफिया के बाहर जाते ही शांदा साहब लकड़ी के सहारे आते दिखे। कमरे में आते ही वह खाट पर थके-से लेट गए। सामने दीवार पर धूप की परछाईं पड़ रही थी। सामने से सोफिया की आवाज आ रही थी, शायद वह बकरियों के बच्चों

को पकड़ रही थी। मैं चुपचाप बैठा कल जाने की सोच रहा था। इन दो दिनों में मेरा मन इस घर से इतना लग गया था कि जाने की बात से ही मन में पीड़ा घुलने लगी।

"रायपुर के लिए ट्रेन कब मिलती है?"

शांदा साहब ने छत की तरफ देखते हुए ही कहा—"शायद कल दस या ग्यारह बजे मिल जाएगी," वह चुप हो गए। गली से शायद कोई टाँगा जा रहा था। सामने वाले कमरे की दीवार से जो गली की तरफ पड़ती है, शायद कोई गाय पीठ रगड़ रही है, उसकी खस-खस की आवाज यहाँ साफ सुनाई दे रही थी।

"शमीम, मुझे अफसोस है, तुम्हारे लिए कुछ न कर सका। वक्त बहुत ही बुरा आ गया है, वक्त के साथ कमाई के जरिए कम हो गए हैं, और महँगाई दुगुनी हो गई है। हम लोग तो और नंगे हो गए हैं। बेटा, मैंने अपनी इन आँखों से दो दौर देखे हैं। एक वह वक्त, जब मेरे नाम से दूर-दूर से लोग आते थे। एक-एक शेर को हजारों बार पढ़वाया जाता था। रेडियो वाले मेरा प्रोग्राम रिकार्ड करने दौड़ते थे। दिल्ली और बम्बई के लोग मेरे पीछे पागल-से थे। दूसरा वक्त अब देख रहा हूँ, यही लोग जो मेरे दीवाने थे, अब मुझे भूल गए हैं। दिल्ली-बम्बई का तो छोड़ दो, खुद नागपुर में मुशायरे होते हैं तो मुझे बुलाया नहीं जाता। अब तो सिर्फ पुराने दो-चार लोग हैं जो मुझे शायर के नाम से जानते हैं, वरना यह नई नस्ल तो मेरा नाम तक नहीं जानती।" शांदा साहब चुप हो गए थे।

मुझे लगा, उनका गला भर आया है। तभी वह उठे और दूसरे कमरे से एक छोटी-सी सन्दूक उठा लाए जिसमें ढेरों कागज भरे थे। चश्मा चढ़ाकर वह एक-एक खत को उठाते जाते और मुझे पढ़ने को कहते। ये सब खत इकबाल के थे। पढ़-पढ़कर मैं हैरान हो रहा था। सब पुराने शायर इन्हें कितना मानते थे! हर खत पढ़कर मैं आश्चर्य में पड़ गया।

"शमीम, ये सब पुराने शायर मुझे मानते थे, इनके हर शेर में मैं गलतियाँ निकाला करता था। पर देखो नसीब की बात, आज मरने के बाद भी यह पूछे जाते हैं, और मैं जिन्दा खप रहा हूँ, मेरी अभी तक एक भी किताब नहीं निकली, क्यों? इसलिए शमीम कि ये लोग वक्त पर मर गए। शायर को उस वक्त मर जाना चाहिए जब लोग उसे पसन्द करते हों, दीवाने हों।"

सारी दुपहरी शांदा साहब पुरानी बातें बताते रहे। मैं बाद में सो गया था, पर मुझे लगा, शांदा साहब व्याकुलता से करवटें ही बदलते रहे। पुरानी बातें उन्हें पीड़ा दे रही थीं।

तीन बजे जब मैं शहर से ट्रेन का टाइम वगैरह पूछकर और कुछ सामान खरीद कर

लौटा तो शाम होने वाली थी। जावेद स्कूल से आ गया था, और पायरी पर बैठा अमरूद खा रहा था। सोफिया दालान झाड़ रही थी। तराजू खाली लटक रहा था। बकरी के बच्चे मुझे कहीं नहीं दिखे, शायद सोफिया ने उन्हें कोठे में बन्द कर दिया था।

मैं दालान पार कर कमरे में गया तो आँगन की तरफ खुलने वाला दरवाजा बन्द था। मैं तख्त पर बैठ गया। जाने मन की कौन-सी इच्छा मुझ पर सवार हो गई। और मैं अपने को रोक न सका। उठा और बन्द दरवाजे की दराज से झाँकने लगा। मैं चौंक पड़ा, शांदा साहब पैजामा घुटनों तक चढ़ाए बहुत धीरे-धीरे, लड़खड़ा-लड़खड़ाकर बाल्टी से पानी लाकर भर रहे थे। उनका सारा शरीर पसीने से भीगा था। और वह बुरी तरफ हाँफ रहे थे।

मैं चकराया-सा पलटा तो स्तब्ध रह गया। मेरे पीछे हाथ में झाड़ू लिए भयभीत सोफिया खड़ी थी। उस सात साल की बच्ची की उन आँखों में मैंने बहुत सारी बातें पढ़ ली थीं। मैं एकदम घबरा गया और जल्दी से बाहर आ गया।

जावेद लकड़ियाँ तौल रहा था। मैं वहीं पड़ी कुर्सी पर बैठ गया। तभी बाहर के दरवाजे से उसकी माँ आई और जावेद को पुकारकर छाता और पर्स देकर उल्टे पाँव चली गई। मैंने प्रश्न-सूचक दृष्टि से जावेद को देखा।

"मामू जान, अम्माँ स्कूल से रोज ऐसे ही लौटकर बिना घर में घुसे ट्यूशन पढ़ाने चली जाती हैं। अब वह रात को नौ बजे लौटेंगी, तब खाना खाएँगी। अम्माँ को लेने रोज मैं यहाँ से जाता हूँ।"

मुझे अजीब लग रहा था। मन में प्रसन्नता भी हो रही थी कि इस घर का हरेक प्राणी, एक-एक क्षण को जीना जानता है। जावेद अन्दर चला गया, लौटा तो गेहूँ का पीपा उठाए आया। वह गेहूँ पिसाने चक्की पर जा रहा था।

मेरे जाने के समय जावेद विदाई देने रुका रहा, पर जब स्कूल को देर होने लगी तो मुझसे हाथ मिलाकर चला गया। सोफिया बाल बिखराए तराजू के पास बैठी बकरी के बच्चे को निहार रही थी। शांदा साहब विदा देते समय दुःखी से लगे—शायद अपनी हालत पर या मेरे जाने पर!

टाँगा जब आगे बढ़ने लगा तो मुझे तराजू और उसके पास बैठी सोफिया दिख रही थी। और मैं सोच रहा था—अगर आज इकबाल होते तो!

पाँचवीं कब्र

रहमान टूटी खाट पर बैठा हुआ हुक्का गुड़गुड़ा रहा था। उसकी बीवी नाजो खाट पर बैठी छोटे बेटे को पैरों पर डालकर तेल चुपड़ रही थी। पास ही जुही के मण्डप के नीचे बच्चे स्कूल का काम कम, मगर चुहल ज्यादा कर रहे थे।

रहमान ने हुक्का खाट के नीचे रख दिया; चटाख-चटाख उँगलियाँ फोड़ीं। कमर को दाएँ-बाएँ तिरछा कर फोड़ा और अँगोछा लेकर कब्रिस्तान का अहाता पार करता मस्जिद की तरफ नमाज पढ़ने चला गया।

नाजो ने बच्चे को खाट पर डाल दिया और मुर्गियों के सामने एक मुट्ठा धान छिड़ककर भीतर चली गई।

शहर छोटा था, इसलिए रहमान को ही ऐलान करने जाना पड़ता। आज बड़ी बाई के यहाँ अकीके की दावत बाँटना था। वह जल्दी-जल्दी हर घर के पास खड़ा होकर चिल्लाता—'बड़ी बाई के यहाँ उसके पोते का अकीका है, औरतों व मर्दों की दावत है।' और आगे बढ़ जाता।

आज शाम को आते वक्त वह दो आने की मछली साथ लाया था। घर में खुशी की लहर दौड़ गई। रहमान की बेटी रजिया जल्दी-जल्दी मसाला तैयार करने लगी। नाजो आज बड़े प्यार से रहमान से मिली, और उसके लिए तेल के दो पराँठे भी सेंक दिए।

दोपहर को रहमान खा-पीकर टूटी कब्रों को देखता और उनमें थोड़ी मिट्टी डाल देता। कब्रों पर से पत्ते इकट्ठे करता। कोई गाय अगर घुस आती तो उसे खेदता और फिर आम के झाड़ के नीचे खटिया डालकर लेट जाता। चारों तरफ मौत का सन्नाटा था। जिधर देखो, कब्रें ही कब्रें। कब्रों की दुनिया—गरीब-अमीर सब साथ ही सोये हैं। चार-पाँच तो नई कब्रें हैं। उनमें से एक तो सरदार खाँ की लड़की सोफिया की है—बेचारी करीम को कितना चाहती थी, मगर माँ-बाप नहीं मानते थे, भला करीम की और उसकी कैसी जोड़ी! जब घर में पता चला कि सोफिया को चार महीने चल रहे हैं, तो तूफान उठ खड़ा हुआ। सोफिया बेचारी ने तो घबराकर जहर पी लिया। दूसरी कब्र बुढ़िया रहीम बी की है—हरामज़ादी बहुओं को कितना तंग करती थी! लड़ने में पूरी लाल मिर्च की तरह तीखी थी। घर में चिल्लाए तो पाँच कोस आवाज

जाती।...सोचते-सोचते वह सो जाता।

ठण्ड का मौसम चालू हो चुका था। नीम का झाड़ा तो पूरा नंगा हो चुका था। गिलहरी रोज झाड़ों पर से उतरकर कब्रों के ऊपर बैठ जाती।

रहमान के बच्चे कब्रिस्तान की मस्जिद में घर-घर का खेल खेलते। दोपहर को जब अब्बा आम के नीचे सोते और अम्मी भी छप्पर के नीचे खर्राटे मारतीं, तो रजिया छोटे भाई को लेकर मस्जिद में आ जाती। मस्जिद के पीछे लड़कों का अंग्रेजी स्कूल था। वह फर्श पर भाई को लिटाकर, सामने दीवार से टुकर-टुकर लड़कों को घूरती, वहाँ से भी दो आँखें उसे घूरतीं, करीब आतीं और वह पूरी दोपहर मस्जिद में गुजार दिया करती।

मगर मीलाद वगैरह होतीं तो नाजो लड़की को पहना-उढ़ाकर ले जाती, मगर बात तय ही नहीं होती दिखती। झुँझलाकर लड़की की किस्मत को कोसती।

नाजो अक्सर रहमान को सुनाया करती, "ऐ सुनो, वह रहीम बी की पोतरी तो पेट ले आई!"

"अच्छा!"

"हाँ, वह मजीद की लड़की तो बड़ी उम्र में उठी, पूरे पाँच हजार में सौदा तय हुआ।"

"चलो, हमारी रजिया भी उठ जाएगी। अब तक नाक तो नहीं कटी, उठ ही जाएगी।"

"ऐहे! अरे, मेरी जैसी माँ जिसकी हो, वह भला क्या बदनाम होगी!"

कल कम्मो का बेटा रम्मो मर गया। बेचारे के पेट में कैंसर हो गया था, भरी जवानी में उठ गया।

रहमान का चेहरा खुशी से चमकने लगा। नाजो और रजिया ने जोरों से मसाले तैयार किए। रहमान कुदाली लेकर बढ़ गया। जोरों से एक कश लेकर उसने बीड़ी फेंक दी और फुरती से खोदने लगा—'चलो, कोई तो मरा, दो महीने से गोश्त खाने को नहीं मिला था।'

बच्चे स्कूल से वापसी पर दोस्तों से गप्प लड़ा रहे थे। एक बोला, "अरे यार, आज हमारे यहाँ गोश्त पकेगा। हमारे अब्बा को एक खुदाई के पूरे बीस मिलते हैं।" और बच्चे ने टपकती लार को सुड़प लिया।

रात को घर में गोश्त पकने की भीनी-भीनी खुशबू उड़ रही थी। बच्चे कफन की चादर के लिए लड़ रहे थे। मैं पायजामा बनवाऊँगा तभी नाजो उछली, "चल रे, रहने दे, इसकी रजिया की शादी के लिए शलवार बनाएँगे।" और उसने झपट लिया। रजिया बावर्चीखाने में बैठी दुगुनी फुरती से गोश्त भूनने लगी।

रहमान जब घरों पर ऐलान करने जाता तो औरतों घबराई-सी रहतीं। मर्द उसका मुँह ताकते—न जाने क्या खबर सुनाए! चाहे कहीं शादी हो, बच्चे का अकीका

हो, मीलाद हो या मौत हो, रहमान का चेहरा एक-सा रहता, जैसे वह पत्थर की कोई मूरत हो।

उस दिन हाफिज जी का जवान बेटा चल बसा। सब हैरान थे। उसे नहलाने रहमान ही गया था। नहलाते-नहलाते वह मुस्कराया—'अरे रमजू, देखा! मैं तुझे भी नहला रहा हूँ, तेरे भी दिन पूरे हो गए।' और कलमे की उँगली से काजल आँखों में डाल दिया।

और रात को रमजू की कब्र पर जलता चिराग रखकर बच्चों को सिनेमा दिखाने ले गया।

रजिया के लिए पाँच जोड़े हो चुके थे। गले की चौकड़ी भी बन गई थी। उस दिन दोपहर को नाजो को कुछ याद आया और हड़बड़ाकर उठ गई—''रजिया कहाँ मर गई?''

रजिया झट मस्जिद से निकलकर कब्रों के बीच से गुजरती हुई आई। कोई दीवार से कूद गया।

''अरी, कहाँ गई थी? क्यों री, तुझे कितने दिन हुए सर नहाए?''

रजिया अचानक सवाल से घबरा गई, ''अम्मी, मुझे याद नहीं...।''

''ऐहे, मुझे चलाती है, मैं उँगलियों पर दिन गिनती हूँ। दो महीने हुए बिना नहाए।''

''अरी कलमुँही, यह तूने क्या किया री? मर जा हरामजादी!''

रजिया का जिस्म काँपने लगा। उसका जी हुआ टूटी कब्र में जाकर सो जाए। नाजो ने उसे खूब पीटा।

रात को जब सब सो गए तो नाजो रहमान की खाट पर पसरती हुई बोली, ''अजी वह, रजिया को दिन चढ़े हैं।''

रहमान खाट से उछल पड़ा, ''क्या?''

''अरे, किस्मत बुरी को क्या करें?'' फिर रहमान के पास खिसकती हुई बोली, ''बेचारी बीस पूरे कर रही है। करे तो क्या करे, जवानी है न!''

''अजी मैं कहूँ, तो तुम क्या कर रही थीं? तुम तो लम्बी नाक लिए फिरती थीं न?''

''देखो जी, मुझे न कहो; तुम ही तो पैसे नहीं जुटाते।''

''अरे, यह भी अच्छी रही, लोग मरते नहीं तो घर पर जाकर मारूँ क्या? एक जमाना था जब लोग धड़ाधड़ मरते थे, मगर अब तो अचानक मर गए तो ठीक, नहीं तो धरे रहो। कम-से-कम पाँच मौत हो जाएँ तो बेड़ा पार लगे।'' फिर लगभग फुसफुसाकर बोला, ''किसी से न कहना। वह जो गफ्फार है न! अरे वही

जो ब्याज पर पैसा देता है और जिसे कोई लड़की देने को तैयार नहीं होता। थोड़ा शराब और जुए का भी शौक है उसे, पर कहो तो आजकल कौन नहीं पीता? और जुआ कौन नहीं खेलता? बड़े-बड़े साहब लोग सेहत बनाने के लिए पीते हैं। औरत रखने का शौक है उसे, तो यह भी कोई बात नहीं। अरे, अपने इस्लाम में तो चार शादियों की इजाजत है।''

आँखें फैलाकर एक उँगली ठोड़ी पर टिकाते हुए नाजो बोली, ''हाँ बात तो सोलह आने ठीक है।''

फिर वह राज बताने के अन्दाज में बोली, ''अपनी लौंडिया कौन शबनम से धुली-पुती बैठी है!''

रहमान ने नाजो की पीठ ठोंकी, ''हाँ, यह तुमने ठीक कही। अगले महीने में ही शादी कर देंगे। बाद का पचड़ा सह लेंगे। गले में पड़ा ढोल कौन नहीं बजाता जी?''

हैजा फैला और चार लाशें हो गईं। रहमान और नाजो की गोया चाँदी हो गई। रोज गोश्त पक रहा था।

रजिया का राज जब से अम्मी पर खुला था तब से ही उसका मस्जिद में आना-जाना बन्द हो गया था। रजिया देखती कि अम्मी-अब्बा बहुत परेशान हैं और शादी की तैयारी जोरों से हो रही है। अम्मी जोरों से बड़ियाँ डाल रही थी। जब से उसका आना-जाना बन्द हुआ था तभी से उसे अपने प्रेमी की शक्ल नहीं दिखी थी। और तभी से उसने अपनी जीती-जागती लाश को एक कब्र में हमेशा के लिए बन्द करने की तैयारी कर ली थी। और वह डर से सहमे हुए कबूतर की तरह चोरी-चोरी चारों कब्रों को देखती—''या अल्ला! बस एक, फिर तो गरीब की झुकी कमर से बोझ उतर जाएगा।''

रहमान ने अभी से जगह चुन ली थी, पाँचवीं कब्र के लिए। वहीं कुदाली रख आया था। रोज रास्ता देखता। कहीं किसी बीमारी की खबर मिलती तो उसकी बाछें खिल जातीं। उस दिन खबर लगी, शम्मो की नानी बीमार है। रहमान ने नाजो को खुशखबरी सुनाई। सारे घर में बहार आ गई।

नाजो ने रजिया को लाड़ से देखा। मगर दिल काँप गया—''हाय अल्लाह, यह चली गई तो काम कौन करेगा!''

रजिया कब्रों के पास बैठी सोचती, 'बस थोड़े दिन, फिर...।'

सुबह-सुबह नए मोअज्जन ने ऐलान किया, ''कल रात पुराने मोअज्जन रहमानखाँ अचानक हैजे से चल बसे, मईयत में चलिए!''

सिर्फ एक आदमी

सँकरी गली में बन रहे उस अधबने बँगले के दरवाजे पर रुकते ही छज्जे से बीना ने झाँका, ''अतुल दा?''

'धम-धम' किसी के सीढ़ियाँ उतरने की आवाज आई। आवाज रुकते ही दरवाजा खुला। मैले गुलाबी किशोर चेहरे पर हल्का-सा उल्लास घिर आया।

बीना के पीछे जाते उसे महसूस हो रहा था, बाहर से बँगले को देख जैसा उसने सोचा था, वैसा नहीं। अन्दर अजीब-सी घुटन हो रही थी। लम्बे अँधेरे गलियारे से जाते लग रहा था, किसी भुतहा बँगले में जा रहे हैं। लाइन से खोलियाँ बनी थीं, जिनमें किरायेदार रह रहे थे।

''क्या सारा मकान किराए पर उठा दिया?''

चलते-चलते तीसरी सीढ़ी पर बीना रुक गई। ठण्डी साँस खींचकर बोली, ''और क्या, बप्पा जितना न करें कम है।''

बीना के चेहरे पर से क्षण-भर पहले की मुस्कान गायब हो गई थी। उसकी जगह खीझ ने ले ली थी।

''आ गया रे?'' साड़ी निचोड़ती मौसी बोली।

''ऐसा ही लगता है।''

''शैतान कहीं का!''

अटैची को अलमारी पर रखते ही उसने चारों तरफ देखा और धीरे से बीना से पूछा—''सुमी कहाँ है?''

''दीदी? वहाँ!'' उसने ऊपर वाले दाहिने कमरे की तरफ इशारा कर दिया। वह देर तक उस कमरे की तरफ देखता रहा।

''मौसा को नमस्ते कर आऊँ'' उसने ऊपर चढ़ते कहा। मौसी ने कोई उत्तर नहीं दिया, बस दुःख से भीगी आँखों से उसे निहारा। सीढ़ियाँ चढ़ते वह तीसरी मंजिल की छत पर पहुँच गया जहाँ वह खुद अपने हाथों सीमेण्ट मिला रहे थे। वह देर तक उनको नंगे पैर, फटी फुल पैण्ट पहने काम करते देखता रहा। उनके पैर एड़ियों तक सीमेण्ट में सन-से गए थे, सिर पर धूल-ही-धूल थी। अचानक वह मुड़े—''अरे, अतुल! खैर, अच्छा हुआ तू आ गया। देखना जरा, यह दीवार कहीं तिरछी तो नहीं

हुई! घर में तो साले सब नमकहराम हैं।''

''मगर मौसाजी, आप और यह सब...?''

''क्यों! आश्चर्य हो रहा है? सारी उम्र डिप्टी कलेक्टरी करने के बाद आदमी यह नहीं कर सकता? बस, यही तो बुराई है आज के पढ़े-लिखों में।'' कहते हुए वह दुबारा पर प्लास्टर करने लगे। प्लास्टर वह उल्टे हाथ से कर रहे थे।

''आपके सीधे हाथ में...?''

''अरे, कुछ नहीं यूँ ही, खून का दौरा नहीं होता। डॉक्टर कहता है, फालिज का असर है, पर वह साला क्या बोलेगा, सब झूठ है।''

उसे लगा, वह ज्यादा देर खड़ा नहीं रह पाएगा। थोड़ी देर तक वह काम करते रहे, फिर नल के नीचे हाथ धोकर खाट कर बैठ गए। थोड़ी देर तक थके-से आँखें बन्द किए रहे फिर आँखें खोलीं, ''बैठ, अतुल, बड़े दिन में आया है, बातें करेंगे, पर ठहर, चाय पी ली जाए, क्यों?'' जवाब का बिना इन्तजार किए वह उठे और कॉलबेल दबा दी। साथ ही छत से रस्सी में लटकती टोकनी को नीचे लटका दिया। थोड़ी देर में नीचे से रस्सी हिली और उन्होंने उसे ऊपर खींच कर टोकनी से केतली उठा ली।

प्यालों में चाय ढालते हुए बोले, ''बेटा, वकालत बुरा पेशा है, पर क्या करूँ, पेट के लिए करना पड़ता है। इतनी बड़ी गृहस्थी है, अब देखो न नसीब की बात, जब हम एस.डी.ओ. थे तो जो नायब तहसीलदार साले काँपते थे, अब अकड़ते हैं। केस खारिज कर देते हैं, फिजूल परेशान करते हैं। इन्हीं बातों पर तो मुझे दुःख होता है।'' उन्होंने दोनों हथेलियों को आपस में रगड़ा।

''पर आप तो हाईकोर्ट में वकालत करते थे न?''

''अरे छोड़ वे बातें, कौन हाईकोर्ट में मिल जाता है। हाईकोर्ट तक पहुँचने वाला आदमी चूसे गन्ने की तरह हो जाता है। भला उससे क्या मिलना है। फिर छोटी अदालत के केस आ जाते हैं तो वापस भेजने का मन नहीं होता।''

''आप नीचे नहीं चलेंगे?''

''अरे नीचे क्या रखा है, सिवा बकरियों के राज के, मैं नीचे नहीं जाऊँगा।''

वह कुछ बोलने ही जा रहा था, सहसा देखा कि मौसाजी पुनः आँखें बन्द कर लिए हैं, मानो उसे चले जाने का संकेत हो।

सीढ़ी से नीचे उतरते ही कुएँ के पास रस्सी पर से कपड़े समेटती सुमी दिख गई। पल-भर उसे आश्चर्य हुआ। दो साल पहले देखी सुमी में और इस सुमी में कितना अन्तर हो गया है!

''तुम्हें मालूम नहीं कि मैं आया हूँ?''

"मालूम था!"

"मिलने क्यों नहीं आईं?"

"बस यूँ ही।" उसने देखा सूखे कपड़ों के ढेर में सुमी ने अपनी गीली आँखें छुपा ली थीं। सुमी कपड़ों को सँभाले अन्दर चली गई। सुमी ने बंगाली ढंग की साड़ी बाँध रखी थी। सुमी बंगाली होते हुए भी कभी इस प्रकार साड़ी नहीं बाँधती थी—आँचल पीछे से कमर को घेरता हुआ आकर सामने बाईं तरफ घुसा था। उसके बाल पीठ पर खुले थे। नहाकर आई थी ऐसा नहीं लगता था, शायद सिर में तेल डाला हो।

वह कुएँ के पास खड़ा आश्चर्य से मकान की नाप-तौल करने लगा। उसे मौसाजी के दिमाग पर वाकई आश्चर्य हो रहा था। पच्चीस बाई पचास के प्लाट पर करीब पन्द्रह फेमिली जी रही थीं, मकान देख लगता है जैसे उन्होंने हवा के निकलने की भी जगह नहीं छोड़ी, जैसे बरसाती पुलिया के नीचे ढेर सूअर भरे हों।

रसोई के छोटे-से कमरे में ही आधे घर का सामान भरा था। एक खिड़की को ड्रेसिंग रूम बनाया गया था, दूसरी में लॉ के कोर्स की पुस्तकें जमी थीं, तीसरी में मौसीजी ने पूजा का सामान सजा रखा था।

"मौसी, आखिर मौसाजी को हुआ क्या, सारे मकान को किराए पर उठा दिया?"

"अतुल दा, बप्पा का बस चले तो हमारे कपड़े-गहने भी किराए पर उठा दें," मंजु ने हाथ की लेस को पटे पर रख दिया।

"तुम्हारे मौसाजी को मालूम नहीं, काहे की हाय-हाय लगी है। जितनी हाय-हाय करते हैं उतनी फिक्रें दूर नहीं करते। अब देखो पाँच-पाँच लड़कियाँ बैठी हैं पर उन्हें चिन्ता नहीं। चार को लॉ पढ़ा रहे हैं, दो तो इस साल निकल जाएँगी। अब उनसे कोई पूछे, लॉ पास करवाकर लड़कियों का क्या करना है? सुमी के लिए कितने रिश्ते हैं, पर कोई उन्हें पसन्द नहीं आता," भजिए की तश्तरी उसकी तरफ खिसका कर मौसी बोली, "लो खाओ।"

"मौसाजी नहीं खाएँगे?"

"अरे बेटा, उन तक पहुँचने की इन लड़कियों में हिम्मत नहीं, बस कोई बात ढूँढ़ कर मार देते हैं। मैं ही फुर्सत पाकर दे आऊँगी। अपने सामने जवान लड़कियों को मार खाते नहीं देखा जाता।"

"अतुल दा, कटहल का अचार लोगे?"

शाम के छुटपुटे में मौसी का चेहरा और धुँधला दिखता है। पेटी पर लेटी-सी बीना मुस्लिम-लॉ की बुक पढ़ रही है। खिड़की से दिखते छोटे आकाश के टुकड़े पर दो-तीन पतंगें उड़ती दिखती हैं। सीढ़ियों पर किसी के चलने से धम-धम की आवाज आ रही है। दरवाजे की साँकल में पुरानी राखियाँ बँधी हैं। सामने के दरवाजे की दराज से दो आँखें झाँकती-सी लगती हैं, फिर जाती हुई सुमी का आँचल दिख जाता है। नीचे से किराएदारों के बच्चों का शोर ऊपर तक जाता है। बीना गुस्से से पुस्तक बन्द कर लेती है, पर फिर कानों में उँगली डाल पढ़ने लगती है।

"भगवान जाने, सुमी के बप्पा कैसे हो गए हैं! पहले अपने बच्चे के रोने पर मुझे रात को दरवाजे के बाहर कर देते थे।" वह कोई उत्तर नहीं देता, बस दीवार की खूँटी पर लटकी चूड़ियों को देखता रहता है।

"माँ, बाजार से कुछ लाना है?"

"हाँ, एक साग बनाना अच्छा नहीं लगेगा, कुछ और ले आ, अतुल बरसों बाद आया है।"

पेटी से पर्स निकाल सुमी दरवाजे की तरफ बढ़ती है।

"सुमी, मैं चलूँ?" सुमी, उत्तर नहीं देती, बस जाते-जाते दरवाजे से पलटकर देखती है। वह भी उसके पीछे सीढ़ियाँ उतरते लगता है। आगे चलती सुमी खुद से साथ हो लेती है, पर मौन रहकर, हाव-भाव कहीं से भी कुछ प्रकट नहीं करती।

"सुमी, इतनी निष्ठुर मत हो! मैं दो साल बाद लौटा हूँ।"

वह कोई उत्तर नहीं देती। सड़क के किनारे, सुमी दुकानों को सरसरी नजर से देखती चलती है। वह एक बार स्वतन्त्र होकर सुमी को देख लेना चाहता है। पर सुमी के जूड़े के पास का थोड़ा-सा भाग दिखता है क्योंकि वह सिर झुकाए हुए थी। अचानक उसने महसूस किया, दोनों के कदम बराबर पड़ रहे हैं।

लौटते में खुद से सुमी ने प्रस्ताव रखा, "चलो, थोड़ा पार्क में बैठ जाएँ।"

लॉन पर बैठी सुमी उसे बहुत भली लगी। सुमी के चेहरे से वह घुटा-घुटापन साफ हो गया था। सुमी देर तक चुप बैठी सामने आने जाने वालों को देखती रही, फिर अचानक उसकी तरफ देखती बोली, "अतुल, तुम नहीं समझ सकोगे कि हम कितनी परेशानियों में जी रहे हैं। नर्मदा के किनारे वाली डामर रोड पर तेजी से जीप चलानेवाली सुमी को भूल जाओ। अब तो मैं हर सुबह जब उठती हूँ तो डर लगता है कि कहीं माँ ने आत्महत्या न कर ली हो। जाने क्यों, बप्पा ऐसे हो गए हैं! सारे घर में उनका आतंक छाया रहता है। और अतुल, तुम कल्पना नहीं कर सकते कि वे कितने भद्दे ढंग से चीख-चीखकर गालियाँ देते हैं।"

वह समझ गया, सुमी बाजार में दुबारा उठाई गई शादी वाली बात का उत्तर

दे रही थी।

“पिछले इलैक्शन में वह एम.पी. के लिए खड़े हुए। किसी से मदद नहीं माँगी, अकेले सब करते रहे। महीनों साइकिलों पर देहातों का दौरा करते रहे। तुम्हें सुनकर आश्चर्य होगा, बप्पा पूरे तीन माह सिर्फ भजिए-बड़े खाते रहे। सड़कों पर चिल्लाकर अपनी ही पब्लिसिटी करते रहे। लोग उन्हें पागल समझते थे। इलैक्शन में हारने का उन्हें इतना दुःख हुआ कि वह सब भूल गए हैं। डॉक्टर ने सीधे हाथ पर लकवे का असर बताया है, पर वह समझते ही नहीं। बस सारा दिन मकान बनाने में जुटे रहते हैं। छोटी-छोटी अदालतों के केस लेते हैं। कोई अपमान कर देता है तो सारी रात बड़बड़ाते हैं—मैं डिप्टी कलेक्टर था...मैं एस.डी.ओ. था, उसकी इतनी हिम्मत!” कहते-कहते सुमी की आँखें भर आईं, “अतुल, समझ में नहीं आता, क्या करूँ? जीवन इतना नीरस हो गया है कि लगता है एक घर में रहने वाले, एक परिवार कहलाने वाले हम लोगों की अलग-अलग दिशाएँ हैं।”

मेन रोड से लगी सँकरी गली में फँसा हुआ-सा मकान। छोटी-सी जगह में सारे कमरे उठे हुए। कमरे इतने छोटे कि बस एक खाट भर बिछाई जा सकती है। चारों ओर कमरों से घिरा ऊँचा-ऊँचा मकान, जिसमें आँगन नाम की चीज नहीं। हर कमरे के दरवाजे पर ढेर-सा कूड़ा-कचरा, लोटा, बाल्टी, जलती धुआँ करती अँगीठी रखी होती। लगता ही नहीं किसी घर में हैं, लगता है किसी अस्पताल का जनरल वार्ड हो। यह जमीन मौसाजी को सालों चलने वाले मामले के बाद मिली थी, वरना मंडला छोड़कर जबलपुर आकर बसने को किसी ने सोचा न था।

सिर पर बड़े के लिए दाल पीसती मौसी बोल रही थी, “बेटा, जो आदमी सारी उम्र डिप्टी कलेक्टरी करने के बाद सिर्फ कलेक्टर नहीं बना, सारी उम्र गवर्नमेण्ट से लड़ना, वरना डाइरेक्ट डिप्टी कलेक्टर को कलेक्टर बनने में कितने दिन लगते हैं? पर वहाँ न उनसे यह हुआ न एक पैसा जोड़ा, अब बुढ़ापे में हो-हल्ला मचाने से क्या होता है? इनकी मति तो हमेशा मारी गई, जब पैसा जोड़ना था तब तो नहीं जोड़ा; अब शादी-ब्याह रचाना है तो पैसा जोड़ रहे हैं। उन्हें समझाए कौन?”

सिल पर दुबारा दाल डालते हुए मौसी बोली, “एक बार सुमी ने उन्हें पत्र लिखा था, जाने किसके साथ ब्याह करने का, जो लिखा था वह सुमी ही जाने। पत्र देखते ही भड़क गए, चिल्ला-चिल्लाकर घर सिर पर उठा लिया कि लड़कियाँ मुझे चिट्ठियाँ लिखती हैं। उस दिन इन लोगों को इतना मारा था कि चूल्हा तक नहीं जला। भला बताओ, चिट्ठी तो बिना पढ़े फाड़ दी, फिर मारने दौड़े।”

उसने देखा, कोने वाली दीवार के पास की पेटी में कपड़े जमाती सुमी धीरे से आँचल से आँसू पोंछ रही थी। उसकी नजर सुमी के पतले शरीर को नापती हुई

पैरों के पंजों पर ठहर गई, जहाँ पंजे जगह-जगह से फट गए थे।

मथुरा स्टेशन पर अचानक सुमी दिख गई थी। किसी इण्टरव्यू में आई थी। लाइनों वाली साड़ी में कसी, भीड़ में खोई-खोई-सी आँखें। सुमी को देख जाने क्यों उसे तभी लगा कि जल्द ही हरियाली सूखनेवाली है। फिर सुमी से हमेशा का पूछा हुआ प्रश्न "सुमी, भविष्य का क्या होगा?" "सोचना क्या है, अतुल? समय पर छोड़ा हुआ भविष्य कभी लगाम में नहीं कसता। इन्तजार के सिवा कर भी क्या सकते हैं?"

"पर ऐसे तो जाने कितने वर्ष बीत जाएँगे।"

"बीत जाने दो, कौन सालों की ईंट से किनारे बाँधना है। समुन्दर का पानी ही भला लगता है, जिसका कोई किनारा नहीं दिखता। कम-से-कम मन को इस भुलावे में लाया तो जा सकता है कि अभी तो किनारा ढूँढ़ना है। क्या ऐसा नहीं सोचते?"

खिसकती ट्रेन में डबडबाई दो आँखें "अतुल, माँ-बाप के ठुकराए आशीर्वाद से जीवन नहीं बनता, फिर बप्पा शायद हाँ कह दें, देखो कोशिश करूँगी। यह अच्छा थोड़े ही लगेगा कि हम उन्हें भूल जाएँ, भुलाना बहुत आसान है अतुल, पर याद रखना मुश्किल है।"

उसके लिए बिस्तर लगाती सुमी बोल रही थी, "अतुल, इस भीड़-भरे घर में इतनी जगह नहीं, जहाँ हम बैठकर अपने भविष्य, अपने सुखद सपनों के बारे में सोच सकें। हमसे, हमारे विचार, हमारी आजादी तक छीन ली गई है। भला इसे कोई घर कहेगा? माँ कहती हैं, 'ठाकुरजी की मूर्ति भी तो थोड़ी जगह में आ जाती है तो तुम लोग क्यों इतना जी जलाती हो?' पर माँ को कौन समझाए, ठाकुरजी को हमारी तरह चलना-फिरना नहीं होता, उन्हें सपने नहीं आते, उनके मन से कोई इच्छा नहीं जगती। पर हम इन्सान हैं, हमें पूरा हक मिलना चाहिए न, इन्सान होकर जीना बहुत मुश्किल है। जब से बप्पा रिटायर होकर यहाँ आए हैं, तब से यह हाल है। किससे कहें, माँ खुद पागल हो गई हैं।" सुमी चुप हो गई थी। उसकी आँखों की कोरें चमक रही थीं।

सड़क की लाइट सुमी पर पड़ रही थी। खर्राटों की आवाज चारों तरफ से आ रही थी।

"तुम मेरे साथ चलोगी सुमी?"

"यह प्रश्न सुबह भी पूछा जा सकता था, इसके लिए इतनी रात को उठाने

की क्या आवश्यकता थी?" सुमी के शब्दों में क्रोध था।

"सुबह मैं चला जाऊँगा सुमी, गाड़ी पाँच बजे जाती है, तब तुम सोती रहोगी।"

सुमी चुपचाप अँधेरे में खड़ी अतुल की मूर्ति को देखती रही, फिर खिड़की के उजाले में पीठ खोलकर सामने कर दी, जहाँ बेंत के लाल-लाल निशान थे जो अभी तक कच्चे थे। अतुल सिहर गया।

"अच्छा हुआ अतुल, तुमने मुझे उठाया। मैं तुम्हें यह निशान दिखाना चाहती थी। तुम सोचते होगे, मैं अपनी तरफ से प्रयत्न नहीं करती। इनाम में देख लिया न? ये भर भी नहीं पाएँगे कि फिर ताजा हो जाएँगे।"

"अतुल, क्या तुम बप्पा की मौत तक इन्तजार नहीं कर सकते? जिस दिन बप्पा मरेंगे, मैं तुम्हारे पास चली आऊँगी, बस!"

सड़क की बत्ती अचानक चली गई थी और अँधेरे में डूबे मकान अजीब लग रहे थे!

जाने कब

रस्सी पर कुछ मक्खियाँ उल्टी लटकी थीं। सूनापन घर की तपती दीवारों पर उल्टा लटका लम्बी-लम्बी साँस ले रहा था। दायें कमरे में चटाई पर पड़ी हुई शन्नो अब तक रो रही थी। फातमा पानदान के पास बैठी हाथ में सरौता लिए चुपचाप ठगी-सी सामने की मोहरी से बहता पानी देख रही थी। घर की दीवारों पर निस्तब्धता ने अपने बड़े-बड़े दाँत गाड़ दिए थे, और हवा में एक पीड़ा-सी तैर रही थी।

उनकी इच्छा हो रही थी, कि शन्नो के सिर पर हाथ रखकर सान्त्वना के कुछ शब्द कहें, पर लगता है सारा शरीर खाट से चिपक गया है। चाह कर भी साहस नहीं हो रहा कि सूनेपन को तोड़ दें।

धूप का एक टुकड़ा खिड़की की सलाख-को पकड़कर कमरे में झाँकना चाहता है।

"ओह, तो दो बज गए?" जाने उनको यह आदत कैसी पड़ गई है कि दीवार पर घड़ी रहने पर भी वह समय का अन्दाजा धूप से ही लगाते हैं।

इधर उनकी कमजोरी बढ़ने लगी थी, दमे ने अपनी मुट्ठियों में उनके शरीर को जकड़ लिया था, और उनका चेहरा खिंचकर टेढ़ा हो गया था।

जब दमा उठता और साँस धोंकनी-सी चलने लगती, तो लगता कि जीवन और मौत की दूरी बस अब एक झटके में खत्म हो जाएगी, और यही आशंका लिए शन्नो और फातमा उनकी पीठ और तलवे सहलाते-सहलाते रोती रहती थीं।

उनका कमरा घर का सबसे आखिरी कमरा है, जहाँ सारे वक्त पूर्ण निस्तब्धता रहती है। घर के लोग अक्सर दूसरे कमरों में वक्त गुजारा करते हैं, बस खाना-पानी देने शन्नो आ जाती या फिर फातमा ज़ोहर की नमाज के बाद अक्सर उनके कमरे में आकर फर्श पर फटी चटाई बिछाकर लेट या सो जाती है।

और वह अक्सर दोपहर को जब इसी तरह तपने लगता है, तो कुरते को पेट से उठाकर खोल देते हैं और लाल गमछे से लगातार हवा करने लगते हैं। जब हाथ दुखने लगता है तो हाथ को निढाल छोड़कर छत के धुएँ खाए बाँस को निहारने लगते हैं। तब ऐसे ही निहारते-निहारते उन्हें लगता है, छत के बाँस सड़ गए हैं। और कुछ ही देर में उन पर गिर जाएँगे। सोचते ही उन्हें घबराहट होने लगती है,

और इसी घबराहट में वह भागना चाहते हैं। दो बार उठते हैं; पर टाँगें काँपने लगती हैं, तो फिर लस्त होकर तकिए पर पड़ जाते हैं।

उन्हें अपने पर ही हँसी आती है, कब्र में तो पैर लटकाए हैं और मौत से डरते हैं, पर वह मौत से कहाँ डरते हैं, बल्कि वह इस घर से, बच्चों से, फातमा से ऐसे बँध गए हैं कि इनसे बिछुड़ने के ख्याल से ही उन्हें ठण्डा पसीना आ जाता है। कई बार तो उनकी रात को नींद अचानक टूट-सी जाती है, लगता है दरवाजे पर कोई खड़ा है, और वह घबराकर जोर-जोर से तकिए को भींचकर चीखते हैं, "कौन? कौन?"

खिड़की से बच्चे मदरसे में पढ़ते दिखते हैं, सिर पर टोपी रखे झूल-झूलकर पढ़ते हुए बच्चे भले लगते हैं।

उन्हें लगता है कि किसी तरह सिर को पकड़-धकड़कर, शन्नो के ब्याह तक रखें, इसका निपटारा कर दें, बस फिर कभी भी मौत आकर दरवाजा खटका ले, उन्हें क्या!

फातमा उठकर बावर्चीखाने के बर्तन बाहर निकाल रही है। बर्तन रखते उनके हाथ बहुत सुस्त-से हैं। सुबह हुई बात का दुःख शायद अब भी उसे साल रहा है।

वह करवट लेकर फातमा को पुकारते हैं।

"क्या है?" फातमा उकताई-सी आ खड़ी हुई।

"शन्नो अब तक रो रही है?"

"और क्या?" फातमा खाट के नीचे से चिलमची उठा लेती है, और मोहरी के पास उलट देती है।

अजान की आवाज आने लगती है। वह गमछा सिर पर रख लेते हैं, पहले पूरी नमाज अदा होती थी, पर अब इस बीमारी ने ऐसा जकड़ा कि उठने नहीं देती। जिन्दगी अजाब होकर रह गई है। रिटायर्ड आदमी की भी कोई जिन्दगी है! जिन्दगी ही रिटायर्ड होकर खाट पर आ बैठती है।

सब-इंस्पेक्टरी की नौकरी, पुराना वक्त, पुलिस का गाँव पर दबदबा, क्या ठाठ थे। बस, सब खाए-पिए मौज उड़ाए, कौन जानता था कि बुढ़ापे में एड़ियाँ रगड़ेंगे, और दाने-दाने को तरसेंगे? एक लड़का, एक लड़की। लड़के की नौकरी भी क्या नौकरी है। मास्टरी भी कोई नौकरी है? दिन-भर बच्चों के सामने खीजो, सिर दर्द करने लगे तो बच्चों को पीटो, और शाम हो तो साइकिल उठाकर ट्यूशन के लिए दौड़ो। इधर कुछ महीनों से उसका ट्रांसफर भी किसी गाँव में हो गया है।

शन्नो का पहले जिस्म खिला-खिला-सा था, चेहरे पर कितनी रौनक थी, बदन भी कितना तराशा हुआ था; पर इधर लगता है चेहरा सूत दिया गया है। बेकार गोश्त अब हर जगह दिखने लगा है, अब कितनी भद्दी लगने लगी है। आखिर कुँवारी हो, चाहे कुछ हो, उम्र तो अपना रंग दिखाती है।

शन्नो के साथ की छोटी-छोटी लड़कियाँ भी दो-दो बच्चों की माँ हैं। पहले ऊपर छज्जे पर दिनभर शन्नो लड़कियों के साथ बैठकर सीना-पिरोना करती थी, पर अब जब से सारे मोहल्ले की लड़कियाँ छँट गईं, अकेली ही मुँह पर कपड़ा दिए ऊपर खाट पर लेटी रहती है।

शन्नो ने दूसरी लड़कियों के साथ मिलकर जो दहेज के लिए सारी चीजें तैयार की थीं, कब की सन्दूक में रखी हैं।

शन्नो जब छोटी थी तो फातमा ने कितना छाती फुला-फुलाकर अपने पुराने गहने निकलवाकर नए गहने बनवाए थे। शन्नो भी शायद समझने लगी थी, इसीलिए तो वहीं से मिले ईद, बकराईद की ईदी को डब्बे में जोड़-जोड़कर रखकर कोई काम आने वाली चीज, यह कहकर खरीद लेती थी कि, 'अम्मी, मुझे अच्छी लगी, किसी मेहमान के आने पर निकालेंगे,' पर क्या फातमा भी इतनी बेवकूफ थी? वह सब समझती थी, और रात को जब शन्नो सो जाती तो उन्हें चुपचाप बताया करती।

शन्नो जब छोटी-सी थी तब से ही फातमा ने नाक में दम कर रखा था। उसे प्यार से देखना जुल्म हो जाता था। चट से जुम्ला चिपकाकर कि 'लड़की बराबर वाली हो रही है,' खिसक जाती थी।

रात को बड़े प्यार से उसे शाल उढ़ाते तो उन्हें ताना देती, "ऐसे क्या घूर रहे हो? बेचारी कितने दिन की मेहमान है, सेहरे के फूल खिलते क्या देर लगती है।"

पुरानी बातें याद करो तो छाती तड़कने को होती है। कहाँ यह जब कुल तेरह की थी, और अब बाईस की होने को आई, पर हल्दी नहीं चढ़ी। अब फातमा भी शन्नो की बात उठते ही चिढ़ जाती है।

उस दिन पुराने दोस्त अचानक मिजाजपुरसी को दरवाजा भटक गए। बातचीत के दौरान उन्होंने शन्नो की बात बड़े ही संकोच और लाचारी से उठाई, तो चट से यह कहकर दामन छोड़ दिया, "मियाँ, आजकल के लड़के पढ़ी-लिखी लड़की ढूँढ़ते हैं जो बराबरी में बैठकर सिनेमा देख सके। कम-से-कम मैट्रिक तो होना निहायत जरूरी है, वरना जानवरों में और लड़कियों में, लड़के कोई फर्क नहीं समझते।" फिर जरा धीमे होकर मुँह को पास लाकर बोले, "अरे जानो मियाँ, वह शेखू की लड़की को देखते हो, काला ठीकरा रखी है; पर एम.ए. पास थी, तो प्रोफेसर को फँसा लिया।"

लम्बी सफेद दाढ़ी पर उँगलियों की कंघी करते लम्बा सलाम भरते चले गए। और वह गुमसुम-से छत को घूरते रह गए। 'या अल्लाह, लोग मुँह के सामने अँगूठा दिखाने से बाज नहीं आते?' शन्नो को उन्होंने पढ़ा दिया होता तो, आज इनकी इतनी हिम्मत न होती।

कितना ताज्जुब लगता है वह देखकर कि आज की जिन्दगी कितनी सिमट गई है। हर आदमी अपनी समस्याओं से घिरा है। पहले की बात ही कहाँ? न इन्सानों

में, न अनाज में। अब देखो, महीने में कितनी मुश्किल से ले-देकर सोलह किलो लाल अमरीकन गेहूँ नसीब होता है। उस दिन रहमान मियाँ कह रहे थे, उसके सारे विटामिन निकालकर ये लोग भारत भेजते हैं।

इन लोगों ने हमें इतना भुखमरा समझ लिया है, कि गाय-ढोरों से बदतर अनाज निगलेंगे? पर दूसरों को क्या कहना, हमारी सरकार ही तो ऐसी है, किस काम की ऐसी भीख, अरे, ऐसे जीने से तो भूखे मरना अच्छा!

धूप का बचा टुकड़ा जो दीवार पर औंधा पड़ा था, वहाँ से गिरकर आँगन के फर्श तक आया...फिर धीरे-धीरे पानी के ड्रम तक होता परछी की चिक को पकड़कर अन्दर झाँकने लगा था। धीरे-धीरे वह भी गायब हो गया।

थोड़ी-थोड़ी ठण्डी हवा के झोंके आने लगे हैं। पड़ोसन जोर-जोर से नौकरानी पर गरम हो रही है।

शन्नो नल के नीचे बाल्टी रख रही है। इस कमरे की तरफ उसकी पीठ है इस कारण वह नहीं देख सकते कि उसके चेहरे पर अब क्या है? वह सब उसकी पीठ पर झूलती एक चोटी को देख सोचते हैं, 'उसे बुलाएँ, कुछ समझाएँ कि पगली, जरा-जरा-सी बातों पर रोया नहीं करते।'

पर जाने क्यों उनका मन शन्नो को बुलाने का साहस नहीं कर पाता, शायद इसलिए कि एक उम्र ऐसी भी आती है, जब माँ-बाप बच्चों से आँखें चुराते हैं, और तब तो और भी जब उनके प्रति अपना फर्ज अदा नहीं कर पाते।

हमेशा से उन्हें लगा है कि जब भी शन्नो उनके सामने आती है या गुजरती है तो उन्हें लगता कि वह उन्हें धिक्कार रही है।

उन्होंने देखा, शन्नो बाल्टी उठाकर चली गई है। अँधेरा दबे-पाँव घर में घुस रहा था। हर चीज अँधेरे में डूब रही है। बावर्चीखाने से कुछ बघारने की आवाज आ रही है। भाजी का धोया पानी तेजी से नाली में बह रहा है।

शन्नो रस्सी से सूखे कपड़े समेट रही है। अबके तो शन्नो का चेहरा उनकी तरफ था, पर वह खुद सहमकर उसे देख नहीं पाए।

सुबह का तनाव अब तक सारे घर पर था, टूटा नहीं था। उन्हें बेचैनी होने लगती है। साँस फिर तेज होने लगती है, वह खाट के नीचे से उगालदान खींचते हैं और जोर से खँखारकर थके-से लेट जाते हैं।

अचानक कमरे में रोशनी देखकर चेहरे से कोहनी हटाकर पलटते हैं। फातमा दरवाजे पर लालटेन टाँग रही थी।

लालटेन के उजाले में कमरे की एक-एक बुराई झाँकने लगती है। कितनी पोली हो गई हैं इस कमरे की दीवारें, जरा कील ठोंको तो ढेर मिट्टी गिरती है।

पीछे गली से लगे घरों से बच्चों की खूब जोर से पहाड़े याद करने की आवाज आ रही है। दिन-भर चीखते खोंमचे वालों की आवाज कम हो गई है; अब सिर्फ

दही-बड़े वालों, मूँगफली वालों और पापड़ वालों की आवाज आ रही है। मस्जिद की मीनार के ऊपर से एक अकेला कौआ तेजी से उड़ा जा रहा है। सामने के घर से जोर-जोर से रेडियो के खरखराने की आवाज आ रही है, शायद कोई पूरा स्विच खोलकर काँटा घुमा रहा है।

शन्नो की बात कहीं भी न लगी हो, ऐसी बात नहीं। एक बार तो कांकेर में सब तय हो गया था। चावल-दाल तक चुन-बिनकर कनस्तरों में भर दिए गए थे। उन दिनों शन्नो काफी खुश, शरमाई-सी लगती थी। रात को देर तक लालटेन पर झुकी अधूरा तकिए का गिलाफ पूरा करती रहती थी। लड़के वालों के यहाँ भी सब तैयारी हो गई थी। लाल मजहर तक टँक गए थे कि अचानक बात बीच में ही टूट गई थी। सूने बरामदे में पड़ी धूप पर कौवे घूमते चीख रहे थे। और शन्नो, सारी-सारी दुपहरी तकिए में मुँह छिपाकर औंधी पड़ी रही थी।

शन्नो की उम्र बाईस पार कर रही है, इस बात का एहसास तो घर में सबको है ही, पर पास-पड़ोसियों को और ज्यादा है। दूसरों को बोलने के पहले अपने घर में लोग नहीं देखते; पर यह तो चलन ही हो गया है। लोग अपनी हंडी को ढाँक-ढाँककर रखते हैं, और दूसरों की हंडी को उचक-उचककर देखना चाहते हैं।

शन्नो की जवानी देहलीज पर खड़ी है या लाँघ रही है, यह उनके समझने की बात है या दूसरों की!

सुबह अचानक पड़ोसिन शन्नो की मुँहबोली मुमानी आ गई। शन्नो शायद नाश्ता बना रही थी। दरवाजे की चौखट पर पसरती मुमानी बैठ गई थी। बातचीत के दौरान जाने कैसे बक गई थी—"शन्नो के हाथ पीले करने का कब इरादा है भई? उम्र बढ़ रही है। इसके सामने की लड़कियाँ दो-दो बच्चों की माँ बन गई हैं। क्या जवानी का जिस्म अपने ही घर में सड़ाकर दूल्हे को बूढ़ी हड्डियाँ ही पकड़ाओगे?"

फातमा और शन्नो पर मानो घड़ों पानी पड़ गया। बस तभी से शन्नो रो-रोकर निढाल हो गई।

वह तो उन्हें बाद में मालूम हुआ, वरना उसके मुँह पर चपत ही दे मारते। लड़की बैठी है तो हमारी छाती पर, दूसरों की नहीं।

सीढ़ियाँ चढ़ने की आवाज आती है। वह मुड़कर देखते हैं, शन्नो उदास-सी सीढ़ियाँ चढ़ रही है।

मुँह और आँखें अब तक लाल हैं। उनके मन में अचानक ममता उठ आती है। जी होता है, शन्नो से लिपटकर दहाड़ मार-मारकर रोएँ।

"बेटी शन्नो!"

"जी अब्बा!"

"इधर तो आना बेटी।"

शन्नो सीढ़ियाँ उतरकर दरवाजे से लगकर नजरें झुकाए खड़ी हो जाती है।

उनकी छाती में दर्द होने लगता है।

"इधर मेरे पास आकर बैठ!"

शन्नो चुपचाप धीरे से उनके पास आती है, और खाट की पट्टी पर बैठ जाती है।

वह उसके मुँह को देखते हैं, और उनकी आँखें डबडबाने लगती हैं। उनके होठों पर ढाढस बँधाने के ढेर सारे शब्द आते हैं, पर होठों से बाहर नहीं निकल पाते।

वह उसकी पीठ सहलाने लगते हैं, सीने पर कोई मथनी चला रहा लगता है।

लालटेन की डोलती परछाईं सामने दीवार पर पड़ती है, और उन्हें लगता है, उनकी साँस ऐसी ही बिलकुल ऐसी ही, सामने जिन्दगी की दीवार पर डोल रही है। जाने कब...जाने कब...?

जंगली हिरनी

सागौन के घने जंगल के बीच से एक छोटी-सी पगडण्डी गाँव की तरफ दूर तक ऐसी चली गई है, जैसे किसी नवयुवती के दो भागों में बँटे बालों के बीच की माँग। यह पहाड़ी रास्ता नाले में जाकर खत्म हो जाता है। उसके उस पार दूर-दूर बसे हुए घर हैं।

बट की लता से घिरे घर में बुधु पत्ते की तम्बाकू हथेली में मलकर होंठ के नीचे दबाकर पिच से थूक देता। उसके पास ही सूत को फ्रेम पर चढ़ाकर बुनती हुई मेगन बैठी थी। वह दोनों हाथों से कपड़ा बुन रही थी और उसका काला-कलूटा लड़का उसकी छाती से लगा चूसर-चूसर दूध पी रहा था। उसके नाक का सेमड़ मेगन के स्तन में लग रहा था।

शाम आगे-आगे बढ़ी चली जा रही थी। एक तरफ पहाड़ी पर कुछ मुरिए जड़ी-बूटी खोज रहे थे। सामने नीम अपने पत्तों को हवा में हिला रहा था। नीम में फूल आ गए थे, जिनकी खुशबू चारों तरफ फैली हुई थी। नीम पर चढ़े हुए पालतू कबूतर टुकुर-टुकुर पहाड़ी नाले की तरफ देख रहे थे।

मेगन ने बच्चे को अलग करते हुए पूछा, "अभी तक लच्छो नहीं आई?"

"आती होगी।" बुधु ने बात टालते हुए कहा।

और सामने लच्छो सिर पर घास का गट्ठर उठाए दूर से आती दिखी। उसके पैरों में पड़े चाँदी के कड़े उछलकर अपनी स्थिति का भान करा रहे थे। लच्छो ने घुटनों के ऊपर तक साड़ी बाँधी थी।

"आया, गामा कहत रहे ए पुनी के त्यौहार है।" और वह सिर का गट्ठर उतार भद से पसर गई।

सामने से दो औरतें आईं, "काम करत हो दीदी?"

"कोई नहीं।"

"अरे वह लाखन की बिटिया रही ना? वह मर गई, तोके नाहीं मालूम? बाघ खा गयो।"

मेगन के काम करते हाथ रुक गए, "का कहत हो दीदी!"

"हाँ री, का झूट थोरे ना बोलहूँ।"

"हे मोचो आया, हाय री कितनी भली रही! अरी एही पुनी में तो उसका

ब्याह होत रही।''

''चू...चू...चू...!'' वे औरतें आगे बढ़कर झुण्ड में ओझल हो गईं। गाँव की गाएँ, बकरियाँ वापस आ रही थीं। 'हर्र हर्र, हर्र...' चरवाहा मोटा-सा कंबल ओढ़े बड़ी-सी लकड़ी से उन्हें खेद रहा था। आसमान पर पक्षियों का झुण्ड जा रहा था। सामने नाले पर चिड़ियों का शोर बढ़ गया था, मानो दिन-भर की बातें बता रही हों। किनारे बड़ी-बड़ी घास के भीतर से साँप सर्र से निकल गया। एक झुण्ड कौओं का उड़ रहा था। एक कौआ टोली में उतरकर चोंच पानी में डुबोकर ऊपर उठाता हुआ पानी पी रहा था।

सूरज आसमान पर सिन्दूर थाल-सा लग रहा था। मानो कोई रानी बड़ी-सी कुन्दन में तपी थाली में पूजा का सामान रखे पूजा को निकली हो। खेत के किनारे बनी मेंड़ पर औरतें-मर्द सिर पर घास का गट्ठर उठाए चले आ रहे थे। उनमें एक मनचला दिन भर की थकान को गीतों में ढाल रहा था।

जंगल पर रात ने भयानकता का जाल बिछा दिया था। लच्छो जंगल से लाई लकड़ियों को चूल्हे में जोड़कर सबके लिए पेज बना रही थी। पास ही मेगन चटनी तैयार कर रही थी। झोंपड़ी के बाईं तरफ जो कुंहड़ की बेल थी, उस पर शायद चूहा चढ़ गया था। मेगन ने हाथ की लकड़ी को दरवाजे पर पीटते हुए डराया, 'शह, शह।'

रात जब काफी बीत गई, तब मेगन ने आँगन में, जहाँ ढेर-सी आग जल रही थी, वहीं किनारे चटाइयाँ बिछा दीं। सब आग के चारों तरफ सो गए। पर लच्छो जाग रही थी—ओह! सबकी शादी हो गई, पर मेरी...! मुझे तो यहाँ के काले लड़के एक नहीं सुहाते—तो क्या मैं यूँ ही कुँआरी रहूँगी? नाले के पास शेर ने चीत्कारा और लच्छो ने साड़ी का पल्ला सर पर ढाँपकर आँखें मूँद लीं।

पहाड़ी के ऊपरवाली झोंपड़ी में धनाय की शादी होने वाली थी। मेगन ने बच्चे को पीठ पर कपड़े से बाँध लिया। पीछे-पीछे लच्छो सज-धजकर पैरों में कड़े ठुमकाती चली।

वहाँ आम की डालों का मण्डप बनाया गया था। हल्दी से मण्डप में अजीब-अजीब शक्ल की सूरतें बनाई गई थीं। एक तरफ औरतें बैठीं और दूसरी ओर आदमी। एक तरफ घड़ों में लाँदा रखा था।

धनाय हल्दी रंग की साड़ी बाँधे, हाथों में मेहँदी लगाए बालों को रंगीन फुनने से लपेट जूड़ा, बाईं तरफ खोंसकर उसमें कंघी और माथे पर बाँस का मुकुट लगाए थी। उसके हाथ में एक लोटा था, जो हल्दी के पानी से भरा था। वह आगे आई और सामने खड़े दूल्हे पर डालकर पीछे बैठ गई। गाँव के लोगों ने हो-हो करके मुँह से आवाजें निकालीं। फिर शराब पीकर खाना खाया गया, जिसमें सूअर का मांस और भात था।

खा-पीकर मस्त होकर दो टोलियों में युवती-युवक बँट गए। लड़कों ने सिर

पर सींग और उसमें लटकी कौड़ियों की लड़ें, मोर पंख पहन रखा था और लड़कियों ने गले भरकर मूँगों की माला, सिर में बाँस की कंघी खोंसे, जूही के फूल लगाए, एक हाथ में लकड़ी पकड़े नाच शुरू किया।

लच्छो उठी और छनकती हुई टोली में घुस गई।

"बाट चो आँवा ने मंजुर सोएसे, मारी रोसोना
कुम, कुम, कुम, मेछा एएसे।"

उसकी सुरीली आवाज़ हवा में गूँज गई। तबले पर जोर से थाप पड़ी और उसके पैर जोर से थिरकने लगे।

"मेछा एउसे—मारी रोसोना
तुचो गोढ के कोन सुने से ॥
कोन सुने से—मारी रोसोना
बलते बला सरते सरोबे ॥"

वह झूम-झूमकर नाच-गा रही थी। उसका पूरा शरीर थिरक रहा था। शराब का नशा जैसे-जैसे चढ़ता, वह और झूमती। तबले पर थाप और ज़ोर से पड़ती।

मेगन दूर बैठी, बेटी के इस रूप को देख रही थी। वह कितनी गोरी थी, कितनी सुन्दर भरा-भरा जिस्म। गाँव में कोई भी तो नहीं है। सब समझते हैं यह बुधु की ही बेटी है पर वह जानती है...यह...यह तो...?

आज से 16 साल पहले एक दिन एक गोरा साहब शिकार खेलने जंगल आया था। वह जंगल लकड़ी बटोरने गई थी। नई बिहाई हुई थी, भरा-भरा फुट की तरह जिस्म था। वह लकड़ी बटोर रही थी। तभी धाँय की आवाज हुई। उसके हाथ से लकड़ी छूट गई और वह भागी, पर वहाँ तो कोई साहब खड़ा था। उसने इतने गोरे आदमी को कभी नहीं देखा था। वह डरे हुए कबूतर की तरह सहमकर भागने को थी कि उसने पकड़ लिया, "क्या नाम है?"

"...।"

"क्या नाम है?" वह गरजा।

"...मैं...मेगन।"

"...कहाँ रहती है?"

"उधर," उसने पहाड़ी की तरफ उँगली बढ़ा दी।

साहब उसे अजीब नजरों से देख रहा था। उसके भरे-भरे जिस्म पर उसकी नजरें फिसल रही थीं।

"...चाय पिएगी?"

"...चाय?"

"हाँ, चाय," और उसने कंधे पर लटकी चमड़े की शीशी से चाय डालकर उसे दी। वह डरते-डरते पी गई।

"कैसी है?"

"अच्छी है।"

साहब उसे अन्दर जंगल के मन्दिर में ले गया और जब वह वापस आई तो...? उसके पैर काँप रहे थे, आँखें बोझिल थीं और जब नौ माह बाद लच्छो हुई तो बिलकुल साहब की तरह गोरी। बुधु को शक ने धर दबोचा, "बता किसकी है?"

"तोर तो आय।" आँसू टप-टप धरती पर गिराती हुई वह बोली थी।

"माय लुटी, हरामजादी, छिनाल, ठगती है?" और उसने एक लात उसकी छाती पर दे मारी। वह 'हाय' करके गिर गई पर उसने साहबवाली बात नहीं बताई और बुधु बड़बड़ाता रहा, "न जाने कहाँ से आ मरते हैं खुले साँड की तरह हमारी इज्जत लूटने! मैं देखता उसे तो टँगिया से एक बार में ही काट देता।" उसने जोर से थूक दिया, जैसे साहब के मुँह पर थूक रहा हो।

पर जैसे-जैसे लच्छो बढ़ती गई, वह बन्द गठरी को खोलती गई। बिलकुल वैसी ही सफेद चिट्टी थी।

"माँ, चल न।"

वह चौंकी। देखा, लच्छो पैर के घुँघरू उतार रही है। उसने ठण्डी साँस खींचकर लच्छो को देखा। उसे चाय की याद आ गई और उसने अपने होठों पर जबान फेर ली।

दियारी त्यौहार पास आ गया। धान कटने लगी। युवक-युवतियों पर मस्ती छा गई। सबने जोरों से तुपकी बनाना चालू कर दिया। पैनी और तीखी, जिससे कसकर चोट लगे। चारों तरफ खुशी की लहर दौड़ गई थी। वह धूम-मचाई कि पेड़ के पक्षी घबराकर उड़ गए। युवक युवतियों के अधनंगे शरीर पर तुपकी का निशाना लगाते। युवती 'उई' करती और आँखों में शरारत लिए खुद भी युवक को मारने का निशाना लगाती, पर तब तक सामने से फिर तुपकी फटाफट चलती और वह हार-सी जाती।

शाम को गाँव के मन्दिर के सामने मेला-सा लगा था। लोग दन्तेश्वरी देवी को अपनी धान की बालें और बकरे की बलि चढ़ा रहे थे। लांदा की शराब ज़ोरों पर चल रही थी। युवक-युवतियाँ छेड़-छाड़ करते नाच रहे थे। सबके चेहरों पर अच्छी फसल का उल्लास भरा था। वे खुशी से झूम रहे थे। चारों तरफ जुही, मोगरा, महुआ तथा युवक-युवतियों की जवानी की खुशबू हवा में घुल-मिल गई थी। बूढ़े पोतों को गोद में लिए झुर्रियों में मुस्करा रहे थे। उन्हें अपनी जवानी याद आ रही थी शायद।

देवी के सामने कुछ औरतें-आदमी बाल खोल डोल रहे थे। इन पर देवी चढ़ी थीं, और वे हाथ फैलाकर बक-बक कर रहे थे। पुजारी ज़ोर से घंटियाँ-शंख बजा रहा था। शराब पानी की तरह पी और फेंकी जा रही थी।

औरतें आँखों में आस लिए थीं कि इस बरस दशहरे में शहर जाकर ज़रूर उनके मर्द हसली खरीदकर ला देंगे और इस ख्याल से वे खुशी से दोबारा होकर नाच देख रही थीं। एक तरफ कुछ लोग बड़े-बड़े मुर्गों के पैरों में छुरियाँ बाँध लड़ाई करा रहे थे। जंगल में मंगल हो गया था।

लच्छो बड़े-बड़े फूलोंवाली कोसे की साड़ी बाँधे, गले में ढेर से मूँगों की माला डाल, सर के ऊपर पीतल का मुकुट पहने, हाथों में चाँदी के कड़े बालों में महकती जुही की माला टाँके मस्त नागिन की तरह तबले की थाप पर झूम रही थी। उसकी सुरीली आवाज पूरे मेले की जान थी—

"देवी बलें में दंतेसरी, देवी बलें में माता मावली,
बड़े देवी आस आया, तुई बड़े देवी आस ॥
आव आया तुई करना कोटिन,
आव आया तुई करना कोटिन,
घुमरा विरेज़ कर आया तुई घुमरा बिजे कर ॥"

उसका अंग-अंग नाच रहा था। अबके वह देवी को खुश कर देना चाहती थी, ताकि उसका मनपसन्द प्रियतम आ जाए और उसे ब्याहकर ले जाए। वह देवी चढ़े लोगों के बीच से निकलती हुई देवी के चारों तरफ नाचने लगी। उसका जूड़ा खुल गया। पैर धूल में अँट गए, फूलों की माला टूट-टूटकर पैरों से कुचल गई, मगर वह नाचती रही और जब वह थककर देवी के सामने माथा टेककर मुड़ी तो पहली दृष्टि बट के झाड़ पर पड़ी, जहाँ तमाशाई चढ़े नाच देख रहे थे। वहाँ गाँव के लोगों के बीच बैठा एक शहरी भी था, जो सुन्दरता की मूरत था और टक लगाकर लच्छो को देख रहा था। लच्छो ठिठक गई। यह कौन? वह अपने आपसे सवाल करने लगी। मन ने कहा- देवी का वरदान। उसके चेहरे पर सुर्खी दौड़ गई। वह लड़कियों के पीछे जा बैठी और वहाँ से छुप-छुपकर तकने लगी। "ए री, वह कौन है?" उसने पास बैठी धनाय से पूछा, "कौन री?"

"अरी वही बट झाड़ ऊपर बैठा है।"

धनाय ने देखा और मुस्करा पड़ी, "यह तो स्कूल खोलने यहाँ आया है। न जाने कौन-सी भाषा सिखाएगा और धर्म बिगाड़ेगा।" उसने मुँह बिचकाया।

शहरी घर-घर जाकर बच्चों को पकड़कर लाता और इमली झाड़ के नीचे पढ़ाता। लच्छो लम्बी-लम्बी घास के पीछे छुपकर उसे देखती। एक दिन शहरी ने ताड़ लिया। उसने बच्चों को छुट्टी दे दी और अनजान बनकर उसी तरफ बढ़ा, जिधर

लच्छो छिपी थी। अचानक टकरा गया। "अरे बाप रे, यहाँ घास में लड़कियाँ होती हैं!" उसने शरारत से कहा। लच्छो सहम गई। लाज के मारे बुरा हाल हो गया। उसने पकड़ लिया। लच्छो पीछे-पीछे बँधी-सी चली गई, "तुम कौन हो परदेसी?"

"मैं दूर शहर से आया हूँ, स्कूल खोलने।"

"पर, परदेसी, इनका धर्म बिगाड़कर क्या करोगे?"

"पगली, धर्म नहीं बिगड़ता पढ़ने से, मैं इन्हें बड़ा आदमी बनाना चाहता हूँ; बिलकुल तुम्हारे महाराजा की तरह।"

"हाय दइया, महाराज की तरह? नहीं परदेसी, नहीं। यह पाप है।"

"तुम मेरी बात अभी नहीं, पढ़ने के बाद समझोगी।"

"परदेसी, तुम मुझे भी पढ़ाओगे न!"

"हाँ, तुम्हें पढ़ाऊँगा, पर तुम्हारे गाँव वाले मुझे मारेंगे तब?"

लच्छो इसी तरह परदेसी से मिलती, कभी जंगल में, कभी मन्दिर में, कभी नाले के किनारे, देर तक परदेसी से उसके शहर के बारे में पूछती और खो जाती।

"मुझे दिखाओ न परदेसी अपना शहर।"

"हाँ, तुम्हें ब्याहकर ले जाऊँगा।"

रात को वह परदेसी के ख्याल में खोई रहती पर उसे लगता कहीं उसके प्यारे-प्यारे सपनों को छीन न ले। सपनों की गन्ध माँ न पा जाए; और वह उस गन्ध को अपने मन में भर लेती। उसकी छलकती आँखें परदेसी का हाल कहतीं और वह प्रेम में दीवानी हो प्रेम की थाप पर झूम जाती।

"आह! मोरे लो सोई, डांगे मारे काय गोई।
मुई तोते खोजु अहीं आकुल होई ॥
मोरो मात कोटनीन।
मुंडे बासी पेज बोही ॥"

परदेसी का स्कूल नहीं चला। गाँव के लोगों ने बच्चे भेजना बन्द कर दिया और थककर परदेसी शहर चला गया। लच्छो टूटे सपनों, टूटे अरमानों, बिखरे आँसुओं को झोली में समेटे रह गई।

रात को सब आग के पास बैठे थे। लच्छो का मन परदेसी की याद में दहकने लगा। उसकी आँखों से आँसू गिरने लगे। वह झट झुककर आग फूँकने लगी।

"अरी बड़ा धुआँ है।" मगन बड़बड़ाई।

"माँ, मेरे मन में तो इतनी आग दहक रही है कि पीड़ा से मेरी आँखें आँसू बरसाने लगती हैं और फिर आग बुझ जाती है। फिर इतना धुआँ उठता है माँ कि मैं उसमें घुट जाती हूँ।"

वह रोती रही, फुँकती रही।

चमड़े का खोल

स्टेशन पर किसी के आने की उम्मीद थी, क्योंकि उसने बाबूजी को पत्र लिख दिया था कि वे लोग आ रहे हैं। उसने दूर से ही खड़े राकेश को देख लिया। राकेश को देख उसका मन प्रसन्नता से भर गया। राकेश पास आ गया था।

रिक्शे से घर की ओर जाते हुए उसने राकेश को देखा जो बीच-बीच में साइकिल की रफ्तार कम करके देव से बातें कर लेता था। जो बात काफी देर से मन में घूम रही थी, आखिर होठों पर आ गई।

"बाबूजी हैं या नहीं?"

"नहीं, वह तो गाँव चले गए हैं।"

"क्यों? क्या मेरा पत्र उन्हें नहीं मिला था?"

"मिल गया था, पर खेती का काम शुरू हो गया है न! बाबूजी कहते हैं, समय निकालकर आएँगे।"

उसके मन में कुछ खटक गया, अब तक जो प्रसन्नता से वह भरी थी, लग रहा था, वह फीकी पड़ गई है। रास्ते भर देव और राकेश बातें करते रहे। राकेश लम्बा हो गया है यह उसने महसूस किया।

घर के दरवाजे के बहुत आगे सड़क पर खड़ी माँ बेचैनी से उनका रास्ता देख रही थी। माँ को देख उसका मन भर आया, कितनी दुबली लग रही थी, मानो हड्डियों के ढाँचे पर चमड़े का खोल चढ़ा दिया गया हो। छोटे-छोटे वाक्यों के बाद रिक्शा आगे बढ़ा। देव उतरकर माँ के साथ चलने लगा, पर वह खुद सामान के बीच फँसी बैठी रही।

"कितनी दुबली हो गई है शुभी?" माँ ने उसकी प्लेट में दुबारा चावल डालते हुए कहा।

"कहाँ दुबली हो रही हूँ? तुम्हें तो ऐसा ही हमेशा लगता है, कितनी मोटी हो गई हूँ।"

"जैसे मेरे आँखें नहीं हैं, न?"

"हाँ, यह तो एकदम काँटा हो गई है, फैशन भी तो चल पड़ा है न," देव ने उसे छेड़ते हुए कहा।

"हाँ, फैशन, जैसे मैं फैशन की दीवानी हूँ न, माँ के सामने दुबली बोल रहे हो, वहाँ तो मोटी हो गई कहते हो।"

"टॉनिक लिया कर न बेटी!"

"माँ, तुम्हें तो खामख्वाह गलतफहमी हो गई है कि मैं दुबली हो गई हूँ। तुम खुद दुबली हो गई हो, इसलिए तुम्हें सब दुबले नजर आ रहे हैं।"

सबकी मिली-जुली हँसी से घर गूँज रहा था। उसे बाबूजी की कमी खटक रही थी। राकेश उसकी लाई हुई मिठाई खा रहा था।

"माँ, थोड़ा बाबूजी के लिए भी उठाकर रख दो न।"

"तुम लोग तो खाओ, जैसे तेरे बाबूजी के आने तक मिठाई रुकी रहेगी, कब आते हैं कब नहीं," माँ ने बिस्तर लगाते हुए कहा। उसे लगा, माँ को बाबूजी के आने में शक है।

कमरे में वही जानी-पहचानी चीजें थीं जिन्हें वह बचपन से देखती आ रही है। वही सील खाते हुए कमरे, कोने-कोने में समाया हुआ सन्नाटा जैसे अपने-आप चौंका जाता। दीवार पर वही पुराना-सा पुराने फ्रेम में जड़ा दो छोटे-छोटे बच्चों का चित्र, जो किसी पुस्तक पर झुके कुछ पढ़ रहे हैं। पहले कई नए लोग इसे उसका और राकेश का चित्र समझ लेते थे, फिर राकेश को देख उनकी गलतफहमी दूर होती थी, क्योंकि राकेश ठीक चौदह वर्ष उससे छोटा है। जाने कितनी मन्नतों के बाद माँ को पुत्र मिला था। राकेश के पैदा होने के पहले ही माँ को दमे की बीमारी हो गई थी और बाबूजी नई माँ के साथ गाँव में रहने लगे थे।

उसने व्याकुल होकर 'सारिका' का नया अंक उठा लिया। मुखपृष्ठ पर किसी युवती की मूर्ति की प्रतिमा का चित्र था। चेहरा पूरा पत्थर का था, पर गाल से टिका हाथ जीवित मांस का था। वह चित्र लिया गया होगा क्योंकि दूसरे का हाथ होता तो अँगूठा गाल से नहीं टिकता। क्या इसका चेहरा किसी के श्राप से पत्थर का हो गया? उसके सारे चेहरे पर जले हुए से दाग थे।

बरामदे में माँ जाती दिखीं, वह माँ के चेहरे से उस चित्र की तुलना करती रही। माँ भी तो ऐसी हो गई हैं।

"दीदी, तुम आने वाली हो, यह सोचकर माँ ने अनरसे बना रखे हैं।" राकेश उसके पास आकर कहता है।

"सच!" वह खुश होने का अभिनय करती है।

उसके लौटने में सिर्फ एक दिन बचा है। उसने पहले ही बाबूजी को लिख दिया था

कि वह सिर्फ़ तीन दिन के लिए आ रही है, क्योंकि देव की छुट्टियाँ घूमने में बीत गईं। आज सबको उम्मीद थी कि बाबूजी आएँगे। उसने अपने हाथों गाजर का हलवा बनाया था। दो-तीन बार माँ कह चुकी कि, "खा लो, कब तक रास्ता देखोगे!"

पर वह शाम तक उनका रास्ता देखती रही। अन्त में उसे निराशा ही हुई। उसे बार-बार लगता रहा, माँ कुछ कहते-कहते रुक जाती है और उसके पास से उठकर चली जाती है। माँ क्या कहना चाहती है—वह सोचती रही। बचपन से ही तो इस घर के वातावरण में वह जीती रही है। जब-जब वह बाबूजी के न आने की बात उठाती, माँ कुछ कहते-कहते रुक जाती और उसके लिए वही क्षण भारी हो उठता। उसे लगता, जरूर कहीं दरार है जो वह नहीं देख पा रही है।

उसे अंग्रेजी की पढ़ी कविता याद आ गई, जिसका मतलब था—शाम को किसी प्रिय की याद करना वैसा ही है, जैसा सड़क के किनारे खड़ा अकेला गुलमोहर अपनी नंगी टहनियों का बाँझपन याद करके रोए।

उसे बचपन की कितनी घटनाएँ याद हैं। एक बार घर पर काफी लोग जमा थे और बाबूजी ने उसे बुलाया था, तब वह केवल दस साल की थी।

"शुभी, अपनी नई माँ को पसन्द करेगी?"

वह डर से सफ़ेद पड़े चेहरे से बाबूजी को देखती रही। क्या बाबूजी हँसी कर रहे हैं? बाबूजी के दुबारा कहने पर वह धरती को देखती सुन्न-सी खड़ी थी। टप-टप आँसू बह कर होठों पर नमकीन स्वाद भर रहे थे, पर उसमें हाथ उठाकर आँसू पोंछ लेने का भी साहस नहीं था।

"बच्ची को क्यों रुलाते हो, भला वह क्या..." किसी ने कहा और बाबूजी चुप हो गए। वह भयभीत-सी बाहर आ गई थी।

जुलाई के अन्त के दिन जैसे वातावरण को और मौन दे गए। चारों ओर गुलाबी कुहरा था। ढेर फलों से ढँके वृक्ष मौन खड़े थे मानो किसी बहुत बड़े आदमी के शव को मौन श्रद्धांजलि दे रहे हों। गीली टहनियों पर दोपहर अपने रूखे होठ रखे फड़फड़ा रही थी। वह अनजान-सा पक्षी टहनियों में अपने को छुपाने की भरसक कोशिश कर रहा था। बीमार सुबह का टीस देता क्षण दोपहर में बदल चुका था, पर फिर भी सुबह का धोखा हो रहा था।

माँ पान के पत्ते पर कत्था-चूना लगाते हुए बीच में उसे इस भाव से देख लेती है मानो कह रही हो—मैं जानती हूँ शुभी, तू पुस्तक पढ़ने का बहाना कर रही है।

आखिर जिस बात से वह डरती है उसी बात को माँ ने छेड़ दिया, "बरसात में इस मकान में कितना कष्ट होता है, शुभा! मेरा क्या है, मैं कुछ दिनों की साथिन हूँ, मेरे बाद राकेश को देखने वाला कौन है? कहती हूँ एक मकान बनवा दो, पर

सुनते ही नहीं, जैसे कहने-सुनने का सारा अधिकार ही चुक गया हो।''

''माँ, तुम क्यों बेकार मकान-मकान चिल्लाती हो? जो हो नहीं सकता, वह बात कहकर घर में झगड़ा करने से फायदा?'' उसने बहुत खीझे हुए शब्दों में कहा।

''जी दुखता है, शुभा, सारा जीवन तो तेरे बाबूजी दूसरों के पीछे भागते रहे। जवानी आदमी और बच्चों को समेटने में बीत गई, तब से भी मूल तो नहीं पर सिर्फ ब्याज ही हाथ लगा। अब बुढ़ापा दूसरों की ओलती में कटे, यह नहीं देखा जाता।'' माँ ने पान के डिब्बे को पलँग के नीचे खिसका दिया और लेटती हुई बोली, ''इनका क्या है, महीने में एक हफ्ता यहाँ रहते हैं, सारा घर का सामान घेर कर चले जाते हैं, हाथ-खर्चे को कुछ रुपए दे जाते हैं, वह भी किसी दिन बन्द कर देंगे तो हम माँ-बेटे को आत्म-हत्या की नौबत आ जाएगी।''

''नहीं, ऐसा बाबूजी नहीं कह सकते, यह सब तुम्हारा वहम है। जो अब तक ख्याल करते आए हैं, क्या बाद में नहीं करेंगे?''

''तू नहीं जानती शुभा, पिछले महीने तक हमारे कब्जे में चार कमरे थे, जिनका पैंतीस रुपया किराया हम बरसों से देते आ रहे थे, इस बार तेरे बाबूजी आए और मकान-मालिक से कहकर दो कमरे खाली करा दिए, मैंने जब विरोध किया तो कहने लगे, 'यहाँ तुम दो माँ-बेटे ही तो रहते हो, चार कमरे क्या करोगे?' अगर ऐसा ही उनका दिमाग रहा तो कल हम कहाँ जाएँगे? अब दो कमरों का सोलह रुपया देना पड़ रहा है।''

वह चुपचाप पड़ी रही, माँ की बातें उसे घोट रही थीं। दूसरे कमरे पर देव अपने ट्रांजिस्टर पर चाँद से लौटते हुए चन्द्र-यात्री के बारे में कमेण्ट्री सुन रहा था, बीच-बीच में राकेश खुशी से चिल्ला उठता।

उसके मन में आया, माँ से कहे, 'लोग चाँद पर जाकर लौट रहे हैं और तुम रहने की जगह ढूँढ़ रही हो?' उसे याद आया, सुबह देव बता रहा था, किसी विदेशी महिला ने कहा है कि 'चाहे जितना पैसा खर्च हो पर मेरी हड्डियों को चाँद पर दफनाया जाए।'

ऐसे ही दो-चार लोग कहने लगें तो क्या चाँद को कब्रिस्तान बना दिया जाएगा? ठीक भी तो है, धरती पर लोगों को जीने के लिए जगह नहीं है तो मरने के लिए कहाँ होगी? चाँद और कब्रिस्तान! उसे अजीब-सा लगा, वह मन में चाँद की दूरी और मौत की दूरी को जोड़ती रही।

सब पड़ोस के घरों से रेडियो पर कमेण्ट्री की आवाज आ रही है। वह पेपर उठा लेती है जिसके मुखपृष्ठ पर मोरारजी देसाई के त्याग-पत्र देने की सूचना छपी थी। उसने मुड़कर माँ को देखा, वह लेटी हुई कुछ सोच रही थी। मोरारजी ने त्याग-पत्र दे दिया। लोग चाँद पर पहुँच रहे हैं और भारत में आपसी झगड़े ही चल रहे हैं।

अस्पताल से लौटकर माँ थकी-सी बैठी हैं। उसके चेहरे को देख लग रहा है कि जैसे उन्हें कोई दुख सता रहा है। अधूरेपन का बोध माँ को शायद हमेशा रहा, पर उसे सहने की शक्ति जैसे अब उनमें नहीं रही। आज तीस साल के कठिन वैवाहिक जीवन के बाद भी वह अकेली ठूँठ-सी खड़ी थी। जवान बच्चों के सामने अपने-आपको दो फाँक की तरह चीरा हुआ पाकर अजीब लग रहा था शायद।

"माँ, तुमने खाना नहीं खाया?"

माँ उसके प्रश्न को जैसे नहीं सुनती, अपने में ही खोई-सी बोलती है—"तेरे बाबूजी नहीं आए?"

माँ के शब्दों का टूटापन उसे खटकता है—"कोई काम रह गया होगा।"

"नहीं बेटा, जानबूझकर न लौटने वाला आदमी हमेशा चूक जाता है। क्या वह उस दिन भी ऐसे ही चूक जाएँगे?" लगता है माँ अपने आप प्रश्न करके कुछ खोज रही है।

वह जानती है, बाबूजी जान-बूझकर नहीं आए हैं। उसके लिए उनके मन में कोई दर्द नहीं है। पिछली बार जब वह आई थी तब माँ ने कपड़े बनवाने को बाबूजी से कहा था। तो बाबूजी चिल्ला पड़े थे, "मैं कहाँ से लाऊँ? शुभी की माँ, तुम क्या पुराने ढकोसले अपनाती हो! कपड़े पहली दफा बेटी आए तो बनने चाहिए, हमेशा नहीं। तुम हिन्दुस्तानी औरतें पुरानी रस्मों को लिए ही चिता पर चढ़ोगी...बाहर विदेशों में देखो!"

"चुप रहो, वह सुनेगी तो क्या सोचेगी! तुम जाने कैसे कसाई बाप हो जो बेटी को एक जोड़ा कपड़ा देते हुए भी छाती तड़कती है!"

वह अँधेरे में सब सुनती रही थी। वह बहुत बेचैन हो गई थी। एकाएक उसे लगा था, शादी के बाद भी वह बाबूजी पर भार है, कपड़ा देना पड़ता है इसलिए बाबूजी उसके आने पर खुश नहीं होते। जैरो उसके और बाबूजी के बीच में कपड़े की दीवार है।

बाबूजी जानते हैं, उसके आने से उन पर बेकार का बोझ आ जाता है और घर में विवाद खड़ा हो जाता है, घर की अशान्ति अलग बढ़ती है और शुभा के मन में बाबूजी के प्रति विरोध का भाव आ जाता है। इसलिए इस बार कन्नी काट गए। वह आएँगे ही नहीं तो कहाँ से माँ कपड़ों का प्रश्न खड़ा करेगी! सब अपने-आप निपट जाएगा और उनके खिलाफ कोई विरोध का भाव लिए शुभा नहीं जाएगी, क्योंकि सब जानते हैं, देहात का मामला है और बरसात में तकलीफ होती है।

जाने कहाँ से निकालकर माँ उसकी मुट्ठी में रुपए भर देती है। "शुभा, तेरे बाबूजी तो नहीं आए। मेरे पास ये रुपए हैं, अपने मन की साड़ी ले लेना।"

"रहने दो न माँ, जरूरी है क्या? नहीं, मैं नहीं लूँगी," वह विरोध करती है पर लगता है वह ज्यादा नहीं बोल पाएगी और रो देगी।

"तुझे मेरी कसम है शुभा, रख ले," माँ उसके जिद्दी स्वभाव को जानकर बोलती है।

"बाबूजी आएँगे और राकेश को फुसलाकर पूछेंगे, तब क्या कहोगी? बेकार घर में झगड़ा होगा।" उसकी आँखों में पीड़ा उभर आई।

माँ उसके मन के भाव को ताड़ जाती है, "तू क्यों चिन्ता करती है, मेरे जीते-जी इस घर में तेरा हक है। तेरा हाथ पकड़ने वाला कोई नहीं है। आँख-रहते मैं अपने बच्चों को परायापन महसूस नहीं होने दूँगी—मरने के बाद क्या होगा मैं जानती हूँ, तेरा मायका मेरे दम भर तक ही है, फिर तू अपनी गृहस्थी में रम जाना। बस छोटा भाई है, कभी तेरे दरवाजे आए तो सिर पर हाथ रख देना। तू चिन्ता मत कर, मैं अपनी चमड़ी के भी कपड़े बनवाकर अपने बच्चों को पहना सकती हूँ।"

वह बहुत मुश्किल से अपने आँसू माँ के सामने सँभाले रही, वह माँ के सामने रोना नहीं चाहती थी।

टाँगे पर बैठे सब स्टेशन जा रहे हैं। माँ के चेहरे से लगता है वह जान गई है कि बाबूजी जान-बूझकर नहीं आए। उसे लगता है, बाबूजी ने जान-बूझकर उसकी अवहेलना करके उसका अपमान किया है।

"शुभा बेटा, मन में कोई बात न रखना, न दामाद को कुछ सोचने का मौका देना। तू तो जानती है अपने बाबूजी को। मन में कुछ न रखना, मेरे जीते-जी मायका न छोड़ना...!" माँ बार-बार उसके कन्धे पर हाथ रखकर कहती है।

ट्रेन आ गई है पर छूटने में समय है। सामान रखकर देव राकेश के साथ पान लाने जाता है। दोनों प्लेटफॉर्म पर खड़े हैं। प्लेटफॉर्म पर ज्यादा भीड़ नहीं है। जिस डिब्बे में उनका सामान है वहाँ खिड़की के पास एक लड़की बैठी है, शायद नई-नई शादी हुई है।

लड़की डिब्बे में बैठी है और उसका बाप खिड़की के पास खड़ा है, बार-बार बेटी को चेतावनी दे रहा है, "बेटा, जाते ही पत्र लिखना, घबराना नहीं, मैं जल्दी ही लेने आऊँगा।"

एक आठ साल का लड़का डिब्बे पर चढ़कर बार-बार अपनी बहन को देख लेता है और कहता है, "दीदी, अबकी बार आओगी तो पिस्तौल जरूर लाना!" फिर बाप की ओर मुड़कर कहता है, "पिताजी, अब दीदी कब आएगी?"

बाप और लड़की दोनों हँस देते हैं। माँ की आँखें उधर ही हैं। वह बड़े मुग्ध भाव से सब देख-सुन रही है। वह इधर-उधर देखकर अपनी घबराहट को छुपाने की कोशिश करती है, और माँ को ऐसा जताती है मानो वह कुछ नहीं देख रही है।

वह डिब्बे में बैठने लगती है, उसके साथ माँ भी आ जाती है। उसके लिए क्षण-क्षण भारी हो उठा है। माँ उस लड़की के पास चली जाती है।

"बेटी, तुम मायके आई थीं?"

"जी हाँ, हमेशा दो-चार माह में आ जाती हूँ।"

"अच्छा, मेरी लड़की भी जा रही है, तुम दोनों का साथ रहेगा।"

माँ की बातें उसे बेतुकी लग रही हैं। मन में खीझ बढ़ती जा रही है।

"आइए न, यहाँ बैठ जाइए," वह लड़की उसे पास बैठने के लिए कहती है।

"हाँ-हाँ, बैठ जाओ शुभा, यह भी ससुराल जा रही है।"

सब उसके लिए असहनीय हो उठता है। तभी राकेश और देव आ जाते हैं।

"मैं बैठ जाऊँगी माँ, तुम उतरो, गाड़ी छूटने वाली है।"

माँ उतर जाती है। ट्रेन खिसकने लगती है। दोनों परिवारों के लोग डिब्बे के पास सिमटे-से खड़े हैं।

वह माँ की आँखों में तैरते पानी को देख लेती है। शहर पीछे छूटने लगता है। माँ का रोता चेहरा आँखों के सामने रहता है। कच्ची पीड़ा उसे चीरने लगती है।

देव उसके सामने बैठा है, दोनों चुप हैं, जैसे बोलने के लिए कुछ नहीं है। छोटे-छोटे कई स्टेशन आते हैं और चले जाते हैं, पर वह देव से आँखें बचाए खिड़की से बाहर देखती रहती है।

शायद कोई छोटा-सा स्टेशन था। जामुन बेचने वाले, और लइया करारी बेचने वाले इधर-उधर घूम रहे हैं।

"विदेशों में अच्छा रहता है, कोई किसी से बँधा नहीं रहता, अपने यहाँ मायके जाने का सिस्टम बहुत बुरा है, बन्द कर देना चाहिए, है न?" वह अचानक बोलती है।

"क्यों?" देव उसे बहुत चकराए हुए ढंग से देख रहा है।

देव का कहा 'क्यों?' उसके सामने घूम जाता है और वह जवाब नहीं दे पाती। लगता है वह इस 'क्यों?' का उत्तर कभी दे पाएगी।

❑❑❑